탈출기

김군! 나도 사람이다. 정애가 있는 사람이다.

나의 목숨 같은 내 가족이 유린받는 것을 내 어찌

생각지 않으랴?

나의 고통을 제삼자로서는 만분의 일이라도

느낄 수 없는 것이다.

나는 이제 나의 탈가한 이유를 군에게 말하고자 한다.

베스트셀러한국문학선 12

탈출기 (외)

최서해 외

소담출판사

발 간 사

우리는 물질적 가치를 중시하는 산업시대의 큰 풍조 속에서 경제적 부(富)만을 추구하는 열병을 앓고 있는 것 같다. 물질적 가치와 똑같은 비중으로 또는 경우에 따라서는 그보다도 더 귀중한 정신적 가치에 관한 소중함을 몰각한 것이 오늘날의 풍조가 아닌가 한다.

따라서 역사적으로 면면히 이어오고 있는 우리 문화의 한 중심인 문예의 가치를 인식하고, 널리 보급시키는 것은 매우 중요한 의미를 지닌다고 할 수 있다.

우리가 어진 사람을 인격의 표본으로 삼을 때 근대 문학 작품에서는 이광수의 「흙」에 등장하는 허숭을 생각할 수 있고, 옛 문학에서는 흥부를 생각할 수 있다. 이러한 문예작품 속의 인물들은 우리 민족성원 한 사람한 사람의 마음속에 인격의 한 표본으로 존중되어 사람답게 사는 실천적지혜로 이어진다.

여기서 문예작품은 그 작품을 창작한 개인의 재능에 의한 것이지만, 그내용에 담긴 인물의 심성과 인격의 아름다움은 바로 그 작품을 읽는 독자들의 자아를 성숙게 하는 길잡이가 된다. 즉 작품에 실현된 정신적 가치는 우리 민족의 창조적 지혜로서 이어지고 이해되어 민족의 정신적 지향의 전통이 됨을 깨닫게 된다.

특히 젊은 세대에게 역사의식과 전통적 가치를 학습할 자료로서 우리문학의 선집은 필수적인 의미를 지니고 있다.

오늘날의 상업적 풍조에서 탈피하여 한국의 전통을 이해하고 새 시대의창조적 전진을 위한 밑거름으로서 베스트셀러 한국문학선은 기여할 것이다.

새 시대의 새 독자들에게 가장 뜻깊은 선물이 될 것을 자부하며, 작품의 선정에 있어서도 그 뛰어난 예술성은 물론 내용의 심화된 것을 중시하여 엄정히 선택한 것임을 밝혀두는 바이다.

신 동 욱

차례

최서해

탈출기
기아와 살륙
큰물진 뒤
홍염

〈일러두기〉

1. 선정된 작품은 1920-1970년대 한국 현대 소설사의 대표적 작품들로서 현행 고등학교 검인정 문학 8종 교과서에 실린 작품 외 개별 작가의 대표적 작품을 중심으로 엮었다.

2. 표기는 원문의 효과를 고려하여 발표 당시의 표기를 중시했으나, 방언은 살리되 의미 전달을 위해 되도록 현대표기법을 따랐다.

3. 띄어쓰기는 개정된 한글맞춤법에 따랐다.

4. 외래어는 외래어 표기법을 따랐다.

5. 대화나 인용은 " "로, 생각이나 독백 및 강조하는 말은 ' '로 표시하였다.

6. 본 도서는 대입수능시험은 물론 중－고교생의 문학적 소양 및 교양의 함양을 위해 참고서식 발췌 수록이 아닌 모든 작품의 전문을 수록하였음을 밝혀둔다.

탈출기

1

김군! 수삼차 편지는 반갑게 받았다. 그러나 한 번도 회답치 못하였다. 물론 군의 충정에는 나도 감사를 드리지만 그 충정을 나는 받을 수 없다.

──박군! 나는 군의 탈가(脫家)를 찬성할 수 없다. 음험한 이역에 늙은 어머니와 어린 처자를 버리고 나선 군의 행동을 나는 찬성할 수 없다. 박군! 돌아가라. 어서 집으로 돌아가라. 군의 부모와 처자가 이역 노두에서 방황하는 것을 나는 눈앞에 보는 듯싶다. 그네들의 의지할 곳은 오직 군의 품밖에 없다. 군은 그네들을 구하여야 할 것이다.

군은 군의 가정에서 동량(棟梁)이다. 동량이 없는 집이 어디 있으랴? 조그마한 고통으로 집을 버리고 나선다는 것이 의지가 굳다는 박군으로서는 너무도 박약한 소위이다. 군은 ××단에 몸을 던져 ×선에 섰다는 말을 일전 황군에게서 듣기는 하였으나 그렇다 하여도 나는 그것을 시인할 수 없다. 가족을 못 살리는 힘으로 어찌 사회를 건지랴.

박군! 나는 군이 돌아가기를 충정으로 바란다. 군의 가족이 사람들 발 아래서 짓밟히는 것을 생각할 때! 군의 가슴인들 어찌 편하랴——

김군! 군은 이러한 말을 편지마다 썼지? 나는 군의 뜻을 잘 알았다. 사랑하는 나의 가족을 위하여 동정하여 주는 군에게 어찌 감사치 않으랴? 정다운 벗의 충고에 나는 늘 울었다. 그러나 그 충고를 들을 수 없다. 듣지 않는 것이 군에게는 고통이 될는지? 분노가 될는지? 나에게 있어서는 행복일는지도 알 수 없는 까닭이다.

김군! 나도 사람이다. 정애가 있는 사람이다. 나의 목숨 같은 내 가족이 유린받는 것을 내 어찌 생각지 않으랴? 나의 고통을 제삼자로서는 만분의 일이라도 느낄 수 없는 것이다.

나는 이제 나의 탈가한 이유를 군에게 말하고자 한다. 여기에 대하여 동정과 비난은 군의 자유이다. 나는 다만 이러하다는 것을 군에게 알릴 뿐이다. 나는 이것을 군이 아니면 다른 사람에게라도 알리지 않고는 견딜 수 없는 충동을 받는 까닭이다.

그런 나는 단언한다. 군도 사람이어니 나의 말하는 것을 부인치는 못하리라.

2

김군! 내가 고향을 떠난 것은 오 년 전이다. 이것은 군도 아는 사실이다. 나는 그때에 어머니와 아내를 데리고 떠났다. 내가 고향을 떠나 간도로 간 것은 너무도 절박한 생활에 시들은 몸에 새 힘을 얻을까 하여 새 희망을 품고 새 세계를 동경하여 떠난 것도 군이 아는 사실이다.

——간도는 천부금탕이다. 기름진 땅이 흔하여 어디를 가든지 농사를 지을 수 있고 농사를 지으면 쌀도 흔할 것이다. 삼림이 많으니 나무 걱정도 될 것이 없다.

농사를 지어서 배불리 먹고 뜨뜻이 지내자. 그리고 깨끗한 초가나 지어 놓고 글도 읽고 무지한 농민들을 가르쳐서 이상촌을 건설하리라. 이렇게 하면 간도의 황무지를 개척할 수 있다.

　이것이 간도 갈 때의 내 머릿속에 그리었던 이상이었다. 이때에 나는 얼마나 기뻤으랴! 두만강을 건너고 오랑캐령을 넘어서 망망한 평야와 산천을 바라볼 때 청춘의 내 가슴은 이상의 불길에 탔다. 구수한 내 소리와 헌헌한 내 행동에 어머니와 아내도 기뻐하였다. 오랑캐령을 올라서니 서북으로 쏠려 오는 봄 세찬 바람이 어떻게 뺨을 갈기는지,

　"에그 춥구나! 여기는 아직도 겨울이구나."

하고 어머니는 수레 위에서 이불을 뒤집어썼다.

　"무얼요, 이 바람을 많이 마셔야 성공이 올 것입니다."

　나는 가장 씩씩하게 말하였다. 이처럼 나는 기쁘고 활기로웠다.

3

　김군! 그러나 나의 이상은 물거품으로 돌아갔다. 간도에 들어서서 한 달이 못 되어서부터 거칠은 물결은 우리 새 생령의 앞에 기탄없이 몰려왔다.

　나는 농사를 지으려고 밭을 구하였다. 빈 땅은 없었다. 돈을 주고 사기 전에는 한 평의 땅이나마 손에 넣을 수 없었다. 그렇지 않으면 지나인(支那人)의 밭을 도조나 타조로 얻어야 한다. 일 년내 중국 사람에게서 양식을 꾸어 먹고 도조나 타조를 얻는대야 일 년 양식 빚도 못 될 것이고 또 나 같은 시로도(아마추어)에게는 밭을 주지 않았다. 생소한 산천이요, 생소한 사람들이니, 어디 가 어쩌면 좋은는지? 의논할 사람도 없었다. H라는 촌 거리에 셋방을 얻어 가지고 어름어름하는 새에 보름이 지나고 한 달이 넘었다. 그 새에 몇 푼 남았던 돈은 다 불려 먹고 밭은 고사하고 일자리도 못 얻었다. 나는 팔을 걷고 나섰다. 이리저리 돌아다니면서 구들도 고쳐 주고 가마도 붙여 주었다. 이리하여 호구하게 되었다. 이때 H

장에서는 나를 온돌장이(구들 고치는 사람)라고 불렀다. 갈아입을 의복이 없는 나는 늘 숯검정이 꺼멓게 묻은 의복을 벗을 새가 없었다.

H장은 좁은 곳이다. 구들 고치는 일도 늘 있지 않았다. 그것으로 밥먹기가 어려웠다. 나는 여름 불볕에 샀김도 매고 꼴도 베어 팔았다. 그리고 어머니와 아내는 샀방아 찧고 강가에 나가서 부스러진 나뭇개비를 주워서 겨우 연명하였다.

김군! 나는 이때부터 비로소 무서운 인간고를 느꼈다. 아아, 인생이란 과연 이렇게도 괴로운 것인가, 하는 것을 나는 생각하게 되었다. 나는 나에게 닥치는 풍파 때문에 눈물 흘린 일은 이때까지 없었다. 그러나 어머니가 나무를 줍고 젊은 아내가 샀방아를 찧을 때 나의 피는 끓었으며 나의 눈은 눈물에 흐려졌다.

"에구, 차라리 내가 드러누워 앓고 있지, 네 괴로워하는 꼴은 차마 못보겠다."

이것은 언제 내가 병들어 신음할 때에 어머니가 울면서 하신 말씀이다. 이것을 무심히 들었던 나는 이때에야 이 말의 참뜻을 느꼈다.

'아아, 차라리 나의 고기가 찢어지고 뼈가 부서지는 것은 참을 수 있으나, 내 눈앞에서 사랑하는 늙은 어머니와 아내가 배를 주리고 남의 멸시를 받는 것은 참으로 견디기 어렵구나.'

나는 이렇게 여러 번 가슴을 쳤다. 나는 밤이나 낮이나, 비 오나 바람이 치나 헤아리지 않고 샀김, 샀심부름, 샀나무, 무엇이든지 가리지 않았다.

"오늘도 배 고프겠구나, 아침도 변변히 못 먹고……. 나는 너 배 주리지 않는 것을 보았으면 죽어도 눈을 감겠다."

내가 샀일을 하다가 늦게 돌아오면 어머니는 우실 듯이 말씀하셨다. 그러나 나는 흔연하게,

"배가 무슨 배가 고파요."

하고 대답하였다.

내 아내는 늘 별말이 없었다. 무슨 일이든지 시키는 대로 다소곳하고 아무 소리 없이 순종하였다. 나는 그것이 더욱 불쌍하게 생각된다. 나는 어머니보다도 아내 보기가 퍽 부끄러웠다.

"경제의 자립도 못 되는 내가 왜 장가를 들었누?"

이것이 부모의 한 일이었지마는 나는 이렇게도 탄식하였다. 그럴수록 아내에게 대하여 황공하였고 존경하였다.

어떻게 하면 살 수 있을까?…… 이러한 생각은 이때 내 머리를 몹시 때렸다. 이때 나에게 부지런한 자에게 복이 온다, 하는 말이 거짓말로 생각되었다. 그 말을 지상의 격언으로 굳게 믿어 온 나는 그 말에 도리어 일종의 의심을 품게 되었고 나중은 부인까지 하게 되었다.

부지런하다면 이때 우리처럼 부지런함이 어디 있으며 정직하다면 이때 우리 식구같이 정직함이 어디 있으랴? 그러나 빈곤은 날로 심하였다. 이틀 사흘 굶은 적도 한두 번이 아니었다. 한번은 이틀이나 굶고 일자리를 찾다가 집으로 들어가 보니 부엌 앞에서 아내가(아내는 이때에 아이를 배어서 배가 남산만하였다) 무엇을 먹다가 깜짝 놀란다. 그리고 손에 쥐었던 것을 얼른 아궁이에 집어넣는다.

이때 불쾌한 감정이 내 가슴에 떠올랐다.

'……무얼 먹을까? 어디서 무엇을 얻었을까? 무엇이길래 어머니와 나 몰래 먹누? 아! 여편네란 그런 것이로구나! 아니, 그러나 설마……그래도 무엇을 먹던데…….'

나는 이렇게 아내를 의심도 하고 원망도 하고 밉게도 생각하였다. 아내는 아무런 말없이 어색하게 머리를 숙이고 앉아 씩씩하다가 밖으로 나간다. 그 얼굴은 좀 붉었다.

아내가 나간 뒤에 나는 아내가 먹다 던진 것을 찾으려고 아궁이를 뒤졌다. 싸늘하게 식은 재를 막대기에 뒤져 내니 벌건 것이 눈에 띄었다. 나는 그것을 집었다. 그것은 귤껍질이다. 거기는 베 먹은 잇자국이 났다. 귤껍질을 쥔 나의 손은 떨리고 잇자국을 보는 내 눈에는 눈물이 괴었다.

김군! 이때 나의 감정을 어떻게 표현하면 적당할까?

──오죽 먹고 싶었으면 길바닥에 내던진 귤껍질을 주워 먹을까, 더욱 몸 비잖은 그가! 아아, 나는 사람이 아니다. 그러한 아내를 나는 의심하였구나! 이놈이 어찌하여 그러한 아내에게 불평을 품었는가. 나 같은 잔악한 놈이 어디 있으랴. 내가 양심이 부끄러워서 무슨 면목으로 아내를 볼까?

──이렇게 생각하면서 나는 느껴 가며 눈물을 흘렸다. 귤껍질을 쥔 채로 이를 악물고 울었다.

"야, 어째서 우느냐? 일어나거라. 우리도 살 때 있겠지, 늘 이러겠느냐."

하면서 누가 어깨를 친다. 나는 그것이 어머니인 것을 알았다.

'아이구 어머니, 나는 불효외다.'

하면서 어머니의 팔을 안고 자꾸자꾸 울고 싶었다. 그러나 나는 아무 소리 없이 가슴을 부둥켜 안고 밖으로 나갔다.

'내가 왜 우노? 울기만 하면 무엇 하나? 살자! 살자! 어떻게든지 살아 보자! 내 어머니와 내 아내도 살아야 하겠다. 이 목숨이 있는 때까지는 벌어 보자!'

나는 이를 갈고 주먹을 쥐었다. 그러나 눈물은 여전히 흘렀다. 아내는 말없이 울고 섰는 내 곁에 와서 손으로 치마끈을 만적거리며 눈물을 떨어뜨린다. 농사집에서 자라난 아내는 지금도 어찌 수줍은지 내가 울면 같이 울기는 하여도 어떻게 말로 위로할 줄은 모른다.

4

김군! 세월은 우리를 위하여 여름을 항시 주지는 않았다.

서풍이 불고 서리가 내리기 시작하였다. 찬 기운은 벗은 우리를 위협하였다. 가을부터 나는 대구어(大口魚) 장사를 하였다. 삼 원을 주고 대구 열 마리를 사서 등에 지고 산골로 다니면서 콩(大豆)과 바꾸었다. 난 대구 열 마리는 등에 질 수 있었으나 대구 열 마리를 주고 받은 콩 열 말은 질 수 없었다. 나는 하는 수 없이 삼사십 리나 되는 곳에서 두 말씩 두 말씩 사흘 동안이나 져 왔다. 우리는 열 말 되는 콩을 자본삼아 두부 장사를 시작하였다.

아내와 나는 진종일 맷돌질을 하였다. 무거운 맷돌을 돌리고 나면 팔이 뚝 떨어지는 듯하였다.

내가 이렇게 괴로울 적에 해산한 지 며칠 안 되는 아내의 괴로움야 어떠하였으랴? 그는 늘 낯이 부석부석하였다. 그래도 나는 무슨 불평이 있는 때면 아내를 욕하였다. 그러나 욕한 뒤에는 곧 후회하였었다. 콧구멍만한 부엌방에 가마를 걸고 맷돌을 놓고 나무를 들이고 의복가지를 걸고 하면 사람은 겨우 비비고 들어앉게 된다. 뜬 김에 문창은 떨어지고 벽은 눅눅하다. 모든 것이 후질근하여 의복을 입은 채 미지근한 물 속에 들어앉은 듯하였다. 어떤 때는 애써 갈아 놓은 비지가 이 뜬 김 속에서 쉬어 버렸다. 두부물이 가마에서 몹시 끓어 번질 때에 우윳빛 같은 두부 물 위에 버터빛 같은 노란 기름이 엉기면 그것은 두부가 잘 될 징조다. 우리는 안심한다. 그러나 두부물이 희멀끔해지고 기름기가 돌지 않으면 거기만 시선을 쏘고 있는 아내의 낯빛부터 글러 가기 시작한다. 초를 쳐 보아서 두부발이 서지 않게 매캐지근하게 풀려질 때에는 우리의 가슴은 덜컥한다.

"또 쉰 게로구나! 저를 어찌누?"

젖을 달라구 빽빽 우는 어린아이를 안고 서서 두부물만 들여다보시는 어머니는 목메인 말씀을 하시면서 우신다. 이렇게 되면 온 집안은 신산하여 말할 수 없는 울음, 비통, 처참, 소조(蕭條)한 분위기에 싸인다.

"너 고생한 게 애닯구나! 팔이 부러지게 갈아서……. 그거(두부)를 팔아서 장을 보려고 태산같이 바랬더니……."

어머니는 그저 가슴을 뜯으면서 우신다. 아내도 울듯울듯 머리를 숙인다. 그 두부를 판대야 큰돈은 못 된다. 기껏 남는대야 이십 전이나 삼십 전이다. 그것으로 우리는 호구를 한다. 이십 전이나 삼십 전에 어머니는 운다. 아내도 기운이 준다. 나까지 가슴이 바짝바짝 조인다.

그날은 하는 수 없이 쉰 두부물로 때를 메우고 지낸다. 아이는 젖을 달라고 밤새껏 **빽빽**거린다. 우리의 살림에 어린애도 귀치는 않았다.

5

울면서 겨자먹기로 괴로운 대로 또 두부를 하지 않으면 안 된다. 그러나 이번에는 땔나무가 없다. 나는 낫을 들고 떠난다. 내가 낫을 들고 떠나면 산후여독으로 신음하는 아내도 낫을 들고 말없이 나를 따라 나선다. 어머니와 나는 굳이 만류하나 아내는 듣지 않는다. 내 손으로 하는 나무이언만 마음놓고는 못한다. 산 임자에게 들키면 여간한 경을 치지 않는다. 그러므로 우리는 황혼이면 산에 가서 나무를 하여 지고 밤이 깊어서 돌아온다. 아내는 이고 나는 지고 캄캄한 밤에 산비탈로 내려오다가 발이 미끄러지거나 돌에 채이면 곤두박질을 하여 나뭇짐 속에 든다. 아내는 소리없이 이었던 나무를 내려놓고 나뭇짐에 눌려서 버둑거리는 나를 겨우 끄집어 일으킨다. 그러나 내가 나뭇짐을 지고 일어나면 아내는 혼자 나뭇짐을 이지 못한다. 또 내가 나뭇짐을 벗고 아내에게 이어 주면 나는 추어 주는 이 없이는 나뭇짐을 질 수가 없었다. 하는 수 없이 나는 어떤 높은 바위에 벗어 놓고 아내에게 이어 준다. 이리하여 산비탈을 내려오면 언제 왔는지 어머니는 애를 업고 우둘우둘 떨면서 산 아래서 기다리다가도,

"인제 오니? 나는 너 또 붙들리지나 않는가 하여 혼이 났다."

하신다. 이때마다 내 가슴은 저렸다. 나는 이렇게 나무를 하다가 중국 경찰서까지 잡혀가서 여러 번 맞았다.

이때 이웃에서는 우리를 조소하고 경찰서에서는 우리를 의심하였다.

──흥, 신수가 멀쩡한 연놈들이 그 꼴이야. 어디 가 일자리도 구하지

않고 그 눈이 누래서 두부장사 하는 꼬락서니는 참 더러워서 못 보겠네,
× 알을 달고 나서 그렇게야 살리?——

이것은 이웃 남녀가 비웃는 소리였다. 그리고 어떤 산 임자가 나무 잃
고 고발을 하면 경찰에서는 불문곡직하고 우리 집부터 수색하고 질문하면
서 나를 때린다. 그러나 나는 호소할 곳이 없다.

6

김군! 이러구러 겨울은 점점 깊어 가고 기한은 점점 박두하였다. 일자
리는 없고……. 그렇다고 손을 털고 앉았을 수도 없었다. 모든 식구가
퍼러퍼레서 굶고 앉은 꼴을 나는 그저 볼 수 없었다. 시퍼런 칼이라도 들
고 하루라도 괴로운 생을 모면하도록 쿡쿡 찔러 없애고 나까지 없어지든
지, 나가서 강도질이라도 하여서 기한을 면하든지 하는 수밖에는 더 도리
가 없게 절박하였다.

나는 일이 없으면 없느니만큼, 고통이 닥치면 닥치느니만큼 내 번민은
크다. 나는 어떤 날은 거의 얼빠진 사람처럼 눈을 감고 깊은 생각에 잠긴
일도 있었다. 이때 머릿속에서는 머리를 움실움실 드는 사상이 있었다.

'오늘날에 생각하면 그것은 나의 전 운명을 결정할 사상이었다.'

그 생각은 누구의 가르침에 의해 일어난 것도 아니려니와 일부러 일으
키려고 애써서 일어난 것도 아니다. 봄 풀싹같이 내 머릿속에서 점점 머
리를 들었다.

——나는 여태까지 세상에 대하여 충실하였다. 어디까지든지 충실하
려고 하였다. 내 어머니, 내 아내까지도 뼈가 부서지고 고기가 찢기더라
도 충실한 노력으로써 살려고 하였다. 그러나 세상은 우리를 속였다. 우
리의 충실을 받지 않았다. 도리어 충실한 우리를 모욕하고 멸시하고 학대
하였다.

우리는 여태까지 속아 살았다. 포악하고 허위스럽고 요사한 무리를 용

납하고 옹호하는 세상인 것을 참으로 몰랐다. 우리뿐 아니라 세상의 모든 사람들도 그것을 의식지 못하였을 것이다. 그네들은 그러한 세상의 분위기에 취하였었다. 나도 이때까지 취하였었다. 우리는 우리로서 살아온 것이 아니라 어떤 험악한 제도의 희생자로서 살아왔었다——

김군! 나는 사람들을 원망치 않는다. 그러나 마주(魔酒)에 취하여 자기의 피를 짜 바치면서도 깨지 못하는 사람을 그저 볼 수 없다. 허위와 요사와 표독과 게으른 자를 옹호하고 용납하는 이 제도는 더욱 그저 둘 수 없다.

——이 분위기 속에서는 아무리 노력하여도 우리는 우리의 생의 만족을 느낄 날이 없을 것이다. 어찌하여 겨우 연명을 한다 하더라도 죽지 못하는 삶이 될 것이요, 그 영향은 자식에게까지 미칠 것이다. 나는 이미 품속에서 빽빽 하는 어린것의 장래를 생각할 때면 애잡짤한 감정과 분함을 금할 수 없다. 내가 늘 이 상태면(그것은 거의 정한 이치다) 그에게는 상당한 교양은 고사하고, 다리 밑이나 남의 집 문간에 버리게 될 터이니, 아! 삶을 받을 만한 생명을 죄없이 찌그러지게 하는 것이 어찌 애닯지 않으랴? 그렇다면 그것을 나의 죄라 할까?

김군! 나는 더 참을 수 없었다. 나는 나부터 살려고 한다. 이때까지는 최면술에 걸린 송장이었다. 제가 죽은 송장으로 남(식구)들을 어찌 살리랴. 그러려면 나는 나에게 최면술을 걸려는 무리를, 험악한 이 공기의 원류를 처부수어야 하는 것이다.

나는 이것을 인간의 생의 충동이며 확충이라고 본다. 나는 여기서 무상의 법열을 느끼려고 한다. 아니 벌써부터 느껴진다. 이 사상이 나로 하여금 집을 탈출케 하였으며, ××단에 가입케 하였으며, 비바람 밤낮을 헤아리지 않고 벼랑끝보다 더 험한 선에 서게 한 것이다.

김군! 거듭 말한다. 나도 사람이다. 양심을 가진 사람이다. 내가 떠나는 날부터 식구들은 더욱 곤경에 들 줄도 나는 안다. 자칫하면 눈 속이나 어느 구렁에서 죽는 줄도 모르게 굶어죽을 줄도 나는 잘 안다. 그러므로 나는 이곳에서도 남의 집 행랑어멈이나 아범이며, 노두에 방황하는 거지를 무심히 보지 않는다.

아! 나의 식구도 그럴 것을 생각할 때면 자연히 흐르는 눈물과 뿌직뿌직 찢기는 가슴을 덮쳐 잡는다.

그러나 나는 이를 갈고 주먹을 쥔다. 눈물을 아니 흘리려고 하며 비애에 상하지 않으려고 한다. 울기에는 너무도 때가 늦었으며 비애에 상하는 것은 우리의 박약을 너무도 표시하는 듯싶다. 어떠한 고통이든지 참고 분투하려고 한다.

김군! 이것이 나의 탈가한 이유를 대략 적은 것이다. 나는 나의 목적을 이루기 전에는 내 식구에게 편지도 하지 않으려고 한다. 그네가 죽어도, 내가 또 죽어도…….

나는 이러다가 성공없이 죽는다 하더라도 원한이 없겠다. 이 시대, 이 민중의 의무를 이행한 까닭이다.

아아, 김군아! 말을 다 하였으나 정은 그저 가슴에 넘치누나!

기아와 살육

1

경수는 묶은 나뭇짐을 짊어졌다.

힘에야 부치거나 말거나 가다가 거꾸러지더라도 일기가 사납지 않으면 좀더 하려고 하였으나 속이 비고 등이 시려서 견딜 수 없었다.

키 넘는 나뭇짐을 가까스로 진 경수는 끙끙거리면서 험한 비탈길로 엉금엉금 걸었다. 짐바가 두 어깨를 꼭 조여서 가슴은 뻐그러지는 듯하고 다리는 부들부들 떨려서 까딱하면 뒤로 자빠지거나 앞으로 곤두박질할 것 같다. 짐에 괴로운 그는,

"이놈, 남의 나무를 왜 도적해 가니?"

하고 산 임자가 뒷덜미를 집는 것 같아서 마음까지 괴로웠다. 벗어 버리고 싶은 마음이 여러 번 나다가도 식구의 덜덜 떠는 꼴을 생각할 때면 다시 이를 갈고 기운을 가다듬었다.

서북으로 쏠려 오는 차디찬 바람은 그의 가슴을 창살같이 쏜다. 하늘은 담북 흐려서 사면은 어둑충충하다.

오 리가 가까운 집까지 왔을 때, 경수의 전신은 땀에 후질근하였다. 몸을 움직일 때마다 의복 속으로 퀴지근한 땀 냄새가 물신물신 난다. 그는 부엌방 문 앞에 이르러서 나뭇짐을 진 채로 펑덩 주저앉았다.

'인제는 다 왔구나.'

하고 생각할 때, 긴장되었던 그의 신경은 줄 끊어진 활등같이 흐뭇하여져서 손가락 하나 꼼짝할 용기도 나지 않았다.

"해해 아빠 왔다. 아빠! 해해."

뚫어진 문구멍으로 경수를 내다보면서 문을 탁탁 치는 것은 금년에 세 살 나는 학실이었다. 꿈 같은 피곤에 싸였던 경수는 문구멍으로 내다보는 그 딸의 방긋 웃는 머루알 같은 눈을 보고 연한 소리를 들을 제 극히 정결하고 순화하고 부드럽고 따뜻한──무어라 형용키 어려운 감정이 그 가슴에 넘쳤다. 그는 문이라도 부수고 들어가서 학실이를 꼭 껴안고 그 연한 입술을 쪽쪽 빨고 싶었다.

"으응 학실이냐?"

그는 빙그레 웃으면서 바와 낫을 뽑아 들었다. 이때 부엌문이 덜컥 열렸다.

"이제 오니? 네 오늘 칩었겠구나! 배두 고프겠는데 어찌겠는구?"

하면서 내다보는 늙은 부인은 어색해한다.

"어마니는 별 걱정을 다 합메! 일없소."

여러 해 동안 겪은 풍상고초를 상징하는 그 어머니의 주름 잡힌 낯을 볼 때마다 경수의 가슴은 전기를 받는 듯이 찌르르하였다.

2

경수는 부엌에 들어섰다. (북도는 부엌과 구들이, 사이에 벽 없이 한데 이어 있다)

벽에는 서리가 들이돋고 구들에는 먼지가 풀석풀석 일어나는 이 어둑한

실내를 볼 때, 그는 새삼스럽게 서양 소설에 나타나는 비밀 지하실을 상
상하였다. 경수는,

"아빠 아빠."

하고 달능달능 쫓아와서 오금에 매어달리는 학실이를 안고 문 앞에 앉아
서 부뚜막을 또 물끄러미 보았다. 산후풍(産後風)이 다시 일어서 벌써
열흘 넘어 신음하는 경수의 안해는 때가 지덕지덕한 포대기와 의복에 싸
여서 부뚜막에 고요히 누워 있다. 힘없이 감은 두 눈은 쑥 들어가고 그리
풍부치 못하던 살은 쪽 빠져서 관골이 툭 나왔다.

"내 간 연에 더하지는 않았소?"

"더하지는 않았다마는 사람은 점점 그른다."

창문을 멍하니 보던 그 어머니는 머리를 돌려서 곁에 누운 며느리를 힘
없이 본다.

문구멍으로 흘러드는 바람은 몹시 쌀쌀하다. 여러 날 불 끊은 구들은
얼음장같이 뼈가 제릿제릿하다.

누덕치마 하나도 못 얻어 입고 입술이 파—래서 겨울을 지내는 학실이
는 방긋방긋 웃으면서 경수의 무릎에 올라앉았다가는 내려서 등에 가 업
히고, 업혔다가는 무릎에 와 안기면서 알아 못 들을 어눌한 소리로 무어
라고 지껄이기도 한다.

"안채에서는 아께두 또 나와서 야단을 치구……."

그 어머니는 차마 못할 소리를 하듯이 뒤끝을 흐리머리해 버린다.

"미친 놈들 같으니라구, 누가 집세를 떼 먹나! 또 좀 떼우면 어때?"

경수는 억결에 내쏘았다.

"야 듣겠다. 안 그러겠니? 받을 거 윗저(어째) 안 받자구 하겠니? 안
주는 우리 글치……."

하는 어머니의 소리는 처참한 처지를 다시금 저주하는 듯하다

"글키는? 우리가 두고 안 준답디까? 에그 그 게트림하는 꼴들을 보지
말구 살았으면……."

경수는 홧김에 이렇게 쏘았으나 그 가슴에는 천사만념이 우물거렸다.

어머니의 시대에는 남부럽잖게 지내다가 어머니가 늙은 오늘날, 즉 자기가 주인이 된 이때에 와서 어머니와 처와 자식을 뼈저린 냉방에서 주리게 하는 것을 생각하는 때면 자기가 20여 년 간 밟아 온 모든 것이 한푼 가치가 없는 것 같고, 차마 내가 주인이라고 식구들 앞에 낯을 드러내 놓기가 부끄러웠다.

'학교! 흥 그까짓 중학은 다녔대 무얼 한 게 있누? 학비 때문에 오막살이까지 팔아 가면서 중학을 마쳤으나 무엇이 한 것이 있나? 공연히 식구만 못살게 굴었지!'

그는 이렇게 하루도 몇 번씩 자기의 소행을 후회하고 저주하였다. 그러다가도

'아니다. 아니다.'

머리를 혼들면서,

'내가 그른가? 공부도 있는 놈만 해야 하나! 식구가 빌어먹게 집까지 팔면서 공부하게 한 죄가 뉘게 있니? 내게 있을까? 과연 내게 있을까? 아아, 세상은 그렇게 알 터이지, 흥! 공부를 하고도 먹을 수 없어서 더 궁항에 들게 되니, 이것도 내 허물인가? 일을 하잖는다구? 일! 무슨 일? 농촌으로 돌아든대야 내게 밭이 있나? 도회로 나간대야 내게 자본이 있나? 교사 노릇이나 사무원 노릇을 한대야 좀 뾰루퉁한 말을 하면 단박 집어세이고……. 그러면 나는 죽어야 옳은가? 왜 죽어? 시퍼렇게 산 놈이 왜 그저 죽어? 살 구멍을 뚫우다가 죽어두 죽지! 왜 거저 죽어? 세상에 먹을 것이 없나? 입을 것이 없나! 입을 것 먹을 것이 수두룩하지! 몇 놈이 혼자 가졌으니 그렇지! 있는 놈은 너무 있어서 걱정하는데 한편에서는 없어서 죽으니 이놈의 세상을 그저 두나?'

경수는 이렇게 돋쳐 생각할 때면 전신의 피가 막 끓어올라서 소리를 지르고 뛰어나가면서 지구 등허리까지라도 부숴 놓고 싶었다. 그러나 미약한 자기의 힘을 돌아보고 자기 한 몸이 없어진 뒤의 식구(자기에게 목숨을

의탁한)의 정상이 눈앞에 선히 보이는 듯할 때면 '더 참자!' 하는 의지가 끓는 감정을 눌렀다.

그는 어디서든지 처지가 절박한 사람을 보면 가슴이 찌르르하면서도, 그 무리를 짓밟는 흉악한 그림자가 눈앞에 뵈는 듯해서 퍽 불쾌하였다.

'아아, 내가 왜 주저를 하나? 모두 다 집어치워라. 어머니, 처, 자식──그 조고마한 데 끌릴 것 없다. 내 식구만 불쌍하냐? 세상에는 내 식구보담도 백 배나 주리는 사람이 있다. 이것저것 다 돌볼 것 없이 모든 인류가 다 같이 살아갈 운동에 몸을 바치자!'

그는 속으로 이렇게 결심도 하고 분개도 하였으나 아직 그렇게 나서기에는 용기가 부족하였다. 아니 용기가 부족이라는 것보담 식구에게 대한 애착이 너무 컸다.

지금도 어수선한 광경에 자극을 받은 경수는 무릎을 끌어안은 두 손 엄지가락을 맞이어 배배 돌리면서 소리없는 안해의 꼴을 골똘히 보고 있다.

철없는 학실이는 그저 몸에 와서 지근지근한다. 아까는 귀엽던 학실이도 이제는 귀찮았다. 그는 학실이를 보고,

"내가 자겠다. 할머니 있는 데로 가거라."

하면서 부엌에서 불을 때는 어머니를 가리켰다. 그리고 그는 그냥 드러누웠다. 그는 이 생각 저 생각 끝에, 모두 죽어라! 하고 온 식구를 저주했다. 모두 다 죽어 주었으면 큰 짐이나 벗어 놓은 듯이 시원할 것 같았다.

'아니다. 그네도 사람이다. 산 사람이다. 내가 내 삶을 아낀다 하면 그네도 그네의 삶을 아낄 것이다. 왜 죽으라고 해! 그네들을 이 땅에 묻어? 내가 데리고 이 북만주에 와서 그네들은 여기다 묻어 놓고 내 혼자 잘 살아가? 아아 만일 그렇다 해 보자! 무덤을 등지고 나가는 내 자국자국에 붉은 피가! 저주의 피가 콜작콜작 괴일 테니 낸들 무엇이 바로 되랴? 응! 내가 왜 죽으라고 했을까? 살자! 뼈가 부서져도 같이 살자! 죽으면 같이 죽고!'

그는 무서운 꿈이나 본 듯이 눈을 번쩍 떴다가 다시 감으면서 돌아누

웠다.

3

경수는 돌아누운 대로 꼼짝하지 않고 또 깊은 생각에 잠겼다.

"여보!"

잠잠하던 안해는 경수를 부른다. 그 소리는 가까스로 입밖에 흘러나오는 듯이 미미하다.

"또 어째 그러오?"

경수는 낯을 찡그리고 휙 일어나면서 역증나게 대답했다. 그러나 그것은 안해의 부르는 것이 역증나거나 귀찮아서 그런 것이 아니었다. 가슴에 아지 못할 불쾌한 감정이 울근불근할 제 제 분에 못 겨워서 그렇게 대답한 것이다. 그 안해는 벌떡 일어나는 경수를 보더니 아무 소리없이 눈을 스르르 감는다. 감는 그 두 눈으로서는 굵은 눈물이 뚤뚤 흘러 해쑥한 뺨을 스치고 거적자리에 떨어진다. 그것을 볼 때 경수의 가슴은 몹시 쓰렸다. 일없이 퉁성스럽게 대답한 것이 후회스러웠다. 자기를 따라 수천 리 타국에 와서 주리고 헐벗다가 병 나 드러누운 안해에게 의약을 못 써 주는 자기가 말로라도 왜 다정히 못해 주었을까? 하는 생각이 치밀 때, 그는 죄송스럽고 애절하고 통탄스러웠다. 이때 그 안해가 일어나서 도끼로 경수의 목을 자른다 하더라도 그는 순종하였을 것이다. 그는 안해를 얼싸안고 자기의 잘못을 백 번 사례하고 싶었다.

"여보! 어디 몹시 아프우!"

경수는 다정스럽게 물으면서 곁으로 갔다.

"야 이거 또 풍(風)이는 게다."

불을 때고 올라와서 학실이를 재우던 어머니는 며느리의 낯을 보더니 겁난 목소리로 부르짖는다.

이를 꼭 악문 병인의 이마에는 진땀이 좁쌀같이 빠직빠직 돋았다. 사들

사들한 두 입술은 시우쇠빛같이 파—랗다. 콧등에도 땀방울이 뽀직뽀직 흐른다. 그의 호흡은 몹시 급하다. 여러 날 경험에 병세를 짐작하는 경수의 모자는 포대기를 들고 병인의 팔과 다리를 보았다. 열 발가락, 열 손가락은 꼭꼭 곱아들었고 팔다리의 관절관절은 말끔 줄어붙어서 작디작은 나무통에다가 집어넣은 사람같이 되었다.

어머니와 경수는 이전처럼 그 팔다리를 주물러 펴려고 애썼으나 점점 줄어붙어서 쇳덩어리같이 굳어만 지고 병인은 더욱 괴로워한다.

"여보 속은 어떠오?"

경수는 물 퍼붓듯 하는 안해의 이마의 땀을 씻으면서 물었다. 안해는 무슨 말을 하려고 입술을 너분적거리나 혀가 굳어서 하지 못하고 눈만 번쩍 떠서 경수를 보더니 다시 감는다. 그 두 눈에는 핏발이 새빨갛게 섰다. 경수는 가슴이 찌르르하고 머리가 띵할 뿐이었다.

"야 학실 어멈아! 니 이게 오늘은 웬일이냐? 말두 못하니? 에구—— 워쩐 땀을 저리두 흘리니?"

어머니는 부들부들 떨면서 병인의 팔다리를 주무른다. 병인은 호흡이 점점 높아 가고 전신에서 흐르는 땀은 의복 거죽까지 내배어서 포대기를 들썩거릴 때마다 김이 물신물신 오른다.

"에구 네가 죽는구나! 에구 어찌겠는구! 너를 뜨뜻한 죽 한 술 못 멕이고 쥑이는구나! 하——야 학실 아빠! 가 봐라. 침이라두 마체 보구 쥑에야 원통찮지!"

경수는 벌떡 일어섰다. 무슨 결심이나 한 듯이 그의 눈에는 엄연한 빛이 돈다.

4

네 번이나 사절하고 응치 않던 최 의사는 어찌 생각하였는지 오늘은 경수를 따라왔다.

맥을 짚어 본 의사는 병을 고칠 테니 의채 오십 원을 주겠다는 계약을 쓰라 한다.

경수 모자는 한참 묵묵하였다.

병인의 고통은 점점 심해 간다.

경수는 몸이 부르르 떨렸다. 최 의사를 단박 때려서 죽여 버리고 싶었다. 그러나 일각이 시급한 안해를 살려야 하겠다 생각하면 그의 머리는 숙어지지 않을 수 없었다. 그러나 이를 어찌하랴? 그리라 하면 오십 원을 내놓아야 하겠으니 오십 원은커녕 오 전이나 있나? 못하겠소 하면 안해는 죽는다!

'아아 그래 나의 안해는 죽이는가?'

생각할 때 그의 오장은 칼에 푹푹 찢기는 듯하였다.

"시방 돈이 없더래도 일없소! 연기를 했다가 일후에 주어도 좋지! 계약서만 써 놓으면……."

의사는 벌써 눈치를 채었다는 수작이다.

경수는 벼루를 집어다가 계약서를 써 주었다. 그 계약서는 이렇게 썼다.

──의채 일금 오십 원을 한 달 안으로 보급하되 만일 위약하는 때면 경수가 최 의사 집에 가서 머슴 일 년 동안 살 일──

의사는 경수 안해의 팔다리를 동침으로 쑥쑥 찌르고 나서 약 화제 한 장을 써 주면서,

"이것을 가지고 박 주사 약국에 가 보오. 내 약국에는 인삼이 없어서 못 짓겠으니."

하고는 돌아다도 보지 않고 가 버렸다.

병인의 사지는 점점 풀리면서 호흡이 순하여진다.

경수는 차마 발길이 떨어지지 않았다. 그 약국 문 앞에 이르러서 퍽 주저거리다가 할 수 없이 방에 들어섰다.

약 냄새는 코를 툭 찌른다. 그는 주저거리다가 겨우 입을 열었다.

"약을 좀 지어 주시오."

약국 주인은 아무 말 없이 화제를 집어서 보다가 수판을 자각자각 놓더니,

"돈 가지고 왔소?"

하면서 경수를 본다. 경수의 낯은 화끈하였다.

"돈은 낼 드릴 테니 좀 지어 주시오."

경수의 목소리는 간수 앞에서 면회를 청하는 죄수의 소리 같다.

약국 주인은 아무 말도 없이 이마를 찡그리면서 저편 방으로 들어간다. 경수는 모—든 설움이 복받쳐서 눈물에 앞이 캄캄하였다. 일종의 분노도 없지 않았다. 세상은 너무도 자기를 학대하는 것 같았다. 그것이 새삼스럽게 슬프고 쓰리고 원통하였다. 방 안에 걸어 놓은 약봉지까지 자기를 비웃고 가라고 쫓는 것 같았다. 그는 소리없는 눈물을 주먹으로 씻으면서 약국 문을 나섰다. 약국을 나선 경수는 감옥에서나 벗어난 듯이 시원하지만 빈손으로 집에 들어갈 일을 생각하면 또 부끄럽고 구슬펐다.

5

경수는 집으로 돌아왔다.

집 안은 황혼빛에 어둑하여 모두 희미하게 보인다. 그는 안해의 곁에 가 앉았다.

"좀 어떻소? 어머니는 어디루 갔소?"

"어마님은 그 집(당신)에서 나간 담에 이에 나가서 시방 안 들어왔소. 약은 져 왔소?"

안해의 소리는 퍽 부드러웠다. 경수는 무어라 대답하면 좋을지 몰랐다. 어서 괴로운 병을 벗어나서, 한 찰나라도 건신한 생을 얻으려는 그 안해에게——그가 먹어야만 될 약을 못 지어 왔소 하기는 남편 되는 자기의 입으로서 차마 말할 수 없었다.

"지금 지어요. 나는 당신이 더치 않은가 해서 또 왔소. 이제 또 가지러
가겠소."

경수는 아무쪼록 안해의 마음을 위로하려고 이렇게 말하였다. 그러나
그것이 경수에게는 더욱 고통이 되었다. 내가 왜 진실히 말 안했누? 생
각할 때, 그 순박한 안해를 속인 것이 무어라 할 수 없이 가슴이 아팠다.
안해는 그 약을 기다릴 것이다. 그 약에 의하여 괴로운 순간을 벗으려고
애써 기다릴 것이다. 이렇게 생각하면서도 그것이 거짓말이라고 고백할
수도 없었다.

"돈 없다구 약국쟁이가 무시기라구 안합데?"

"흥!"

경수는 그 소리에 가슴이 꽉 막혔다. 그 무슨 의미로 흥! 했는지 자기
도 몰랐다. 그는 아무 소리 없이 손가락만 비비고 앉았다. 어머니가 얼른
오시잖는 것이 퍽 조마조마하였다. 그는 불만 멍하니 쳐다보았다. 파란
기름불은 실룩실룩하여 무슨 괴화같이 보이더니 인제는 윤곽만 희미하여
무리를 하는 햇빛 같다. 모—든 빛은 흐리멍텅하다. 자기 몸은 꺼먼 구
름에 싸여서 밑없고 끝없는 나라로 흥덩거려 들어가는 것 같다.

꺼지고 거므레한 그의 눈 가장자리가 실룩실룩하더니 누른빛을 띤 흰자
위에 꾹 박힌 두 검은자위가 점점 한 곳으로 모여서 모들떴다. 그의 낯빛
은 점점 검푸르러 가며 두 뺨과 입술은 경련적으로 떨린다.

그는 모들뜬 눈을 점점 똑바로 떠서 부뚜막을 노려보고 있다. 그의 눈
에는 새로 보이는 괴물이 있다. 그 괴물들은 탐욕(貪慾)의 붉은빛이 어
리어리한 눈을 날카롭게 번쩍거리면서 철관(鐵管)으로 경수 안해의 심장
을 꾹 찔러 놓고는 검붉은 피를 쭉쭉 빨아먹는다. 병인은 낯이 새까맣게
질려서 버둥거리며 신음한다. 그렇게 괴로워할 때마다 두 남녀는 피에 물
든 새빨간 혀를 내두르면서 '하하하' 웃고 손뼉을 친다. 경수는 주먹을
부르쥐면서 소름을 쳤다. 그는 뼈가 쩌릿쩌릿하고 염통이 쏙쏙 찔렸다.
그는 자기 옆에도 무엇이 있는 것을 보았다. 눈깔이 벌건 자들이 검붉은

손으로 자기의 팔다리를 꼭 잡고 철관으로 자기의 염통 피를 빨면서 홍소(哄笑)를 친다. 수염이 많이 나고 낮이 시뻘건 자는 학실이를 집어서 바작바작 깨물어 먹는다. 경수는 악 소리를 치면서 벌떡 일어섰다. 그것은 한 환상이었다. 그는 무서운 사실을 금방 겪은 듯이 눈을 부비면서 다시 방 안을 돌아보았다. 불빛이 어스름한 방 안은 여전하다.

그의 어머니는 그저 오지 않았다. 오늘은 어머니가 어떻게 기다려지는지 마음이 퍽 졸였다. 너무도 괴로워서 뉘 집 우물에 가서 빠져 죽은 것 같기도 하고 어느 나뭇가지에 가서 목이라도 맨 것같이도 생각났다. 그럴 때면 기구한 어머니의 시체가 눈에 보이는 듯하였다. 그는 뒷간에도 가 보고 슬그머니 앞집 우물에도 가 보았다. 그 어머니는 없었다. 그럴 리가 없겠지? 하고 자기의 무서운 상상을 부인할 때마다 그러한 생각을 하는 자기가 고약스럽고 악착스러웠다.

이렇게 마음을 졸이는 경수는 잠든 안해의 곁에 앉았다. 학실이도 그저 깨지 않고 잘 잔다. 뼈저리게 차던 구들이 뜨듯하니 수마(睡魔)가 모든 사람을 침범한 것이다. 경수도 몸이 노곤하면서 졸음이 왔다.

"경수 있나?"

밖에서 부르는 소리에 경수는 깜짝 놀라 일어섰다. 이때 그의 심령은 그에게 무슨 불길(不吉)을 가르치는 듯하였다.

경수는 문 밖에 나섰다.

쌀쌀한 어둠 속에서 사람들이 수수거린다. 그는 공연히 가슴이 덜컥하고 두근두근하였다. 그는 앞뒤를 엇결이 돌아보았다. 누군지 히슥한 것을 등에 업고 경수의 앞에 나타났다.

"아이구 어마니!"

그 사람의 등에 업힌 것을 들여다보던 경수는 이렇게 소리를 지르면서 축 늘어져서 정신없는 어머니에게 매어달렸다.

6

경수의 어머니는 방에 들여다 뉘였다. 다리와 팔에서는 검붉은 피가 그저 줄줄 흘러서 걸레 같은 치마저고리에 피 흔적이 임리하다. 낮에 고기도 척척 떨어졌다. 그는 정신없이 척 늘어졌다. 사지는 냉랭하고 가슴만 팔딱팔딱한다.

경수는 갑갑하여 울음도 나지 않고 말도 나오지 않았다.

"이게 어쩐 일이오?"

죽, 모여 선 사람 가운데서 누가 묻는다. 입을 쩍쩍 다시고 앉았던 김 참봉은 말을 내었다.

"하, 내가 지금 최 도감하구 물남에 갔다오는데 요 물 건네 되놈(支那人)의 집 있는 데루 가까이 오니 그늠의 집 개가 어떻게 짖는지! 워낙 그늠의 개가 사나운 개니까 미리 알아채리느라구 돌째기(돌멩이)를 찾느라구 업데서 낑낑하는데 '사람 살리오!' 하는 소리가 개 소리 가운데 모기 소리만치 들린단 말이야! 그래 최 도감하구 둘이 달아가 보니까 웬 사람을 그늠의 개들이 물어뜯겠지! 그래 소리를 쳐서 주인을 부른다 개를 쫓는다 하구 보니 아 이 늙은이겠지."

하며 김 참봉은 경수 어머니를 가리킨다.

"에구 그놈의 개가 상년에두 사람을 물어 죽엣지———"

누가 말한다.

"그래 님자는 가만히 있나?"

또 누가 묻는다.

"그 되놈덜! 개를 클아배(할아버지)보담 더 모시는데! 사람을 문다구, 누군지 그 개를 때렸다가 혼이 났는데두!"

"이놈(支那人)의 땅에 사는 우리 불쌍하지!"

이 사람 저 사람의 소리에 말을 끊었던 김 참봉은 또 입을 열었다.

"그래 몸을 잡아 일으키니 벌써 정신을 잃었겠지요! 그런데두 무시긴지 저거는 옆구리에 꼭 껴안고 있어!"
하면서 방바닥에 놓은 조그마한 보퉁이를 가리킨다.

"그게 무시기오?"
하면서 누가 그것을 풀었다. 거기서는 한 되도 못 되는 누―런 좁쌀이 우시시 나타났다. 경수 어머니는 앓는 며느리를 먹이려고 자기 머리에 다리(月子)를 풀어 가지고 물남에 쌀 팔러 갔던 것이다.

자던 학실이는 언제 깨었는지, 터버터버 기어와서 할머니를 쥐어흔든다.

"한머니 일어나라 이차! 이―차."

학실이는 항상 하는 것같이 잠든 할머니를 깨우는 모양으로 할머니의 머리를 들어 일으키려고 한다. 경수의 안해는 흑흑 운다. 너무도 무서운 광경에 놀랐는지 그는 또 풍증이 일어났다. 철없는 학실이는 할머니가 일어나지 않고 대답도 없으니 어미 있는 데 가서 젖을 달라고 가슴에 매어 달린다. 괴로워하는 그 어미의 호흡은 점점 커졌다.

모였던 사람은 하나둘씩 흩어진다. 누가 뜨뜻한 물 한 술 갖다 주는 이가 없다.

경수는 머리가 땅하였다. 그는 사지가 경련되는 것을 느꼈다. 그의 가슴에서는 연덩어리가 쑤숨질하는 듯도 하고 캐―한 연기가 팽팽 도는 듯도 하고 오장을 바늘로 쏙쏙 찌르는 듯도 해서 무어라 형언할 수 없었다. 갑자기 하늘은 시꺼멓게 흐리고 땅은 쿵쿵 꺼져 들어간다. 어둑한 구석구석으로서는 몸서리치도록 무서운 악마들이 뛰어나와서 세상을 깡그리 태워 버리려는 듯이 뻘건 불길을 활활 내뿜는다. 그 불은 집을 불사르고 어머니를, 안해를, 학실이를, 자기까지 태워 버리려고 확확 몰켜 온다. 뻘건 불 속으로서는 시퍼런 칼든 악마들이 불끈불끈 나타나서 온 식구를 쿡쿡 찌른다. 피를 흘리면서 혀를 갈아물고 쓰러져 가는 식구들의 괴로운 신음 소리는 차마 들을 수 없이 뼈까지 저리다. 그 괴로워하는 삶(生)을

어서 면케 하고 싶었다. 이러한 환상이 그의 눈앞에 활동사진같이 나타
날 때,

"아아 부숴라. 모다 부숴라!"

소리를 지르면서 그는 벌떡 일어섰다. 그의 손에는 식칼이 쥐었다. 그
는 으악——소리를 치면서 칼을 들어서 내리찍었다. 안해, 학실이, 어머
니 할 것 없이 내리찍었다. 칼에 찍힌 세 생령은 부르르 떨며, 방 안에는
피비린내가 탁 터졌다.

"모두 죽여라! 이놈의 세상을 부시자! 복마전(伏魔殿) 같은 이놈의
세상을 부시자! 모다 죽여라!"

밖으로 뛰어나오면서 외치는 그 소리는 침침한 어둠 속에 쌀쌀한 바람
과 같이 처량히 울렸다. 그는 쓸쓸한 거리에 나섰다. 좌우에 고요히 늘어
있는 몇 개의 상점은 빈지를 반은 닫고 반은 열어 놓았다.

경수의 눈앞에는 아무 거리낄 것 아무 주저할 것이 없었다. 그는 허둥
지둥 올라가면서 다 닥치는 대로 부순다! 상점이 보이면 상점을 짓모으
고 사람이 보이면 사람을 찔렀다.

"홍으적(도적놈)이야!"

"저 미친 놈 봐라!"

고요하던 거리에는 사람의 소리가 요란하다.

"내가 미쳐? 내가 도적놈이야? 이 악마 같은 놈덜 다 죽인다!"

경수는 어느 새 웃장거리 중국 경찰서 앞까지 이르렀다. 그는 경찰서
앞에서 파수 보는 순사를 콱 찔러 누이고 안으로 뛰어 들어갔다. 창문을
부순다. 보이는 사람대로 찌른다.

"꽝——꽝——꽝꽝."

경찰서 안에서는 총소리가 연방 났다. 벽력같이 울리는 총소리는 쌀쌀
한 바람과 함께 쓸쓸한 거리에 처량히 울렸다.

모—든 누리는 공포의 침묵에 잠겼다.

큰물 진 뒤

1

닭은 두 홰째 울었다. 모진 비바람 속에 울려 오는 그 소리는 별다른 세상의 소리 같았다.

비는 그저 몹시 퍼붓는다. 급하여 가는 빗소리와 같이 천장에서 새어 내리는 빗방울은 뚝뚝——뚝뚝 먼지 구덩이 된 자리 위에 떨어진다. 그 을음과 빈대 피에 얼룩덜룩한 벽은 새어 내리는 비에 젖어서 어스름한 하늘에 피어오르는 구름발 같다. 우우 하고 불어오는 바람에 몰리는 빗발은 간간이 쏴——하고 서창을 들이쳤다.

"아이구 배야! 익힝 응 아구 나 죽겠소!"

윤호의 아내는 몸부림을 치면서 이를 빡빡 갈았다. 닭 울 때부터 신음하는 그의 고통은 점점 심하여졌다. 두 손으로 아랫배를 누르고 비비다가도 그만 엎드려서 깔아 놓은 짚과 삿자리를 박박그리고 뜯는다. 그의 손가락 끝은 터져서 새빨간 피가 삿자리에 수를 놓았다.

"애고고! 내 엄마! 응옥, 아이구 여보!"

그는 몸을 벌떡 일어서 윤호의 허리를 껴안았다. 윤호는 두 무릎으로
아내의 가슴을 받치고 두 팔에 힘을 주어서 아내의 겨드랑이를 추켜 안았
다. 윤호에게는 이것이 첫경험이었다. 어머니며 늙은 부인들께서 말로는
들은 법하나 처음으로 당하는 윤호의 가슴은 알 수 없는 두려움이 두근두
근하였다. 미구에 새 생명을 얻으리라는 기쁨은 이 찰나에 싹도 볼 수 없
었다.

"여보! 내가 가서 귀둥녀 할미를 데려오리다, 응."

"아니 여보! 아이구!"

아내는 윤호의 허리가 끊어지도록 안았다. 그의 낯은 새파랗게 질렸다.
아내의 괴로움만큼 윤호도 괴로웠다. 아내가 악을 쓸 때면 윤호도 따라
힘을 썼다. 아내가 몸부림을 하고 자기의 허리를 꽉 껴안을 때면 윤호도
꽉 껴안았다.

윤호는 누울 때 지나서부터 몹시 괴로워하는 아내를 보고 옛적 산파로
경험이 많은 귀둥할미를 불러오려고 하였다. 그러나 아내의 고통은 각일
각 괴로워 가는데 보아 줄 사람은 하나도 없고, 게다가 비바람이 어떻게
뿌리는지 촌보를 나아갈 수 없어서 주저하였다. 윤호는 아내의 생명이 끊
기고야 말 것같이 생각하였다. 어수선한 짚자리 위에 뻐둑뻐둑하다가 어
린 목숨을 낳다 말고 두 어미 새끼가 뒈지는 환상이 보였다. 따라서 해산
으로 죽은 여러 사람의 기억이 떠올랐다. 그는 몸을 부르르 떨면서 아내
를 더욱 꽉 껴안았다. 마음대로 하는 수 있다면 아내의 고통을 나누고 싶
었다. 괴로운 신음 소리와 같이 몸부림을 탕탕 하는 것은 자기의 뼈와 고
기를 싹싹 에어 내는 듯해서 차마 볼 수 없었다.

"끽! 옹! 으응! 옥! 아이구! 억억."

아내는 더 소리를 못 지른다. 모들뜬 두 눈은 무엇을 노려보는 듯이 똥
그랗게 되었다. 숨도 못 내쉬고 이를 꼭 깨물고 힘을 썼다.

"으아!"

퀴지근한 비린 냄새가 흐르는 누린 불빛 속에 울리는 새 생명의 소리!

어둔 밤 비바람 소리 속의 그 소리! 윤호는 뵈지 않는 큰 물결에 싸이는 듯하였다.

"무에요?"

신음 소리를 그치고 짚자리 위에 누웠던 아내는 머리를 갸우드름하여 사내를 치어다보았다. 새빨간 핏방울을 번질번질 쏟친 볏짚 위에 떨어진 어린 생명은 꼼지락꼼지락하면서 빽빽 소리를 질렀다. 윤호는 전에 들어두었던 기억대로 푸른 헝겊으로 탯줄을 싸서 물어 끊었다.

"응! 자지가 있네——히히히."

윤호는 때오른 적삼에 어린것을 싸면서 웃었다.

"흥, 호호!"

아내는 웃으면서 허리를 구부정하여 어린것을 보았다. 이 찰나, 침통과 우울과 공포가 흐르는 이 방 안에는 평화와 침묵이 흘렀다. 윤호는 무엇을 끓이려고 내려갔다.

우우 쏴——빗발이 서창을 쳤다. 젖은 벽에서는 흙점이 철썩철썩 떨어진다. 어디서 급한 물소리와 같이 수수거리는 소리가 들렸다. 그 소리는 봄비 속에 개구리 소리같이 점점 높이 들렸다. 윤호는 눈을 둥그렇게 뜨면서 귀를 기울였다.

"윤호! 윤호! 제방(堤防)이 터지니 어서 나오!"

그 소리는 윤호에게 청천의 벽력이었다. 그는 튀어나갔다. 이 순간 그의 눈앞에는 퍼런 논판이 떠올랐다. 그밖에 아무것도 생각나지 않았다. 그는 마당 앞으로 몰켜 지나가는 무리에 뛰어들었다. 어디가 하늘! 어디가 땅! 창살같이 들이는 비! 몰려오는 바람! 발을 잠그는 진창! 그 속에서 고함을 치고 어물거리는 그림자는 으슥한 수천만의 도깨비가 횡행하는 것이다.

2

모든 사람들은 침침 어둔 빗속을 헤저어서 마을 뒤 방축으로 나아갔다. 더듬더듬 방축으로 기어올랐다. 물은 보이지 않았다. 손과 발로 물 형세를 짐작할 뿐이었다. 꽐꽐 철썩 출렁, 꽐꽐 하는 물소리는 태산을 삼키고 대지를 깨칠 듯하다.

"이거 큰일났구나!"

"암만해두 넘겠는데!"

이 입 저 입으로 흘러나왔다. 그 소리는 위대한 자연의 힘 앞에 인력의 박약을 탄식하는 듯하였다.

"자! 이러구만 있겠소? 그 버들을 찍어라! 찍어서 여기다가 눕히자!"

우렁찬 목소리가 들렸다.

"가만 있자! 한짝에는 섬(叺)에다가 돌을 넣어다 여기다가 막읍시다."

탁――탁 나무 찍는 도끼 소리가 났다. 한편에서는 섬을 메어 올렸다. 윤호는 찍은 나무를 끌어다가 가장 위태로운 곳에 뉘었다.

빗소리, 물소리, 바람 소리, 어둠 속에서 흥분된 모든 사람들은 죽기로써 힘을 썼다.

이 방축에 이 마을의 운명이 달렸다. 이 방축 안에 있는 논과 밭으로 이백이 넘는 이 마을 집이 견디어 간다. 그런 까닭에 해마다 가을 봄으로 이 마을 사람들은 이 방축에 품을 들여서 천만 년 가도 허물어지지 않게 애를 써 왔다. 그뿐만 아니라 이리로 바로 쏠리는 물길을 방축 건너편 산 아래로 돌리기까지 하였다.

이렇게 쌓은 공이 하루 아침에 무너졌다. 작년 봄에 이 마을 밖으로 철도가 났다. 그 때문에 저편 산 아래로 돌려 놓은 물은 철교를 지나서 이 마을 뒷방축을 향하고 바로 흐르게 되었다. 이 때문에 촌민들은 군청, 도

청, 철도국에 방축을 더 굳게 쌓아 주든지, 철교를 좀 비스듬히 놓아서
물길이 돌게 하여 달라고 진정서를 여러 번이나 들였으나 조금의 효과도
얻지 못하였다. 작년 여름 물에 이 방축이 좀 터졌으나 호소할 곳이 없었
다. 그 뒤로 비만 내리면 촌민들은 잠을 못 자고 방축을 지켰다.

"이──이 이게 어찐 일이냐? 옹!"

"터지는구나! 이키 여기는 벌써 터졌네!"

"힘을 써라! 힘을 써라! 이게 터지면 우리는 죽는다. 못 산다!"

초초분분 불어 가는 물은 콸콸 소리를 치면서 방축을 넘었다. 바람이
우우 몰려왔다. 비는 여러 사람의 낯을 쳤다. 모두 흑흑 느끼면서 낯을
가리고 물을 뿜었다.

쏴──콸콸콸.

"여기도 또 터졌구나!"

모두 그리로 몰렸다. 아래를 막으면 위가 터지고 위를 막으면 아래가
터진다. 터지는 것보다 넘치는 물이 더 무서웠다.

"이키 여기 발써 물이 길(丈)이나 섰구나."

거무칙칙하여 보이지 않는 논판에서 누가 부르짖었다.

이제는 누구나 물을 막으려는 사람은 없다. 어둠 속에 희슥한 그림자들
은 창살 같은 빗발을 받고 가만히 서 있다. 모진 바람이 한바탕 지나갔
다. 모든 사람들은 굳센 물결이 무릎을 잠그고 궁둥이를 잠글 때 부르르
떨었다.

윤호도 방축을 넘는 물 속에 박은 듯이 서 있었다. 꺼먼 그의 눈앞에는
물 속에 들어가는 논이 보였다. 떠 내려가는 집들이 보였다. 아우성치는
사람이 보였다──이 환상을 볼 때 그는 으응 부르짖으면서 방축에서 내
려뛰었다. 방축 아래 내려서니 살같이 흐르는 물이 겨드랑이를 잠근다.
그는 돌인지 물인지 길인지 밭인지 빠지고 거꾸러지면서 집 마을을 향하
고 뛰었다. 이 모퉁이에서 물을 헤저어 나가는 아우성 소리가 빗소리와
같이 요란하건만 그에게는 들리지 않았다. 그의 눈앞에는 물 한 모금 못

먹고 짚자리 위에 쓰러진 두 생령의 환상이 보일 뿐이다. 그는 환상을 보고 떨 뿐이다. 그 환상은 누런 진흙물 속에 쓰러진 집에 치여서 킥킥 버둥질치는 형으로도 나타났다. 그는 주먹을 부르쥐고 이를 악물었다. 윤호는 자기 집 마당에 다다랐다.

불빛이 희미한 창 속에서 어린애 울음이 들렸다. 창에 비친 불빛에 누릿한 물은 흙마루를 지나 문턱을 넘었다.

윤호는 방으로 뛰어 들어갔다. 방에는 물이 흥건히 들었다. 아내는 물 속에서 애를 안고 어쩔 줄을 몰라한다. 물은 방 안에 점점 들어온다. 어디서 쐬——소리가 들렸다. 돌아보니 뒷벽이 뚫어져서 물이 디미는 소리였다. 윤호는 아내를 둘러업고 애기를 안았다. 이때 초인간적 굳센 힘이 그를 지배하였다. 그는 문을 차고 밖으로 뛰어나왔다. 어느 새 물은 허리를 잠겼다. 물살이 어떻게 센지 소 같은 장사들도 견디기 어려울 지경이었다. 그는 쓰러졌다가는 일어서고 일어섰다가는 쓰러지면서 물 속을 헤저어 나갔다. 팔에 안은 것이 무엇이며 등에 업은 것이 누구라는 것까지 이 찰나에 의식지 못하였다. 의식적으로 업고 안은 것이 이제는 기계적으로 놓지 않게 되었다.

3

동이 텄다. 사방은 차츰 훤하여졌다. 거무칙칙하던 구름이 풀리면서 퍼붓는 듯하던 비가 실비로 변하더니 이제는 안개비가 되었다. 바람도 잔다.

마을 사람들은 거지반 마을 앞 조그마한 산에 몰렸다. 밝아 가는 새벽빛 속에 최최해서 어물거리는 사람들은 갈 바를 몰라한다. 누구를 부르는 소리, 울음소리, 신음하는 소리에 수라장을 이루었다. 윤호는 후줄근한 풀 위에 아내를 뉘었다. 어린것도 내려놓았다. 참담한 속에서 고고성을 지른 붉은 생령은 참담한 속에서 소리없이 목숨이 끊겼다. 찬 비와 억센 물에 쥐어 짠 듯이 된 윤호 아내는 싸늘한 어린것을 안고 흑흑 느낀다. 윤호는 아무 소리 없이 붙안고 우는 어미 새끼를 물끄러미 보았다. 그의 가슴은 저리다 못해 무엇이 뭉킷 누르는 듯하고, 머리는 띵한 것이 눈물도 나지 않고 말도 나오지 않았다.

날은 다 밝았다. 눈앞에 뵈는 것은 우뚝우뚝한 산을 넘겨 놓고는 망망한 물판이다. 어디가 논? 어디가 밭? 어디가 집? 어디가 내? 누런 물이 세력을 자랑하는 듯이 촬——촬—— 흐른다. 널쪽, 궤짝, 짚가리, 나뭇단, 널따란 초가지붕——온갖 것이 둥둥 물결을 따라 흘러내린다. 저편 버드나무 속으로 흘러나오는 집 위에는 계집 같기도 하고 사내 같기도 한 사람 서넛이 이편을 보고 고함을 치는지 손을 내두르고 발을 구른다. 갠지 돼지인지 자맥질 쳐서 이리로 나온다. 사람 실은 지붕은 슬슬 내리다가 물 위에 머리만 붕긋이 내놓은 버드나무에 닿자마자 그만 물 속에 쑥 들어가더니 다시 떠오를 때에는 여러 조각이 났다. 그 위의 사람의 그림자는 다시 볼 수 없었다. 그 저편에서도 두엇이나 탄 지붕인지 짚가리인지 흘러갔다. 그러나 누구 하나 그것을 건지려는 사람은 없다. 윤호의 곁에 있는 한 오십 되어 뵈는 늙은 부인은,

"에구 끔찍해라! 에구 내 돌쇠야! 흑흑."

하면서 가슴을 치고 땅을 친다. 어떤 젊은 부인은 어린것을 업고 흑흑 울기만 한다. 사내들도 통곡하는 사람이 있다. 밥 달라고 우는 어린것들도 있다. 어떤 사람은 멍하니 서서 질퍽한 들판을 얼없이 보기도 하고, 어떤 사람은 지르르한 풀판에 앉아서 담배만 풀썩풀썩 피기도 한다. 풀렸다가는 엉키고 엉켰다가는 풀리는 구름 사이로 푸른 하늘이 보이면서 둔탁한 굵은 볕발이 누른 무지개 모양으로 비치었다. 안개비도 개었다.

"여보! 울면 뭘 하우, 그까짓 죽은 것 생각할 게 있소? 자——울지 마오. 산 사람은 살아야 안 쓰겠소?"

이렇게 아내를 위로하나 그도 슬펐다. 물 한 모금 못 먹인 아내를 생각하든지 제 명에 못 죽은 아들! 현재도 현재려니와 이제 어디를 가랴? 일

년내 피와 땀을 짜 받아서 지은 밭이 하룻밤 물에 형적조차 남기지 않았
으니 이 앞일을 어찌하랴? 그는 생각하면 생각할수록 슬펐다. 슬픔에 슬
픔을 쌓은 그 슬픔은 겉으로 눈물을 보내지 않고 속으로 피를 짰다. 그는
어린 주검을 소나무 아래 갖다 놓고 솔잎으로 덮어 놓았다. 그 주검을 뒤
에 두고 나오니 알 수 없이 발이 무거웠다.

　이른 아침때가 되어서부터 윤호의 아내는,

　"아이구 배야! 배야!"

하고 구른다. 어물어물하는 사람은 없건만 모두 제 설움에 겨워서 남의
괴로움을 돌볼 새가 없다.

　"허허, 이것 안되었군! 산후에 찬 물을 건네구 사람이 살 수 있겠소!
별수 없으니 어서 업구서 넘엇마을로 가 보."

　웬 늙은이가 곁에 와서 구르는 아내를 붙잡아 주면서 걱정한다.

　윤호는 아내를 업었다. 새벽에는 아내를 업고 애를 안고 그 모진 물 속
을 헤저어 나왔건만, 인제는 일 마장도 갈 것 같지 못하다. 더구나,

　"아이구 배야!"

하면서 두 어깨를 꽉 끌어당기면서 몸을 비비 틀면 허리가 휘전휘전하고
다리가 휘우뚱거려서 어쩔 수 없다. 그는 땀을 흘리면서 조그마한 고개를
넘어왔다. 거기는 십여 호나 되는 조그마한 동리가 있다. 벌써 물에 쫓긴
사람들은 집집이 몰려들었다. 윤호는 어느 집 방을 겨우 얻어 아내를 뉘
어 놓았다. 누가 미음을 쑤어다 주는 것을 먹였으나 아내는 한 모금 못
먹고 그저 신음한다. 의원을 데려다가 침, 뜸, 약——힘 자라는 데까지
손을 써 보았으나 소용이 없었다. 낮부터 비는 또 쏴——르륵 내렸다.

4

　괴로운 사흘은 지나갔다.

　집을 잃고 밭을 잃고 부모를 잃고 처자를 잃은 무리들은 거기서 삼십

리나 되는 읍으로 나갔다. 윤호도 그중의 한 사람이었다. 그네들은 읍에
나가서 정거장의 노동자 물지게꾼 흙질꾼 구들 고치는 사람——이렇게
그날그날을 보내었다. 어떤 자는 이 집 저 집으로 돌아다니면서 밥을 빌
어먹었다. 윤호는 집 짓는 데 돌아다니면서 흙을 져 날랐다. 그의 아내의
병은 나날이 심하였다. 바싹 말랐던 사람이 퉁퉁 부어서 멀겋게 되었다.
그런 우중 눅눅한 풀막 속에서 변변히 먹지도 못하고 간병하는 손도 없으
니 그 병의 회복을 어찌 속히 바라랴!

  윤호가 하루는 아내의 병구완으로 한잠도 못 자고 밤새껏 애쓰다가 아
침을 굶고 일터로 나갔다. 하루 오십 전을 받는 일이언만 해뜨기 전에 나
와서 어두워야 돌아간다. 그날 아침에는 흙을 파서 담는데 지겟다리가 부
러져서 그 때문에 한 시간 동안이나 흙을 못 날랐다. 그 새에 다른 사람
은 세 짐이나 더 지었다.

  "이놈은 눈깔이 판득판득해서 꾀만 부리는구나!"

  양복 입은 감독은 늦게 온 윤호를 보고 눈을 굴렸다. 윤호는 아무 대답
없이 흙을 부어 놓고 돌아서 나왔다. 나오려고 하는데 감독이 쫓아오더니
앞을 딱 막아 서면서,

  "왜 늦게 댕겨!"

하고 꺼드럭꺼드럭하는 서울말로 툭 쏘았다.

  "네, 지겟다리가 부러져서 그거 고치느라고 늦었습니다."

  "뭘 어쩌구 어째? 남은 세 지게나 졌는데 어디 가 낮잠을 잤어?……
그놈 핑계는 바루!"

  "정말이외다. 다른 날 언제 늦게 옵데까? 늘 남 먼저 오잖었오……."

  "이놈아, 대답은 웬 말대답이냐? 응 다른 날은 다른 날이요 오늘은 오
늘이지! 돈이 흔해서 너 같은 놈을 주는 줄 아니?"

하더니 윤호의 여윈 뺨을 갈겼다. 윤호는 뺨을 붙잡고 가만히 서 있었다.

  "이놈아, 너 같은 놈은 일없다. 가거라!"

하더니 주먹으로 윤호의 미간을 박으면서 발을 들어 배를 찼다.

"아이구! 으응웅 흑흑."

윤호는 울면서 지게 진 채 땅에 거꾸러졌다. 그의 코에서는 시뻘건 선지피가 콸콸 흘렀다. 일꾼들은 모두 이편을 보았다. 같은 지게꾼들은 무슨 승수나 난 듯이 더 분주하게 져 나른다.

"이놈아, 가! 가거라!"

감독은 독살이 잔뜩 엉긴 눈으로 윤호를 보더니 사방을 돌아보면서,

"뭘 봐? 어서 일들 해! 도모 죠센징 와다메다! 츠루쿠데 다메다!"

하는 바람에 일꾼들은 조심조심히 일에 손을 대었다.

눅눅한 검은 땅을 붉고 뜨거운 코피로 물들인 윤호는 일어섰다. 코에서는 걸디건 피가 그저 뚝뚝 흘렀다. 그의 흙투성이 된 옷섶은 피투성이가 되었다. 그는 머리를 숙이고 한참이나 서서 무엇을 생각하더니 빈 지게를 지고 어청어청 아내가 누웠는 풀막으로 돌아갔다.

윤호는 지게를 벗어서 팔매를 치고 막 안으로 들어갔다. 어둑한 막 안에서 신음하던 아내는 눈을 비죽이 떠서 윤호를 보더니 목구멍 겨우,

"여보, 어째 그러오? 그게 어쩐 피요?"

하고 묻는다. 윤호는 아무 대답 없이 아내의 곁에 드러누웠다. 모두 귀찮았다. 세상만사가 다 귀찮았다. 세상 밖에 나와서 비로소 가장 사랑하던 아내까지도 귀찮았다. 죽는다 해도 꿈만 하였다.

"네? 어째 그러오?"

그러나 재쳐 묻는 부드러운 아내의 소리에 대답 안할 수가 없었다.

"응, 넘어져서 피가 터졌소!"

윤호의 소리가 그치자 아내는 훌쩍훌쩍 운다. 윤호의 가슴은 칼로다 빡빡 찢는 듯하였다. 그는 알 수 없는 커단 것에 눌리는 듯하였다. 무엇이 코와 입을 꽉 막는 듯이 호흡조차 가빴다. 그는 온몸에 급히 힘을 주면서 눈을 번쩍 떴다. 아무것도 없었다. 그저 으스름한 속에 넌들넌들 드리운 풀포기가 있을 뿐이다. 그는 눈을 다시 감았다. 모든 지나온 일이 눈앞과 머릿속에 방울이 져서 떠올라서는 툭 터져 버리곤 한다. 자기는 이때까지

남에게 애틋한 일, 포악한 일을 한 적이 없었다. 싸움이면 남에게 졌고 일이면 남보다 더 많이 하였다. 자기가 어려서 아버지 돌아갈 때 밭뙈기나 있는 것을 삼촌더러 잘 관리하였다가 자기가 크거든 주라고 한 것을 삼촌은 그대로 빼앗고 말았다. 그러나 자기는 가만히 있었다. 동리 심부름이라는 심부름은 자기와 아내가 도맡아 하여 왔다. 그래도 잘못한 일이 있으면 자기와 아내가 홀로 책망과 욕을 들었다. 선한 일을 하면 복을 받는다, 부지런하면 부자가 된다, 남이 욕하든지 때리든지 가만히 있어라 ——이러한 것을 자기는 조금도 어기지 않고 지켜 왔다. 그러나 이때까지 자기에게 남은 것은 풀막——그것도 제 손으로 지은 것——병, 굶주림, 모욕밖에 남은 것이 없다. 집을 바치고 힘을 바치고 귀중한 피까지 바치면서도 가만히 순종하였건만 누구 하나 이렇다 하는 이가 없었다. 오히려 이때까지 자기가 본 경험으로 말하면 욕심 많고 우락부락하고 못된 짓 잘 하는 무리들은 잘 입고, 잘 먹고, 잘 쓴다. 자기에게 남은 것은 이제 실낱 같은 목숨뿐이다. 아내뿐이다. 그러나 그것도 이렇게 되고서는 몇 달을 보증하랴! 까딱하면 목숨까지 버릴 것이다. 목숨까지 바쳐? 이 목숨——여기까지 생각하고 그는 몸을 부르르 떨면서 주먹을 쥐었다.

"응! 그는 못해!"

그는 혼잣소리같이 뇌이면서 머리를 흔들었다. 사실이다. 목숨까지 바치기는 너무도 억울하다. 자기가 왜 고생을 했나? 목숨이다! 이 목숨을 아껴서 무슨 고생이든지 하였다. 목숨을 바치면 죽는 것이다. 죽고도 무엇을 구할까? 그러나 그저 이대로 있어서는 살 수 없다. 병으로 살 수 없고 배 고파 살 수 없고——결국 목숨을 바치게 된다. 이때 그의 머리에는 떠오르는 것이 있었다. 눈앞에 보이는 환상이 있었다. 그의 해쓱한 낯에는 엄연한 빛이 어리고 다정스럽던 두 눈에는 독기가 돌았다. 그는 다시 입술을 깨물고 주먹을 쥐었다.

5

초승달이 재를 넘은 지 벌써 오래 되었다. 훤히 갠 하늘에 별빛은 푸근히 보였다. 사면은 고요하다. 이슬에 눅눅한 대지 위에 우뚝이 솟은 건물들은 잠잠한 물 위에 뜬 듯이 고요하다. 멀리 뭉긋이 보이는 산들은 하늘 아래 굵은 곡선을 그었다.

세상이 모두 잠 자는 이때 집 마을에서 좀 떠나 으슥한 수수밭 머리에 풀포기를 모아 얽어 놓은 조그만 막 속에서 나오는 그림자가 있다. 그 그림자는 막 앞에 나서서 한참 주저거리더니 수수밭 머리에 훤히 누워 있는 큰길을 건너서 조와 콩이 우거진 밭 속으로 몸을 감추었다.

사면은 쥐 하나 얼른거리지 않는다. 스르륵스르륵 서로 부닥치는 좃대 소리는 귀담아 듣는 이나 들을 것이다. 먼 데서 울려 오는 개 짖는 소리는 딴 세상의 소리 같다.

한참만에 집 마을 가까운 조밭 속으로 살근살근——그러나 민활하게 이 집 저 집, 이 골목 저 골목으로 지나간다. 가다가는 한참이나 서서 주저거리다가도 또 간다. 기단 골목의 여러 집을 지나서 나오는 그림자는 현등이 드문드문 걸린 거리에 이르더니 썩 나서지 못하고 어떤 집 옆에 서서 앞뒤를 보고 아래 위를 본다. 거리는 고요하다. 집집이 문을 채웠다.

저 아래편에 아득히 보이는 파출소까지 잠잠하였다. 한참 주저거리던 그림자는 얼른얼른 뛰어 건너서 맞은편 어둑한 골목으로 들어섰다. 그를 본 사람은 하나도 없었다. 그러나 거리의 말없는 현등만은 그가 누군 것을 알았다. 그는 윤호였다.

윤호는 몇 걸음 걷다가는 헝겊에 뚤뚤 감아서 허리띠에 지른 것을 만져 보았다. 만질 때마다 반짝 서릿발 같은 그 빛을 생각하고 몸을 떨면서 발을 멈추었다. 뒤따라 새빨간 피, 째각째각 칼소리를 치고 모여드는 붉은 눈? 잔뜩 얼키는 자기 몸을 생각지 않을 수 없었다. 그보다도 칼 밑에 구

슬피 부르짖고 쓰러지는 생령을 생각하면 가슴이 뭉킷하고 온 신경이 째
릿째릿하였다.

'아, 못할 일이다! 참말 못할 일이다! 내가 살자고 남을 죽여!'

그는 입안으로 중얼거리면서 발끝을 돌렸다. 그러다가도 자기의 절박
한 처지라거나 자기가 목표삼고 나가는 대상들의 하는 것들을 생각할 때
면 그 생각이 뒤집혔다.

'아니다. 남을 안 죽이면 내가 죽는다. 아내는 죽는다. 응, 소용없다.
선한 일! 죽어서 천당보다 악한 짓이라도 해야 살아서 잘 먹지! 그놈들
도 다 못된 짓하고 모은 것이다. 예까지 왔다가 가다니?'

이렇게 생각하면 풀렸던 사지가 다시 긴장되었다. 그는 다시 앞으로 걸
었다. 집에서 떠나면서부터 이리하여 주저한 것이 오륙 차나 되었다.

윤호는 커다란 솟을대문 앞에 다다랐다. 그는 급한 숨을 죽여 가면서
대문을 뒤두고 저편 높다란 싸리 울타리 밑으로 갔다. 그의 가슴은 두근
두근하고 사지는 떨렸다. 귀밑 맥이 툭탁툭탁 하면서 이가 덜덜 솟긴다.

'에라 그만둬라. 사람으로서 차마!'

그는 가슴을 누르고 한참 앉았다. 한참만에 그는 우뚝 일어섰다. 두 팔
을 쭉 폈다. 몸을 부쩍 솟는 때에 싸리가 부서지는 소리, 우쩍하자 그 몸
은 울타리 위에 올라갔다.

마루 아래서 으응——하고 으릉대는 개가 울타리 안에 그림자가 어른
하는 것을 보더니 으르렁 엉웡웡 하면서 내닫는다.

"으흥! 이 개!"

방에서 우렁찬 사내 소리가 들렸다. 윤호는 얼른 고기를 꿰어 가지고
온 낚시를 집어던졌다. 개는 집어먹었다. 낚시에 걸린 개는 낚싯줄을 잡
아당기는 대로 꼼짝 소리를 못 지르고 느릿히 쫓아다닌다. 낚싯줄을 울타
리 말뚝에 잡아맨 윤호는 살금살금 마루로 갔다. 그리 몹시 두근거리는
그의 가슴은 끓고 난 뒤의 물같이 잠잠하였다. 두 눈에서 흐르는 이상한
빛은 어둠 속에서 번쩍 하였다. 그는 마루 앞에 앉더니 허리끈에 지른 것

을 빼어서 슬근슬근 풀었다. 널찍한 헝겊이 다 풀리자 환한 별빛 아래 번
쩍 하는 것이 그의 무릎에 놓였다. 그는 그 헝겊으로 눈만 내놓고는 머
리, 이마, 귀, 입, 코 할 것 없이 싸고 무릎에 놓인 것을 잡더니 마루 위
에 살짝 올라섰다. 이때 방 안에서,

"무어는 무어야? 개가 그리는 게지."

사내의 소리가 나더니 삭스르럭 성냥 긋는 소리가 들렸다. 윤호는 주춤
하다가 빳빳이 다시 섰다.

6

낮이면 돈을 만지고 밤이면 계집을 어르는 것으로 한없는 쾌락을 삼는
이 주사는 어쩐지 오늘 밤 따라 마음이 뒤숭숭하여 졸음이 오지 않았다.
끼고 누웠던 진줏집을 깨워서 술을 데워 서너 잔이나 마시었으나 역시 잠
들 수 없었다. 눈을 감으면 무엇이 와 덮치는 것 같기도 하고 눈을 뜨면
마루에서 무슨 소리가 들리는 듯도 하였다. 머리맡에 켜 놓은 촛불의 거
물거물하는 시뻘건 눈알이 노려보는 듯해서 꺼 버렸다.

"여보, 잡시다. 왜 잠 못 드우?"

"글쎄, 졸음이 안 오는구려."

이 주사는 진줏집 말에 대답은 하였으나 자기 입으로 자기 넋으로 나오
는 소리 같지가 않았다. 그는 눈 감았다 뜰 때에 벽에 해쓱한 그림자가
서 있는 것을 보고 여러 번 가슴이 꿈틀꿈틀하였다. 그러다가도 그 그림
자가 의복이라고 생각하면 좀 맘이 패였다. 그렇게 생각하고 그 그림자에
여러 번 속았다. 그는 여러 번 베개 너머로 손을 자리 밑에 넣었다. 큼직
한 것이 손에 만지우면 그는 큰 숨을 화――쉬었다. 그는 이렇게 애쓰다
가 삼경이 지나서 겨우 잠이 소르르 들자마자 무슨 소리에 놀라 깨었다.
진줏집도 이 주사가 와뜰 놀라는 바람에 깨었다. 그 소리는 마루 아래 개
가 으르릉웡 짖는 소리였다. 이 주사는 가슴에서 넉장이 뚝 떨어졌다.

"으흥! 이 개!"

그는 겁결에 소리를 쳤으나 뛰노는 가슴을 진정할 수 없었다. 더욱 왈칵 내닫는 개가 깜짝 소리없는 것이 의심스러웠다. 그러나 마루가 우쩍하는 것이 무에 단박 들이미는 것 같았다.

"마루에서 무엔구!"

진줏집은 초에다가 불을 켰다.

"무에야 무에야 개가 그리는 게지."

이 주사의 소리는 떨렸다. 그는 얼른 자리 밑에 넣었던 뭉치를 끄집어내어서 꼭 쥐었다.

"어디 내가 내다보구!"

진줏집은 미닫이를 열더니 덧문을 덜컥 벗겨서 열었다.

문 열던 진줏집! 뒤에서 내다보던 이 주사! 벌거벗은 두 남녀는 '으악' 들이긋는 소리와 함께 그만 푹 주저앉았다. 열린 문으로는 낯을 가린 뺏뺏한 장정이 서리 같은 칼을 들고 나타났다. 장정은 미닫이를 천천히 닫더니,

"목숨을 아끼거든 꼼짝 마라!"

명령을 내렸다. 그 소리는 그리 높지 않으나 시멘트 판에 쇳덩어리를 굴리는 듯하였다. 벌거벗은 남녀는 거들거리는 촛불 속에 수굿이 앉았다. 두 사람의 낯은 새파랗게 질렸으나 아름다운 살빛! 예쁜 곡선은 여윈 사람에게서는 도저히 볼 수 없는 것이었다.

"이근춘이, 네 들어라. 얼마든지 있는 대로 내놔야지 그렇잖으면 네 혼백은 이 칼끝에 달아날 것이다."

장정은 칼끝으로 이 주사를 견주며 노려보았다. 평화와 안락과 춘정이 무르녹았던 방엔 긴장한 공포의 침묵이 흘렀다.

"왜 말이 없니?"

"네, 모다 저금하고 집에는 한푼도 어 없습니다. 일후에 오시면 ……."

이 주사는 꿇어앉아서 부들부들 떤다.

장정은 이 주사를 한참 노려보더니 허허허 웃으면서,

"이놈이 무에 어쩌구 어째? 일후에 오라구? 고사를 지내 봐라, 일후에 오나! 어서 내라…….이놈이 칼맛을 보아야 하겠군!"

하더니 유들유들한 이 주사의 목을 잡아끌었다. 이 주사는 끌리면서도 꼭 모은 다리를 펴지 않았다.

"이놈아, 그래 못 줄 테냐?"

서리 칼끝은 이 주사의 목에 닿았다.

"끽끽! 칙칙!"

여자는 낯을 가리고 부들부들 떨면서 속으로 운다.

"아…….아 안 그래…….제발 살려 줍시요."

이 주사는 두 다리 새에 끼었던 커단 뭉치를 끄집어 내면서,

"모두 여기 있습니다. 제발 살려 줍쇼!"

하고 말도 바로 못한다.

장정은 이 주사의 목을 놓고 그 뭉치를 받더니 싼 것을 벗기고 속을 보았다.

"인제는 갈 테니 네 손으로 대문 벗겨라!"

장정은 명령을 내렸다. 이 주사는 부들부들 떨며 대문을 벗겼다. 대문 밖에 나선 장정은 홱 돌아서 이 주사를 보더니,

"흥, 낸들 이 노릇이 좋아서 하는 줄 아니? 나도 양심이 있다. 양심이 아픈 줄 알면서도 이 짓을 한다. 이래야 주니까 말이다. 잘 있거라!"

하고 장정은 어둠 속에 그림자를 감추었다. 대문턱에 벌거벗고 선 이 주사는 오지도 가지도 않고 멀거니 섰다가 몸을 부들부들 떨면서 눅눅한 땅에 거꾸러졌다.

사면은 고요하였다. 높고 넓은 하늘에 총총한 별만이 하계의 모든 것을 때룩때룩 엿보았다.

52

그믐밤

1

삼돌의 정신은 점점 현실과 멀어졌다. 흐릿한 기분에 싸여서 한 걸음 한 걸음 으슥하기도 하고 그저 훤한 것 같기도 한 데로 끌려갔다.

수수깡 울타리가 그의 눈앞을 지나고 꺼뭇한 살창이 꿈속같이 뵈는 것은 자기 집 같기도 하나, 커단 나무가 군데군데 어른거리고 퍼런 보리밭이 뵈는 것은 이웃 최돌네 집 사랑뜰 같기도 하고, 전번에 갔던 뫼 같기도 하였다. 그러나 그는 그것이 어딘 것을 알려고도 하지 않았고, 또 그 때문에 기분이 불쾌하지도 않았다. 그는 자기가 앉았는지 섰는지도 의식지 못하였으며 밤인지 낮인지도 몰랐다.

그의 눈은 그저 김 오른 거울같이 모든 것을 멀겋게 비칠 뿐이었다.

이때 그의 정신을 흔드는 것이 있었다. 그것은 조금 전부터 저편에 슬금슬금 기어오는 커단 머리(頭)였다. 첨에는 저편에서 수수깡 울타리 같기도 하고 짚더미 같기도 한 어둑한 구석에서 뭉긋이 내밀더니 점점 가까워질수록 흰 바탕 누런 점이 어른거리는 목 배때기며 검푸른 비늘이 번쩍

거리는 머리며, 똑 빼진 동그란 눈이며, 끝이 두 가닥 된 바늘 같은 혀를 홀쩍홀쩍 하는 것이 그리 빠르지도 않게 슬글슬금 배밀이해 오는 꼴은 차마 볼 수 없었다.

그의 가슴은 두근거렸다. 등에는 그도 모르게 찬땀이 흘렀다. 그는 뛰려고 하였다. 다리는 누가 꽉 잡는 듯이 펼 수 없고 팔도 움직일 수 없었다. 그 무서운 기다란 짐승은 조금도 거리낌없이 슬금슬금 기어왔다.

이제 위급이 한 찰나 새이다. 그의 몸과 그 짐승의 입 사이는 겨우 한 자나 남았다.

그는 소름이 쪽 끼치었다. 그는 악을 썼다. 사지는 여전히 마비된 듯하여 꼼짝할 수 없었다. 소리를 질렀다. 입만 짝짝 벌어질 뿐이지 목구멍이 칵 막혀서 숨도 크게 쉴 수 없었다.

그의 숨결은 울렁거리는 가슴과 같이 급하고 잦았다.

온몸의 피를 끓여 가면서 쓰는 애도 이제 모두 허사가 되었다. 그의 왼편 발뒤꿈치가 뜨끔하였다.

"으악……."

그는 온몸의 악을 다 내어 소리를 치면서 내뛰었다. 물인지 불인지 모르고 내뛰었다. 징그럽게도 긴 그 짐승은 발뒤꿈치를 꽉 문 채 질질 끌렸다.

"에구……이잉……아이구."

그는 소리쳐 울었다. 뛰던 그는 귀를 찌르는 벽력 같은 소리에 우뚝 섰다. 머리를 돌렸다. 하늘을 쳐다보고 땅을 굽어보고 사면을 돌아보았다.

"저게 미치지 않았는가?"

"히히히."

"야 이놈아! 아프다고 핑계를 대고 자빠졌다가 지랄이 무슨 지랄이야? 으응! 칵 퉤……."

마루 위에서 벽력같이 지르는 주인 김 좌수의 호령 소리가 두 번 날 때, 삼돌이는 정신이 번쩍 들었다. 그의 눈앞에는 고래등 같은 기와집이 엄연하게 보이고 마루 위에 거만스럽게 앉은 김 좌수의 불그레한 낮이 보였다. 소나기 뒤 쨍쨍한 볕은 추근한 땅에 흘러서 눈이 부시고 서늘히 스쳐가는 바람결에 논 매는 노래가 들렸다. 그는 별세상에 선 듯하였다.

"야 이 머저리(바보) 같은 놈아, 글쎄 무슨 머저리 행세(바보짓)냐? 무시기 어쩌구 어째, 뱀아페(한테) 물긴 게 아프구 어쩌구, 뛰기만 잘 뛰더구나!"

김 좌수는 물었던 장죽을 한 손에 뽑아들고 노염이 충일해서 호령을 하였다. 뜰에 나다니는 여편네들은 입을 막고 돌아가면서 웃었다. 삼돌이는 죽은 듯이 서 있었다.

"글쎄 이놈아, 입이 붙었니? 어째 대답이 없니? 어째 그랬니?"

김 좌수는 또 소리를 질렀다.

"뱀이 와서 발뒤축을 물어서……."

삼돌이는 쥐구멍으로 들어갈 듯이 겨우 대답하였다.

"뱀이? 저눔으 새끼 실루 미쳤구나! 뱀아페 물긴 게 아프다구 허덕간에 한나절이나 자빠졌었는데 무슨 뱀이 또 거기 있더란 말이냐? 저눔이 필시 꿈을 꾼 게로구나? 하하."

김 좌수는 마지막 말에 자기로도 우스운지 웃음을 못 참았다.

'참말 내가 꿈을 꾸었나.'

이렇게 속으로 생각한 삼돌이도 픽 웃었다. 삼돌의 웃는 것을 본 김 좌수는 다시 노염이 등등해서 호령을 내린다.

"제야 잘한 체 웃음이 무슨 웃음이——어서 또 가 봐라. 비 오구 난 뒤끝이니 나왔을 거다……."

"이——구 실루, 머저리네!"

병아리 다리를 노끈으로 붙잡아매어 가지고 마루 아래서 놀던 김 좌수 아들 만득이가 삼돌이를 보면서 입을 삐쭉하였다. 삼돌에게는 만득의 소리가 더욱 듣기 괴로웠다. 자기보다도 퍽 차이 있는 어린것에게까지 비웃음을 받는 것이 알 수 없이 불쾌하고 낯이 붉어지면서 온몸이 땅 속으로 잦아드는 것 같았다. 만득이는 연주창으로 목을 바로 못 가지고 늘 머리를 왼편으로 깨웃하였다. 뻣뻣이 말라서 허수아비에 옷을 입힌 듯한 만득의 해쓱한 낯을 볼 때 삼돌의 가슴에는 가긍스런 생각도 치밀고 미운 생각도 치밀었다. 그것 때문에 밤낮 '배암' 잡아들이라는 호령받는 것을 생각하면 어서 죽여 버리고 싶었다. 그리고 전번에 왔던 의사도 미웠다. 그놈이 아니었다면 배암 잡으러 왜 다녀? 이렇게도 생각하였다.

"산 배암에게 물리면 연주창에 큰 효과가 있다."

하고 의사가 가르친 뒤로부터 삼돌이는 배암 잡으러 다녔다. 그러다가 이틀 전에 배암에게 다리를 물리고 그것이 너무 아파서 오늘은 드러누웠더니 그런 꿈을 꾸고 또 이 봉변을 당하고 있다.

"낼까지 그러고 있겠니? 빨리 가 잡아라!"

김 좌수의 호령에 멍하니 섰던 삼돌이는 왼편 다리를 절룩절룩 절면서 사랑 머슴방으로 나갔다. 쨍쨍한 볕은 그저 땅에 흘렀다.

2

삼돌이는 배암 잡는 무기를 들고 집을 나섰다. 그것은 낚싯대(釣竿) 끝에 말총 올가미를 붙잡아맨 것이다. 배암의 목을 올가미질하려는 것이다. 이것은 삼돌의 지혜로 나온 무기였다. 땀과 먼지가 엉키어서 찔떡찔떡한 적삼 등골로 스며드는 삼복 볕은 유난스럽게 뜨거웠다. 무릎까지 오는 베고의에 코가 떨어진 짚신을 끌고 절룩절룩 걸을 때마다 몸에서 오르는 땀 냄새는 시큿하고 쿠리었다.

집 앞 채마밭을 지나서 눈이 모자라게 벌어진 논가 길에 나섰다. 지지는 볕 아래 빛나는 홍건한 논물은 자 남짓이 큰 벼포기 그늘을 잠갔다. 그루를 박아 세운 듯이 한결같은 키로 질펀히 이어 선 벼는 윤기나는 푸른 비단을 살짝 깔아 논 것 같았다. 이따금 스치는 서늘한 바람에 가는 볏잎이 살금살금 물결치는 것은 빛나는 봄 하늘 아래서 망망한 큰 바다를 보는 것 같았다. 삼돌이는 멍하니 서서 그것을 보았다. 시각이 옮겨 갈수록 현실에 괴로운 그의 의식은 점점 신선하고 빛나는 자연과 어울려서 그는 자기라는 존재까지 잊었다. 그에게는 빛나는 태양과 푸른 벌판과 서늘한 바람이 있을 뿐이었다. 베고의 적삼에 삿갓을 쓰고 논 기음에 등을 지지던 농군들은 저편 방축 버드나무 그늘 아래서 담배도 피우고 장기도 두고 있다. 삼돌이는 그것을 볼 때 잠잠하던 마음이 다시 물결쳤다. 자기도 밭이나 논에서 기음 맬 때는 길가는 개까지 부럽더니 오늘은 그것이 도리어 부러웠다. 그는 아픈 다리를 질질 끌면서 방축 아래 좁은 길로 앞산을 향하였다.

"삼돌이, 자네 또 뱀 잡으러 가는가?"

방축 위 서늘한 그늘 속에 누워서 담배 피는 늙은 농군이 소리쳤다. 삼돌이는 대답없이 그리를 쳐다보며 빙그레 웃었다.

"웃기는, 개꽃 싸라간 눔처럼! 히히."

그 옆에서 고누를 두던 쇠돌이라는 젊은 농군이 웃었다.

"에이구! 꼭꼭 뱀이를 그렇게두 잡니? 새나 다람쥐를 말총 올개미루 잡지 뱀을 올개미로 잡는 걸 어디서 봤니, 하하하."

"그러믄 어떻게 잡니?"

힘없이 말하는 삼돌은 서먹한 웃음을 억지로 웃었다.

"몽치로 때려 붙들어야 이눔아. 뱀이 죽었다구 올개미에 들겠니?"

"응, 때리믄 죽어두⋯⋯. 산 뱀이라야 쓴단다."

누군지 기다리고 있는 듯이 받아쳤다.

"응, 산 뱀은?"

"김 좌수 아들이 엔쥐챙 있는데 손가락 물기믄 낫는다네."

이런 말을 듣다가 삼돌이는 다시 걸음을 걸었다. 머리 뒤에서 수근거리고 웃는 것은 모두 자기를 비웃고 멸시하는 듯이 불쾌하였다. 걸음까지 터벅거렸다.

모래땅은 물기운이 벌써 빠져서 삭삭 마르고 굳고 오목한 데는 그저 빗물이 괴어서 반짝거렸다.

구불구불하고 축축한 산길을 휘돌아 오른 삼돌이는 쓰러진 나무 등걸에 걸터앉았다. 등에는 땀이 흠씬 내배고 전신에서 후끈후끈 오르는 땀 냄새는 김같이 뜨겁고 시큿하였다. 그는 이마의 땀을 씻으면서 가슴을 풀어헤쳤다. 가슴은 마구 뛰었다.

크고 작은 소나무가 빽빽이 들어서서 으슥한 속에 가지 사이로 흘러드는 쨍쨍한 볕은 우거진 풀잎에 아롱아롱 흘렀다. 이따금 울울한 소나무 끝을 스치는 바람 소리는 시원히 들리나 숲속은 고요하였다.

나무와 나무 사이를 스쳐서 어른어른 푸른 벌이 내려다보이고 그 한쪽으로 볕에 눈이 부실 듯한 마을집이 보였다. 이렇게 사면을 돌아보면서 한참 앉았으니 몸이 점점 식고 마음이 가라앉아서 한숨 자고 싶었다. 그러나 주인 영감의 시뻘건 눈깔이 눈앞에 언뜻할 제 그는 정신이 바짝 들고 자기도 모르게 벌떡 일어났다. 그는 다시 터벅터벅 산마루턱 감자밭 가에 이르렀다. 우중충한 숲속을 벗어나오니 환한 것이 졸지에 딴 세상이나 밟는 것 같았다. 그는 감자밭과 숲 사이에 난 좁은 길로 돌아다니면서 끼웃끼웃하였다. 돌을 모아 놓은 각담도 뒤져 보고, 쓰러진 나무 등걸 위도 보았다. 소나기 지난 뒤요, 따라서 볕이 쨍쨍하니 배암이가 나오리라는 자신도 없지 않았다. 그는 어둔 벼랑길을 더듬는 소경처럼 조심스럽게 걷다가는 서고 서서는 이리 끼웃 저리 끼웃하였다. 이름도 모를 풀이 우거진 속을 들여다보고 풀잎이 다리에 오싹오싹하고 옮기던 발이 저절로 멈추어졌다. 어디서 바람 소리만 들려도 그의 가슴은 두근두근하였다. 이렇게 어청어청하다가 감자밭 맨 끝 커단 나무가 쓰러진 곳에 이르러서 그는 우뚝 서면서 입을 벌렸다. 그는 금방 뒤로 자빠질 듯이 궁둥이를 뒤로 내밀고 서서 어쩔 줄을 몰랐다. 그의 눈은 유리알을 박은 듯이 꼼짝 않고 쓰러진 나무 위만 쏘고 있다.

크고 작은 풀이 우거진 새에 흉악한 짐승같이 쓰러진 것인지 껍질은 썩어 벗어지고 살빛이 꺼뭇하게 되었다. 군데군데 쪽쪽 트기도 하고 감탕물 속에 거머리 지나간 자취 모양 아롱아롱 좀먹은 자리도 있다. 그리고 어떤 데는 뜨거운 볕에 송진이 끓어서 번지르하고 찐득찐득하게 뵈었다. 그 나무 한복판에 길이가 발이 남고 굵기가 어린애 팔뚝만한 게 고요히 붙어 있다. 퍼런 등골은 햇볕에 윤기가 번뜩거리고 희슥한 햇살에 누른 점이 얼룩얼룩하였다. 그리고 둥그스름하고 넓죽한 머리에 불끈 빼진 눈은 때룩때룩하였다. 그 생김생김이 자기를 물던 놈 같기도 하였다. 그놈에게 물려서 이틀 밤이나 신고를 하고 아직도 낫지 않는 것을 생각하면 그놈을 꼭 깨물어 잘근잘근 씹어 삼키고 싶으나 때룩때룩한 눈깔이나 얼룩얼룩 징그럽게 늘어진 꼴은 금방 몸에 와서 말리고 서리는 듯해서 점점 뒷걸음만 났다. 그러다가도 주인 영감에게 서리 같은 호령을 들을 것을 생각하니 그저 물러갈 수도 없었다.

우우 하는 소리와 같이 수수 흔들리는 소리가 들렸다. 배암만 보고 무시무시하게 서 있는 삼돌이는 깜짝 놀라 뒤를 보고 발을 굽어보았다. 그것은 바람 지나는 소리였다. 그는 긴 한숨을 쉬면서 가만가만 나무 등걸 곁으로 갔다. 손에 잡은 낚싯대가 자랄 만한 곳에 가서 엉거주춤 섰다.

"휘──휙."

그는 휘파람을 불었다. 고요한 볕 아래 누웠던 배암은 그 소리를 들었는지 머리를 들어 ㄱ자로 구부리고 눈을 때룩때룩하였다. 그때 그놈을 칵 때렸으면 단박 잡을 듯하나 그래서 죽으면 힘은 힘대로 들이고 아무 소용 없는 짓이다. 그러나 그놈을 설다루어서는 뺑소니를 칠 것이다. 삼돌이는 이렇게 생각은 하면서도 어쩔 줄을 몰랐다. 그는 낚싯대를 뻗쳐서 올가미를 배암 머리편에 주었다. 배암은 머리를 기웃기웃하더니 늘씬한 몸을 늘였다 줄이면서 그 나무 등걸 밑으로 머리를 수그렸다. 푸른 바탕에 누른 점 흰 점이 볕에 얼른얼른 빛났다. 그것이 징글징글 기어 풀 속으로 내리는 것은 정신이 아찔하도록 무서웠다. 그것이 풀포기 밑으로 스르르 와서 바짓가랑이 속으로 금방 들듯이 신경이 찌긋찌긋하였다. 그는 등골에 찬 땀을 흘리면서 소름을 쳤다. 그러면서도 그것을 놓치는 것이 안 되어서 자기도 모르게 낚싯대로 등걸에 겨우 남은 꼬리를 쳤다. 꼬리는 꾸불하더니 쏜살같이 풀 속에 숨어 버렸다. 그때 그는 바른편 넓적다리가 뜨끔하였다. 그것은 배암의 꼬리를 칠 때 낚싯대가 잘못 넓적다리에 찔린 것이었다. 신경이 예민해서 그는 그것이 배암의 이빨이 박히는 줄 믿었다.

"으악……."

삼돌이는 낚싯대를 버리고 뜨끔한 넓적다리를 붙잡으면서 뛰었다. 감자포기, 풀포기, 나무 등걸, 가시밭——그 모든 것을 헤아릴 수 없이 마구 뛰었다. 발에 걸쳤던 짚신은 어디로 갔는가? 발끝과 아랫다리는 나무 그루와 가시에 찢겨서 새빨간 피가 스치는 풀잎을 물들였다. 그 모든 것을 느끼지 못하고 삼돌은 그저 허둥지둥 뛰었다. 한참 뛰던 삼돌이는 짜근——소리와 같이 두 눈에서 불이 번쩍 일면서 정신이 아찔하여 그 자리에 쓰러졌다. 아무도 없는 고요한 숲속 바위 밑에 쓰러진 삼돌의 이마에서는 걸디건 피가 느른히 흘렀다.

바람은 때때로 숲 끝을 우수수 지났다. 서천에 좀 기운 볕은 여전히 가지 사이로 흘러들었다. 멀리 논벌에서 은은히 울려 오는 논 김 노래가 새소리 벌레 소리와 같이 숲속으로 흘렀다.

3

삼돌이는 등골이 선뜩선뜩함을 느끼면서 흐릿한 눈을 비비었다. 우중충한 가지와 가지가 머리를 덮은 사이로 흰 하늘이 엿보였다. 그는 일어나 앉아서 앞뒤를 보았다. 자기 몸은 뜻하지도 않은 풀 속에 있다. 지금이 아침인가? 저녁인가? 또는 밤인가? 이렇게 생각하다가 그는 피 묻은 자기 손이 언뜻 눈에 띄자 두 눈이 뚱그래졌다.

손을 펴서 들고 뒤쳐 보고 젖혀 보다가 적삼 앞과 속옷에 검붉은 피가 발린 것을 보고 그의 눈은 더 뚱그래졌다. 그는 비로소 앵한 이마가 쨰릿쨰릿함을 느꼈다. 그는 이마에 손을 대었다. 손이 닿을 때 이마가 쓰리고 손에 칙은한 것이 발렸다. 그는 손을 떼어 보았다. 언제 흐른 피런가. 엉기어 걸어져서 흐르지는 않고 그 빛은 검붉다. 이마는 점점 쓰리고 아팠다. 그는 쭈그리고 우두커니 앉아서 두 손을 엇결은 채 피 씻을 생각도 하지 않고 무엇을 생각하였다. 그의 눈은 옛 기억을 좇는 듯이 흐릿한 속에 의심이 들어 찼다.

피가 웬 필까? 어찌하여 예까지 왔나? 집에서 떠나서 배암 잡다가 뛰던……. 이렇게 아까 일이 오랜 일같이 슬금슬금 떠왔다. 그러나 어쩌다가 이마가 터진 기억이 얼른 나지 않았다. 누구에게 맞았나? 아니 맞았으면 모를 리 없다. 배암에게 물렸나? 배암이 이렇게 물 리는 없고……. 이렇게 생각생각 끝에 허둥지둥 뛰다가 이마가 찌근 부딪치는 일까지 생각났다. 그러나 뒷일은 종시 떠오르지 않았다.

"오오, 그래 부딪친 게로구나!"

그는 무슨 수수께끼나 푼 듯이 이렇게 혼자 부르짖었다. 동시에 그는 넓적다리를 급히 만져 보았다. 아까 뜨끔하던 기억이 오른 까닭이었다. 그러나 아무렇지도 않은 것을 볼 때 그는 혼자 픽 웃으면서 한숨을 지었다. 삼돌이는 모든 기억이 또렷이 나설수록 이마가 몹시 저렸다. 그는 풀잎을 따서 피를 씻었다. 풀잎에 닿을 때면 바늘로 따금 찌르는 듯도 하고 딱지를 뗀 헌 데를 만지는 것 같기도 해서 온몸이 송구러들었다. 피를 씻은 뒤 허리끈을 풀어서 이마를 동였다. 그리고 바지춤을 움켜잡고 숲속을 어슬렁어슬렁 나왔다.

감자밭에 나선 그는 조심스럽게 아까 배암 나왔던 등걸 앞으로 갔다. 풀대가 바람에 얼른하여도 배암 같아서 가슴이 뜨끔하였다. 그는 저편 풀 위에 던져져서 풀이 바람에 움직일 때마다 흔들리는 낚싯대를 집어들고 마을로 향하였다.

숲속에 흐르는 볕은 자취를 감추고 눅눅한 그늘이 숲을 덮었다. 바람이 스치는 때마다 잎들은 우줄우줄 춤을 췄다. 어디선지 새 소리가 울렸다. 나무 사이를 스쳐서 멀리 파란 벌판 끝에 저녁볕이 뻘겋게 타들었다. 그

는 더듬더듬 내려오다가 길 옆에 서리서리 늘어진 칡 줄기를 잘라서 허리
를 잡아매었다. 우중충한 숲을 벗어나서 산 아래로 내려온 그는 볕에 나
섰다. 아까 지났던 방축 아랫길로 발을 옮겼다. 방축에 모여앉았던 일꾼
들은 깡그리 논으로 내려가고 머리에 석양을 받은 수양버들만이 실바람에
흐느적거렸다.

　앞으로 끝없이 끝없이 잇닿은 푸른 논판에 붉은 저녁볕이 비껴 흐르고
또 바람이 흐르는 것은 더욱 아름다웠다. 온 세상의 모든 행복은 기름이
흐르듯이 윤기 돌아 먹음직하게 연연히 자란 푸른 벼포기가 바람에 물결
쳐 넘는 듯하였다. 온몸을 벼포기 속에 숨기고 오직 삿갓 꼭대기와 땀 밴
등만 드러내고 기어가면서 김매는 농군들은 신선같이 보였다. 그는 그것
을 보고 맞추어 부르는 격양가 소리에 귀를 기울이고 멍하니 서 있었다.
자기도 배암잡이만 아니었더면, 아니 그놈의 만득의 연주창만 아니었더
면 지금 저 속에서 저들과 같이 노래를 부를 것이다. 이슬에 베잠방이를
적시고 불볕에 등골을 지지면서 김매는 것이 더 말할 수도 없는 설움이요
괴로움인 줄 알았더니 이제 와서는 세상에 그처럼 즐거운 일은 없을 것
같다. 지금 신선같이 느껴지는 저 푸른 벼바다 속에서 김매고 노래 부르
는 그네가 모두 자기와 같은 사람이요, 또 자기 친구요, 또 같은 사람이
요, 또 친척이요, 또 같은 일꾼으로 네나내나 지내 왔는데 지금은 그네가
별로 높아진 듯이 느껴졌다. 그렇게 느껴질수록 그는 두 어깨가 축 늘어
지는 것 같고 온몸이 땅에 자지러지는 듯하였다. 스쳐가는 바람, 흔들리
는 풀조차 자기를 비웃는 듯이 자취마다 설움이었다.

　어려서 부모를 잃고 남의 집구석으로 다니면서 꼴이나 베고 소나 먹이
며 김매면서 나이 삼십이 되도록 장가도 못 들고——그것도 부족하여 팔
자에 없는 배암잡이로 다리 병신 되고 이마까지 피 터진 것을 생각하니
새삼스럽게 가슴이 미어지고 눈에 눈물이 핑 돌았다. 그는 그 자리에 주
저앉아 울었다. 목이 메어 소리는 나오지 않고 눈물만 쫙쫙 흐르고 가슴
이 꽉꽉 막혀서 주먹으로 가슴만 꽝꽝 쳤다.

논판에 흐르는 석양은 점점 자리를 옮겨서 멀리멀리 붉어 가고 서늘한
실바람은 끊임없이 수양버들 가지를 흔들었다.

한참 애끊게 울던 삼돌이는 주먹으로 눈물을 씻고 일어섰다. 방축 아래
볏잎이 진주 같은 별이 흐르는 논가 좁은 길을 지나서 집 가까이 왔다.
타박타박한 그의 걸음은 더 느리어졌다. 그의 발은 마음과 같이 무거웠
다. 만일 그의 손에 꿈틀거리는 산 배암만 잡혔다면 그는 이마가 저리고
다리 아픈 것까지 잊어버리고 집으로 달려갔을 것이다. 주인 영감의 독살
오른 눈과 고무볼같이 불어서 불룩불룩하는 두 눈이 눈앞을 언뜻 지날 때
그는 어깨를 오싹하면서 머리를 힘없이 가슴에 떨어뜨렸다. 그는 발을 돌
렸다. 그만 어디라 없이 끝없이 끝없이 가 버리고 싶었다. 이꼴저꼴 다
안 봤으면 살이 찔 것 같았다.

'에키 가자! 그만 달아나자!'

이렇게 생각은 하였으나 가면 어디로 가며, 간들 무슨 수가 있으랴
——하는 생각이 또 머리를 울렸다. 뒤따라 너덜너덜한 누더기를 몸에
걸치고 이 집 저 집 들어가도 밥 한 술 주지 않고 일까지 시켜 주지 않아
서 주린 배를 움켜쥐고 이슬을 마시면서 밤을 지내는 옛날의 자기 그림자
가 눈앞에 떠오를 때 그는 그것을 보지 않으려는 듯이 머리를 흔들면서
휙 돌아서 집으로 빨리빨리 걸었다.

삼돌이는 집에 가까이 왔을 때 집 앞 채마밭에 나선 주인 영감의 그림
자를 보고 가슴이 두근두근하며 눈앞이 흐리고 다리가 떨렸다. 마치 침침
철야에 무서운 짐승 있는 굴로 들어가는 듯하였다.

"응, 오늘은 잡았지?"

삼돌이를 본 김 좌수는 '네까짓 놈이 그렇지 무얼 잡겠니' 하는 눈초리
로 물었다. 삼돌에게는 그 소리가 벽력 같았다. 그는 머리를 수그리고 가
만히 서 있었다.

"어째서 대답이 없니?"

김 좌수의 소리는 점점 커졌다.

"못 잡았소……."

무서운 힘 앞에 마주선 잔약한 생명의 소리같이 삼돌의 가는 소리는 떨렸다.

"옹, 무시기 어쩌구 어째? 아까운 쌀을 뱃등이 터지두룩 먹구 그거 하나두 못 잡는단 말이냐? 옹, 글쎄!"

주인 영감은 삼돌이를 쥐어나 박을 듯이 벌벌 떨면서 눈이 빨개서 삼돌이를 노려보았다.

"이매(額)는 왜 그 꼴이냐?"

"뱀아페(뱀한테) 쫓기와서(쫓겨서) 엎어져서(넘어져서) 그랬음메!"

그는 겨우 울듯이 대답하였다.

주인 영감은 주먹을 불끈 쥐고 이를 악물고는 가죽신발로 삼돌의 가슴을 찼다.

"힝."

삼돌이는 기운없이 자빠졌다.

"이눔아!"

주인 영감은 또 쥐어박을 듯이 주먹을 부르쥐고 앞으로 몸을 쏠리면서,

"이 못생긴 놈아! 옹? 뱀 잡기 싫으니 일부러 이매를 터쳐 가지구 와서……. 즌 개소리를 친단 말이냐? 그깟눔의 핑계 대면 뉘귀 곧이나 듣니? 옹 이눔아, (거꾸러져 소리없는 삼돌의 등을 막 밟으면서) 가거라, 저런 쌍눔으 새끼를 밥을 멕이다니……."

분이 나서 소리를 고래고래 지르면서 펄펄 뛰었다.

"애고! 이게 영감이사……. 이게 워쩐 일이오. 그만두오!"

곁에 있던 주인 마누라가 주인의 팔을 끌어당겼다.

"노덕(마누라)이는 아무것도 모르구서 가만 있소! 저눔아를 죽이든지 내쫓든지 해야지!"

주인은 또 발을 들었다. 주인 마누라는 주인의 발을 잽싸게 안으면서,

"영감! 이거 그만두오……."

울듯이 말렸다. 어른 아이 할 것 없이 채마밭 머리에 쭉 모였다. 삼돌이는 땅에 거꾸러진 채 아무 소리도 없었다. 무심한 저녁 연기는 점점 퍼져서 마을을 싸고 먼 산허리까지 밀렸다. 괴괴거리고 밭머리를 헤매는 닭들도 홰에 오르기 시작하였다.

4

밤부터 내리는 실비는 아침에도 촐촐 내렸다. 김 좌수는 아침 뒤에 삿갓을 쓰고 비를 맞으면서 배추밭에 오줌똥을 주었다. 거뭇하고 부들부들한 흙에 비가 괴어서 디딜 때마다 발이 쑥쑥 들어갔다. 삿갓에 떨어진 비는 삿갓 네 귀로 낙수물처럼 흘러내렸다. 후줄근한 고의적삼 소매 끝과 가랑이 끝에도 물이 뚝뚝 흘렀다. 그는 팔을 불끈 걷어부치고 바가지로 똥을 풀어 논 것을 퍼서는 한쪽 손으로 배추포기를 비스듬히 밀면서 밑동에 부었다. 큰 항아리통같이 비대한 몸이 끙끙하면서 등깃등깃 수그렸다 일어났다 하다가는 한숨을 쉬고 턱에 흘러내린 빗물을 씻으면서 빳빳이 서서 이리저리 돌아보았다.

바람 없는 가는 빗발이 푸른 잎에 소리를 내는 것은 먼 바람 소리 같기도 하고 은은한 물 소리 같기도 하였다. 넓은 들과 먼 산은 뿌연 빗속에 고요히 잠 자는 것 같다.

어디서 개구리 소리가 들렸다. 병아리 데린 암탉은 저편 울타리 밑에서 꼬룩꼬룩하면서 목을 늘여 끼웃끼웃한다.

"에키 망한 놈으 새끼, 자빠져서 늙은 게 이 고생이로구나."

김 좌수는 혼자 분개한 소리로 뇌면서 등깃등깃 오줌을 나른다. 삼돌이가 이마와 다리가 저려서 며칠 드러누워 있게 된 뒤로 집 터밭은 김 좌수가 돌아보게 되었다. 그는 비 오는 때를 타서 거름을 한다고 식전에도 삼돌이를 죽으라고 호령하고 아침 뒤에 배추밭으로 나왔다.

김 좌수는 삼대 좌수이다. 그 까닭에 여기에는 지금도 읍으로 들어가나

시골집으로 나오나 세력이 등등하였다. 누구나 그 앞에서 기지 않으면 호
령이요 볼기였다. 그것은 무조건이다. 그러나 그의 집은 퍽 소조하다. 그
의 마누라, 아들, 며느리, 머슴, 그, 그리고 먼 일가 되는 늙은 여편네가
와서 밥 짓고 빨래나 거들어 주고 얻어먹는다. 그의 아들 만득은 금년 열
여섯이 된다. 열두 살 때에 장가 보내서 며느리를 삼았는데 만득이가 어
려서부터 목에 돋힌 연주창이 장가 든 뒤로는 더 심해서 약과 의원이란
의원은 다 들여 보았으나 조금도 효과가 없었다. 작년에 죽은 큰마누라에
게 자식이 없어서 처녀장가 들어서 맞은 첩에게서 늦게야 얻은 만득이었
다. 그러한 자식의 병이니 간호가 여간 크지 않았다. 일전에는 타도 의원
을 모셔다가 보였는데 그 의원은 이러한 말을 하였다.

"배암 산 것을 잡아서 병자의 손가락을 물리시오. 그놈이 연주창 있는
사람은 잘 물지 않으니 그리 알아서 단단히 아쥐어야 합니다. 그래서 효
과가 없거든 사람의 모가지 고기를 병자가 모르게 얻어먹이시오. 그밖에
는 약이 없습니다."

이 뒤부터 김 좌수는 여러 군데 산 배암 잡아들이라는 영을 놓고 머슴
삼돌이까지 배암잡이에 내놓았다.

"아 좌수 영감은 이 비 오는데 어쩐 일이오니까?"

하고 등뒤에서 외치는 소리에 김 좌수는 머리를 돌렸다.

"응, 자네 오는가? 이 비 오는데 어디 갔다 오는가?"

김 좌수는 일어섰다. 그 사람은 김 좌수 동리에서 이십 리나 떨어져 사
는 사람인데 최 유사라고 부른다.

"여꺼지 온 길이외다."

바지를 무릎 위까지 걷고 부대를 등에 걸친 최 유사도 삿갓을 썼다. 가
늘고 할끔한 다리에 구실구실한 검은 털이 나고 푸른 힘줄이 아른아른한
것은 농토에 어울리지 않는 살빛이었다.

"무슨 일로 여꺼지 왔는가?"

그저 한결같이 내리는 비는 두 사람의 삿갓을 치고 연둣빛 윤기 흐르는

배추잎을 살랑살랑 건드렸다.

"좌섯님 무슨 뱀이를 쓰신다구 해서……."

최 유사는 황송스럽게 말하면서 김 좌수를 보고 웃었다. 그 웃음은 무슨 큰 자랑거리나 감춘 듯하였다.

"응! 그래……."

빳빳이 섰는 김 좌수는 무슨 수나 난 듯이 들었던 바가지를 던지고 최 유사 곁에 다가섰다.

"응, 그래 어찌 됐는가? 전번 희구 편에 자네게두 부탁을 했지? 그래 구했는가?"

"여기 잡았는데……."

하면서 최 유사는 왼손에 척 늘어진 베주머니를 내들었다.

"응, 그건가?"

김 좌수는 물에 빠진 사람처럼 덤비면서 손을 내밀어 받으려다가 비에 젖은 주머니가 꿈틀꿈틀 물결치는 것을 보더니 그만 손을 움츠렸다. 움츠러들인 손이 스스로 안되었는지,

"하여간 들어가세! 이 비 오는데 큰 고생을 했네!"

하고 앞장을 섰다.

"별말씀을 다 하심메!"

최 유사는 희색이 만면해서 뒤따랐다.

"저 댁이집 최 유사(有司) 뱀이를 잡아 왔구마?"

헤벌헤벌 마당에 들어선 김 좌수는 소리를 질렀다. 방문이 열리면서 주인 마누라가 나왔다. 온 집안은 끓었다. 닭을 잡네, 찰밥을 짓네 하여 최 유사 점심 준비에 여편네들은 수근거렸다.

"여보 노댁이(마누라)! 저 건넷집 선동아비를 오라구 하오……. 그놈 삼돌인지 셋돌인지 잃아 자빠누웠으니……."

김 좌수는 분주히 들락날락하면서 떠들었다. 김 좌수가 부른 선동아비 가 왔다. 그는 김 좌수의 아우다. 이웃집 늙은이 두어 분도 왔다. 어수선

들썩하던 집안이 점심상이 방에 들게 된 뒤로 조용하였다. 한참 만에 우르르 흩어진 머리에 감투를 눌러쓴 선동아비가 이웃집으로 가더니 한 자 남짓한 왕대(王竹)를 가져왔다. 방 안에 모여앉은 여러 사람은 우우 나왔다. 툇마루에 나선 김 좌수는,

"삼돌아!"

높이 불렀다.

"삼돌아! 저눔이 죽었니?"

더 높이 불렀다.

"네……."

하고 젊고 쭉쭈리운 듯한 대답이 들리더니 이윽하여 사랑으로 어청어청 들어오는 삼돌의 머리는 누구에게 쥐뜯긴 것처럼 더부룩하게 되었다. 검은 낯에 두 뺨은 좀 빠졌고 이마는 꺼먼 수건으로 동였으며 이맛살은 조금 찌푸렸다.

"네 이눔아, 남은 이 비 오는데 뱀이를 잡아 가지고 왔는데 너는 꾹 들어백혀서 대가리도 안 내민단 말이냐?"

주인 영감의 소리는 나직하나 위엄이 등등하였다. 삼돌이는 아무 대답 없이 마루에 수굿이 서 있었다. 여러 사람들은 다 한 번씩 삼돌을 보았으나 그런 인생이 있는가 없는가 하는 태도였다.

"어서 저기 참대통에 넣어라."

김 좌수의 소리가 끝나자 선동아비는 배암 든 베주머니를 집어서 삼돌에게 주었다. 삼돌이는 서먹서먹해서 주저거리다가 겨우 받았다.

"야 이눔아, 얼르 줴 내라!"

김 좌수는 눈을 부릅뜨고 입을 비죽거렸다.

"줴 내다니, 산 뱀을 어떻게 줴오?"

선동아비는 왕대를 손 새에 넣고 쓱쓱 훑으면서 혼잣말처럼 뇌었다.

삼돌이는 베주머니 아가리를 열었다. 그는 조심스럽게 열고 들여다보더니 어깨를 으쓱하면서 머리를 돌렸다.

"그대루는 안 되리라. 꼬리를 맸으니 그 노끈을 내게!"

문턱 앞에 앉았던 최 유사가 가로채더니 그만 자기가 들어서 그 끈을 집어 냈다. 배가 희고 등이 거뭇한 것이 노끈을 쫓아 꿈틀하면서 달려나왔다. 길이가 자가 되나마나 하고 통은 엄지손가락만한 독사였다. 노끈에 꼬리가 달려서 대중대중 드리운 배암은 꾸핏꾸핏 몸을 틀다가도 머리를 빳빳이 하고 허리를 휘여서 사람의 손을 향하고 처올렸다. 겨우겨우 꼬리 끝 가까이 오다가는 그만 힘이 모자라는지 축 늘어져 버린다. 그렇게 사오 차나 하더니 그 담에는 죽은 듯이 축 늘어졌다. 마치 짐승의 밸을 늘인 듯하나 이따금 꿈틀꿈틀할 때면 삼돌이는 등골이 근질근질하였다. 선동아비는 대 구멍을 요리조리 뺑소니치는 배암 머리에 대더니 한참 만에 댓속에 배암을 집어넣었다. 댓속에 스르르 든 배암의 머리가 손 잡은 쪽 대 구멍으로 거진거진 나오게 된 때에 처음 머리 넣은 구멍 밖에 뼘이나 남은 꼬리를 쑥 휘어다가 대에 꼭 잡아매었다.

이때 방으로 들어간 김 좌수는 엉엉 우는 만득이를 붙잡고 나왔다.

"흥——흥 싫소——으응."

만득이는 문턱에 발을 버티고 뒤로 몸을 젖히면서 고함을 쳤다. 뚱뚱한 김 좌수는 만득의 겨드랑이를 들어 내밀었다.

"이눔으 새끼야, 죽기보담은 안 날나더냐?"

그러나 만득이는 좀처럼 나오지 않았다. 왕대를 쥐고 섰던 선동아비까지 대는 삼돌에게 주고 만득이를 끄집어 내기에 힘썼다.

"만득아, 아프지 않다. 눈을 질끈 깜고 견데라."

선동아비는 순탄스럽게 말하였다.

"이런 개새끼 같은 눔으 새끼——아이 쌍눔 새끼야."

김 좌수는 솥뚜껑 같은 손으로 만득의 머리를 쳤다.

"에구 제마이잉 에구 내 죽슴메——"

마루로 끌려오는 만득이는 집이 떠나가게 통곡한다.

"에구! 그거 무슨 때림매? 철없는 거 얼리지 때릴 게 무에요."

영감 곁에 섰던 주인 마누라는 가슴이 아프다는 듯이 영감을 흘끗 보았다. 마루에 모였던 사람들은 모두 모여들어서 만득이를 붙잡았다. 만득이는 그저 섧게 섧게 통곡했다. 삼돌이는 왕대통을 가로들었다. 여러 사람들은 만득의 바른편 장손가락을 배암의 머리가 있는 대구멍에 넣었다.

"에구 제마."

만득이는 몸을 부르르 떨면서 오장이 뒤집히는 듯이 소리를 질렀다. 사람들은 만득의 손가락을 뽑아 보았다. 그러나 배암은 물지 않았다. 이번에는 만득의 손가락을 배암의 입에다 꾹 대고 바늘로 배암의 꼬리를 쑥쑥 찔렀다. 엉엉 울던 만득이는 갑자기 몸을 송그리고 울면서 낯이 파래서 큰 소리를 질렀다. 여럿이 뽑는 만득의 손가락에서는 검붉은 피가 뽀지지 돋았다.

"됐다! 우지 마라, 이저는 그만둬라."

김 좌수는 큰 성공이나 한 듯이 희색이 만면해서 만득이를 달래었다.

"응, 이거 먹어라. 우지 마라."

주인 마누라는 꺼먼 엿뭉치를 만득의 가슴에 안겼다.

"으응 흥……에구……."

만득이는 모두 귀찮다는 듯이 발버둥을 치면서 그저 울었다.

"어——이저는 낫겠군——그러나 그 뱀을 불에 태우오. 그놈이 살아나문 아무 효험두 없는걸."

어떤 늙은이가 점잖게 말했다.

5

그럭저럭 하는 새에 중복이 지나고 말복이 끝났다. 뱀이 문 덕이었든지 만득이의 병은 좀 차도가 있었다. 목으로 돌아가면서 두튀름두투름 돋아서는 물이 번지르하게 터지던 연주창이 더 돋지 않았다. 지르르하던 물도 차츰 거두었다. 일심정력을 다 들여서 구호하는 사람들은 모두 웃음이 흘렀다.

그러던 연주창이 말복이 지나서부터 다시 멍울멍울한 알이 지면서 뿌옇고 찐득한 군물이 돌았다. 그리고 이번에는 두 어깨에까지 며틀며틀한 것이 눌러 보면 아렸다.

김 좌수 내외는 낯빛이 좋지 못하였다. 금년 스물셋 되는 며느리(만득이의 아내)도 말은 안하나 매일 상을 찡그리고 지내었다. 만득이는 글방에도 가지 않았다. 낯이 해쓱한 것이 목을 한쪽으로 끼울하고 늘 늙은 어미 궁둥이에서 떨어지지 않고 엿과 떡으로 날을 보내었다. 밤이면 아버지 곁에서 자고 젊은 아내는 뒷방을 홀로 지켰다. 만득이는 장가 가서 삼 년 동안 아내와 잤으나 병이 심하면서부터는 아버지 김 좌수가 별거를 시켰다. 그러나 만득이는 어떤 때면 남 자는 밤에 슬그머니 아내 방에 갔다가는 바지춤을 움켜쥐고 와서 몰래 아버지 곁에 누웠다. 그가 열두 살 나서 장가 들 제 지금 스물셋 되는 아내가 열아홉 살이었다. 그것도 김 좌수가 권력으로 뺏어 오다시피 삼은 며느리였다. 만득이는 장가 든 첫날밤에 오줌을 싸고 울었다.

"과년한 처녀색시가 못 견디게 군 게지?"

만득이가 울었단 말 듣고 이웃에 말 좋아하는 사람들은 서로 수군거렸다. 그 말이 색시 귀에 들어갔는지 색시는 한참 동안 밖에 못 나왔다. 그러다가 어느 때에는 뒤 우물가 대추나무에 목까지 맨 일이 있었다.

"어린 게(만득) 무스거 알겠소? 색시는 이것저것 다 알 텐데 아매 잘 ○○○ 못하니 죽고자 한 게지?"

색시가 목 매었다는 소문이 나자 이웃 사람들은 또 수군거렸다.

그러다가 작년 봄——만득이가 열다섯 나서부터 각 자리를 하게 되었다. 각 자리를 한 뒤 일곱 달 만에 색시는 몸을 풀었는데 딸이었다. 그 딸은 난 지 첫 이레가 겨우 지나서 죽어 버렸다. 어떤 때 뒷방에서 소리없이 우는 만득의 아내의 꼴이 시어머니와 주인 영감 눈에 띄었다.

"사내가 그리운가? 사내 병이 걱정되는가?"

시어미 시아비는 며느리의 울음에 의심을 품었다. 그러나 나날이 심하여 가는 만득의 병에 모든 정신이 쏠려서 그밖의 것을 돌아볼 여지가 없었다.

오늘도 아침부터 만득의 병을 생각하고 뜰에서 거닐던 김 좌수는 아무데도 나가지 않고 저녁 뒤는 방에 드러누웠다. 그는 담배를 피우면서 파란 기름불을 보았다.

"여보 노댁(마누라)이 거기 있소?"

드러누웠던 김 좌수는 벌떡 일어나 앉아 재떨이에 대를 엎어 꾹 누르면서 불렀다.

"네에."

방 사잇문이 열리면서 낯이 불그레한, 아직 사십이 될락말락한 주인 마누라가 들어왔다.

"만득이는 어디메 있소?"

좌수는 마누라를 힐끗 보았다.

"저 정제(부엌방) 있음메!"

마누라는 입으로 부엌방 쪽을 가리켰다. 머리가 희끗희끗한 영감과 아직 입술이 붉은 마누라가 마주앉은 사이는 따뜻한 기운이 없이 쓸쓸하였다.

"자아, 병을 어떻게 하든 좋겠소!"

"글쎄 낸들 암메. (혀를 채면서) 죽어두 어서 죽고 살아두 살구!"

마누라는 너무도 지질하다는 어조였다. 김 좌수는 물었던 대를 뽑고 이마를 찡그렸다.

"또 방정 떤다. 죽다니?"

"에구! 해해 낸들 죽기를 소원하겠소? 너무도 시진하니 나온 소리지비."

마누라 소리는 좀 화순하였다.

"그러지 말고 어떻게든지 곤체야 안 쓰겠소?"

영감의 소리도 의논 좋게 나왔다.

"글쎄, 뱀에게 물예두 그러니! 인저는 사람의 고……."

마누라는 말을 뚝 끊더니 누구를 꺼리는 듯이 좌우를 돌아보았다. 불빛이 흐릿한 방에는 연기가 휘돌아 열어 놓은 문으로 흘러나간다.

"쉬, 조심하오! 조심해……. 아이 듣소?"

영감도 주의를 시키더니 마누라 곁에 다가앉으면서,

"사람의 고기나 멕여 볼까?"

하고 입속말로 소곤거렸다.

"글쎄 그랬으믄 오죽 좋겠소마는 어디서 얻겠소?"

마누라 역시 나직한 소리였다. 영감은 머리를 숙이고 한참 주저거리더니 마누라 귀에다 입을 대고 소곤소곤하였다. 눈이 둥그랬지만 마누라는 영감의 말이 끝나자,

"그눔이 들을까?"

하고 어색하게 물었다.

"잘 얼리면 안 듣구 말겠소? 제게도 좋지비."

영감은 자신있게 말했다.

"좋기야 그렇게만 하면……만 하면이 아니라 꼭 해 주지 무슨……."

마누라도 뱃심을 튀겼다.

"암, 해 주구말구!"

영감은 다시 담배를 빨았다.

그 이튿날 저녁이었다. 김 좌수는 텃밭에서 밭을 파고 있는 삼돌이를 불러들였다. 삼돌이는 삽을 땅에 박아 놓고 아랫다리를 불신걷은 채 마루 아래에 와 섰다. 어느 새 선동아비도 왔다.

"응, 네 왔늬? 저 뒤 구름물(井)에 가서 손발을 씻구 오라구!"

대를 물고 문턱에 비스듬히 기대앉은 김 좌수는 어린 아들이나 대한다는 듯이 다정스럽게 말하였다. 삼돌이는 무슨 일인지 어리둥절해서 섰다가 시키는 대로 우물에 손발을 씻고 왔다.

"응, 시쳤늬? 들어오나라."

주인 영감의 명대로 방으로 들어갔다. 모든 사람은 부드러운 표정을 지었고 주인 영감은 화순하게 말하는 것을 보니 삼돌이는 기꺼우면서도 공연히 가슴이 두근두근하였다. 그는 한 무릎을 깔고 한 무릎을 세우고 공손히 앉았다.

"얼매나 팠소?"

선동아비는 빙그레 웃으면서 삼돌이를 보았다.

"얼마 못 팠음매——낼 아츰꺼지나 파야 다 파겠소."

머리를 감히 못 드는 삼돌이는 조심스럽게 대답하였다.

"낼 아츰꺼지 파구말구. 그게 그래뵈두 네 짐(四百坪)이라 그렇게 갈 걸."

트릿한 하늘을 쳐다보던 김 좌수는 동정을 하였다. 삼돌이는 기꺼웠다. 이 집에 들온 뒤로 일이면 일마다 잘 했다 소리를 못 들었더니 오늘은 자기 일을 옳다고 한다. 어째 주인영감의 태도가 그리 쉽게 변하는가 생각하니 안개 속을 들여다보는 듯이 의심스럽고 어리둥절하였다.

"그런데 삼돌이두 이저는 서방(장가) 가야 하지 훙!"

주인 영감은 삼돌이를 흘끗 보면서 싱긋 웃었다. 삼돌이도 벙긋 웃었다. 언젠가 일만 잘 하면 장가도 보낸다던 주인의 말도 희미하게 그의 머릿속에 떠올랐다.

"어떠오? 서방 갈 생각이 없소?"

옆에 앉았던 선동아비도 한몫 끼었다.

"모르겠소. 훙!"

삼돌은 선동아비의 시선을 피하여 낯을 돌리면서 또 웃었다. 그의 입은 아까부터 벙긋벙긋 웃음이 흐를 듯하면서도 차마 내놓고 못 웃는 것이 완연히 보였다. 나이 삼십이 되도록 여편네 곁에도 못 앉아 보았건마는 장가라고 하니 어째 마음이 들먹들먹 움직였다.

"모르기는 어째 몰라? 그자식이! 너두 장개를 어서 가서 아들딸 낳고 소나 멕이고 하믄 조챙이켔니?"

김 좌수는 빙그레 웃었다. 옆에 앉은 주인 영감 마누라와 선동아비는 하하 웃었다. 그 웃음은 놀리는 것처럼 가볍게 흘렀다.

"어째 대답이 없는가? 서방 안 가겠는가?"

주인 마누라는 웃음을 그치고 물었다.

"제 팔재 무슨 장가를 다 가겠음메."

삼돌이는 그저 벙긋거리면서도 모든 것은 단념이라는 듯도 하고 또는 한 줄기 희망이나마 붙이는 듯이 말하였다.

"그눔아 별소리를 다 한다. 어디 장개 가지 말래는 팔재를 걸머지고 나온 눔이 있다더냐? 내 말만 잘 들으려므나. 그러문야 장개만 가? 쇠(牛)두 있구 밭두 있구 무시긴들 없으리!"

주인 영감은 담배를 피면서 삼돌이를 마주앉았다.

"어떠냐, 네 생각에? 너두 생각해 봐라. 이저는 고만하면 아들은 둘째로 손자 볼 텐데 하하하. 내 하는 말을 듣겠니? 그러문 장개두 보내구 또 쇠 밭꺼지 줄게 흥."

주인 영감은 농 비슷하면서도 정색을 하고 물었다.

"무슨 말씀이오?"

"응, 무슨 말이든지 할게 꼭 듣지?"

주인 영감은 다짐을 두라는 듯이 말했다. 삼돌이는 대답이 없었다.

"응, 너더러 거저 들으라는 말은 아니다. 이봐라, 내 말을 들으문 장개가구 집 한 채, 쇠 한 필이, 밭 다섯 갈이를 당장에 주마! 그만하면 네 한뉘는 염려없을 게구! 또 너두 늘 이러구 있어야 쓰겠니!"

처음은 웃음에 장난으로 믿지 않았으나 점점 무르녹아 가는 주인의 타령에 삼돌이의 마음은 솔깃하였다. 간간이 그의 머리를 치는 조그마한 집, 세간——그것이 금방 눈앞에서 실현이나 될 것같이 기쁘기도 하였다. 이런 생각과 같이 낯모를 여자의 낯, 아담하고 깨끗한 작은 집, 듬직한 황소——이런 그림자가 눈앞에 어른거리면서 그는 스스로도 억제치 못할 웃음을 빙긋하였다.

"무스게요?"

"글쎄 꼭 듣지?"

"네!"

"오——그러믄 내 말하마!"

"그래 이 말은 꼭 들어야 한다. 그리구 아무게하구두 말을 말아야 한다."

주인 영감은 다지고 다지었다. 삼돌이는 그저 간단하게,

"네!"

하였다. 그의 낯에는 숨기려야 숨길 수 없는 기쁨이 흐르는 속에 두 눈은 의심의 빛이 돌았다.

"내게 무슨 심(힘)이 있겠음메마는 거저 제 심만 자란다문사……."

말끝을 맺지 못하는 삼돌의 소리는 떨렸다. 그것이 서두가 없고 조리가 없으나 그 말하는 그의 낯에는 어떠한 괴롬이든지 만득의 병을 위한다면 받겠습니다 하는 표정이 불그레 올랐다. 그 태도, 그 소리에 방 안의 공기까지 스르르 알 수 없는 기분에 움직거리는 듯 김 좌수 내외, 선동아비까지 부드럽고 따스한 애수에 잠기는 듯이 한참 말이 없었다.

희미하게 튄 서천 구름 사이로 굵은 햇발이 먼 들에 흘렀다. 훈훈하고 축축한 바람이 풀향을 싣고 방으로 불어 들었다.

"으음! 그런데 이거 봐라, 네가 조금 아픈데 견디면 만득의 병두 낫고 또 너두 장가 보내고 쇠 한 필이와 밭을 줄 테니……."

한참 만에 입을 연 좌수는 말 뒤를 끌었다.

"무슨 일이오?"

삼돌이는 그저 머리를 숙이고 물었다.

"응! 이거 봐라."

김 좌수는 역시 말하기 어려운 듯이 주저하다가 다시 목에 가래를 떼고 삼돌의 앞에 다가앉아 수긋하고 삼돌이를 보면서,

"이거 봐라. 너도 들었는지, 재(만득)의 병에 뱀이 약이라구 해서 너두 숱한 고생을 했구나! 한데 그눔으 게 어듸 낫더냐? 그런데 이번에는 ……, 이거는 꼭 다르(낫는)단다……. 저……사……사람으 괴기를 먹이면 낫는다니 어디서 얻겠니……. 참 너루 말해두 이저는……, 벌써."

하더니 손가락을 폈다 꼽았다 하다가,

"삼 년이나 우리 집에 있으니 그저 참 우리 식구나 다름이 없는 처지요, 또 우리도 아들 겸 멕이든 판이니 아픈 대로 네 목 괴기를 조금만 떼자……. 응."

김 좌수는 말이 끝나자 숨이 찬 듯이 한숨을 휴 쉬었다.

"이 사람, 자네 동생을 살리는 셈 대고 한 번 들어 주게, 제발……. 응……. 자네게 우리 아이 목숨이 달렸네."

주인 마누라가 애원스럽게 뒤를 이었다. 삼돌이는 대답이 없었다. 그는 목 괴기 할 때 가슴이 꿈틀하고 울렁울렁하였다.

"네 어떠오, 뭐 크게 뗄 것도 없고 요만하게(자기 목을 엄지와 검지로 쥐어 잡아당기면서) 거저 골패짝만하게 떼겠으니……."

선동아비도 말하였다. 세 사람의 시선은 다같이 무엇을 바라는 듯이 흐릿하게 삼돌의 수그린 머리에 떨어졌다.

"아파서 어떻게……."

삼돌이는 쥐구멍에나 들어갈 듯이 울듯울듯 한마디 응했다.

"하하, 야 이사람아, 그양 선득할 뿐이지 그게 무슨 그리 아프단 말인가? 조금 도려 내고 이내(금방) 약을 척 붙이면 그까짓 거 뭐 담박 낫을걸."

김 좌수는 호기스럽게 말하였다.

"그래두 아파서."

삼돌이는 금방 잘리는 듯이 상을 찡그리고 목을 어루만졌다.

"익거 봐라, 그러기만 하면 네가 우리 집에 진 돈두 그만 탕감해 버리

구, 그리구 너를 서방두 보내구 또 밭과 쇠두 준단 말이다. 내 이제 이렇
게 늙은 게 네게 거짓말을 하겠늬?"

'우리 집에 진 돈'이라는 것은 전달 장마때 삼돌이가 소를 갯가에 매었
는데 그만 소가 물에 빠져 죽었다. 주인 영감은 삼돌이가 잘못 매서 죽었
다 하고 그 소값을 일백오십 냥이라 하여 삼돌에게서 표를 받았다. 삼돌
의 한 해 삯은 오십 냥이었다.

"오쌔 대답이 없늬? 만일 정 슬흐면 그만두란 말이다마는 쇠값을 내놓
고 낼이라도 나가거라."

영감은 배를 튀겼다.

"아따 영감두, 삼돌이가 어련히 들을라구!"

마누라는 고삐를 늦추었다. 삼돌이는 그저 대답이 없었다. 그에게는 장
가, 소, 밭, 집, 그것보다도 쇠값——이것을 없애 버린다는 것에 마음이
씌었다. 이때까지 자나깨나 그 돈 일백오십 냥이 가슴에 체증처럼 걸렸더
니 깜박 잊은 이 순간에 또 그것이 신경을 흔들었다. 그만 얼른 모가지
고기를 디밀고라도 그것을 벗고 싶었다. 그 돈을 벗어 장가 들어 소 한
필이, 밭, 집 한 채…… 뒤따라 이러한 생각과 환영이 그의 눈앞에 어른
어른하였다. 그는 기뻤다. 바로 그런 데나 지금 들안고 있는 듯하였다.

그러나 다시 모가지 고기를 생각하면 마음이 꺼림하여졌다. 대답이 쉽
게 나오지 않았다. 그러나 빚, 장가, 밭, 소, 집이란 이상한 힘에 끌리지
않을 수 없었다.

"그러문 어떻게……."

그는 겨우 말 번지는 어린애처럼 머리 숙인 채 말했다.

"흥, 그래……, 그저 삼돌이야!"

주인은 눙쳤다.

"그러문 저 방으로 들어가지."

선동아비는 일어서서 윗방 문을 열었다.

"노댁이는 여기서 뉘기 들어 못 오게 하오! 어서 저 방으로 들어가

자."

　김 좌수는 벼룻집 서랍에서 헝겊으로 뚤뚤 감은 것을 집어내더니 삼돌이를 재촉하였다. 주인 영감의 손에 기름한 것(헝겊에 감은 것)을 볼 때 삼돌이는 정신이 아찔하였다. 그것은 상투밑 치는 것이었다. 삼돌이도 그것으로 머리 밑을 쳤다. 그의 가슴은 울렁울렁 걷잡을 수 없고 몸이 우루루 떨렸다. 이가 덜덜 쫓겼다. 차마 일어서지지 않았다.

　"야, 빨리 하자! 맞을 때는 얼른 맞아야 시원하니라!"

　주인 영감은 순탄하게 재촉하였다. 삼돌이는 일어섰다. 머리까지 울렁거리고 다리는 마비된 듯이 뻣뻣하였다. 그는 뿌리칠까, 들어갈까 하면서 끌렸다.

　세 사람은 앉았다. 삼돌이는 누웠다. 주인 영감은 선동아비를 보고 눈짓을 하였다. 선동아비는 삼돌의 머리를 잡았다. 굵고 억센 주인 영감의 엄지와 검지에 삼돌의 목 고기는 잡혀서 죽 늘어났다. 삼돌이는 온 신경이 송그러들었다. 그는 무의식적으로 소리를 쳤다.

　"에구 에구에구!"

　그에게는 아무것도 없었다. 빚, 장가, 집——다 그의 기억에서 사라졌다. 다만 고기, 피, 죽음, 이것만이 그의 모든 정신을 지배하였다.

　"쉬——이게 무슨 소리냐? 소리를 내지 말아!"

　주인 영감은 손을 멈추면서 삼돌에게 주의시켰다. 삼돌이는 소리를 그쳤다. 칼이 닿았다. 목이 산뜩하였다.

　"에구……, 싫소!"

　삼돌이는 장에 갇힌 개처럼 마구 울면서 몸을 일으키려고 하였다. 주인 영감은 손을 펴고 번쩍 일어나 삼돌의 가슴을 깔았다.

　"머리를 꼭 붙들어라!"

　주인 영감은 선동아비에게 주의시켰다.

　"에구! 으윽."

　목을 눌러서 끽끽하는 삼돌이는 몸을 모으로 뒤치면서 머리를 들었다.

주인 영감은 급한 김에 두 손으로 목을 눌렀다. 오르는 힘, 내리는 힘! 두 힘 속에 칵 박혔다. 피는 여전히 흘렀다. 삼돌이가 배를 뿔구고 숨을 들이쉴 때면 흐르던 피가 그르르 끌어들다가도 웅윽——하고 숨을 내쉬게 되면 뜨거운 선지피가 김 좌수의 손가락 사이와 손바닥 밑으로 쭈루룩 쏴——솟았다. 세 사람은 피투성이가 되었다. 누릿한 삿자리에 줄줄이 흐르는 피는 구름발같이 피기도 하고 샘같이 흐르기도 하였다.

　"야, 장(醬)——가제오나라, 장!"

　어쩔 줄 모르고 섰던 선동아비는 아랫방으로 뛰어갔다. 이슥하여 선동아비와 주인 마누라가 들어왔다. 주인 마누라는,

　"어마!"

하더니 그냥 푹 주저앉아서 부들부들 떨었다. 선동아비는 장을 삼돌의 목에 철썩 붙였다.

　때는 흐른다. 초초분분히 숨을 빼앗긴 목숨은 흐르는 때와 같이 시들었다. 장을 붙였을 때는 삼돌의 억세인 사지에 기운이 빠지고 두 눈은 무엇을 노리는 듯이 뜨고 못 감을 때였다. 끓어들었다 솟아나오던 그 뜨거운 피도 이제는 김 없이 줄줄 흘러 엉키었다. 피투성이 된 김 좌수 형제와 주저앉은 마누라는 그저 멍하니 식어 가는 삼돌의 몸에 눈을 던졌다. 방안은 점점 충충하였다. 우중충한 하늘이 저녁 뒤부터 비를 뿌렸다. 몹시 뿌렸다.

　쏴——우——바람 소리 빗소리가 어우러져서 먼 바닷소리 같았다. 기왓골로 흘러 주루룩주루룩 내리는 낙수물 소리는 샘 여울 소리처럼 급하였다. 삼경이 넘어서였다. 김 좌수 집 윗방에서 장정 둘이 밖으로 나왔다. 베고의적삼에 수건으로 머리를 동이고 앞서서 마루에 나서는 것은 뚱뚱한 김 좌수다. 뒤따라 역시 단출하게 차리고 발 벗고 등에 기름하고 큼직한 것을 검은 보에 싸 지고 나서는 것은 선동아비였다. 두 사람은 방으로 흘러나오는 불빛까지 거리낀다는 듯이 비쓱 문을 피하여 어둠 속에 섰다.

"에구 어드메루 감메!"

나중에 어청 나온 마누라는 어둠 속을 향하여 수군거렸다.

"쉬, 아무 데루 가든지 어서 문을 닫소!"

역시 입속말로 하면서 뚱뚱한 그림자부터 마루 아래로 내려섰다.

"아즈마니, 들어가오, 저 앞갠(川)으로 감메!"

큼직한 것을 짊어진 그림자가 뒤따라 내려가면서 수군거렸다.

두 그림자는 마루 아래서 어른거리더니 침침한 어둠 속 시끄러운 빗속에 자취와 몸을 감추었다. 쏴── 내리는 비는 그저 이따금 바람에 우 ── 불려서 마루에까지 뿌렸다.

두 사람이 빠져 나간 뒤 창문만 불빛에 훤한 커단 검불이 비바람 속에 잠겨서 가만히 놓인 것은 무슨 큰 비밀을 감춘 듯도 하고 무슨 큰 설움을 말하는 듯도 하였다.

6

삼돌의 그림자가 김 좌수 집에서 사라지던 날부터 김 좌수 집에 드나드는 것이 있었다. 이것을 보는 사람은 김 좌수뿐이었다. 그 마누라와 선동아비도 희미하게 느끼나 김 좌수처럼은 느끼고 보지 못하였다. 그것은 어둔 밤, 깊은 밤, 비 오는 밤이면 어둑한 구석에서 슬근이 나타났다. 낮에도 언득언득 김 좌수 눈에 띄었다.

조그마한 일에도 현령을 서릿발같이 내리는 김 좌수의 위엄으로도 그것은 쫓아 낼 수 없었다. 쫓아 내기는 고사하고 그것이 뭉깃이 보이면 그는 간담이 써늘하여지고 머리끝이 쭈뼛하였다. 날이 점점 지날수록 그것의 출입은 더 잦았다. 어떤 때는 밖으로부터 들어오기도 하고 어떤 때는 웃방으로부터 나타났다. 그것이 드나들게 된 뒤로부터 김 좌수는 날만 저물면 뒷간이나 헛간으로 나가기를 싫어하였다. 윗방으로는 더욱 드나들기를 꺼렸다.

김 좌수의 마누라도 말치는 않으나 낮에도 우중충 흐리고 비나 출출 내리면 헛간이나 윗방으로 드나들기를 꺼리는 눈치였다. 따라서 만득이와 그 며느리까지도 공연히 무시무시한 기분에 싸인 듯싶었다. 아직 초가을이건만 김 좌수 집에는 늦은 가을처럼 쓸쓸한 기운이 스스로 돌았다.

그래서 김 좌수는 농군을 어서 두려고 구하였으나 아직 얻지 못하였다. 그리고 사랑방에 바둑 장기를 갖다 놓고 밤이면 이웃집 젊은이 늙은이들을 청하였다.

"어쩐지 그 집으로 가기 싫네!"

"글쎄 무슨 귀신이 있는 것처럼 늘 무시무시해서."

"나는 삼돌이 달아난 뒤에는 못 가 봤소."

이웃에서 이렇게 수군수군하였다. 그런 소리가 여편네들 입으로 김 좌수에게도 전하였다. 이런 말을 들을 적마다 김 좌수는,

"별눔들 별소리를 다 한다. 어느 눔이 그래, 옹 어느 눔이 귀신? 무슨 귀신 있단 말인구?"

하고 혼자 푸닥거리를 놓았다. 그러나 그 말대꾸 하는 사람은 없었다. 김 좌수의 마누라가 일전에 몸살로 드러누웠을 때 어떤 무당이 와서 점을 치고 원귀(怨鬼)가 있다고 한 뒤로는 김 좌수의 마음도 더욱 무거워졌거니와 이웃에서 또,

"오오, 그래서 만득이가 앓는 게로군. 그래서야 뱀이 아니라 불로촌들 소용있겠소?"

하고 수군거렸다. 그럴수록 사람의 자취는 더욱 끊어질 뿐이었다.

이렇게 될수록 김 좌수의 이맛살은 나날이 심하였다. 불그레하던 낯빛은 한 달이 못 되어 푸르고 희며 축 처지다시피 살쪘던 두 뺨은 빠졌다. 늘 무엇을 멍하니 보고 있는 그의 가느름한 눈에는 겁과 두려운 빛이 흘렀다. 그는 매일 술로 벗을 삼았다. 그것도 처음에는 벗이 되었으나 지금은 소용없었다.

오늘도 술을 그리 기울였건만 점점 정신만 났다. 그 거무스름한 그림자

만 눈에 어른하면 그리 취하였던 술도 번쩍 깨여졌다. 퇴침을 베고 누웠던 그는 슬그머니 일어나 앉아서 담배를 대에 담았다. 그는 벽에 걸어 놓은 환한 등불에 껌벅껌벅 담배를 붙이더니 문을 탁 열고 가래를 칵 뱉었다.

서늘한 바람은 방으로 수우 흘러들었다. 별이 총총한 하늘은 퍼렇게 높게 개였다. 뜰이며 울타리며 먼 산들이 맑은 밤빛 속에 윤곽이 보였다.

김 좌수의 마음은 점점 무거워졌다. 따라 뒤숭숭한 것이 또 안절부절을 못하게 되었다. 어둑한 뜰 저편 헛간 침침한 어둠 속으로 목을 쭉 늘이고 뭉깃한 것이 어청어청 나왔다. 그는 눈을 돌렸다. 불빛이 그물그물 비추인 윗방 문이 번쩍 열리면서 시뻘건 피뭉치가 나왔다. 그는 애써 모든 것을 보지 않으려고 눈을 감았다 뜨면서 시선을 마루로 옮겼다. 시커먼 그림자가 그의 앞에 섰다. 그는 가슴에서 돌덩어리가 쿡 내렸다. 그것은 피 묻은 그림자였다. 모두 착각이었다.

그는 이를 악물고 주먹을 부르쥐었다. 용기를 가다듬었다. 담배를 퍽퍽 빨면서 뜰에 내려서서 어둑한 곳마다 자세자세 들여다보았다. 아무것도 없었다. 없으리라 믿기로 하였다. 그러면서도 무에 있는 듯하고 알 수 없는 커단 손이 뒤로 슬금슬금 와서 모가지를 잡는 듯이 뒤를 돌아보지 않을 수 없었다. 돌렸던 머리를 다시 돌이킬 때가 더 괴롭고 무서웠다. 그는 무엇이 쫓는 듯이 얼른 방으로 들어왔다.

"노댁이(마누라), 자쟌이켔소?"

그는 부엌방을 향하여 떨리는 소리를 진정해 소리쳤다.

"네, 자지비."

하는 소리가 나고 한참 만에 사잇문이 열리면서 마누라가 씩씩 자는 만득이를 깰깰 안고 들어왔다.

"영감이 야를 안고 여기서 자오. 나는 며느리 혼자 자기 무섭다니 같이 자겠소!"

하고 마누라는 부엌방으로 나가 버렸다. 마누라가 나간 뒤에 김 좌수는 손수 자리를 펴고 만득이를 뉘었다. 다음 그는 벽에 걸어 놓은 기단 환도를 끄집어 내려서 머리맡에 놓았다. 이것은 대대로 전해 오는 환도였다. 몸이 몹시 아프거나 꿈자리가 뒤숭숭한 때면 이것을 머리맡에나 베개 밑에 넣고 잔다. 그러면 원귀가 돌지 못하여 꿈자리도 뒤숭숭치 않고 몸살 같은 것도 물러간다고 믿는 까닭이었다. 요새 그놈의 이상야릇한 그림자가 꿈에까지 김 좌수를 못 견디게 굴어서 이 환도를 머리맡에 놓게 되었다. 그리고 그의 눈앞에 그 그림자가 보이면 환도로 그것을 치기도 하였다. 그러나 늘 그림자는 맞지 않고 방바닥이나 문턱이 맞았다. 모든 준비가 끝나자 김 좌수는 불을 끄고 만득의 곁에 누웠다.

무거운 어둠이 흐르는 방에 창문만이 밝은 밤빛에 희스름하였다. 사면은 괴괴한데 이따금 바람이 지나는 소린가 마당에서 부시럭 소리가 들렸다. 김 좌수에게는 그것도 저벅저벅하는 자취 소리 같았다. 그는 눈을 애써 감으나 자꾸 윗방 문을 향하여 띄어졌다. 그는 또 눈을 감았다. 자리라 하였다. 몸살이 나고 미열이 났다. 그는 두 발을 이불 밖으로 내밀면서 눈을 떴다. 커단 흰 그림자가 그의 눈앞에 섰다. 그는 가슴이 뜨끔하였다. 번쩍 일어나 앉았다. 그림자는 점점 확실히 보였다. 그것은 횃대에 걸친 두루마기였다. 그는 가슴에 손을 대면서 다시 누웠다.

돌아누웠다가는 번듯이 눕고 번듯이 누웠다가는 돌아눕고 눈을 감았다가는 뜨고 떴다가는 감고 이불을 차 밀었다가는 도로 덮고 덮었다가는 활짝 차 밀고 하여 신고하던 끝에 김 좌수는 느른하여 비몽사몽간에 들었다. 고요히 누웠던 그는 귓가에 들리는 소리에 머리를 번쩍 들었다.

방 안은 흰하였다. 윗방 문고리가 찔렁 빠지면서 문이 쩡 열리었다. 침침한 윗방으로부터 아랫방으로 넘어서는 그림자가 보였다. 김 좌수는 자기도 모르게 번쩍 일어나 앉았다.

그림자는 꺼먼 베고의적삼을 입었다. 다리는 불신 걷었다. 푸른 힘줄이 툭툭 삐진 다리! 솥뚜껑 같은 손! 터부룩한 머리는 산산이 흩어졌다. 꺼멓고 쪽 빠진 낯은 피칠되었다. 목으로는 검붉은 선지피가 흥건히 흘러서 꺼먼 고의적삼을 물들였다. 전신이 피였다. 사람이었다. 두 눈은 독살이 잔뜩 오르고 이는 꼭 악물었다. 그것은 김 좌수 앞에 다가섰다. 악문 이빨과 목으로 푸우 뿜는 피는 김 좌수에게 튀어왔다. 모든 것은 너무도 선명하게 김 좌수에게 보였다.

"앗! 삼돌이눔!"

김 좌수는 한 마디 소리를 쳤다. 그는 알 수 없는 굳센 힘에 지배되어 머리맡 환도를 집어들었다.

"이눔!"

번쩍이는 빛은 벽력 같은 소리와 같이 그 피사람을 향하여 내리쳤다. 일어나 앉은 채 전신의 힘을 다하여 칼을 내리운 김 좌수는 그저 그대로 앉았다.

"영감――영감이 소리를 침메?"

저편 방에서 자던 마누라 소리가 울려 왔다. 그러나 김 좌수에게는 그것이 들리지 않았다. 사잇문이 열리면서 환한 기름등이 마누라 손에 들려서 들어왔다.

마누라는 등을 한 손에 들고 선잠깬 눈을 비비면서 영감을 보았다. 영감은 입술을 깨물고 부릅뜬 눈으로 주먹을 내려다보고 있다. 힘있게 버틴 팔 아래 억세게 부르쥔 커단 주먹에는 환도 자루가 꽉 잡혔다. 환도가 내려친 곳에는 그가 사랑하던 아들(만득)의 몸이 모가지로부터 가슴으로 어슥하게 두 조각이 났다. 흐르는 피는 요바닥을 흠씬 적셨다. 흐릿한 방 안에는 비린내가 흘렀다.

"에엑!"

하자 환한 불빛에 노렸다가 풀리던 영감의 눈은 다시 둥그래지더니 피를 칵 토하면서 앞으로 쓰러졌다. 그것을 이리저리 들여다보던 마누라도,

"으윽!"

하고 쓰러졌다. 그 바람에 기름등은 방바닥에 떨어져서 꺼졌다. 좀 있다가 별이 총총한 하늘 아래 어둠 속에 고래등같이 뜬 김 좌수의 집으로 여

자의 처량한 곡소리가 흘러 나왔다. 초가을 깊은 밤, 고요하고 휑한 집으
로 울려 나오는 곡소리는 어둠 속에 높이 떠서 온 동리에 흘렀다.

홍 염

1

겨울은 이 가난한——백두산 서북편 서간도 한귀퉁이에 있는 이 가난
한 촌락 '바이허(白河)'에도 찾아들었다. 겨울이 찾아들면 조그마한 강
을 앞에 끼고 큰 산을 등진 바이허는 쓸쓸히 눈 속에 묻히어서 차디찬 좁
은 하늘을 치어다보게 된다.

눈보라는 북극의 특색이다. 바이허의 겨울에도 그러한 특색이 있다. 이
것이 바이허의 생령들을 괴롭게 하는 것이다.

오늘도 눈보라가 친다.

북극의 얼음세계나 거쳐 오는 듯한 차디찬 바람이 우——하고 몰려오
는 때면 산봉우리와 엉성한 가지 끝에 쌓였던 눈들이 한꺼번에 휘날려서
이 좁은 산골은 뿌연 눈안개 속에 들게 된다. 어떤 때는 강골바람에 빙판
에 덮였던 눈이 산봉우리로 불리게 된다. 이렇게 교대적으로 산봉우리의
눈이 들로 내리고 빙판의 눈이 산봉우리로 올리달려서 서로 엇바뀌는 때
면 그런대로 관계치 않으나 하늬(天風)와 강바람이 한꺼번에 불어서 강

으로부터 올리달린 눈과 봉우리로부터 내리달린 눈이 서로 부닥치고 어우러지게 되면 눈보라와 바람 소리에 바이허의 좁은 골짜기는 터질 듯한 동요를 받는다.

등진 산과 앞으로 긴 강 사이에 게딱지처럼 끼여 있는 것이 이 바이허의 촌락이다. 통틀어서 다섯 호밖에 되지 않는 집이나마 밭을 따라서 이리저리 흩어져 있다. 모두 커단 나무를 찍어다가 우물정자(井)로 틀을 짜 지은 집인데 여기 사람들은 이것을 '귀틀집'이라 한다. 지붕은 대개 조짚이요 혹은 나무껍질로도 이었다. 그 꼴은 마치 우리 내지(간도서는 조선을 내지라 한다)의 거름집(堆肥舍)과 같다. 심하게 말하는 이는 돼지굴과 같다고 한다.

이것이 남부여대로 서간도 산골을 찾아들어서 사는 조선 사람의 집이다. 바이허의 집들은 그러한 좋은 표본이다.

험악한 강산, 세찬 바람과 뿌연 눈보라 속에 게딱지처럼 붙어서 위태위태 침묵을 지키고 있는 그 모든 집에도 언제든지——공도(公道)가 위대한 공도가 어그러지지 않으면 언제든지 꼭 한때는 따뜻한 봄볕이 지내리라. 그러나 이렇게 눈발이 날리고 바람이 우짖으면 그 어설픈 집 속에 의지없이 틀어박힌 넋들은 자기네로도 알 수 없는 공포에 몸을 부르르 떨게 된다.

이렇게 몹시 춥고 두려운 날 아침에 문 서방은 집을 나섰다. 산산이 흐트러진 머리카락을 뿌연 상투에 휘휘 걷어감고 수건으로 이마를 질끈 동인 위에 까맣게 그을은 대팻밥모자를 끈 달아 썼다. 부대처럼 특특한 토수래(베실을 삶아서 짠 것이다) 바지 저고리는 언제 입은 것인지 뚫어지고 흙투성이 되었는데 바람에 무겁게 흩날린다.

"문 서뱅이 발써 갔소?"

문 서방은 짚신에 들막을 단단히 하고 마당에 내려서려다가 부르는 소리에 머리를 돌렸다. 펄쩍 문을 열면서 때가 찌득찌득한 늙은 얼굴을 내미는 것은 한 관청(韓官廳=관청은 직함)이었다.

"왜 그러시우?"

경기말씨가 그저 남아 있는 문 서방은 한 발로 마당을 밟고 한 발로 흙마루를 밟은 채 한 관청을 보았다.

"엑 바름두! 저 엑 흑……."

한 관청은 몰아치는 바람이 애처로운지 연방 흑흑 느끼면서——

"저 일절 욕을 마오! 그게…… 엑 워쩐 바름이 이런구 그게 되놈인데 부모두 모르는 되놈인데……."

하는 양은 경험있는 늙은 사람의 말을 깊이 들으라는 어조이다.

"나는 또 무슨 말씀이라구! 아 그놈이 이번두 그러면 그저 둔단 말이오?"

문 서방의 소리는 좀 분개하였다.

눈을 몰아치는 바람은 또 몹시 마당으로 몰아들었다. 그판에 문 서방은 바람을 등지고 돌아서고 한 관청의 머리는 창문 안으로 자라목처럼 움츠려들었다.

"글쎄 이 늙은 거 말을 듣소! 그놈이 제 가새비(장인)를 잘앗게소! 흥……."

한 관청은 함경도 사투리로 뇌면서 다시 머리를 내밀었다.

"염려 마슈! 좋게 하죠."

문 서방은 더 들을 말 없다는 듯이 바람을 안고 휙 돌아섰다.

"그새 무슨 일이나 없을까?"

밭 가운데로 눈을 헤갈면서 나가던 문 서방은 주춤하고 돌아다보면서 혼자 뇌었다.

눈보라 때문에 눈도 뜰 수 없거니와 지척을 분간할 수 없이 되어서 집은커녕 산도 보이지 않았다.

"그새 무슨 일이 날라구!"

그는 또 이렇게 혼자 뇌고 저고리섶을 단단히 여미면서 강가로 내려가다가 발을 돌려서 언덕길로 올라섰다. 강얼음을 타고 가는 것이 빠르지만 바람이 심하면 빙판에서 걷기가 거북하여 언덕길을 취하였다. 하 다니는 길이니 짐작으로 걷지 눈에 묻히어서 길이 보이지 않았다.

언덕길에 올라서니 바람은 더 심하였다. 우와 하고 가슴을 치어서 뒤로 휘뜩 자빠질 것은 고사하고 눈발이 애처롭게 나를 치어서 눈도 뜰 수 없고 숨도 바로 쉴 수 없었다. 뻣뻣하여 가는 사지에 억지로 힘을 주어 가면서 이를 악물고 두 마루터기나 넘어서 '달리소' 강가에 이르니 가슴에서는 잔나비가 뛰노는 것 같고 등골에는 땀이 흘렀다. 그는 서리가 뿌연 수염을 씻으면서 빙판을 건너갔다. 빙판에는 개가죽 모자 개가죽 바지에 커단 '울레(신)'를 신은 중국 파리(썰매)꾼들이 기단 채찍을 휘휘 두르면서,

"뚜―어, 뚜―어, 딱딱."

하고 말을 몰아 간다.

"꺼울리 날취(저 조선 거지 어디 가나)?"

중국 파리꾼들은 문 서방을 보면서 욕을 하였으나 문 서방은 허둥허둥 빙판을 건너서 높다란 바위 모릉이를 지나 언덕에 올라섰다.

여기가 문 서방이 목적하고 온 '달리소'라는 땅이다. 이 땅 주인은 인(殷)가라는 중국 사람인데 그 '인'가는 문 서방의 사위이다. 저편 밭 가운데 굵은 나무로 울타리를 한 것이 인가의 집이다. 그 밖으로 오륙 호나 되는 게딱지 같은 귀틀집은 지팡사리(소작인) 하는 조선 사람들의 집이다. 문 서방은 바위 모릉이를 돌아 언덕에 오르니 산이 서북을 가리어서 바람이 좀 즈즉하여 좀 푸근한 느낌을 받았으나 점점 인가――사위의 집 용마루가 보이고 울타리가 보이고 그 좌우의 같은 조선 사람의 집이 보이니 스스로 다리가 움츠러지면서 걸음이 떠지었다.

"엑 더러운 놈! 되놈에게 딸 팔어먹은 놈!"

그것은 자기 스스로 한 일은 아니지만 어디선지 이런 소리가 귀청을 징징 치는 것 같은 동시에 개기름이 번지르하여 핏발이 올올한 눈을 흉악하게 굴리는 인가――사위의 꼴이 언뜻 눈앞에 떠올라서 그는 발끝을 돌릴

까 말까 하고 주저거렸다. 그러다가도,

"여보 룡녜(딸의 이름)가 왔소? 룡녜 좀 데려다 주구려!"

하고 죽어가는 아내의 애원하던 소리가 귓가에 울려서 다시 앞을 향하였다.

"이게 문 서뱅이! 또 딸집을 찾아가웁느마?"

머리를 수굿하고 걷던 문 서방은 불의의 모욕이나 받는 듯이 어깨를 툭 떨어뜨리면서 머리를 들었다. 그것은 길 옆에서 돼지 우리를 치던 지팡사리꾼의 한 사람이었다.

"네! 아아니……."

문 서방은 대답도 아니요 변명도 아닌 이러한 말을 하고는 얼른얼른 인가의 집으로 향하였다. 온 동리가 모두 나서서 자기의 뒤를 비웃는 듯해서 곁눈질도 못하였다.

여기는 서북이 가리어서 바이허처럼 바람이 심하지 않았다. 흐릿하나마 볕도 엷게 흘렀다.

2

"여보! 저 인가가 또 오는구려!"

가을볕이 쨍쨍한 마당에서 '깨'를 떨던 아내는 남편 문 서방을 보면서 근심스럽게 말하였다.

"오면 어쩌누? 와도 허는 수 없지!"

두줏간 앞에서 옥수수 껍질을 바르던 문 서방은 기탄없이 말하였다.

"엑 그 단련을 또 어찌 받겠소?"

아내의 찌푸린 낯은 스르르 흐리었다.

"참 되놈이란 오랑캐……."

"여보 여기 왔소."

문 서방의 높은 소리를 주의시키던 아내는 두줏간 저편을 보면서,

"아 오셨소!"

하고 어색한 웃음을 웃었다.

"에 왔소! 장귀즈(주인) 있소?"

지주 인가는 어슬픈 웃음을 지으면서 마당에 들어서다가 두줏간 앞에 앉은 문 서방을 보더니,

"응 저기 있소!"

하고 손가락질을 하면서 그 앞에 가 수캐처럼 쭈그리고 앉았다.

서천에 기운 태양은 인가의 이마에 번지르르 흘렀다.

"어디 갔다오슈?"

문 서방은 의연히 옥수수를 바르면서 하기 싫은 말처럼 힘없이 끄집어내었다.

"문 서방! 그래 올에두 비들(빚을) 모 가프겠소?"

인가는 문 서방 말과는 딴전을 치면서 담뱃대를 쌈지에 넣는다.

"허허 어제두 말했지만 글쎄 곡식이 안 된 거 어떡하오?"

"안 돼! 안 돼! 곡시기 자르 되고 모 되구 내가 아르오? 오늘은 받아 가지구야 가겠소!"

인가는 담배를 피우면서 버티려는 수작인지 땅에 펑덩 들어앉았다.

"내년에는 꼭 갚아 드릴게 올만 참아 주오! 장구재(주인)도 알지만 흉년이 되어서 되지두 않은 이것(곡식)을 모두 드리면 우리는 어떻게 겨울을 나라구 웅! ……자 내년에는 꼭 하하."

인가를 보면서 넋이 없는 웃음을 치는 문 서방의 눈에는 애원하는 빛이 흘렀다.

"안 되우! 안 돼! 통통(모두) 디 주! 모두두 만히 만히 부족이오!"

"부족이 돼두 하는 수 없지 글쎄 뻔히 보시면서 어떡하란 말이오! 휴."

"어째 어부소! 웅 늬디 어째 어부소 마리 해! 울리 쌀리디, 울리 소금이디, 울리 강냉이디……. 늬디 이비(그는 입을 가리키면서) 디 안 먹어?

어째 어부소? 응."

　인가는 낯빛이 붉으락푸르락하면서 소리를 고래고래 질렀다. 문 서방은 더 말이 나오지 않았다.

　언제나 이놈의 소작인 노릇을 면하여 볼까? 경기도서도 소작인 십 년에 겨죽만 먹다가 그것도 자유롭지 못하여 남부여대로 딸 하나 앞세우고 이 서간도로 찾아들었더니 여기서도 그네를 맞아 주는 것은 지팡사리였다. 이름만 달랐지 역시 소작인이다. 들어오는 해는 풍년이었으나 늦게 들어와서 얼마 심지 못하였고 그 이듬해에는 흉년으로 말미암아 일 년내 꾸어 먹은 것도 있거니와 소작료도 못 갚아서 인가에게 매까지 맞고 금년으로 밀었더니 금년에도 흉년이 졌다. 다른 사람들도 빚을 지지 않은 바가 아니로되 유독히 문 서방을 조르는 것은 음흉한 인가의 가슴속에 문 서방의 딸 용녜(금년 열일곱)가 걸린 까닭이었다. 문 서방은 벌써 그 눈치를 알아챘으나 차마 양심이 허락지 않았다. 인간의 욕심만 채우면 밭맥(1맥은 10일耕＝1일耕은 약 천 평)이나 단단히 생겨서 한평생 기탄이 없을 것을 모르지는 않지만 무남독녀로 고이 기른 딸을 되놈에게 주기는 머리에 벼락이 내릴 것 같아서 죽으면 그저 굶어죽었지 차마 할 수 없었다. 그는 그런 것 저런 것 생각할 때마다 도리어 내지——쪼들려도 나서 자란 자기 고향에서 쪼들리던 옛날이——삼 년 전의 그 옛날이 그리웠다. 그러나 그것도 한 꿈이었다. 그 꿈이 실현되기에는 그네의 경제적 기초가 너무도 어주리없었다. 빈 마음만 흐르는 구름에 부쳐서 내지로 보낼 뿐이었다.

　"어째서 대답이 어부소 응? 그래 울리 비디디 안 가파? 창우니! 빠피야(이놈 껍질 벗긴다)."

　인가는 담뱃대를 꽁무니에 지르면서 일어나 앉더니 팔을 걷는다. 그것을 본 문 서방 아내는 낯빛이 파랗게 질려서 부들부들 떨면서 이편만 본다. 문 서방도 낯빛이 까맣게 죽었다.

　"자 그러면 금년 농사는 온통 디리지요."

 문 서방의 목소리는 힘없이 떨렸다. 마치 종아리채를 든 초학 훈장 앞에 엎드린 어린애의 소리처럼…….

 "부요우(싫어)……. 퉁퉁디……. 모모 모두 우리 가져가두 보미(옥수수) 쓰단(4石), 쌔옌(소금) 얼씨진(20斤), 쑈미(좁쌀)디 빠단(8石)디 유아(있다)…… 늬디 자리 알라 있소! 그거 안 줘?"

 검붉은 인가의 뺨은 성난 두껍의 배처럼 불떡불떡하였다.

 "나머지는 내년에 갚지요!"

 문 서방은 머리를 뚝 떨어뜨렸다.

 "슴마(무엇?) 창우니 빠피야……."

 인가의 억센 손은 문 서방의 멱살을 잡았다. 문 서방은 가만히 버텼다. 정신이 아찔하였다.

 "에구! 장구재……, 흑응……, 장구재……. 제발 살려 줍소! 제발 살려 주시면 뼈를 팔아서라두 갚겠습니다. 장구재 제발!"

 문 서방의 아내는 부들부들 떨면서 인가의 팔에 달렸다. 그의 애걸하는 소리는 벌써 울음에 떨렸다.

 "내 보미 워디 소금이 낼라! 아니 줬소? 아니 줬소? 어 어째니 줬소?"

 인가의 주먹은 문 서방의 귓벽을 울렸다.

 "아이구!"

 문 서방은 땅에 쓰러지었다.

 "엑 에구……응응응……. 에구 장구재 제발 제제……흑 제발 사살려 줍쇼……. 응응."

 쓰러지는 문 서방을 붙잡던 아내는 인가를 보면서 땅에 엎드려서 손을 부빈다.

 "이 상느므 샛지(상놈의 자식)……. 늬디 로포(아내) 워디(내가) 가져가!"

하고 인가는 문 서방을 차더니 엎드려서 손이야 발이야 비는 문 서방의 아내의 손목을 잡아끌었다.

"늬디 울리지비가! 오눌리부터 늬디 울리 에미네(아내)!"

"장구재……제발……, 에이구 응응."

"에구 엄마!"

집 안에서 바느질하던 용녀가 내달렸다. 인가는 문 서방의 아내를 사정없이 끌고 자기 집으로 향한다.

"나를 잡아가라! 나를!"

쓰러졌던 문 서방은 인가의 팔을 잡았다.

"타마나!"

하는 소리와 같이 인가의 발길은 문 서방의 불거름으로 들어갔다. 문 서방은 거꾸러졌다.

"아이구 어머니! 왜 울어머니를 잡아가오? 응응……흑."

용녀는 어머니의 팔목을 잡은 중국인의 손을 물어뜯었다. 용녀를 본 인가는 문 서방 아내는 놓고 문 서방의 딸 용녀를 잡았다.

"이 개새끼야! 이것 놔라……. 응응흑……아이구 아버지……, 엄마!"

억센 장정 인가에게 티끌같이 끌려가는 연연한 처녀는 몸부림을 하면서 발악을 하였다.

"룡녀야! 에이구 우리 룡녀야!"

"에이구 응……. 너를 이 땅에 데리구 와서 개 같은 놈에게……."

문 서방 내외는 허둥지둥 달려갔다.

낯빛이 파랗게 질린 흰옷 입은 사람들은 죽 나와서 섰건마는 모두 시체같이 서 있을 뿐이었다. 여편네 몇몇은 치맛자락으로 눈물을 씻었다.

의연히 제 걸음을 재촉하는 볕은 서산에 뉘엿뉘엿하였다. 앞강으로 올라오는 찬바람은 스르르 스쳐가는데 석양에 돌아가는 가마귀 울음은 의지 없는 사람의 넋을 호소하는 듯 처량하였다.

"에구 룡녀야! 부모를 못 만나서 네 몸을 망치는구나! 에구 이놈에

돈이 우리를 죽이는구나!"

문 서방 내외는 그 밤을 인가의 집 울타리 밖에서 새웠다. 누구 하나 들여다보지두 않는데 인가의 집에서 내놓은 개들은 두 내외를 잡아먹을 듯이 짖으며 덤벼들었다.

이리하여 용녜는 영영 인가의 손에 들어갔다. 며칠 후 인가는 지금 문 서방이 있는 바이허에 땅날갈이나 있는 것을 문 서방에게 주어서 그리로 이사시켰다. 문 서방은 별별 욕과 애원을 하였으나 나중에 인가는 자기 집 일꾼들을 불러서 억지로 몰아 내었다. 이리하여 문 서방은 차마 생목 숨을 끊기 어려워서 원수가 주는 땅을 파먹게 되었다. 그것이 작년 가을 이었다. 그 뒤로 인가는 절대 용녜를 밖으로 내보내지 않을 뿐만 아니라 그 어버이 되는 문 서방 내외에게도 보이지 않았다.

"룡녜는 매일 밥도 안 먹고 어머니 아버지만 부르고 운다."

하는 희미한 소식을 인가의 집에 가까이 드나드는 중국인들에게서 들을 때마다 문 서방은 가슴을 치고 그 아내는 피를 토하였다.

이리하여 문 서방의 아내는 늦은 여름부터 아주 병석에 드러누웠다. 그 는 병석에서 매일 용녜만 부르고 용녜만 보여 달라고 졸랐다. 그래서 문 서방은 벌써 세 번이나 인가를 찾아가서 말했으나 효과가 없었다.

이번까지 가면 네 번째다. 이번은 어떻게 성사가 될는지? (간도 있는 중국인들은 조선 여자를 빼앗아 가든지 좋게 사가더라도 밖에 내보내지도 않고 그 부모에게까지 흔히 면회를 거절한다. 중국인은 의심이 많아서 그런다고 들었 다.)

3

문 서방은 울긋불긋한 채필로 '관운장'과 '장비'를 무섭게 그려 붙인 인가의 집 대문 앞에 섰다. 문 밖에서 뼈다귀를 핥던 얼룩개 한 마리가 웡웡 짖으면서 달려들더니 이 구석 저 구석으로서 개무리가 우하고 덤벼

들었다. 어떤 놈은 으르릉 으르고, 어떤 놈은 꼬리를 뒷다리 사이에 바싹 끼면서 금방 물듯이 송곳 같은 이빨을 악물었고 어떤 놈은 대어들었다가는 뒷걸음을 치고 뒷걸음을 쳤다가는 대어들면서 산천이 무너지게 짖고 어떤 놈은 소리도 없이 코만 실룩실룩하면서 달려들었다. 그 여러 놈들이 문 서방을 가운데 넣고 죽 둘러서서 각각 제 재주대로 날뛴다. 그러지 않아도 지금 개 때문에 대문 밖에서 기웃거리던 문 서방은 이 사면초가를 어떻게 막으면 좋을지 몰랐다. 이러는 판에 한 마리가 휙 들어와서 문 서방의 바짓가랑이를 물었다.

"으악…… 꺼우듸(개들)!"

문 서방은 소리를 치면서 돌멩이를 찾느라고 엎드리는 것을 보더니 개들은 일시에 뒤로 물러났으나 다시 덤벼들었다.

"창우니 타마나가비(상소리다)!"

안에서 개가죽 모자를 쓰고 뛰어나오는 일꾼은 기―단 호미자루를 두르면서 개를 쫓았다. 개들은 몰려가면서도 몹시 짖었다.

문 서방은 조짚 수수깡이 지저분히 널려 있는 마당을 지나서 왼편 일꾼들 있는 방문으로 들어갔다. 누릿하고 꺼지한 더운 기운이 후끈 그를 스칠 때 얼었던 두 눈은 뿌연 더운 안개에 스르르 흐리어서 어디가 어딘지 잘 분간할 수 없었다.

"윈따야 랠라마(문 영감 오셨소)!"

'캉(구들)'에서 지껄이는 중국인 중에서 누군지 첫인사를 붙였다.

"에헤 랠라 장구재(주인) 유(있소)?"

문 서방은 어색한 웃음을 지었다. 얼었던 몸은 차츰 녹고 흐리었던 눈앞도 점점 밝아졌다.

"쌍캉바(구들로 올라오시오)!"

구들 위에서 나는 틱틱한 소리는 인가이었다. 그는 일꾼들과 무슨 의논을 하던 판인가? 지껄이는 일꾼들은 고요히 앉아서 담배를 피우면서 호기심에 번득이는 눈을 인가와 문 서방에게 보내었다.

어느 천 년에 지은 집인지? 거미줄이 얼키설키 서린 천장과 벽은 아궁이 속같이 꺼먼데 벽에 붙여 놓은 삼국풍진도(三國風塵圖)며 춘야도리원도(春夜桃李園圖)는 이리저리 찢기고 그을리었다. 그을음과 담배연기에 싸여서 눈만 반짝반짝하는 무리들은 아귀도(餓鬼道)를 생각게 한다. 문 서방은 무시무시한 기분에 몸을 부르르 떨었다.

"추앤바(담배 잡수시오)!"

인가는 웬일인지 서투른 대로 곧잘 하던 조선말은 하지 않고 알아도 못 듣는 중국말을 쓰면서 담뱃대를 문 서방 앞에 내밀었다.

"여보 장구재! 우리 로포(아내)가 딸(용녜)을 못 봐서 죽겠으니 좀 보여 주 웅……."

문 서방은 담뱃대를 받으면서 또 전처럼 애걸하였다. 인가는 이마를 찡그리면서 볼을 뿔렸다.

"저게(아내) 마지막 죽어가는데 철천지한이나 풀어야 하잖겠소 응! 한 번만 보여 주! 어서 그리우! 내가 룡녜를 만나면 꾀일까 봐……. 그럴 리 있소! 이렇게 된 밧자에……. 한 번만……. 낮이나……. 저 죽어가는 제에미 낮이나 한 번 보게 해 주! 네 제발……."

"안 돼우! 보내지 모 하겠소! 우리지비 문 밖에 로포(아내=용녜를 가리키는 말) 나갔소 재미어부소."

배짱을 부리는 인가의 모양은 마치 전당포 주인과 같은 점이 있었다. 문 서방의 가슴은 죄었다. 아쉽고 안타깝고 슬픔이 어우러지더니 분한 생각이 났다. 부뚜막에 놓은 낫을 들어서 인가의 배를 왁 긁어 놓고 싶었으나 아직도 행여나 하는 바람과 삶에 대한 애착심이 그 분을 제어하였다.

"그러지 말고 제발 보여 주오! 그러면 내 아내를 데리구 올까? 아니 바람을 쏘여서는……. 엑 죽어두 원이나 끄고 죽게 내가 데리고 올게 낮만 슬쩍 보여 주오……. 네……흑……꼭 제발……."

이십 년 가까이 손끝에서 자기 힘으로 기른 자기 딸을 억지로 빼앗긴 것도 원통하거든 그나마 자유로 볼 수도 없이 되는 것을 생각하니…….

더구나 그 우악한 인가에게 가슴과 배를 사정없이 눌리는 연연한 딸의 버둥거리는 그림자가 눈앞에 언뜻하여 가슴이 꽉 메이고 사지가 부르르 떨리면서 주먹이 쥐어졌다. 그러나 뒤따라 병석의 아내가 떠오를 때 그의 주먹은 풀리고 머리는 숙었다.

"넬리 또 왔소 이 얘기하오! 오늘리디 울리디 일이디 푸푸디! 만히 있소!"

인가는 문 서방을 어서 가라는 듯이 자기 먼저 칸(구들)에서 내려섰다.

"제발 그리지 말구! 으흑 흑……제게……, 제발 한 단 한 번만이라두 낯만……흐흑흑 웅!"

문 서방은 인가를 따라서 밖으로 나오면서 울었다. 등뒤에서는 웃음소리가 들렸다. 그러나 그 웃음소리는 이때의 문 서방에게는 아무러한 자극도 주지 못하였다.

"자──이게 적지만!"

마당에 한참이나 서서 무엇을 생각하던 인가는 백 조(百吊)짜리 관체(官帖=돈) 석 장을 문 서방의 손에 쥐였다. 문 서방은 받지 않으려고 하였다. 더러운 놈의 더러운 돈을 받지 않으려 하였다. 그러나 지금 부쳐먹는 밭도 인가의 밭이다. 잠깐 사이 분과 설움에 어리어서 퇴기던 돈은── 돈 힘은 굶고 헐벗은 문 서방을 누르지 않을 수 없었다. 그는 못 이기는 것처럼 삼백 조를 받아 넣고 힘없이 나오다가,

'저 속에는 룡녜가 있으려니?'

생각하면서 바른편에 놓인 조그마한 집을 바라볼 때 자기도 모르게 발길이 도로 돌아섰다. 마치 거기서는 용녜가 울면서 자기를 부르는 것 같았다. 그러나 인가는 문 서방을 문 밖에 내보내고 문을 닫아 잠갔다.

문 밖에 나서니 천지가 아득하였다. 발길이 돌아가지 않았다. 사생을 다투는 아내를 생각하면 아니 가든 못할 일이고 이 울타리 속에는 용녜가 있거니 생각하면 눈길이 다시금 울타리로 갔다.

그가 바위 모룽이 빙판에 올 때까지 개들은 쫓아나와 짖었다. 그는 제 분김에 한 마리 때려잡는다고 얼른 돌멩이를 집어들었다가 작년 가을에 어떤 조선 사람이 어떤 중국 사람의 개를 때려죽이고 그 사람이 주인에게 총 맞아 죽은 일이 생각나서 들었던 돌멩이를 헛뿌렸다.

돌아 떨어지는 겨울해는 어느 새 강 건너 봉오리 엉성한 가지 끝에 걸렸다. 바람은 좀 자고 날씨는 맑으나 의연히 추워서 수염에는 우물가처럼 얼음보쿠지 졌다.

4

눈웃 입은 산봉우리 나뭇가지 끝에 남았던 붉은 석양볕이 스르르 자취를 감추고 먼 동쪽 하늘가에 차디찬 연자줏빛이 싸르르 돌더니 그마저 스러지고 쌀쌀한 하늘에 찬별들이 내려다보게 되면서부터 어둑한 황혼빛이 바이허의 좁은 골에 흘러들어서 게딱지 같은 집 속까지 흐리기 시작하였다.

꺼먼 서까래가 드러난 수수깡 천장에는 그을은 거미줄이 흐늘흐늘 수없이 드리우고 빈대 죽인 자리는 수묵으로 댓잎(竹葉)을 그린 듯이 흙벽에 빈틈이 없는데 먼지가 수북한 구들에는 구름갈개(참나무를 얇게 밀어서 결은 자리)를 깔아 놓았다. 가마 저편 바당(부엌)에는 장작개비가 흩어져 있고 아궁이에서는 벌건 불이 훨훨 붙는다.

뜨끈뜨끈한 부뚜막에는 문 서방의 아내가 누덕이불에 싸여 누웠고 문 앞과 윗목에는 이웃 집 사람들이 모여앉았는데 지금 막 달리소 인가의 집에서 돌아온 문 서방은 신음하는 아내의 가슴에 손을 얹고 앉았다.

등꽂이에 켜 놓은 등(삼대에 겨를 올려서 불 켜는 것)불은 환하게 이 실내의 이 모든 사람을 비추었다.

"룡녜야! 룡녜야! 룡녜야!"

고요히 누웠던 문 서방의 아내는 마지막 소리를 좀 크게 질렀다. 문 서방은 아내의 가슴을 지근히 눌렀다.

"에구? 우리 룡녜! 우리 룡녜를 데려다 주구려!"

그는 눈을 번쩍 뜨면서 몸을 흔들었다.

"여보 왜 이리우. 룡녜가 지금 와요! 금방 올걸!"

어린애를 어르듯하면서 땀띠가 께저분한 아내의 얼굴을 내려다보는 문 서방의 눈은 흐리었다.

"에구 몹슬늠(인가)두! 저런 거 모르는 체하는가! 쩻!"

윗목에 앉은 늙은 부인은 함경도 사투리로 구슬피 뇌었다.

"허 그게게 되놈이라지! 그놈덜께 인륜(人倫)이 있소?"

문 앞에 앉았던 한 관청은 받아치었다.

"룡녜야! 룡녜야! 홍 저기 저기 룡녜가 오네!"

문 서방의 아내는 쑥 꺼진 두 눈을 모들떠서 천장을 뚫어지게 보면서 보기에 애처로운 웃음을 웃었다.

"어디? 아직은 안 오! 여보 왜 이리우? 정신을 채리우 응!"

문 서방의 목소리는 떨렸다.

"저기 엑……룡……룡녜……."

그는 눈을 더 크게 뜨고 두 뺨의 근육을 경련적으로 움직이면서 번쩍 일어났다. 문 서방은 아내의 허리를 안았다. 그는 또 정신에 착각을 일으켰는지? 창문을 바라보고 뛰어나가려고 하면서——

"룡녜야! 룡녜 룡녜……. 저 저기저기 룡녜가 있네! 룡녜야 어디 가니 룡녜야! 네 어디 가느냐? 으응."

고함을 치고 눈물없는 울음을 우는 그의 눈에서는 퍼런 불빛이 번쩍하였다. 좌중은 모진 짐승의 앞에나 앉은 듯이 모두 숨을 죽이고 손을 틀었다. 문 서방은 전신의 힘을 내어서 아내의 허리를 안았다.

"하하하(그는 이상한 소리를 내어 웃다가 다시 성을 잔뜩 내면서)……룡녜! 룡녜가 저리로 가는구나! 으응……. 저놈이 저놈이 웬 놈이냐?"

하면서 한참 이를 악물고 창문을 노려보더니——

"저 저……, 이늠아! 우리 룡녜를 놓아라! 저 되놈이 저 되놈이 룡녜를 잡아가네! 저 되놈이 저 되놈이 룡녜를 잡아가네! 이놈 놔라! 이놈 모가지를 빼놓을 이이."

그의 눈앞에는 용녜를 인가에게 빼앗기던 그때가 떠올랐는지? 이를 뿍 갈면서 몸을 번쩍 일어 창문을 향하고 내달렸다.

"여보 정신을 차리오! 여보 왜 이러우? 아이구! 웅."

쫓아나가면서 아내의 허리를 안아서 뒤로 끌어들이는 문 서방의 소리는 눈물에 젖었다.

"이늠아! 이게 웬 놈이 남을 붙잡니? 웅 으윽."

그는 두 손으로 남편의 가슴을 밀다가도 달려들어서 남편의 어깨를 물어뜯으면서——

"이것 놔라! 에구 룡녜야 저게 웬 놈이……. 에구구……저놈이 룡녜를 깔고 앉네!"

하고 몸부림을 탕탕하는 그의 눈에는 핏발이 서고 낯빛은 파랗게 질렸다.

이때 한 관청 곁에 앉았던 젊은 사람은 얼른 일어나서 문 서방을 조력하였다. 끌어들이려거니 뛰어나가려거니 하여 밀치고 당기는 판에 등꽂이가 넘어져서 등불이 펄렁 죽어 버렸다. 방 안은 갑자기 깜깜하여지자 창문만 희미하였다.

"조심들 하라니! 엑 불두."

한 관청은 등대를 화로에 대고 푸푸 불면서 툭턱툭턱하는 사람들께 주의를 시켰다. 불은 번쩍하고 켜졌다.

"우우 쏴——스르륵."

문을 치는 바람 소리가 요란하였다.

"엑 또 바름이 나는 게로군! 날시두 폐롭(괴상)다."

한 관청은 이렇게 뇌면서 등꽂이에 등대를 꽂고 몸부림하는 문 서방 내외와 젊은 사람을 피하여 앉았다.

"이것 놓아 주오! 아이구! 우리 룡녜가 죽소! 저 흉한 되놈에게 깔려

서…… . 엑 저저저……저것 봐라! 이놈 네 이놈아! 에이구 룡녜야! 룡
녜야! 사람 살려 주오! (소리를 더욱 높여서) 우리 룡녜를 살려 주! 응
으윽 에엑 끅…… ."

그는 마지막으로 오장육부가 쏟아지게 소리를 지르다가 검붉은 핏덩어
리를 왈칵 토하면서 앞으로 거꾸러지었다.

"으윽!"

"응 끔직두 한 게!"

하면서 여러 사람들은 거꾸러진 문 서방의 아내 앞에 모여들었다.

"여보! 여보소! 아이구 정신 좀…… ."

떨려 나오는 문 서방의 소리는 절반이나 울음으로 변하였다.

거불거불하는 등불 속에 검붉은 피를 한 말이나 토하고 쓰러진 그의 낯
이 파랗게 되어서 숨결이 없었다.

"허! 잡씽이(雜神) 붙었는가? 으흠 응! 으흠 응! 각황제방 심미기,
두우열로구슬벽…… ."

여러 사람들과 같이 문 서방의 아내를 부뚜막에 고요히 뉘어 놓은 한
관청은 귀신을 쫓는 경문이라고 발음도 바로 못하는 이십팔수를 줄줄줄
읽었다.

"으응응……흑흑……여여보!"

문 서방의 목 메인 울음을 받는 그 아내는 한 관청의 서투른 경문 소리
를 듣는지 마는지? 손발은 점점 식어 가고 낯은 파랗게 질렸는데 무엇을
보려고 애쓰던 눈만은 멀거니 뜨고 그저 무엇인지 노리고 있다. 경문을
읽던 한 관청은,

"엑 인저는 늙어 가는 사람이 울기는? 우지 마오! 이내(곧) 살아날
꺼!"

하고 문 서방을 나무라면서 문 서방의 아내 앞에 다가앉더니 주머니에서
은동침(어느 때에 얻어 둔 것인지?)을 내어서 문 서방 아내의 인중(人中)
을 꾹 질렀다. 그러나 점점 식어 가는 그는 이마도 찡기지 않았다. 다시

콧구멍에 손을 대어 보았으나 숨결은 없었다.

바람은 우우 쏴──하고 문에 눈을 들이치었다. 여러 사람은 약속이나 한 듯이 두려운 빛을 띤 눈으로 창을 바라보았다.

"으응 에이구! 여보! 끝끝내 룡녜를 못 보고 죽었구려……. 잉잉 ……흑."

문 서방은 울기 시작하였다. 그 울음소리는 고요한 방 안 불빛 속에 바람 소리와 함께 처량하게 흘렀다.

"에구 못된 놈(인가)두 있는게!"

"에구 참 불쌍하게두!"

"홍 우리두 다 그 신세지!"

무시무시한 기분에 싸여서 낯빛이 푸르러 가는 여러 사람들은 각각 한 마디씩 뇌었다. 그 소리는 모두 갈데없는 신세를 호소하는 듯하게 구슬프고 힘없었다.

5

문 서방의 아내가 죽던 그 이튿날 밤이었다. 그날 밤에도 바람이 몹시 불었다. 그 바람은 강바람이어서 서북에 둘린 산 때문에 좀한 바람은 움쩍도 못하던 달리소(문 서방의 사위 인가의 땅)까지 범하였다. 서북으로 산을 등지고 앞으로 강 건너 높은 절벽을 대하여 강골밖에 터진 데 없는 달리소는 강바람이 들어차면 빠질 데는 없고 바람과 바람이 부닥쳐서 흔히 회오리바람이 일게 된다. 이날 밤에도 그 모양으로 달리소에는 회오리바람이 일어서 낟가리가 날리고 지붕이 날리고 산천이 울려서 혼돈이 배판할 때 빙세계나 트는 듯한 판이라 사람은커녕 개와 돼지도 굴속에서 꿈쩍 못하였다.

밤이 썩 깊어서였다.

차디찬 별들이 총총한 하늘 아래, 우렁찬 바람에 휘날리는 눈발을 무릅

쓰고 달리소 앞 강 빙판을 건너서 달리소 언덕으로 올라가는 그림자가 있다. 모진 바람이 스치는 때마다 혹은 엎드리고 혹은 우뚝 서기도 하면서 바삐바삐 가던 그 그림자는 게딱지 같은 지팡사리 집 근처에서부터 무엇을 꺼리는지 좌우를 슬몃슬몃 보면서 자취를 숨기고 걸음을 느리게 하여 저편으로 돌아가 인가의 집 높은 울타리 뒤로 돌아간다.

"으르릉 웡웡."

하자 어느 구석으로선지 개가 한 마리 두 마리 세 마리 뒤이어 나와서 짖으면서 그 그림자를 쫓아간다. 그 개소리는 처량한 바람 소리 속에 싸여 흘러서 건너편 산을 저르릉저르릉 울렸다.

"꽝! 꽝꽝."

인가의 집에서는 개짖음에 홍우재(마적)나 몰아 오는가 믿었던지 헛총질을 네댓 방이나 하였다. 그 소리도 산천을 울렸다. 그 바람에 슬근슬근 가던 그림자는 획 돌아서서 손에 들었던 보자기를 개 앞에 던졌다. 보자기는 터지면서 둥굴둥굴한 것이 우르르 쏟아졌다. 짖으면서 달려오던 개들은 짖음을 그치고 거기 모여들어서 서로 물고 뜯고 뺏어서 먹는다. 그러는 사이에 그림자는 인가의 울타리 뒤에 산같이 쌓아 놓은 보릿짚 더미에 가서 성냥을 쭉 긋더니 뒷산으로 올리달린다.

처음에는 바람 속에서 판득판득하던 불이 삽시간에 그 산 같은 보릿짚 더미에 붙었다.

"훠쓰(불이야)!"

하는 고함과 같이 사람의 소리는 요란하였다. 모진 바람에 하늘하늘 일어서는 불길은 어느 새 보릿짚 더미를 살라 버리고 울타리를 살라 버리고 울타리 안에 있는 집에 옮았다.

"푸우 우루루루루 쏴아……."

동풍이 몹시 이는 때면 불기둥은 서편으로 서풍이 몹시 부는 때면 불기둥은 동으로 쏠려서 모진 소리를 치고 검은 연기를 뿜다가도 동서풍이 어울치면 축늉(火神)의 붉은 혓발은 하늘하늘 염염이 타올라서 차디찬 별

——억만 년 변함이 없을 듯하던 별까지 녹아 내릴 것같이 검은 연기는 하늘을 덮고 붉은빛은 깜깜하던 골짜기에 차 흘러서 어둠을 기회로 모여들었던 온갖 요귀(天鬼)를 몰아 내는 것 같다. 불을 질러 놓고 뒷숲에 앉아서 내려다보던 그 그림자——딸과 아내를 잃은 문 서방은,

"하하하."

시원스럽게 웃고 가슴을 만지면서 한 손으로 꽁무니에 찬 도끼를 만져 보았다.

일동리 사람들과 인가의 집 일꾼들은 불 붙는 데 모여들었으나 모두 어쩔 줄을 모르고 떠들고 덤비면서 달려가고 달려올 뿐이었다.

그러는 사이에 울타리는 물론 울타리 속에 엉큼이 서 있던 큰 집 두 채도 반이나 타서 쓰러졌다.

이런 불 속으로부터 여러 사람이 오고 가는 밭 가운데로 튀어나가는 두 그림자가 있었다. 하나는 커단 장정이요 하나는 적은 여자이다. 뒷산 숲에서 이것을 보던 문 서방은 그 두 그림자를 향하고 내리뛰었다. 그는 천방지방 내리뛰었다. 독살이 잔뜩 올라서 불빛에 번쩍이는 그의 눈에는 이 두 그림자밖에는 아무것도 보이지 않았다.

"으윽 끅."

문 서방이 여러 사람을 헤치고 두 그림자 앞에 가 섰을 때 앞에 섰던 장정의 그림자는 땅에 거꾸러졌다. 그때는 벌써 문 서방의 손에 쥐었던 도끼가 장정 인가의 머리에 박혔다. 도끼를 놓은 문 서방의 품에는 어린 여자의 그림자가 안겼다. 용녀가…….

그 바람에 모여섰던 사람들은 혹은 허둥지둥 뛰어 버리고 혹은 뒤로 자빠져서 부르르 떨었다. 용녀도 거꾸러지는 것을 안았다.

"룡녜야! 놀라지 마라! 나다! 아버지다! 룡녜야!"

문 서방은 딸을 품에 안으니 이때까지 악만 찼던 가슴이 스르르 풀리면서 독살이 올랐던 눈에서 뜨거운 눈물이 떨어졌다. 이렇게 슬픈 중에도 그의 마음은 기쁘고 시원하였다. 하늘과 땅을 주어도 그 기쁨을 바꿀 것

같지 않았다.

그 기쁨! 그 기쁨은 딸을 안은 기쁨만이 아니었다. 적다고 믿었던 자기의 힘이 철통 같은 성벽을 무너뜨리고 자기의 요구를 채울 때 사람은 무한한 기쁨과 충동을 받는다.

불길은──그 붉은 불길은 의연히 모든 것을 태워 버릴 것처럼 하늘하늘 올랐다.

이무영
·
·
·
·
·
·
·
·
제1과 제1장
흙의 노예

제 1 과 제 1 장

1

덜그럭덜그럭——퍼언한 신작로에 소마차 바퀴 소리가 외로이 울린다. 사양(斜陽)에 키만 멀쑥하니 된 가로수 포플러의 그림자가 느른하니 길을 가로막고 있을 뿐 별로이 행인도 없는 호젓한 신작로다. 동리 앞에는 곰방대를 문 영감님이 벌거숭이 손자놈을 데리고 앉아서 돌장난을 시키고 있다. 약삭빠른 계절에 뒤떨어진 매애미 소리는 마치 남의 나라에 갇힌 공주의 탄식처럼 청승맞다.

"이러 이 소 쯔쯔!"

안반짝 같은 소 엉덩이에 철썩 물푸레 회초리가 운다. 소란 놈은 파리를 날려 주어 고맙게 여길 정도인지 아무런 반응도 없다. 그저 뚜벅뚜벅 앞만 내다보고 걸을 뿐이다.

소마차가 동리 앞을 지날 때마다 주막집 뜰팡에 멍석을 깔고 땀을 들이던 일꾼들의 눈이 일시에 마차 짐으로 옮겨진다. 이삿짐을 처음 보아서가 아니라 그들의 눈에는 이 우차 위에 실려진 가구며 세간이 진기한 모양이

다. 항아리니 독이니 메주덩이 바가지짝——이런 세간은 한 개도 볼 수
없고 농짝은 분명히 농짝이다. 생김생김도 그러려니와 시골서는 볼 수 없
는 호들갑스럽게 큰 장이다. 이모저모에 가마니짝을 대어서 전부는 보이
지 않으나마 넘어가는 햇빛을 받아 거울이 번쩍 한다. 함 대신에 화류 단
층장 버들상자도 큰 것이 네모 번듯하다. 묏에 쓰이는 것인지 알 길도 없
는 혼란스러운 갓이며 검고 붉은빛이 도는 가죽가방, 면장나리나 무슨 주
임나리나가 놓고 있는 그런 책상에 걸상도 화려하다.

"뉘 집 살림인 게군."

키만 멀쑥하니 여덟팔자 노랑수염이 담숭담숭 난 하릴없이 노름꾼처럼
생긴 한 친구가 이렇게 운을 뗀다.

"토자에 '했네.'"

누군지가 이렇게 받자,

"토자에 '이 아냐. ㅌ자에 ㄹ일세. 어디루 보나 저게 첩살림 같은가.
첩살림이면야 자개장이 번득이면 번득였지. 사물상이 당한 겐가. 짐 임자
들을 보지!'"

이삿짐에서 여남은 칸쯤 뒤떨어져서 곤색 저고리에 흰바지를 받쳐 입은
청년이 하나 따라 섰다. 아직 햇살이 따가우련만 모자도 단정히 썼다. 나
이는 한 삼십사오 세쯤 되었을까…….

청년은 한 손으로 양장을 한 오륙 세 된 계집아이의 손을 잡고 그 옆에
는 청년보다는 열 살이나 차이가 있음직한 젊은 여인이 양복을 입힌 머슴
애의 손을 잡고 간다. 한 너덧 살 되었음직한 토실토실하게 생긴 아이다.
과자 주머니인지 바른손에는 새빨간 주머니를 늘였다.

"아빠 아직두 멀었수?"

말소리까지 타박타박하다.

"인저 조금만 더 가면 된다. 에이 참 우리 철이 착하다."

청년은 담배에 불을 붙여 물고 덤덤히 우차 뒤를 따라간다.

"화신상회만큼 되우?"

어린것은 몹시 지친 모양이다.

"그래 그만큼 가면 되어."

하고 안타까운 듯이 젊은 여인이 대신 대답을 하자니까 어린것이 고개를 반짝 들구서 항의를 한다.

"뭘 엄만 아나? 엄마두 첨이라면서."

"그래두 난 알아. 그렇지요 아빠?"

"암, 엄만 알구말구."

청년과 여인은 어린것을 번갈아 업기도 하고 안기도 하다가 몇 걸음 걸려도 보고 몹시 거추장스러우련만 별로이 그런 티도 없다. 소에 끌려가는 이삿짐처럼 그는 묵묵히 끌려가고만 있다.

"거 어디루 가는 이삿짐요?"

동리 앞을 지날 때마다 소보고 묻듯 한다. 마차꾼은 '나는 소 아니오!' 하고 퉁명을 부리듯,

"샌터 짐요!"

하고 돌아다보지도 않고 대답할 뿐이다.

"샌터 뉘집 짐요?"

"난두 모르오!"

하고는 소 엉덩이에다 매질을 한다.

"이러 이 소! 대꾸하기 귀찮다. 어서 가자."

동리를 빠져 나오더니 청년도 여인네도 뒤를 한 번씩 돌아다본다. 무슨 감시의 구역에서 벗어나기나 한 때처럼 여인네는 가벼운 안도의 빛을 얼굴에 나타내기까지 한다.

"인저 내가 좀 물어 봐야겠군. 아직두 멀었어요?"

"인저 얼마 안 돼. 전에 다닐 때 얼마 안 되던 것 같았는데 왜 이리 멀까."

혼잣말에 우차꾼이 받아넘긴다.

"여름이라 길두 늘어나 그렇지요."

얼마 안 가니 조그만 실개천이 흐른다. 청년——수택은 어려서 수수미꾸리 잡던 기억도 새로웠고 땀도 들일 겸 길목 포플러 그늘에서 참을 들이기로 했다. 이 개천을 건너서 한 십 분이면 그의 고향인 샌터에 다다르는 것을 알기 때문이기도 했다.

"영감두 쉬어 같이 갑시다. 자 담배 한 대 피슈."

"고약두 있으십니까?"

"고약이라께?"

"이런 담뱉 피구 입술이 성할 수가 있을라구요."

이렇게 재미있는 늙은인 줄 알았더면 정거장에서부터 말벗을 해 왔다면 오는 줄 모르게 왔을걸……. 하고 수택은 오늘 처음으로 웃었다.

수택은 차를 먼저 가게 하고 천천히 세수도 하고 발도 벗고 씻었다. 아내가 핸드백의 조그만 면경을 꺼내어 화장을 하는 동안에 어린것들을 벗기고 말끔히 씻어 주었다. 물에 손을 잠그고 있으려니 어려서 물장난하던 기억이며 그 동안 세파와 싸운 삼십 년간의 생활이 추억되어 덜크덕덜크덕 멀어져 가는 이삿짐 소리도 한층 더 서글펐다.

"패배자."

그는 가만히 이렇게 자기를 불러 본다. 시냇물은 조약돌이 옹기종기 몰려 있는 수택의 발 밑을 지날 때마다 뭬라고인지 종알대고 흘러 간다. 이 물소리를 해득만 한다면 여러 가지 의미가 포함되어 있으리라. 그러나 지금의 수택으로서는 이 속삭이는 물소리보다도 지난날의 추억보다도 패배자의 짐을 싣고 가는 마차바퀴 소리만이 과장이 돼서 울리는 것이었다.

"패배자? 어째서 패배자냐? 오랜 동안 동경해 오던 이상 생활의 첫출발이지!"

누가 있어 자기를 패배자라고 부르기나 했던 것처럼 그는 분명히 이렇게 반항을 해 본다.

2

사실 이번 길은 수택의 일생에 있어서 커다란 분기점이었다. 그것이 희망의 재출발이 될지 패배가 될지는 그가 타고난 운명(?)에 맡기려니와 현재 그의 가슴에 채워진 감회도 이 둘 중 어느 것인지 그 자신 모르고 있는 터다. 그가 농촌생활을 꿈 꾸고 이른봄 사지 안을 두둑하게 넌 춘추복 안주머니에 넣어 두었던 사직원이 이중 봉투를 석 장이나 갈갈이 피우고 여름을 났을 때는 그래도 '패배자'란 감정이 없을 때였다. 일금 팔십 원의 샐러리라면 그리 적은 봉급도 아니었다. 회사 총무주임 말마따나 이런 자리를 노리는 대학 출신의 이력서가 기백 장 서랍 속에서 신음을 하고 있는 터다. 사변으로 해서 갑자기 물가가 고등해진 터라 이 정도의 수입만 가지고는 도저히 도회에서 생활을 유지하기가 어렵기는 하나 그렇다고 전혀 수입이 없는 것보다 날 것은 주먹구구까지도 필요치 않은 것이었다. 그의 계획을 듣고 친구의 대부분이——아니 거의 전부가 반대를 한 것도 실로 이 단순한 타산에서였다. 너 굴러든 복바가지를 차 버리고 어쩔 테냐는 듯싶은 총무부 주임의 눈치나 철없이 날뛴다고 가련해하는 눈으로 보는 동료들의 말투가 그의 결심에 되레 기름을 쳐 준 것도 사실이기는 하나 수택의 계획은 그네들이 보듯이 그렇게 근거가 적은 것은 아니었다. 그의 계획의 무모함을 충고하는 친구와 동료들의 거의 전부가 생활난에 중심을 둔 것이다. 그러나 일찍이 수택만큼 생활고를 겪어 온 사람도 그만한 나이로는 드물 것이었다. 열두 살에 고향을 떠나서 중학교를 고학으로 마쳤고 열일곱에 동경으로 가서 C대학 전문부를 마치는 동안도 식당에서 벗겨 내버린 식빵 껍질과 먹고 남아 버리는 밥덩어리를 사다 먹고 살아온 그였고, 일정한 직업이 없이 오륙 년 동안 동경서 구르는 동안에도 공중식당일망정 버젓하니 밥 한 끼 사 먹어 보지 못한 채 삼십줄에 접어든 그였다. 조선에 나와서도 지금의 신문사 사회부 기자라는 직업을 얻기까지의 삼 년간은 십 전짜리 상밥으로 연명을 해 온 그였고 직업이라고 얻어서 결혼을 한 후도 고기 한 칼 떳떳이 사 먹어 보지 못한 그였다. 더욱이 십 개월이란 긴 동안 신문이 정간을 당하고 푼전의 수입이 없었을 때도 세 끼나 밥을 못 끓이고 인왕산 중허리 같은 배를 끌어안고 숨까지 가빠하는 아내와 만 하루를 얼굴만 쳐다보고 시간을 보낸 쓰라린 경험도 갖고 있는 그였다.

이 십 개월 동안에 그는 평상시 오고 가던 친구들도 수입이 끊어지는 날로 거래가 끊어지는 것도 경험했고 쌀말이나 설렁탕 한 그릇도 월급봉투가 없이는 대주지 않는 것도 잘 안 터였다.

"인젠 널 것도 없지?"

하고 물을 때,

"입은 것밖에……."

하고 대답하던 아내의 우울한 음성도 아직 귀에 새로웠고 십여 장이나 되는 전당표를 삼 개년 계획으로 찾아 내던 쓰라린 경험도 아직 기억에 새로운 터였다. 바로 신문이 해간되던 그 전날이었지만 막역지간이라고 사양해 오던 M이라는 친구한테 마침 그날이 월급이라서, 아니 월급날을 일부러 택한 것이었지만 삼 원 돈을 취대하러 갔다가 거절을 당하고 분김에 욕을 하고 돌아온 사실을 기록해 둔 일기가 아직도 그의 책상 어느 구석에 끼워져 있을 것이었다.

이 수택이가 선선히 사직원을 내놓고 나선 것이니 놀랄 만한 사실임에 틀림은 없었다.

"그래 갑자기 회살 그만두면?"

마지막으로 사직원을 접수한 R씨가 이렇게 말했을 때 그는 금후의 생활설계를 설명하는 데 조금도 불안을 느끼지 않았던 것이었다. 다행히 고향에 가면 십여 두락의 땅이 있고 생활수준이 얕아질 것이요, 고료 수입도 다소 있을 것이고……. 마치 R씨까지도 유인해서 끌고 나갈 듯이 호기가 있었던 것이었다.

"좀더 신중히 하지?"

호의에서 나온 이런 말에 그는 적의나 있는 듯이,

"그럴 필요없지요."

하고 그 자리에서 내찼던 것이다.

사직 이유는 병이었다. 간부측에서 병? 하고 반문했을 만큼 그는 그렇게 잘못된 병자는 물론 아니다. 병이라면 그것은 생리적인 병보다도 정신적인 병이 더 위기에 가까웠었다. 의사들이 폐가 어떠니 늑막이 위험하니 할 때도 한편 겁은 내면서도 또 한편으로는 속 짐작이 있기는 했었다. 그와 같이 소설을 써 오던 H가 자기와 같은 자신으로 버티다가 쓰러진 그 길로 끝을 막은 무서운 사실에 잠시 아차하는 생각도 없지는 않았지마는 그러나 그렇다고 해서 직업을 버릴 만큼 심약한 그도 아니었다. 이른봄 그가 아내도 몰래 사직원을 쓰고 도장까지 단정히 눌러 가진 것은 그의 조그만 영웅심에서였다.

수택은 동경서부터 소설을 써 왔다. 장방형도 아니요 삼각형도 아니요 그렇다고 똑 떨어진 원도 아니다. 세상에서는 그를 혹은 스타일리스트라고 불렀고 한때 경향 문학이 성할 때는 혹은 반동 또 혹은 동반자라고 불렀고 또는 허무주의자라고 야유도 했다. 그러나 기실은 그중 어느 것도 아니었다. 그 자신 자기의 특징이 어디 있는지를 모르는 작가였다. 소설가로서 차차 알려질 임시해서———아니 그 덕택이었겠지마는———그는 취직을 했었다. 그것이 그의 작가 생활의 마지막이었다. 저널리즘이란 문학의 매개체를 통해서 그 갓난애 숨길 만한 잔명을 유지해 왔다.

첫월급을 타던 기쁨은 '지난 ×일 밤 자정도 가까워 바야흐로 삼라만상이 잠들려 할때 ××동 ××번지 근방에서 뜻아니한 비명이 주위의 정적을 깨뜨렸다. 이제 탐문한 바에 의하면……' 이런 식의 기사를 쓸 때마다 희미해졌고 그것이 거듭되기 일 년이 못 돼서 그는 자기가 문학도였다는 의식까지도 완전히 잃어버리고 말았던 것이다. 경찰서를 드나들며 강절도 밀매음 사기 등속의 사건 전말을 듣는 것이 문학 수업의 좋은

찬스나 되는 것처럼 생각던 것도 일시적이었고 악을 폭로해서 써 민중의
좋은 시준이 되게 한다던 의협심도 기실 자기 위안의 좋은 방패이어서 아
무것도 아니라는 것을 깨달은 후부터는 그는 완전히 기계였던 것이다. 아
침이면 나와서 종일 돌아다니다가 저녁——대개는 밤에 집이라고 찾아
든다. 친구에 휩쓸려 술잔도 마시고 회합에서 늦어 이차회가 벌어지고 이
러구러 하루가 가고 이틀이 가고 달이 바뀌고 연도가 갈리었다. 그러기를
오 년——그 동안에 수택이가 얻은 것은 허영과 태만이다. 그밖에 얻은
것이 있다면 자기가 아닌 이런 사회에서의 독특한 존재인 이르는바 친구
——아니 지인(知人)이다.

　그리고 잃은 것이 얻은 것에 비하여 너무나 많았다. 그는 적어도 세 사
람의 친구는 가졌던 사람이다. 그러나 그가 한 해 두 해 지나는 동안에
세 친구도 없어졌고 문학도로서 쌓았던 조그만 탑도 출판기념회나 무슨
축하회의 발기인난에서나 겨우 발견하는 그런 존재가 되고 말았다.

　동료들이 그달그달 발표하는 작품을 읽을 때마다 그는 우울했다. 우두
커니 맞은편 흰 회벽을 건너다본다. 성급한 전화 종소리도 그를 깨우쳐
주지 못할 때가 한두 번이 아니다.

　"받잖을 전환 뭣하러 맸나요?"

　문득 고개를 들면 천리안이라고 소문난 편집장의 두 줄 시선이 쏜다.

　아무것 하나 얻을 것도 없는 회합에서 늦도록 붙잡혔다가 홀로 막차에
앉은 때의 그 공허, 허무감, 그것도 비길 데 없는 것이다. 어떤 때는 그
큰 전차간에 동그마니 혼자 앉아 갈 때가 있다. 그럴 때면 저도 모르게
눈속이 뜨끈해지는 일도 있었고 얼근히 술이 취했다가 깰 무렵에 집에 돌
아가면 문득 숫보가 덮인 책상이 눈에 뜨인다. 펜까지 꽂혀 있는 잉크스
탠드, 한 달 가야 한 번 건드려 주지도 않는 원고지가 마치 영원히 돌아
오지 못할 주인을 기다리고 망망한 대해에 떠 있는 목선처럼 애처로워진
다. 다소 술기운이 작용을 했겠지마는 그대로 책상에 엎드려 통곡을 하는
것이었다.

'아니다! 낼부터는 나도 단연 공부를 하리라!'

이렇게 일 년을 별러서 시작한 것이 《소설 못 쓰는 소설가》라는 단편
이었다. 한 소설가가 취직을 했다. 박쥐처럼 해를 못 보는 생활이 계속된
다. 무서운 정열로 창작욕을 흥분시켜 주기는 하나 그 상이 마무러지기도
전에 출근이다. 잡다한 사무에 얽매어 허덕이는 동안에 해가 지고 오뉴월
엿가락처럼 늘어진 몸을 이끌고 회합이다, 이차회다, 야근이다를 계속한
다. 이런 슬픈 이야기를 짜던 그는 자기도 모르게 내일 형사들을 녹여 내
어 재료를 얻어 낼 계획이며 안(案)의 진행 방법 등을 공상하고 있는 자
신을 발견한다. 그리고 운다——그러나 이 소설도 끝끝내 소설이 못 되
고 말았다.

그것은 몹시 무더운 날 밤이었다. 그는 소학생처럼 벽에다 좌우명을 써
붙였다. 1, 조기할 것 2, 퇴사 즉시로 귀가할 것 3, 독서, 혹은 창작할
것 4, 일쩍 취침할 것. 그러나 이 좌우명은 이튼날로 권위를 잃고 말았
다. 이튼날은 사회부회가 밤 아홉시까지나 계속되었다. 갑론을박의 삼사
시간을 겪은 그는 돌아오는 길로 쓰러져 자고 말았다. 이튼날은 신문사
주최인 축구대회 기사로 야근을 했고 다음날은 부득이한 회합이 있어 역
시 거기서 다시 이차 삼차를 거듭해서 집에 돌아온 것은 새벽 세시였다.

"도대체 나는 뭣 때문에 사는 겔까. 누구를 위해서 사는 겔까. 문화사
업? 흥!"

이러한 반문을 해 본다는 것은 벌써 한 전설이 되어 있었다.

이러한 수택은 또 한 가지 위대한 발견을 했다. 그것은 적어도 자기는
신문기자가 아니라는 것이다. 과거나 현재 아닐 뿐만 아니라 영원히 신문기
자로서 성공하기 어렵다는 사실을 발견했던 것이다. 아니 신문기자로서
의 성공이 곧 문학적으로 그를 파멸시키는 것이라는 것을 그제서야 발견
했던 것이었다. 그것은 희극——아니 비극이었다.

3

수택이가 하루이틀 쉬기 시작한 것도 이때부터다. 그는 하는 일 없이 교외를 빈들빈들 돌아다니었다. 하루는 S라는 동료를 유인해 가지고 청량리로 나갔다. 전부는 아니나 그만둘 계획만을 이야기하고 생계로 이야기가 옮아 갔을 때다. 그도 처음에는 그것이 무슨 낸지 몰랐었다. 매캐한 냄새가 코를 콕 찌른다. 그 냄새는 코를 통해서 심장으로 깊이깊이 기어 들어가는 것 같았다――흙내였다.

그것이 흙내라는 것을 인식한 순간 일찍이 그가 어렸을 때 듣던 아버지의 음성이 바로 귓전에서 울리는 것을 느끼었다. 사람은 흙내를 맡아야 산다. 너도 공불하고 나선 아비와 같이 와서 농사를 짓자――학문? 학문도 좋긴 하다. 하지만 학문이 짐이 될 때도 있으리라. 그때 그는 아버지를 비웃었다. 흙에서 헤어나지를 못하면서도 흙에 대한 미련을 버리지 못하는 아버지가 가엾기까지 했었다. 그러나 조소하던 그 말이 지금 그의 마음을 콕하니 사로잡는 것이다.

"집으로 가자, 흙을 만지자."

수택의 로맨틱한 계획은 이리하여 세워진 것이다. 그의 첫계획은 그 동안 장만했던 가구를 전부 팔아 버리려 한 것이나 아내가 너무 섭섭해하기도 했지마는 그들이 상상한 것의 절반도 못 되었었다.

이백 원도 못 되는 퇴직금이 그들의 유일한 재산이었다.

소꼴지게와 함께 수택의 일행이 싸리삽짝 문에 들어서자 누렁이란 놈이 컹하고 물어 박는다. 빈집처럼 찬바람이 휘돈다. 남의 집으로 잘못 들어온 모양이다. 수택은 부리나케 나와 문패를 보나 분명히 자기 집이다.

"짐이 들어왔으니까 마중들을 나가신 모양이군요."

아내가 들어가도 나오도 못하고 있는데,

"오빠!"

소리가 나며 와들 몰려든다. 육칠 년 못 본 묵은 아버지도 설명을 듣지 않고는 모를 아이들 속에 끼었었다. 뒤미처 찢어진 고무신짝을 집어든 고모도 왔고 폭 늙은 어머니도 뒤따라왔다.

"그래 이 몹쓸 것아 그렇게두……."

하고 막 어머니의 원망이 나오자 그는 사랑으로 나갔다. 이칸 장방을 새에 장지를 질러 윗방은 남에게 세를 주었는지 주판 소리가 댈그락거린다.

"저 밖엣게 너들 집이냐?"

"네."

"그래? 헌데 갑자기 이게 웬일이냐."

"차차 말씀드리겠습니다."

수택은 안으로 들어왔다.

안채 위쪽으로 달린 골방이 치워졌다. 바람이 잔뜩 든 벽하며 벽흙을 안고 자빠진 종잇장이며 비워 두었던 탓인지 곰팡내가 펄썩한다. 색지를 붙인 궤짝이며 주둥이도 없는 단지, 도깨비라도 나와 멱살을 잡을 듯싶은 방이다. 횃대에 걸린 헌옷은 흡사 죽은 사람같이 늘어졌다.

수택의 그 아름다운 농촌생활의 첫꿈이 깨진 것은 이 방에서였다. 그의 공상에서는 방부터가 이렇게 허무하지는 않았었다.

그날 밤 아버지와 아들은 오래간만에 자리를 마주했다. 윗방에서 주판 알을 튀기던 장사치도 갔고 단둘이 호젓이 앉았다. 고향으로 내려오기로 하기는 하면서도 기실 수택은 집안에 대한 지식이 전혀 없다. 자기가 집을 나갈 때는 논이 한 이십여 두락에 밭이 여남은 갈이나 있었다. 그후 동경서 나와서 들렀을 때는 논 닷 마지기가 줄었고 밭이 하루갈이 남의 손에 넘어갔었다. 그런 지 칠 년, 그 동안 거의 딴 남처럼 서신 하나 없이 지내 온 아버지와 아들이었다. 물론 이렇다는 원인이 있은 것도 아니다. 의식적으로 그런 것도 물론 아니다. 다만 이 문화인인 아들은 원시인 그대로인 아버지를 경멸했고 아버지는 또 아버지대로 너무나 문화한 아들을 경이원지했을 뿐이다.

"흙냄새를 싫어하는 것이 사람이냐. 그깐놈 눈만 다락같이 높았지."

그는 이렇게 아들을 조소했다.

아들은 무엇보다도 아버지의 흙투성이가 되어 사는 꼴이 싫다 했다. 흙에서 나서 흙을 만지며 컸고, 흙을 먹고 사는 아버지——옷에까지 흙투성이가 되어 사는 흙인지 사람인지 모를 한낱 평범한 농부에게 털끝만한 존경도 갖지 못했다. 당당한 문화인인 아들은 흙투성이인 김 영감을 내 아버지요라고 내세우기조차 꺼려했다. 이러한 아버지를 가졌다는 것은 자기의 큰 치욕이라고까지 생각해 온 터다. 결혼을 하면서도 자기 아버지를 청하지 않은 것도 그 자신의 친구나 동료들한테 달리 변명을 했겠지마는 기실 자기 아버지의 그 흙투성이 꼴을 보고 싶지 않다는 허영심에서였다. 김 영감만해도 이런 눈치를 못 챌 리는 없었다. 집안에서고 동리에서 왜 며느리 보는 데 안 가느냐고 해도,

"아 그 잘난 놈 잔치에 못난 애비가 가? 댕꼴 곽주식이 아들놈처럼 저 애빌 보구 누구냐니까 '우리 집 머슴' 하고 대답하더라는데 그런 놈들이 애빌 보구 행랑 아버님이라구 하지 말란 법이 있다던가?"

이렇게 격분을 했었다. 또 사실 그때의 수택으로서는 응당 그렇게 대답했을 것이었다. 그러기가 싫으니까 차라리 못 오게 한 것이었다. 이런 아들이 지금 도시에는 얼마나 많을 건고…….

"사람이란 흙내를 맡아야 하느니라. 대처(도회) 사람들이 암만 고량진미로 음식을 만든대도 시골 음식처럼 구수한 맛이 없느니라. 마찬가지야. 사람이란 흙내를 맡고 된장맛도 나고 해야 구수한 맛이 나는 게지. 음식이나 사람이나 대처 사람이 밝구 정오(경우)야 밝지! 허지만 사람이란 정오만 가지고 산다더냐! 일테면 말이다. 내가 네 발등을 잘못해서 밟았다고 치자꾸나. 그러면 넌 발끈할 게다. 허지만 우리 시골 사람들은 잘못해 밟았나보다 하군 그만이거든. 정오로 친다면야 남의 발을 밟은 사람이 글치. 그래 이 많은 인총에 정오만 가지고 살려고 들어?"

수택이가 중학교를 다닐 때 고향에 돌아온 것을 붙잡고 김 영감은 이렇

게 자기의 지론을 폈던 것이다. 그때만 해도 도회 물을 먹는 아들은 물론 큰웃음을 쳤었다.

몇 핸가 후다. 음력 과세를 한다고 고향에 내려온 일이 있었다. 이십 년래의 혹한이니 삼십 년래의 추위니 날마다 신문이 떠워 댈 때였다. 그는 겉으로는 하도 오래간만이니 집에 와서 과세를 한다고 꾸몄지만 기실은 근방 읍에까지 출장이 있어서 온 김에 들른 것이었다.

그날 밤 수택의 집에는 도적이 들었다. 벽에서 나는 황토냄새와 그야말로 된장내처럼 퀴퀴한 냄새로 잠을 못 이루고 있을 때 울 안에서 발소리가 난다. 조금 있더니 누군지 방에서,

"아무것두 없으니 나오! 나오!"

하는 애원 소리가 들린다. 아버지의 음성이었다.

수택은 문구멍으로 가만히 내다봤다. 도적이 분명하다. 밖에서는 나오라고 하나 나갈 길을 막아선지라 어쩔 줄을 모르는 모양이었다. 황당해한 도적은 급기야 애원을 하기 시작했다.

"나갈 길을 좀 틔워 주서유!"

이때 그는 벌써 부엌을 돌아서 울 안에 와 있었다. 손에 흉기 하나 들지 않은 좀도적임을 발견한 그는 '억' 소리와 함께 덮치어 잡아 나꾸었다. 그는 학생시절에 배운 유도로 도적을 메어다 치고는 제 허리끈으로 두 팔을 꽁꽁 묶었다.

온 집안이 깨고 뒤미처 김 영감도 달려들었다. 영감의 손에는 지게 작대기가 쥐어 있었다. 도적놈도 그랬고 온 집안 사람들도 다 그렇게 생각했다——몽둥이에 맞을 사람은 그 도적이라고…….

그러나 아니었다. 지게 작대기에 아래 종아리를 얻어맞은 것은 아들이었다. 수택 자신도 그랬고 도적도 그랬을 게고 집안 사람들도 그렇게 생각했다——이것은 영감이 흥분한 나머지 잘못 때린 것이라고——그렇게 생각했기 때문에 수택은 얼른 피했었다. 피하고는 안심을 했던 것이다.

그러나 아니었다. 김 노인의 작대기는 재차 아들에게로 향하고 겨누어졌다.

"몰인정한 녀석. 내 물건 도적 안 맞았으면 그만이지, 사람은 왜 친단 말이냐! 응, 이 치운 겨울에 도적질하는 사람은 여북해 하는 줄 아냐? 우리네 시골 사람은 그런 법이 없다!"

도적은 울고 있었다. 도적의 등에는 쌀 한 말이 짊어지어졌다.

이튿날 수택은 지루할 만큼 긴 설교를 듣지 않으면 안 되었다.

"사람이란 법만 가지고 사는 게 아니니라. 법만 가지고 산다면야 오늘날처럼 법이 밝은 세상이 또 어디 있겠니. 법으루만 산다면야 법에 안 걸릴 놈이 또 어딨단 말이냐. 넌 법에 안 걸리는 일만 하고 사는 상싶지? 그런 게 아니니라. 올 갈에두 면소 뒤 과수원에서 사괄 하나 따 먹다가 징역을 갔느니라. 남의 것을 따는 건 나쁘지. 나쁘기야 하지만 그게 징역 갈 죈 아니지. 어젯밤 일을 본다면 너두 네 과밭의 실괄 따면 징역 보낼 사람이 아니냐. 너 어제 그게 누군 줄 아냐? 모르는 체하긴 했다만 내 저 아버진 잘 안다. 알구 보면 다 알 만한 사람야. 시굴서야 서로 모르는 사람이 어딨겠냐. 모두 한집안 식구거든……. 사람 사는 이치가 다 그런 게란 말야!"

──이러한 일이란 적어도 도회인의 감정으로는 이해하기 어려운 일이었다.

그러나 수택은 오늘 아버지와 마주앉아 이야기하는 동안에 막연하나마 이 이르는바 '흙 냄새의 감정'이 이해되어지는 것같이 느껴지는 것이었다.

김 영감은 아들의 이 뜻하지 않은 계획을 듣고는 뛸 듯이 기뻐했다. 아들은 논 닷 마지기에 밭 하루갈이만을 요구했음에도 불구하고 물자리 좋은 논으로만 여섯 마지기를 내주었고 집도 한 채 세워 주기로 했다. 물론 소작권을 이동받은 것에 불과했었다. 그의 집안에는 논 닷 마지기와 밭 두어 뙈기가 남아 있을 뿐이란 것도 그제서야 알았다.

"피란 무서운 것인가 보구나. 난 네가 아비 옆으로 와서 이렇게 살게 되리라고는 꿈에도 생각을 못했더니라! 첨엔 답답하겠지마는 차차 농사에도 자밀 붙이구——허지만 네 처가 이런 구석에서 살려고 하겠느냐?"

"웬걸요. 저보다두 제가 서둘러서 한 노릇이니까 별말 없을 겝니다."

"그래, 그럼 됐구나 뭐. 인저 나두 남들한테 떳떳스럽구."

버젓이 아들을 둘씩이나 두고도 자식을 거느리고 있지 못한 것이 동리 사람들 보기에 미안타는 것이었다.

하여튼 이리해서 수택의 농촌생활은 시작이 된 것이다.

4

집은 조그만 동산 밑 이 동리 면장이 첩 집으로 지었던 것을 일백삼십 원에 사기로 했다. 퇴직금이었다. 그 앞으로 수택네 집 소유인 천여 평의 밭도 있어 거기에 심었던 무와 배추도 그대로 수택의 소유로 이전이 되었다.

첩의 집이었던만큼 회칠도 했고 조고만 반침도 붙어 있었다. 그러나 아무래도 시골집이다. 수택이네 큰 이불장만은 역시 들어가지를 않아서 봉당에다 받침을 하고 놓기로 했다. 그들 부처는 거기다 마루라도 들였으면 했으나,

"얘들아, 쓸데없는 소리 말아라. 이 물가 비싼 세상에 마루 들여 뭣한 다든. 마루가 없어 밥을 못 먹진 않는다."

하는 바람에 아내는 실쭉해하면서도 대꾸만은 없었다. 김 영감은 아들 내외가 대처 사람인 체하는 것이 마땅치 않았다. 양복뙈기를 꿰고 나오는 것도 눈엣가시처럼 대하였고 며느리의 트레머리도 못마땅해한다. 그래서 그 처는 쪽을 찌었고 수택은 고의적삼을 장만했다.

"시골 시골 해두 난 이런 시골은 못 봤어요. 산이 하나 변변한가, 물 한 줄기가 시원한가. 이런 곳에 와 살 바에야 만주벌판에 가서 황무지를

일구어 먹지."

사실 수택이도 이 아내 말에는 동감이었다. 전에는 무심히 보아 그랬던지 자연도 다른 곳에 떨어지지 않는다고 생각했었으나 멀쑥한 포플러와 아카시아 숲이 실개천가에 하나 있을 뿐 이렇다는 특징도 없는 산천이다. 장성해서는 가 본 일도 없었지만 어렸을 때의 기억대로라면 그 아카시아 숲 앞에는 상당히 깊은 물도 있고 큰 고기도 은비늘을 번득이었고 숲에서는 매미며 꾀꼬리도 울었던 것같이 기억이 되었으나 다시 가 보니 조그만 웅덩이에는 오금에 차는 물이 괬고 가뭄 탓도 있겠지마는 송사리떼가 발소리에 놀라서 쩔쩔 맬 뿐이다. 숲속의 원두막 정취도 그지없이 시적인 듯이 기억이 되었으나 막상 가 보니 그도 평범하기 짝이 없다. 숲속은 그나마도 습했다. 월여를 두고 가물었다건만 발을 들여놓을 때마다 질척질척한다. 꾀꼬리가 울었다고 기억한 것도 그의 착각이었다. 이런 숲에 들어오면 꾀꼬리도 목이 쉬리라 싶었다. 이런 데서도 우는 꾀꼬리가 있다면 필시 청상과부가 된 꾀꼬리라 하였다.

"이렇게 보잘것없는 자연이었던가?"

속기나 한 것처럼 허무해서 우두커니 섰으려니까 김 영감이 꼴지게를 지고 나온다.

"옛다, 이건 네 거다. 이런 데 와서 살자면 모두 배워야지!"

숫돌 물이 뿌옇게 그대로 말라붙은 낫이다. 수택은 아무 말 없이 받아 들고 따라가다가 풍경 말을 했다.

"뭐? 경치? 얘 넌 경치만 먹고 살 작정이야? 여기 경치가 어때? 산이 없나, 물이 없냐. 숲이 있겠다, 십 리만 나가면 수리조합 보가 있겠다 ……."

"볼 게 뭐 있어요?"

그것이 자기 아버지의 탓이기나 한 것처럼 퉁명스럽게 사방을 훑어보려니까,

"그래 여기 경치가 서울만 못하단 말이냐?"

하기가 무섭게 지게를 벗겨 내던지고는 수택의 목덜미를 잡아 가랑이 속에다 집어넣는다.

"자 봐라! 먼 산이 보이고 저 숲이며, 저 물이며, 이만하면 되잖았느냐?"

수택은 너무 흥분이 돼서 서두는 통에 어리둥절하고만 있었다. 엄한 독선생을 만난 때처럼 부자유했다.

"그래 보렴. 세상이란 모두 거꾸로 봐야 하는 게다. 경치 경치 하지만 제대로 볼 땐 보잘것없던 것이 가랭이 밑으로 보니까 희한하잖으냐. 사람 산다는 것두 그러니라. 너들 눈엔 여기 사람들 사는 게 우습지? 허지만 여기 사람들은 상팔자야. 더 촌에 들어가 보면 조밥이구 꽁보리밥이구 간에 하루 한 낄 제대로 못 얻어먹는다. 그런 걸 내려다보면 되나. 꺼꾸루 봐야지! 너들 눈엔 우리가 이러구 사는 게 개 돼지같이 뵈겠지만서두 알구 보면 신선야, 신선. 너들 월급쟁이에다 대? 그 연기만 자욱한 들판에서 사는 서울 사람들에다 대? 보렴 네, 여기 사람들이 어떻든? 너들처럼 얼굴이 새하얓진 않지? 그게 신선이 아니구 뭐냐?"

이 급조(急造)된 젊은 신선은 그날 해가 지도록 끌려다니며 억새에 서뻑서뻑 손을 베며 풀을 베었다. 하면 되리라고 생각한 낫질이 그 좁은 원고지 칸에 글자를 써 넣기보다 이렇게 어려우리라 생각지 못했던 것이다.

아침에는 새벽같이 끌리어 일어났다. 먼동이 트기가 무섭게 어험 소리가 문턱에 난다. 나가 보면 김 영감의 삼태기에는 벌써 쇠똥이 그득하게 담겨져 있었다.

"네 봐라. 이놈이 줄 땐 허리가 아파도 논에다 넣어 두면 벼가 그저 시커매지는구나. 그까짓 암모니아에다 대? 그걸 한 가마에 오 원씩 주고 사다 넣느니 이놈을 며칠 주었으면 돈 벌구 거름 생기구……. 자 어서 차빌 차려라. 네 댁두 깨우구. 해가 똥구멍까지 치밀었는데 몸이 근지러워 어떻게 질펀히 눴단 말이냐."

수택이 부처는 처음에는 허영이었다. 대학을 마치고 세수물까지 떠다 바치라던 수택이와 처가 매일처럼 그 드센 일을 한다 해서 동리에서 한 화젯거리가 될 것을 상상만 해도 유쾌한 일이었다. 그러고 사실 수택이가 헌 양복조각을 입고 밭을 맨다거나 삽을 집고 물꼬를 보러 간다거나 비틀비틀 꼴지게를 지고 개천을 건너 올 때마다 동리 사람들은 경이의 눈으로 그를 맞았던 것이었다. 그의 아내가 물동이를 이고 비탈을 내려가다가 발목을 삐끗해서 동이를 해먹었을 때도 그들은 웃는 대신 동정의 눈으로 보아 주었고 호미를 들고 남편 뒤를 따라서는 것을 보고는 이웃집 달순이며 앞집 봉년이를 큰일이나 난 듯이 불러다 구경을 시키고 했던 것이다. 그들은 동리 사람들의 이런 경이의 시선을 등뒤에 느끼며 일을 했다. 이런 것이 그들에게 있어서 심지어 위안이기도 했다. 지금의 그들에게는 잘 하는 것도 자랑도 되었지마는 못하는 것도 부끄럼이 되지 않는 유리한 조건이 있었던 것이다.

"얘 애어마. 너 그렇게 호밀 깊이 묻으면 배추 뿌리에 바람이 들잖겠냐. 요걸 요렇게 다루어 가지고 살짝 흙을 일으키고 이쪽 손으로 풀을 집어 내야지. 허 그래두 그러는구나. 옳지. 옳지."

이렇게 새며느리(실상은 헌며느리지만)한테 잔소리를 하는가 하면 어느새 수택의 등뒤에 와서 서 있는 것이다.

"에이끼 미련한 것! 배추밭 매는 걸 밥 먹듯 하는구나. 밥 한 술 떠넣구 반찬 한 가지 집어 먹구——그 식이 아니냐. 아 이쪽으룬 흙을 이렇게 일으키면서 왼손으룬 풀을 집어 내야지, 그걸 어떻게 따루따루……."

"아직 손에 안 익어 그렇습니다. 아버지."

수택은 이렇게 변명을 하는 도리밖에 없었다.

밤에는 거적 한 잎이 등에 지워진다. 물꼬를 지키라는 것이었다.

"네게 줄 건 난 모른다. 농사 다 지어 논 게니까 걸음새까지 네 손으로 해서 꼭꼭 챙겨 놔야 삼동을 나지."

동구를 벗어 나오니 약간 일그러진 달이 아카시아 숲에 걸렸다. 말복도 지난 지 오랬건만 아직도 바람은 무더웠다. 천변에는 여기저기 동네 부인들이 보리밥 먹기에 흘린 땀을 들이고 아이들은 조약돌들은 또닥또닥 두드린다. 실개천 물소리도 제법 여물다. 풀 속에서 반딧불이 반짝이고 개구리 소리가 으슥히 어울리는 것이 역시 아직도 여름밤이다.

수택은 빨래 자리로 놓은 돌 위에 쪼그리고 앉아서 양치를 쳤다. 아침 저녁으로 반죽한 치분으로만 닦아 온 이가 물로만 웅얼웅얼해 뱉어도 입 안이 환한 것이 이상할 정도다. 그는 삽을 질질 끌고 징검다리를 건너 논길에 들어섰다. 광대 줄타듯 하던 논두덩이도 어느 새 평지처럼 평탄해진 것 같고 아래 종아리에 채이는 이슬이 생기 있는 감촉을 준다. 아스팔트를 거닐다가 상점에서 뿌린 물이 한 방울만 튀어도 시비를 걸던 일이 마치 옛날 꿈 같았다. 이만하면 나도 농촌 제 일 과는 마친 셈인가? 구수한 풀향기가 코를 통해서 가슴속까지 스며드는 것을 그것이라고 느끼며 수택은 이렇게 혼자 중얼거려 본다. 밤이슬에 눅눅하니 젖은 셔츠에서도 차츰 차츰 불쾌한 감촉이 없어져 간다. 쫄쫄쫄 윗논배미서 아랫논으로 떨어지는 물꼬 소리에 금시 벼폭이 부쩍부쩍 살이 찌는 것같이 느끼어지는 것은 벌써 그의 문학적인 감각 때문만이 아닌 것 같았다.

여남은 다랑이 건너 도독한 밭 모퉁이에서 누군지 단소를 처량스러이 불고 있다. 역시 물꼬 보는 사람이리라. 그 맞은편 아카시아가 몇 주 선 둔덕 원두막에서는 젊은이들의 노랫소리가 흘러 나온다. 술집 여인들이 놀러 나왔는지 여자들의 웃음소리가 가끔 섞여 나온다.

수택은 물꼬를 뼁 한 번 둘러보고 원두막으로 어슬렁어슬렁 올라갔다. 발소리에 노랫소리가 딱 그치며 누군지 소리를 꽥 지른다.

"누구요!"

"나요!"

"어 서울 서방님이시오? 그래 요샌 꼴지게가 등에 제법 붙든가?"

꺼르르 웃음이 터진다. 시골 살면 그야말로 말소리에도 흙내와 된장내가 나는 겐가⋯⋯. 수택은 원두막 사닥다리를 한 층 한 층 올라가며 이렇게 생각해 보는 것이었다.

'내게선 언제부터나 흙냄새가 나려는고…….'

5

분명한 울음소리다. 그도 여자의――아니 듣고 있을수록에 그 울음소리는 귀에 익다. 누굴까? 이런 생각하는 동안에 눈이 아주 띄었다. 어느 땐지 멀리 물방아 돌아가는 소리가 어렴풋이 들릴 뿐 어린것들의 숨소리조차 고요하다.

옆을 더듬어 보니 어린것들만이 만져지고 응당 그 옆에 누웠어야 할 아내가 없다. 수택은 그대로 죽은 듯이 누워 눈에 정기를 모았다. 또 울음소리다. 그것은 마치 양금줄을 긋는 듯싶은 애절한 울음소리다――아내였다.

"여보!"

"……."

"여보!"

대답 대신에 울음소리가 한층 높아진다. 그도 일어나서 아내의 옆으로 갔다.

"왜 그러오?"

"……."

"말을 해야 알지. 뉘가 뭐라 그럽디까?"

"아뇨."

"그럼 어디가 아프오?"

또 말이 없다.

"말을 해야 알잖소. 왜 그러오?"

"설사가 나요!"

아내는 이 한 마디를 하고는 그대로 흑흑 느낀다. 그는 어이가 없어 웃음이 탁 터졌다.

"나이 삼십이 가까운 여자가 설사난다구 자다 말구 일어나 앉아 운다? ㅎㅎㅎㅎ."

"설사가 자꾸 자꾸 나니까 그렇지요."

울음 반 말 반이다. 그는 또 한 번 커다랗게 웃었다.

"여보. 그래 설사가 나건 약을 사다 먹든지 밥을 한 끼 굶고서……." 하는데 아내는,

"그만 둬요. 당신처럼 무심한 이가 어딨어요! 어른이고 아이들이고 오던 날부터 설살 하구 눈이 퀭하니 들어가도 일언반사가 없으니."

"그러기에 약을 사다 먹으랬지. 내야 집에 붙어 있어야 알지."

아내는 또 모를 소리를 한다.

"이렇게 나는 설사에 약이 무슨 소용야요. 밥을 갈아 먹어야지!"

그제야 수택은 설사 나는 원인을 눈치챘던 것이었다.

그렇게 말을 듣고 생각하니 자기도 오던 이튿날부터 설사가 났다. 갑자기 물을 갈아 먹은 관계려니 했으나 며칠을 두고 설사가 계속되었다. 기실은 아직까지도 소화가 그렇게 좋지는 못한 편이었다.

"보리 끝이 자꾸 뱃속에 들어가서 장을 꼭꼭 찌르나 봐요. 필련이두 자꾸 배가 아프다고 저녁마다 한바탕씩 울고야 잔대요."

"흥, 창자두 흙내를 맡을 줄 알아야 할까 보구나……."

그는 아무 말도 못했다. 아직 살림 면모가 갖추어지지도 못했고 여름에 딴 불을 때느니 밥만은 집에서 함께 먹기로 했던 것이다. 그러자니 시골의 이 철은 꽁보리밥으로 신곡장을 대는 동안이다. 쌀밥만 먹던 창자에 갑자기 깔깔한 보리쌀만이 들어가니까 문화생활만 해 오던 소화기가 태업을 시작한 것이었다.

"그럼 쌀을 좀 두어 달라지. 기실 나두 늘 배가 살살 아팠는데 그걸 난 몰랐구려."

"야단나게요! 아버님이 이번엔 또 창자를 거꾸로 달구 먹으라고 걱정

하잖으시겠어요?"

가랑이 속으로 경치를 본 이야기를 아내는 생각해 낸 모양이었다.

"그만 자우. 내 낼 아버지께 말씀해서 당분간 쌀을 좀 섞어 먹도록 할 게니까."

그는 어린애를 달래듯 아내를 재웠다. 추수만 끝나면 남편이 자유로운 시간을 가질 수 있다는 데 유일한 희망을 붙이고 있는 줄을 알고 근 이십 일이나 설사를 하면서도 군말 안했다는 데 표시는 안했지만 여간 감격한 것이 아니었다. 부디 그런 마음을 버리지 말라 했다.

이튿날부터는 쌀이 반은 섞이어졌다. 아버지의 성미를 아는지라, 수택은 용기를 못 내고 필년이란 년을 시켜 할아버지를 조르게 했던 것이다.

"할 수 없구나, 그것들이 창자까지 사람 창잘 못 가졌으니 딱한 노릇이다, 그러시겠지."

딸년은 할아버지의 흉내를 내며 재미나게 웃었다.

그러나 쌀의 분량은 점점 줄어 갔다. 그 대신 보리가 늘었고 조가 뛰어들었다. 감자니 기장 같은 잡곡도 간혹 섞였다. 하루바삐 신곡이 나기를 기다리는 것이——지금의 수택 부처와 어른들에게 있어서는 유일한 낙이었다.

이때부터 수택의 창작욕도 부쩍 늘어 갔다. 오래 전부터 그의 머릿속에서 매대기를 치던 어떤 역사소설의 상이 거의 가다듬어질 무렵에는 수택이가 물꼬를 매고 이듬매기를 해 준 벼도 누렇게 익어 갔다. 집 앞 터밭의 배추도 제법 자리를 잡고 토실토실 살쪄 갔다. 사람이란 이렇게 욕심이 많은 겐가 싶었다. 손이라야 몇 번 댄 곡식도 아니건만 야무지게 여문 벼알이며 배추 한 포기에까지 맛보지 못한 그윽한 애정을 느끼는 것이었다. 그것은 그가 일찍이 깨알처럼 쓰어진 원고지의 글자를 보는 때의 그 애정, 그 감격과도 같은 것이었다. 일 년내 피와 땀을 흘려야 벼 한 톨 얻어먹지 못하고 빈손만 털고 일어나는 소작인들의 그 애절해하던 심정도 지금서야 이해되는 것 같았고 매년 그러리라는 것을 빤안히 내다보면서도 그 농사를 단념하지 못하는 그네들의 심정도 이해되는 것 같았다. 타작마당에서 벼 한 톨이라도 더 차지할 것을 전제로 한 애정임에는 틀림이 없겠지마는 단지 그러한 이욕만으로 그처럼이나 벼 한 폭 배추 한 잎을 사랑할 수가 있을까. 그것은 마치 종이값도 못 되는 원고료를 전제한 작품이기는 하지만 쓰는 동안에는 그러한 관념이 전혀 없이 그저 맹목적인 정열을 글자 한 자에마다 느끼는 것과 무엇이 다르랴 했다. 애정이란 이해관계를 초월한다는 것을 수택은 또 한 번 생각한다. 이 애정──그것으로 인류는 살아가는 것이요, 이 애정으로 도덕을 삼는 데서만 인류는 행복될 것이다 싶었다. 아버지의 늘 말하던 소위 흙 냄새와 된장내란 결국 이런 애정을 의미한 것이 아닐까. 그렇게도 생각해 본다. 대처 사람들에게서는 흙 냄새가 안 난다는 그 말은 곧 이해를 초월한 애정이 없다는 말이 아닐까. 언젠가 집 안에 도적이 들었을 때 도적을 잡았다고 자기 아버지는 그를 때렸다. 도적질은 분명히 악이다. 악을 제지하고 악을 미워하는 것은 선이다. 이것은 사람이 가진, 그러고 가져야 할 위대한 정신인 동시에 본능이다. 이 선, 이 본능에 대해서 그의 아버지는 지게 작대기로서 예물했다. 그러면 그의 아버지는 도적질을 악으로서 인정치 않는 것일까 하면 그렇지는 않다. 흙 속에서 나서 흙과 같이 자라고 흙과 더불어 살아온 그에게는 포근포근한 흙의 감정과 김가고, 이가고, 정가고간에 씨만 뿌려 주면 길러 주는 그러한 흙의 애정 속에서만 살아온 그는 없어서 남의 것을 훔치는 도둑놈보다도 흙의 냄새를 맡을 줄 모르고 흙의 애정을 유린한 철두철미, 대처 사람인 아들에게 보다 더 증오를 느꼈기 때문이었으리라.

수택은 무서운 정열로 자기의 농작물을 사랑했다. 그것은 자기의 작품을 사랑하던 그 정열이었다. 문득 꺼추해진 벼폭을 발견하고는 인쇄된 자기 작품에서 전부 뒤바뀐 구절을 발견할 때와 똑같이 놀랐다. 그것은 그지없이 불쾌한 순간이었다. 수택은 그대로 논으로 뛰어들었다. 아래 동아리부터 벼폭이 노랗게 말라 든다. 이삭은 알맹이 한 개 안 든 빈 쭉정이었다. 격한 나머지 그는 벼폭을 잡고 나꾸었다. 각충이란 놈이 밑 대궁에 진을 치고 보기 좋게 까먹은 것이었다.

그는 삼십여 년의 반생 동안 이처럼 격한 일이 없었다. 이만큼 어떤 물건이나 생물에 대해서 증오를 느껴 본 일이 없다고 생각했다. 그러고 또 자기 혈관 속에 이토록이나 잔인한 피가 흐르고 있었다는 것도 오늘서야 처음 발견했던 것이었다. 그는 벼폭을 밝기고 일일이 각충을 잡아 냈다. 그래서는 돌 위에다 놓고 짓찧고 있는 자신을 발견하는 것이었다. 그는 일생 처음으로 미움다운 미움을 경험했다고 생각하였다.

수택은 처음 고향에 돌아와서 동리 사람들의 시선에서 차디찬 것을 느끼었었다. 말만 고향이지 눈에 익은 얼굴도 거의 없었다. 파도에 밀린 뱃조각처럼 이리 밀리우고 저리 쫓기어 태반은 타곳에서 들어온 사람들이다. 그때 그 차디찬 시선에 그는 일종의 반감까지 일으킨 일이 있었으나 지금 가만히 생각하니 그래도 자기 아버지가 아들에게 품고 있던 그 증오보다는 오히려 나은 것이었다 싶었다.

"그렇다. 하루바삐 나도 대처 사람의 탈을 벗고 흙과 친하자. 그래서 흙의 냄새를 맡을 줄 아는 사람이 되자."

이렇게 자기 자신에게 타이를 때 누군지 귀에다 대고 소리를 꽥 지른다.

"그것은 퇴화다!"

그것은 대처 사람인 또한 다른 수택이었다. 물방울 한 개만 튀어도 시비를 가리고 파리 한 마리 한 마리에 상을 찡그리고 데파트에서 한 시간씩이나 넥타이를 고르던 도회인의 반역이었다.

"퇴화? 퇴화? 좋다!"

"아니 패배다! 패배자의 역변이다. 도시생활——문명사회에서 생활경쟁에 진 패배자의 자위수단이다. 그것은——"

"아무것이든 좋다!"

그는 이렇게 발악을 했다.

이러한 마음의 투쟁은 날을 거듭할수록 격렬해 갔다. 수택이가 자기의 피에는 흙의 전통이 흐르고 있다고 생각한 것은 한 착각이었다. 누르면 누를수록에 문화에 주린 도회인의 반항은 억세 갔다. 포근포근한 흙을 밟는 평범한 감촉보다도 가죽을 통해서 오는 포도(鋪道)의 감촉이 얼마나 현대적인가 했다. 그것은 마치 필대로 핀 낡은 지폐를 만질 때와 빠작 소리가 그대로 나는 손이 베어질 것 같은 새 지폐를 만질 때의 감촉과의 차이와도 같았다. 사람에게서나 자연에서나 입체적인 선의 미가 그리웠다.

"아니다. 참자. 참과 친하자!"

수택은 벌떡 일어났다. 참새 떼가 와아 하고 풍긴다. 이 젊은 도회인이 도회의 환상에 사로잡힌 동안 참새 떼들은 양양해서 벼톨을 까먹고 있었던 것이다.

"우여 우이!"

건너 다랑이로 옮겨 앉는 참새를 쫓아서 논둑을 달리었다. 참새 떼는 적어도 수백 마리는 되는 것 같았다. 한 마리가 한 알씩만 까먹었대도 수백 톨을 까먹었을 것이다. 그는 달리다 말고 벼이삭에 눈을 주었다. 누렇게 익은 벼폭들이 생기가 없다. 그때 울컥하고 가슴에 치미는 것이 있다. 증오였다. 도시생활에서 세련이 된 현대인의 증오였다. 이 갖은 정성과 피와 땀으로 가꾼 곡식을 장난하듯 까먹고 다니는 참새에 대한 증오가 현기증이 날 정도로 머리에 찬다.

"우여! 우이!"

꼼짝도 않고 참새 떼는 못 견디어하는 이삭에 그대로 조롱조롱 매달렸다. 그는 무서운 정열로 기관총을 사모했다. 전쟁 영화에서 보듯이 뻥 한 번 둘렀으면 톡톡 소리와 함께 소나기처럼 떨어질 참새 떼를 상상하는 것만으로 이 도회인의 감각은 기분간의 위안을 받는 것이었다.

도둑놈을 때릴 때 아버지가 자기에게 느끼던 증오도 이런 것이었을까……

6

한결 볕이 엷어졌다. 벌레소리도 훨씬 애조를 띠고 달빛도 감상을 띠었다. 이집저집에서 마당질 소리가 나고 밤이면 다듬이 소리도 여물어 갔다.

수택이네 집에서도 새벽부터 타작이 시작되었다. 한 모로는 벼를 져 나르고 한 모에서는 때려라 소리를 연발하며 위세를 올렸다. 한 모에서는 도급기(稻扱機)가 붕붕 하고 돌아간다. 여인네들의 치맛자락에서도 바람이 난다.

수택이도 벗어부치고 지게를 졌다. 아직 다리는 허청거리나 그래도 대여섯 묶음씩 져 날랐다. 이제는 벌써 그의 노동을 신성시하는 사람도 없었고 동정하는 사람도 없었다. 그는 명실공히 한 농부였다. 서투른 낫질에 손가락을 두 개나 처맸지만 보는 사람도 그랬고 그 자신도 그것은 큰 상처로 알지도 않을 정도까지 이르렀다. 아내 역시 호미자루에 터진 손바닥이 아물지를 못한 모양이다. 그렇다고 혼자 일어나 앉아서 밤을 새워 가며 울지는 않았다. 아프니 자시니 했다가 그 말이 시아버지 귀에 들어가면 동정 대신에 핀잔을 맞을 것을 알기 때문이기도 했을 것이다. 가끔 그에게는 아버지가 남에게만 후하지 자식들한테는 너무 박하다는 불평을 말하는 때도 있었으나 그것은 그가 시인을 하는 정도로서 가라앉았다. 사실 그 자신도 다소 심하지 않은가 하는 불평은 여러 번 품었다. 손에 익잖은 자식이 서투른 낫질을 하다가 손을 다치어도 먼저 핀잔부터 주었다. 그것은 어떻게 보면 증오와도 같은 것이었다.

그도 부리나케 볏단을 져 날랐다. 이 볏단의 대부분이, 아니 어쩌면 거의 전부가 낡아빠진 맥고모자를 뒤꼭지에 붙인 되바라진 젊은 친구의 손으로 넘어가리라는 것을 잘 알면서도 수택은 그것을 억지로 생각지 않으려 했다.

그의 아버지도 그 위인이 나와서 버티고 선 후로는 분명히 얼굴에 검은 빛을 띠었다. 자식에게 그런 눈치를 안 보이려고 비상한 노력을 하는 것이 그것이라고 엿보았다. 수택도 아버지의 이 노력에 협조를 했다.

도합 스물두 마지기에서 사십 섬이 났다. 사십 섬에서 스물닷 섬이 소작료로 제해졌다. 사십 섬에서 스물닷 섬——열닷 섬. 그의 지식은 처음 긴요하게 씌어졌다.

그러나 이 지식은 정확성을 갖지 못한 것이었다. 거기서 비료대로 한 섬 두 말이 제해졌고 아내와 계집아이들의 설사 치료한 쌀값으로 장리변을 쳐서 열두 말이 떼었다. 지세도 작인과 지주가 반분해서 물기로 되어 있었다. 지세로 또 몇 말인지 떼었다. 그는 말질을 하는 되강구가 바로 지주나 되는 것처럼 그의 손목이 미웠다. 우르르 덤비는 되강구의 목덜미를 잡아나꾸고 볏더미 속에다 처박고 싶은 충동을 이를 악물고 참는 것이었다.

수택은 아버지를 쳐다보았다. 그 옴팡하니 들어간 눈에서는 황혼을 뚫고 무시무시한 살기 띤 빛을 발하는 것이었다. 그는 방공연습을 할 때의 그 휘황한 몇 줄의 탐조등 광선을 연상하였다. 김 영감은 꼼짝도 않고 한 자리에 서 있었다. 볏더미를 보는가 하면 그렇지도 않았다. 사람을 노리는가 하면 그것도 아닌 것 같았다. 영감은 내년 이때까지 살아갈 것을 궁리하는 것이었다.

"다 짊어져라!"

수택은 깜짝 놀랐다. 남은 벼 여남은 섬이 가마니에 채워졌다. 전혀 자신은 없었으나 벼 이백 근을 못 지겠노란 말도 하기 싫어서 지겟발을 디밀었다.

"엇차."

옆에서는 벌써 지고 일어나서 성큼성큼 걸어간다. 그도 엇차 소리를 쳤다. 꼼짝도 않는다.

"자 들어 줄 게니——엇차——"

그는 있는 힘을 다해서 무릎을 세우려 했다. 그러나 오금은 뜨는 둥 마는 둥 하다가 그대로 똑 꺾인다. 안 되겠느니 다른 사람이 지라느니 이론이 분분하다. 그래도 그는 아버지의 명령이 떨어지기까지는 버티었다. 이를 북북 갈며 기를 썼다. 힘을 북 주었다. 오금이 떨어졌다. 그러나 다리가 허청하며 모여선 사람들의 "저것 저것" 소리를 귓결에 들으며 그대로 픽 한쪽으로 넘어가고 말았다. 넘어간 순간,

"에이끼 천치 자식."

하는 김 영감의 소리와 함께 빗자루가 눈앞에 휙 한다. 머리에 동였던 수건이 벗겨졌다.

"나오게 내 짐세. 나와."

하는 누군지의 말을 영감의 호통 같은 소리가 삼키었다.

"놔 두게! 놔 둬! 나이 사십이 된 자식이 벼 한 섬 못 지는가. 져라 져. 어서 일어나."

그는 이를 악물고 또 힘을 북 주었다. 오금이 번쩍 떴다.

뒤쭉뒤쭉 몇 걸음 옮겨 놓는데 눈과 콧속이 화끈하여 무엇인지가 흘렀다. 그러나 그는 그것이 무엇인지를 몰랐다.

"저 피! 코필 쏟는군. 내려놓게!"

하는 동리 사람들 소리 끝에,

"놔들 두게! 제 손으로 진 제 곡식을 못 져다 먹는 것이 있단 말인가! 놔들 두게."

수택은 눈물과 코피를 좍좍 쏟아 가면서도 그래도 자꾸 걸었다.

내일은 우리 논 닷 마지기의 타작이다! 그는 이런 생각을 억지로 즐기며 노력을 했다.

흙의 노예

1

산(生)다는 말은 저 막연히 사는 사람의 생(生)을 의미하고 생활(生活)한다는 말은 그저 막연히 살아 있는 사람이 아니라 그 어떠한 낙관이라도 돌파하면서까지 살려고 노력하는 사람의 생(生)을 이름이라고 한다면 수택이의 지금의 생은 이 전자(前者)에 속할 것이다. 사실에 있어서 지금까지의 그는 남이 살아 있듯이 그저 막연히 살아왔던 것이다. 남이 살듯이 살아왔고 보니 남이 죽듯이 또 죽었어야 할 것이로되 지금까지 살아 있다는 사실은 그가 지금까지 그만큼 살기 위해서 애를 썼다는 증좌가 되는 것이 아니고 남들이 죽듯이 그런 모진 병에 걸리지 않았었다는 단순한 이유에서였다——이렇게 말한다는 것은 수택 자신에게는 적이 미안한 일일지 모르나 지금까지의 그의 생에 대한 태도란 이런 정도에서 몇 걸음 벗어나는 것이 아니었다.

물론 그도 하루에 밥 세 끼니를 얻기 위해서는 실로 피비린내 나는 노력을 해 왔다 할 것이다. 동경 유학 때는 실로 일곱 끼니의 때를 거르면서도 생명을 유지하기 위해서 동분서주했었고 일금 오십 원의 월급 봉투를 위해서는 여름 아침의 그 단잠도 희생을 해 왔고 X광선을 비추면 월식하는 달처럼 일부분이 뿌여진 폐를 가지고도 한결같이 오 년이란 긴 세월을 버티어 왔다. 그는 먹고 살기 위해서는 젊은 혈기로서는 도저히 참기 어려웠을 모든 굴욕 앞에서도 인종(忍從)의 덕을 지켜 왔으며 한 때의 찬거리를 사기 위해서 마포에서 광화문까지의 먼 거리를 터덜터덜 걷기도 했었다. 그러나 이것은 지금 살아 있는 그 누구나가 사는 방법이요 또 살아 나아갈 방법이다. 좀더 잘 산다――보다 더 값있게 산다, 좀더 깨끗하게 살고 보다 더 건실한 생활자가 된다――이렇게 생각한다는 것은 한 구원한 이상처럼만 생각해 왔었다. 그리고 그것은 위대한 사람에게만 가능한 일이요 자기와 같은 범인에게는 생각할 수 없는 지난한 일이라 했었다.

이러한 의미에서 그가 직을 내던지고 농촌으로 기어든 동기가 어떤 것이었다든가, 그 의기(意氣)가 어느 정도의 것이었다든가 하는 것은 막론하고 타기만만한 자기 생(生)의 새로운 국면을 타개하기 위해서 그야말로 대학 출신의 이력서가 수십 통씩이나 누룩머리를 앓는 영예로운 직업을 한 푼의 미련도 없이 내던진 데는 우선 경의를 표해 둔다 하더라도 농촌으로 돌아온 이후의 생(生)이 그대로 생활하는 사람의 생에 편입이 될 수는 없는 것이었다. 도시를 떠난 후 사 개월간의 농촌 생활이란 그대로 도시 생활의 연장이었다. 변한 것이 있다면 그것은 단순히 형식이었다. 양복에, 모자를 쓰고 구두를 신고 살던 수택이가 머리에는 밀짚모자를 얹고 고의적삼에 고무신짝을 끌고 살았다는 차이뿐이었다. 그의 생활의지는 여전히 모호한 것이었으며 막연한 것이었다. 생활의식이라기보다는 그것은 차라리 기분이었다.

아니 그것은 도시 생활 시대보다도 한층 더 헐값으로 평가될 허영이었다. 대학을 졸업한(시골 사람들에게는 중등 이상이면 그대로 대학으로 통용이 된다) 당당한 일류 신문 기자가 농촌에 와서 땅을 파고, 지게를 지고 오줌장군을 나르며 거름을 친다——이렇게 보아 주는 고향 사람들의 경이 (驚異)에 홀로 만족하고 우월을 느끼는 허영——이것이 그의 생활의지 (生活意志)였다.

"지금은 너희들과 이렇게 살지마는 그래도 너희와는 구별되어야 한다. 너희들은 이렇게밖에 살 수 없는 운명을 타고났지마는 나의 노동은 그것이 아니다. 같은 노동을 한다더라도 내가 하는 노동에는 더 값이 있다 ……."

물론 이런 말을 한 적도 없고 자기가 이런 우월감——허영에 들떠 있다고도 생각지는 않았다. 생각지는 않으면서도 역시 수택은 무의식중에 그런 허영에 지배되었다. 서투른 지게질을 할 때나 소를 몰고 갈 때나 동리 여편네들과 노인들이 자기를 비웃기보다도 대견하게——장하게 보아 주리라는 막연한 의식에 그는 자기도 모르게 지배가 되었고 열칠팔 세의 아이들이 수월하게 지고 일어나는 볏섬을 땅쩜도 못 시키었다는 사실은 분명히 부끄러워했어야 할 사실임에도 불구하고 그것이 마치 교육받은 사람의 특징이기나 한 것처럼 수치는커녕 오히려 자랑처럼 생각한다는 것도 그 자신은 의식지 못하나마 사실임에는 틀림이 없었다.

그러나 아무리 대학 출신의 지게질이라도, 한두 번 보면 족한 것이다. 그것이 늘 그렇게 신기할 것이 없을 것이며 대견할 것도 없고 장할 건더기가 못 될 것이다. 해가 지면 달이 뜨고 별이 비치고 하는 것도 처음 보는 사람에게는 적어도 수택이의 지게질보다는 희한한 일이었거니와 그것이 한 상식이 된 후로는 사람은 달이나 별이 뜨지 않는 것에 되레 놀라지 않는가. 그런데 황차 수택이의 지게질에 늘 그렇게 놀라기만 할 리가 만무한 것이다.

그렇건마는 수택에게는 그것이 섭섭했다. 물론 표명을 하는 것도 아니요 또 그렇게 생각하는 자신을 인식해 본 일은 없기는 했지마는 동리 사람들이 벌써 자기를 경이의 눈으로 보아 주지 않는 것을 섭섭히 생각한다는 것은 부인할 수 없었다.

수택이는 서울 있는 몇몇 친구한테는 자기의 근황을 알려 왔다. 자기의
일을 근심해 줄 우정에 대한 보답이기도 했지마는 그는 자기의 생활을 비
교적 자세히 보고한 일도 있다. 그럴 때마다 그는 소풀을 베다가 손을 베
었다든가 오줌장군을 지다가 깨빡을 쳤다든가 거적을 깔고 앉아서 밤을
새워 물꼬를 지켰다든가 이런 이야기까지도 보고를 했던 것이다. 시골 생
활을 보고하는 데는 물론 이런 사실을 뺄 수는 없다치더라도 그런 편지를
쓰던 때의 그의 심리를 한 번 더 깊이 파 볼 때 '나는 이렇게 초월했다.
나는 문화인 너희들을 불쌍히 여긴다…….'

이러한 의식이 그 어느 구석에든지 잠복해 있었으리라는 것은 상상하기
에 족한 일이었다. 이러한 의미에서 그의 순수한 농촌 생활은 추수기(秋
收期)가 끝난 직후――다시 말하면 그의 지게질과 서투른 낫질이 벌써
동리 사람들에게 신기한 사건이 못 되게 된 때, 그리고 한여름 동안 밤잠
을 못 자고 피땀을 흘린 총 수확(收穫)이 벼 넉 섬이요 이 넉 섬으로 보
리 때까지 연명을 하지 않으면 안 된다는 엄연한 사실 앞에 직면한 그 순
간부터였다.

'저것으로 삼동을 나야 한다!'

이렇게 생각하며 수택은 몇 번이고 뜰팡에 포갬포갬 쌓아 논 볏섬을 바
라보는 것이었다. 내년 보리가 나기까지에는 적어도 반 년이나 있었다.
그 오륙 개월을 벼 넉 섬으로 산다?…… 그러나 그뿐이 아니었다. 그 벼
넉 섬으로 양식도 해야 하고 호세도 해야 하고 사람이 병이 나지 말란 법
도 없고 보니 영신환 봉도 사게 될 게고 석유며 심지어 성냥 한 갑까지도
저 벼를 내야만 한다. 금년은 볏금이 좋아서 팔 전이다. 이백 근 잡고 십
육 원, 넉 섬을 다 냈댔자 육십 원이다. 잡용으로 아무래도 한 섬은 내야
할 판이다. 그렇다면 오십여 원을 가지고 반 년을 살아야 한다……. 육
칠은 사십이. 수택은 온종일 키질에 저녁술을 놓기가 무섭게 곯아떨어진
아내를 내려다보며 이런 구구를 쳐 본다. 어린것이 둘, 자기 내외에 창문
이 놈까지 넣으면 알톨 같은 다섯 식구다. 어린것 둘로 어른 한 몫을 친

다 해도 네 식구에, 매인당 십 원이다. 창문이의 바지 저고리는 뭣으로 해 주며 어린것들의 알궁둥이는 뭣으로 가려 주어야 할 겐가. 그나 그뿐 인가 아내는 서울서 입던 찌꺼기를 꿰매 입는다 친대도 나만은 바지 저고 리 두어 벌은 가져야 삼동을 날 게다. 버선을 기워 댈 도리가 없을 게니 양말짝이라도 사 신어야 이면이 옳잖은가……. 부지깽이도 살림 값에 간 다는데 연모 하나 없이 이렇게 농가에서 부지를 하며 담배는 누가 사 준 다는가. 아직 식구가 다 죽지는 않았으니 친구고 아내 집으로 통신도 해 야 할 겐데 우표는 뭣으로 사며 종잇장 봉투장은 뉘게서 갖다 쓰나…….

이런 생각을 곰상곰상 하고 보니 자기의 농촌 생활 설계가 얼마나 무정 견한 것이었으며 얼마나 로맨틱한 것이었던가 새삼스러이 돌아다보여지 는 것이었다.

수택은 털퍽하니 문간에 앉아서 턱을 괬다. 벌써 마고를 두 개째 태우 고 저도 모르게 다시 불을 붙이다가 벌떡 일어난다. 테이블 서랍에서 종 이와 연필을 꺼내다가 주먹구구로만 따지던 셈수를 일일이 적어 가면서 다시 한 번 계산을 한다. 그러나 석유, 성냥, 담배, 우표──이렇게 조 목조목 적다 보니 주먹구구로 칠 때는 매인당 팔구 원은 되던 것이 겨우 오 원 부리에서 벗어난다.

"장정 한 사람이 오 원으로 반 년을 살란다?"

수택은 그것이 그 어떤 사람의 명령이기나 한 것처럼 저도 모르게 이렇 게 분개했다. 꼭 철석같이 믿었던 사람한테 속은 것만 같았다.

그는 다시 담배를 한 개 피워 물고 꼬부리었다. 예산을 좀더 삭감해 보 잔 것이다. 담배값 일 원 오십 전이 일 원으로 감해졌고 석유 네 사발이 세 사발로, 통신비 삼십 전이 이십오 전으로 이렇게 줄일 수 있는 데까지 졸아붙였다. 그러나 이렇게 삭감해도 일인당 한 달 생활비가 일 원 오십 전이 못 된다.

아내는 요새 며칠째 앓는 소리가 버쩍 심하다. 열병처럼 호된 몸살을 닷새나 앓고 일어난 지가 불과 대엿새밖에 안 된다. 대엿새에 한 번씩은 반드시 늡는다. 그렇게 친다면 십오 전짜리 몸살 약첩을 쓴대도 볏섬은 들어갈 게다…….

이런 생각을 하다 말고 수택은 계산하던 종잇장을 벅벅 찢고 일어났다. 벌써 십사오 년 전 일이었지마는 대수(代數) 문제 하나를 두어 시간이나 풀다가는 노트를 벅벅 찢고 일어나던 기억이 불현듯 머리에 떠오른다. 그때는 이튿날 학교에 가서 선생이 일부러 문제를 잘못 냈다는 것을 알았거니와 이 풀 수 없는 문제는 누가 잘못 낸 것인가 했다.

사람도 붕어처럼 물을 먹고 살기 전에는 영원히 풀 수 없는 문제였다.

달은 지나치게 밝다. 아직 초저녁이건만 천 명 가까운 인간이 모여 사는 동리는 관속처럼 괴괴하다. 동구밖에 있는 물레방아 홈통에 떨어지는 물소리만이 칙칙칙 들려 올 뿐 늦은 가을이라 하건만 다듬이 소리 한 마디 안 들린다. 서글프기만 했다. 시적(詩的)이라고만 생각해 온 농촌의 달밤이 이렇게 서글프기만 한 것인가 했다. 뽕나무 가지로 얽은 삽짝을 사분이 들어 지치고 돌아서니까 누가 이쪽을 바라보더니 말을 건넨다.

"어디 가려나."

"누구요?"

"나야. 용훈일세."

"아, 똥훈인가."

"망할 사람, 어른을 몰라보고."

똥훈이란 용훈이의 별명이었다.

그는 수택이와 나이도 비슷했고 어렸을 적에는 사립학교에도 같이 다녔다. 부잣집 자식들의 대개가 그렇듯이 용훈이도 이탠가 삼 년을 두고 낙제를 했다. 똥훈이란 별명이 붙은 것도 배꼽까지나 수염이 내려온 한문 선생이 그때만 해도 옛날이어서 이태조가 누구냐고 묻는 말에,

"떡전거리 기름집 늙은이유!"

하고 호기있게 대답을 했다. 지금은 죽은 지도 오래지마는 기름집 영감의 이름이 이태주(李泰柱)였다. 용훈이는 마침 기름집에서 대여섯 집 어긋

난 맞은편에 살았던 것이다.

"예이 똥 같은 녀석! 오늘부터 용훈이라지 말고 똥훈이라고 그래라!"

똥훈이란 이렇게 생긴 별명이었다.

수택은 워낙 어려서 고향을 떠났고 몇 해에 한 번씩 그나마 하루 아니면 이틀 길대야 사흘, 이렇게 과객처럼 다녀간 터라 같이 주먹코를 씻던 어렸을 적 동무들과도 농담 한 번 할 기회도 없이 삼십 고개를 넘기고 말았다. 그래서 이번에는 일부러 농도 걸고 우슨 소리도 하고 해서 어렸을 적의 동무들 여남은 찾았다. 똥훈이도 물론 그중의 한 사람이었다. 그러나 똥훈이에게 대한 지식이란 천여 석하던 재산이 재작년 저의 아버지가 돌아가면서 반으로 줄었고 지난 일 년 동안에 또 다시 약 반은 축을 냈다는 것, 그 대부분은 읍에 드나드는 자동차비와 요릿값으로 소비되었다는 것, 서울 다니는 자동차의 여차장을 첩으로 얻었다는 것, 그저 그런 정도에 지나지 않았다.

"뭐, 이러니저러니 할 것 없이 옛날 똥훈이가 나이 삼십이 됐다고만 생각하면 틀림없지."

역시 사립학교 시대의 동무로 지금은 신작로가에 이발소를 내고 있는 종대가 이렇게 말하던 생각이 나서 수택은 '이태주'를 연상하고 속으로 혼자 웃었다.

"어디 볼일이 있어 가나?"

용훈이가 이쪽으로 다가오면서 묻는다. 아무것도 하는 일은 없으면서도 국방복은 입었다.

"아니 왜?"

"자네 좀 볼려구 왔던 길인데."

"날? 무슨 소관이 있나?"

"별일이 있는 건 아니지만 우리 오래간만이니 맥주나 한 잔씩 나누자구……."

"어디 내 술을 먹던가?"

수택은 좀 야박할 만큼 잡아뗀다. 거의 반 년 가까이 도회를 그리우고
산 터다. 맥주란 말만 들어도 반갑기는 했으나 어떤 편이냐면 소위 여덟
달 반처럼 어련무던한 용훈이와 술을 얻어먹었다는 소문도 나쁘려니와 그
자신 지금 이야기도 통치 않을 용훈이를 상대로 술을 마실 기분이 되어
있지 못했다……. 혼자로서는 도저히 풀 수 없는 벼 넉 섬으로 다섯 식
구가 반 년 동안을 먹고 살지 않으면 안 되는 어려운 숙제를 풀지 않으면
안 되는 지금의 그였다. 이런 문제를 푸는 데는 아버지가 나으리라 한 것
이다. 나이는 그보다 어려도 농촌에서 자란 스물넷 된 조카도 책상물림인
자기보다는 좀더 이런 문제를 푸는 묘득을 알고 있으리라——이렇게 생
각이 되어 용훈이한테는 후일을 다시 약속하고 종말 자기 원 집으로 내려
왔다.

2

삽짝은 **활짝** 열려져 있었다. 사람이 어른만 해도 지붕이 들썩이도록 짖
어 대던 횐둥이란 놈도 인제는 낯이 익었는지 으응——한 마디 올러 보
고는 깍지광 옆 사랑 부엌으로 기어 들어간다. 수택은 먼저 안을 삐끔히
들여다보았다. 불은 희미하나마 엿가래 같은 짚신짝이며 편리화 한 짝에
고무신 한 짝이 눈에 띈다. 그는 다시 사랑으로 나왔으나 사랑에서도 역
시 마을꾼이 와 있는 모양이다.

문구멍으로 가만히 들여다보려니 아랫말 정택수가 그의 아버지와 마주
앉았다. 방바닥에는 무슨 종이쪽지가 두세 장 펼쳐진 채 있고 그 종이 위
에 그가 어렸을 적부터 보아 온 산(算)가치가 널려 있다. 정택수는 손바
닥 반만한 장돌뱅이 주판을 들고서 무엇인지 셈을 맞추는 모양이다. 이야
기가 중단이 되었는지 끝이 났는지 잠잠하다. 수택은 정택수가 돈놀이
(高利貸金)를 해서 형세가 훨씬 폈다는 이야기를 들은 터라 이야기를 좀
엿들어 볼까 하다가 궁금한데 안방으로 들어갔다. 안방에는 그의 어머니

와 형수와 고모, 읍으로 출가했다가 바로 몇 달 전 수택이가 고향에 돌아
온 지 달포는 되었을 때 이 동리로 이사를 해 온 맏누님 외에도 두부집
과댁, 바로 사랑에 와 있는 정택수의 맏며느리——이렇게 방 안이 그득
하여 모여 앉았다. 다 흥허물없는 터였다.

"어이쿠 서울 양반 오시는군."

언제나 넘실대는 두부집이 그 안반만한 엉덩판을 한쪽으로 옮기며 자리
를 내준다. 정택수 며느리는 나이 사십이 가깝건만 아직 피둥피둥한 번화
한 얼굴이 희미한 등잔불이라 그런지 더욱 훤해 보인다. 수택은 정택수
며느리가 열일곱, 수택이가 열두 살 때 혼인 말이 있던 여자다. 그는 시
골 내려와서 그런 말을 듣고야 알았지마는 그가 싫다고 내찼던 여자인지
라 좀 겸연쩍어했으나 그쪽에서는 그런 것은 다 잊었다는 듯이 말도 걸고
또 늘 놀러도 왔다. 벌써 며느리까지 보았다는 의식이 그 여자로 하여금
그렇게 대범하게 만드는 모양이었다.

거의 전부가 사십 이상의 여인들인지라 앞집 뒷집의 흉보기보다 사는
이야기에 화제가 집중되어 있었다. 거기 모인 중에서는 그래도 정택수 며
느리가 제일 나은 모양이었다. 그 무서운 가뭄에도 거둔 것이 이십여 석
에 도지 들어온 것이 삼사십 석 되는 모양이었다.

"자네네가 뭔 걱정인가, 올 같은 흉년에도 육십 석이나 됐는데——제
년에는 벼 백이 실하잖았나."

그의 어머니는 이렇게 말하며 한숨을 가만히 쉬어 본다. 그가 고향을
떠나기 전만 해도 연사가 좋은 해면 칠팔십 석은 무난한 그들이었다. 논
이십사오 두락에 가뭄 타는 논은 한 마지기가 없었다. 밭만 해도 사흘갈
이가 실했다. 언제나 잡곡이 십여 석 들어쌓이는 호농(豪農)이었다.
그렇던 집안에 벼 열댓 섬——그나마도 그 태반은 볏값이 나지는 대로
내지 않으면 안 된다는 것이었다. 한숨이 나올밖에 없는 일이다. 수택이
가 그런 사실을 안 것도 기실 얼마 안 된 일이다. 그의 아버지는 모처럼
돌아온 자식에게 실망을 주지 않기 위해서——라기보다도 자식을 붙들

어 두기 위해서 집안 식구의 입을 틀어막았던 것이다. 그에게 땅을 줄 때도,

"부모 자식 사이에도 심은 심대로 해야 하느니라. 더구나 이건 네 형이 장자니까 형은 나가 돌아다니드라도 역시 네 형 살림이거든. 장성한 조카가 있으니까 도지는 도지대로 해야 경위가 옳잖으냐."

이렇게 마치 정말 집의 소유이기나 한 것처럼 푸근하게 말했던 것이다. 수택은 그래서 꼬박이 속았었다. 그러다가 며칠 전에 그것도 아내가 어디서 듣고 와서 귀띔을 해 준 것이다. 타작을 하던 바로 닷새 전인가 엿새 전 일이었다. 그러나 아버지의 심정을 잘 아는 터다. 물론 그런 내색은 하지도 않았다. 모르는 체 지금까지 지내 온 것이다.

그러나 언제까지나 그런 비밀을 지니고 있을 수는 없다 싶었다. 자기도 자기려니와 아버지도 그 무슨 타개책을 강구하지 않으면 안 되리라 싶었다.

그가 다시 사랑에 나간 때 정택수는 가고 없었다. 손님이 간 터라 남폿불을 등잔불처럼 낮추고 책상다리를 한 양쪽 무릎에 두 팔꿈치를 세우고 두 손으로는 턱을 받치고 조각(彫刻)처럼 앉아 있다. 담뱃대를 물기는 했으나 빠는 법도 없고 대꼬바리에서 연기가 나는 것도 아니다. 그것은 사람이라기보다 담뱃대를 물고 명상하는 늙은 농부의 궁상이었다.

"헴!"

수택은 일부러 문구멍에서 두어 발짝 멀찌막이서 인기척을 하고 방문을 열었다.

"접니다."

"오, 너 내려왔느냐."

아까의 궁상은 간데없이,

"아이들은 자든?"

"네."

수택은 남포 심지를 훨씬 돋우고 오늘쯤은 무슨 이야기가 나옴직해서

윗목에 도사리고 앉았었다.

"네 네 형 있다는 데 편지 좀 해 봤느냐?"

"했더니 돌아왔습니다."

"허, 미친 자식이로군."

그의 형 근택은 십 년 내의 방랑아(放浪兒)였다. 한때 전 동양을 풍미하던 사상에 휩쓸려 들더니 십 년 전에 홀연 집을 떠나서 돌아오지 않았다. 교육도 별로 받은 것도 없으면서도 그는 자기에게 필요한 지식만은 충분히 얻고 있었다. 최근에는 만주 방면에 있는 것만은 분명했으나 무엇을 하고 다니는지는 의연 확실치 않았다. 상해가 중심이기는 한 모양이나 일 년에 몇 번씩 오는 편지의 주소가 매년 변하는 것으로 보아 아직도 자리를 잡지 못한 것은 상상할 수 있었다.

수택이는 어떡하든지 오늘만은 아버지의 숨김없는 이야기가 듣고 싶었다. 땅이라는 것이 도시 대엿 마지기에 밭 두어 뙈기밖에 남지 못했다는 것은 이미 들어 안 터이지마는 그밖에 채무 관계는 어떻게 돼 있으며 금년 과동 준비와 보릿고개를 넘길 성산이 어떻게 서 있는가도 알고 싶었고 장차 살림을 어떻게 꾸려 가려는가도 듣는대야 뾰족한 수는 없다 해도 알고만은 있어야 하겠다고 생각하는 것이다. 아니 그보다도 수택이는 그 독실하고 부지런하고, 면과 군의 농업기수(農業技手)까지가 농작물에 대한 그의 의견을 참작한다는 이 훌륭한 농부가 삼십여 두락에 가까운 자기 재산을 탕진하기까지의 경로가 알고 싶었다. 그가 얼마나 부지런한 농부인가는 군에서 두 번 도에서 한 번 그를 표창했다는 것만으로도 족히 짐작할 수 있는 일이었다. 물론 그는 단 한 번도 그 상장을 타러 읍에는 고사하고 가까운 면에까지 출두하기를 거절했지마는———이렇듯 부지런하고 이렇듯 노농(老農)이며 거기에다가 술 한 잔 입에 대는 법이 없고 여자라고는 일평생 아내밖에 모른 채 육십을 넘긴 한 자작농(自作農)이 불과 십 년 동안에 맨주먹만 쥐고 나 앉았다는 사실은 벼 넉 섬을 가지고 다섯 식구가 반 년을 살아야만 한다는 어려운 수학 문제와도 비슷했던 것이다.

그것은 조그만 일인 동시에 또한 큰 일이었다.

"아버지, 이번 연사가 어떻게 된 셈입니까."

하고 참다 못해서 수택은 자기가 먼저 말을 꺼냈다.

"지금 집에 있는 것만으로 과동은 할 만합니까?"

"암 그야 되구말구!"

이렇게 응당 대답했어야 할 그의 아버지는 웬일인지 아들을 물끄러미 바라다보고만 앉았다. 그것은 실로 상상하지 못한 일이었다. 그리고 또 그 침묵은 예상보다도 긴 것이었다. 침묵이 계속되는 동안 알톨같이 여문 귀뚜라미 소리만이 쨍쨍하다.

급기야 침묵은 깨지고야 말았다. 그것도 수택이가 전혀 예상하지 못한 방법에 의해서였다. 그는 자기의 귀를 의심했다. 그리고 야마리 없을 만큼 늙은 아버지의 고생에 찌든 주름잡힌 얼굴을 빤히 쳐다보고 있었다. 눈자위는 푹하니 꺼졌다. 흉할 만큼 긴 겉눈썹이 신경질로 움직인다. 수택이가 집을 떠나던 열두 살 때까지 아버지 눈이 무서워서 바로 쳐다보지도 못하던 동자도 인제는 늙고 지친 토끼눈처럼 충혈이 되어 보인다. 몇 해 전 그가 신문사 일로 근읍에까지 왔다가 하룻밤을 자고 가던 때만 해도 그의 아버지는 늙기는 했을망정 단 두 주먹으로 육십 년간 생활과 쌓아 온 악지와 강단의 그 눈과 코와 입언저리에 차차분하니 들어박혀 있었다. 육십 년간에는 살인 광선과도 같은 폭염(暴炎)도 있었을 것이며 살점이 에는 추위도 있었을 것이지만, 그 더위에도 추위에도 굴하지 않고, 하루들이로 태풍처럼 덮치는 토구질에도 잘 견디어 생명을 유지했던 것만으로도 장하다 하겠거늘 그는 그 세대(世代)와 싸워서 이기었고 또 자기의 생활을 찾았다──그 김 영감이 지금 자기 아들 앞에서 한숨을 내쉬었고 주먹으로 눈물을 닦는 것이다.

"수택아."

늙은 아버지는 목 메인 소리로 아들을 불러 놓고 다시 오랜 침묵에 잠긴다. 수택은 자기 아버지에게서 늙은이라는 인상을 받은 것은 이번이 처음이었다. 그것은 김 영감 자신에게도 그랬을 것이었다.

"너 혹 누구한테서든지 우리 집안 이야기를 듣지 못했더냐?"

"들었습니다."

"들었어?"

순간 영감은 깜짝 놀라는 눈치더니,

"잘됐다. 애비 입으로 그런 이야길 한 것보다는 잘됐다. 어차피 한 번은 알고야 말 일인 게고……. 그래 인전 그럼 넌 어떡할 작정이지?"

"어떡하다니요?"

수택은 무슨 의민지 몰랐다.

"장차 말이다. 그래도 여기서 살아 볼 작정이냐?"

"아버지 생존해 계실 때까지 여기서 살아 볼까 합니다."

"나 살아 있을 때까지? 뭐 내가 살 날이 며칠 남었느냐?"

아직 십 년 하나는 염려없다고 수택은 거의 확신했다.

"수택아, 내가 이렇게 자식 앞에서라도 궁상을 떨기는 육십 평생에 오늘이 처음이다. 아니지, 나 혼자서도 이래 본 적이 없다. 허지만 인저는 나로서도 할 수가 없구나. 아마 내 팔자는 인저 딴 길을 접어든 모양이다."

이렇게 김 영감은 장황한 이야기를 시작했다. 그것은 그가 일찍이 들어 보지도 못하던 어떤 가난한 농부의 일대기(一代記)였다.

김 영감은 일곱 살에 고아가 되었다. 고아는 부모의 유산을 많이 타고 났어도 고생을 하도록 운명 지워진 존재다. 그러나 그는 바지 저고리 한 벌에 삼베 행전 한 켤레만을 타고난 고아였다. 그는 고아의 누구나가 밟는 길을 밟아서 동에서 서로 남에서 북으로, 혹은 엿목판도 졌고 또 어떤 때는 장돌림의 봇짐을 지고 따라다니기도 하였다. 오늘은 이가의 집에서 밥을 먹었으면 내일은 또 박가의 집이다. 이렇게 그는 컸고 장성했다.

그러나 김 영감이 고생을 하도록 운명 지워진 또 한 가지 원인이 있었다. 첫째의 불행은 고아가 된 것이었고 둘째의 불행은 정직이었다. 이 불우의 소년에게는 맘만 따로 먹으면 살 도리가 나설 여러 번의 좋은 기회가 주어졌던 것이다. 그러나 그는 불행히 남을 속일 줄을 몰랐다. 그것은 남을 위해서 목숨까지도 바친 자기 아버지의 피를 받았기 때문이었으리라. 이 강직한 고아는 엿목판을 베고 논두렁에서도 잤고 손을 호호 불며 다리 밑에서 긴 겨울밤을 새우기도 했다. 찬 돌을 어머니의 팔인 양 베고 하염없는 공상의 나라를 헤매기도 했고 흐르기가 무섭게 쩍쩍 얼어붙는 눈물을 손등으로 닦아 가며 동리에서 동리로 혹은 내를 건너고 혹은 산모퉁이를 돌아서 삶을 찾아 헤매었다.

"열다섯만 되어라!"

그의 희망은 오직 이것이었다. 열다섯만 되면 금시 발복을 하고 비단옷에 고량진미를 마음껏 먹는 그런 팔자가 되는 것이 아니라 남의 집 머슴살이를 할 수 있게 되겠기 때문이었다.

열다섯이 되었다. 그는 소원대로 반 새경을 받고 머슴으로 들어갔다. 뜨끈한 밥, 쩔쩔 끓는 방, 그는 이것으로 족했다. 십 년간의 긴 머슴살이가 끝난 때 그의 수중에는 엽전 이백 냥이 꾸려졌다. 송아지도 한 마리 생겼다. 그는 그제서야 아내도 맞았다. 자식도 낳았다. 그러나 그는 여전히 동에서 서로 서에서 동으로 헤매는 고달픈 몸이었다. 장돌뱅이가 된 것이다.

세상이 한 번 뒤바뀌었다. 정부에서는 국유지를 일반 백성들에게 연부로 불하하는 새 법령을 냈다. 김 영감이 한 섬지기의 땅을 장만한 것도 그때였다.

"그후 내가 얼마나 지독하게 일을 했으며 얼마나 규모있게 살림을 했는지는 너도 어려서 보았으니까 잘 알리라. 나는 일 년 가야 술 한 잔, 인절미 한 개 사 먹은 일이 없다. 언젠가 내 일 년간 용돈이 한 냥 십 전을 못 넘는다니까 너는 곧이듣기지 않는 모양이드라마는 백중날 아이들 백 푼어치 사 주는 게 내 용돈이다. 이렇게 난 오늘날까지 한결같이 해 왔다."

김 영감은 이렇게 긴 이야기를 말끔 했다. 그것은 무슨 고대 소설과도 같았다. 고대 소설과 다른 것은 그보다도 더 실감이 있다는 것뿐이다.

이 긴 이야기를 듣는 동안에도 몇 번이나 머리를 들고 일어나던 의문이 또 생긴다. 그렇게 정직하고 그렇게 부지런하고 그렇게 알뜰한 자기 아버지는 어째서 좀더 부유하게 못 되고 땅마지기 지니었던 것까지 놓아 버리게 되었을까?……

수택은 조심조심 물어 보았던 것이다. 이것을 알지 못하고는 농촌에 있어서의 금후의 생활을 설계할 자격도 없다 싶었다.

"어떻게 돼서 그랬느냐고? 그건 나두 모른다. 나뿐이 아니지. 누가 알겠니? 하느님이 아실 뿐이지."

이렇게 딴전을 쓰고는,

"세상이 변한 탓이지, 옛날에야 먹을 것과 입을 것과 그리고 예의범절만 있으면 살았느니라. 그러던 것이 이 근년에 와서는 짚신이 없어지고 고무신이 생기고 감발이 없어지고 지까다비가 나왔지. 물가(物價)는 고등하지, 학교는 보내야지, 학교 다니구 나니 농산 싫지, 듣구 보았으니 양복뙈기라도 걸쳐야지. 화차, 자동차가 생겼으니 어디 갈 땐 타야 배기지? 너 생각해 봐라, 읍내까지 오십 리로구나. 부지런히 서둘면 점심 한 끼만 사 먹으면 다녀올 데를 지금은 소불하 일 원 오십 전은 가져야 하는구나. 갈 적 올 적 차비만 해두 일 원 삼십 전이지. 점심 한 끼만 사 먹구 마느냐? 그래노니까 몸은 점점 약해질밖에……. 더위도 더 타지 추위도 더 타지. 젊은애들두 털내복을 입어야 견디지, 편하라구만 하니 먹는 게 내리나? 체하지. 소금 한 줌만 먹음 될 게라두 영신환 사야지. 옛날 사람들이 지금처럼 약값이 많구야 살았겠느냐?"

"그 대신 소출이 그전보다 많이 나잖습니까?"

몰라서 물은 것은 아니었다. 소득과 지출의 비례를 좀더 정확하니 알고 싶었다.

"너 되루 주고 말로 받아야지 말루 주고 되루 받아서 소용있겠나?"

풀쑥 이런 말을 하고는,

"결국은 기계가 사람을 죽이느니라. 사람이 기계를 부리는 게 아니라 기계가 사람을 부려먹는 세상이야. 산미증산 산미증산해서 소출이야 더 나지. 허지만 그 대신 대두박이니 암모니아니 거름값이 더 들지. 전엔 모두 찬밥 한술만 떠 먹으면 손으로 해치우던 걸 인전 기계 아니면 못하는 줄 알먄? 우리네 농군이 일 년 내 피땀을 흘려서 대처(都會地)사람 좋은 일만 시키느니라. 모두 그리 가져가지. 농군한테 지까다비가 하상관야? 몸뚱이가 튼튼하면야 쇠를 먹어도 색이지, 병원이 뭔 소관이구? 움찔하면 똥이라더니 이건 움찍하면 돈이로구나……."

수택은 일생 처음으로 긴 이야기를 들었다. 그는 지금까지 무조건하고 자기 아버지를 경멸해 왔었다. 그런 이야기를 듣는 동안에 김 영감은 훌륭한 세대에의 반역자였다. 허다한 신진 사상가들의 기계파괴론을 보다 더 알기 쉽게 설명을 하고 있지 않는가. 표현은 다를지언정 김 영감은 훌륭한 사상가였다. 인간은 지금 기계의 노예가 되어 있다. 그러나 결국은 인간은 기계에게 멸망을 당하고 다시 흙으로 돌아온다는 것이다. 지금의 사람들이 다시 흙으로 돌아올 때 흙은 언제나 다름없는 관대(寬大)와 애정으로 인간을 맞아 준다는 것이다. 이 흙의 관대를 인간은 모른다. 모르는 데 그치지만 않고 경멸하기까지 한다.

김 영감은 다시,

"너 정택수란 어른 알먄?"

하면서 그가 흙을 배반한 좋은 표본이라고 한다.

"너 오기 바루 전에두 다녀갔다마는 땅마지기 톡톡 팔아서 장살 했느니라. 다 털어 먹었지. 그러다가 몇 푼 남은 것으루 돈놀이를 했느니라. 돈냥이나 좀 잡았지. 허지만 사람이 돈만 가지면 사는 줄 아냐? 의리도 있어야 하구 인정두 쓸 땐 써야 하구 어수룩할 땐 또 어수룩해야지. 사람이 돈에 녹아 나면 못쓰느니라. 돈을 만지면 사람이 이악해져 어떻게 생각을 했는지 다시 돈을 땅에 묻더라. 지금 모두 치면 벼 백이 되지. 그러

더니만 제년부터 또 돈이 탐이 나서 요샌 금광을 하지. 그래서 남의 산소
밑을 모두 파 제키구 야단이구나. 법이야 어떻건 법만 가지구 사람이 산
다든? 그래 낮잠 자는 것을 깨워두 열 가지 악(惡)의 하나라는데 돈 벌
자구 흙 속에 묻혀 곤히 잠든 남의 조상에다 남포질을 하구 야단이야! 우
리 농군네겐 그런 법이 없거든!"

　그러나 이 긴 이야기보다도 수택이를 가장 흥분시킨 사실은 수택이가
부치기로 한 여덟 마지기의 소작권이 내년부터는 떨어진다는 것이었다.
아버지가 부치는 소작답 열한 마지기도 꼭같은 운명에 놓여 있었다.

　김 영감은 이 사실을 이야기해야 옳을지 어떨지는 퍽 주저한 모양이었
다. 열한 시나 되어서 인사를 하고 일어날 때까지도 무슨 말을 할듯 말듯
하더니만 그가 문고리를 잡은 때서야,

　"잠깐만 더 좀 앉거라."

하다가 일어난 길에 안에 들어가 뭐 먹을 것 좀 뜨뜻하게 해 오라고 이르
고는 돌아온 후에도 다시 얼마를 망설인다. 그러다가 비로소 그런 슬픈
사실을 이야기하는 것이었다.

　"그럼 그게 뉘 땅입니까?"

　그도 맥이 탁 풀리었다.

　"뉘 땅은 뉘 땅, 원래야 우리 땅이었지. 그렇던 것이 야곰야곰 빚을 지
게 되어 재작년에 닷 마지기만 남기고 통 지금 말하던 정택수한테로 넘어
갔지. 재작년엔 연사두 좋았구 곡가두 그럴 듯해서 웬만하면 이자라두 끄
구 어떻게 해 보잔 것이…… 너만 들으라마는 네 조카놈이 어떻게 못된
놈들하구 휩쓸리더니 또 읍에 가서 돈냥이나 좋이 털어 올리고 오잖았느
냐."

　"상태가요?"

　"그랬느니라."

　순간 수택은 지금까지 들어온 이야기는 간데없이 자기 집이 망한 원인
이 상태란 놈의 난봉으로 인한 것처럼 가슴이 뭉클해지는 것이었다.

그러나 물론 그런 내색은 안했다. 그 자신 또 그렇게 생각하는 것도 아니었다. 메밀묵에 고춧가루를 얼근히 쳐서 먹었건만 땀 한 점 안 난다. 땅마지기를 믿고 내려온 것은 아니었지마는 믿었던 줄이 탁 끊긴 것처럼 맥이 풀린다. 누가 사는지는 모르나 정택수를 찾아서 소작권을 이어받을까, 짧은 순간 그런 생각도 해 보는 것이다.

그렇게 할 수 있을 바에 아버지가 솔선해서 그런 도리를 차리지 않았으랴 싶으면서도 그것을 따져 보지 않고는 견딜 수가 없었다.

대답은 역시 그의 예기한 바와 같았다. 매주는 읍내 사는 '기다하라'라는 철물상인데 중간에 든 사람이 작권을 얻기로 하고 구문까지 포기했다는 것이다.

수택은 자정이 넘어서야 집으로 올라왔다. 그의 너무나 어두운 마음을 비웃기나 하는 듯이 달은 차도록 밝다.

물방아 물레 돌아가는 소리가 한결 더 바쁘다.

서리가 오려는지 밤도 찼다.

3

지금 수택이의 머릿속을 점령하고 있는 생각은 오직 한 가지뿐이었다. 그것은 대신문의 사회부 기자요 일금 팔십 원의 문화 생활자인 그를 이 궁벽한 농촌에까지 끌고 내려온 것은 진실한 문학 생활도 아니었으며 논마지기나 부치고 채마나 섞어서 처자와 함께 안락한 가정 생활을 영위(營爲)하자는 것도 아니었다. 내려가서 해 보다가 안 되면 다시 기어 올라오지——서울을 떠날 무렵에 생각하던 이런 소극적인 태도도 아니었다. 끝장이야 뭣이 되든 고향땅을 물고 뜯어 보잔 것이다. 그러기 위해서는 그 어떤 굴욕이라도 받으리라 했다.

처음 그가 이 결심을 하기까지에는 상당히 방황했다. 첫째는 비록 소작일망정 모 한 폭 꽂을 땅 한 조각도 없다는 것이 가장 그를 방황시킨 무엇보다도 큰 원인이었고, 둘째는 설사 남의 소작을 한다고 친대도 그것은 처음부터 잘못 낸 대수 문제와도 같아서 영원히 풀 길이 없다는 것을 일 년 농사의 경험으로 알았기 때문이었고, 셋째의 원인은 역시 그들의 건강 이었다. 어느 편이냐면 수택 자신은 시골 온 후로 훨씬 건강이 나아진 편 이었다. 꾹꾹 누르면 두어 술밖에 안 되는 밥을 먹고도 그것을 못 삭여서 꼴깍꼴깍 하던 그는 벌써 아니었다. 혈색도 벌써 창백한 기는 가시었고 책상 한 개를 다루는 데도, 엄두를 못 내서 쩔쩔매던 그런 수택도 아니었 다.

그러나 처와 어린것들은 못 견디어했다. 아이들은 되레 손바닥만한 하 늘을 쳐다보고 살다가 활짝 트인 벌판을 내안기니까 먹는 것은 부실해도 노는 맛에 끽소리없으나 처는 그렇지 못했다. 외양으로는 건실해 보이면 서도 그의 아내는 두부살이었다. 끽소리없이 하기는 하나 밤이면 몹시 못 견디어했다.

그러나 그는 고향에서 거주하기로 결심했다. 낮이 설기는 하나마 그대 로 이 아버지가 살아 있는 동안에는 뉘 땅을 얻어 부치더라도 대엿 마지 기 얻을 성도 싶었고 그것으로써 생계가 안 설 것은 빤한 일이나 그가 지 금 생각하고 있는 농촌 소설을 쓰자면 그만 경험쯤은 얻어 둘 필요가 있 었다. 그러고 정 부족한 것은 섭섭쓰레기 원고장을 쓴다든가 신문에 발표 한 채로 있는 어떤 장편소설의 출판을 잦혀서 양미를 보태리라 했다.

수택은 이렇게 결심을 하고 걸핏하면 어디로 뺑소니를 치려는 상태를 달래었다. 그러나 상태로 본다면 농촌 생활은 도저히 안 맞아서 그렇잖아 도 자리를 떠 볼까 하던 터에 마침 수택이가 돌아온 터라 그 결심을 버리 지 못한다. 알아듣도록 이야기를 해도 그때뿐이다. 한 귀로 듣고 한 귀로 는 흘려 버린다.

언제든지 한 번은 도회에 가서 살아 봐야 할 아이라고 수택은 옆에서 눈치만 본다.

그럼에도 불구하고 수택으로 하여금 용기를 내게 한 것은 사내자식의 의기였다. 농촌을 잘 알았든 못 알았든 처자까지 데리고 솔가해 온 이상 다시 엉금엉금 서울로 기어 올라갈 수는 없다 했다. 여러 친구들이 회비까지 모아서 송별연까지 베풀어 준 터가 아닌가. 그들 앞에 반 년도 못 되어서 다시 무슨 낯으로 나설 수가 있을까?

'우리 가족의 뼈는 고향에다 묻자!'

그는 이렇게 센티한──그러나 비장한 결심까지 했다. 일단 이렇게 결심을 하고 나니 무서울 것이 없었다.

수택은 이렇게 마음을 작정하는 길로 용훈이를 찾기로 하고 나섰다. 아직 달은 뜨지 않았으나 동쪽 하늘이 벌겋게 상기된 것이 미구에 달이 뜰 모양이다.

중말 술 회사 앞을 돌아서 일부러 샛길로 접어들었다. 용훈네 집은 어렸을 적에도 늘 놀러 다닌 집이나 대문도 돌려 내고 앞채는 상점 방으로 꾸미어져 있었다.

용훈이는 마침 저녁을 먹고 나가고 없었다.

그러나 용훈이를 찾기는 그리 힘든 일이 아니다. 이발소 아니면 묵장사를 하는 복순네 집이나 면소 숙직실, 거기 없으면 중말 병아리 갈보집이었다.

예측한 대로 그는 복순네 집 윗방에서 복순 아주머니와 팔뚝맞기 화투를 치고 있었다.

"아, 이거 별일이네그려. 자네가 다 나 같은 사람을 찾아다니구."

용훈이는 고동색 세루 두루마기 자락을 걷어치우며,

"들어오게, 우리 좌수 볼기치기보다는 날 게니. 이 색시허구 팔뚝맞기 화토나 한 번 치세그려."

"그래 볼까……."

어쩔까 했으나 사람이란 모가 나서는 못쓴다고 그가 내려오던 이튿날부터 그의 아버지가 주장하던 생각이 나서 수택은 대엿 번이나 화투를 쳤다. 한 번은 이기고 내리 졌다.

"용훈이 우리 마작 한케 하러 갈려나?"

하며, 용훈이가 화투에 진이 떨어진 틈을 타서 수택은 그를 끌고 집으로 왔다. 똑똑한 편도 못 되는 용훈이 같은 사람을 데리고 그런 이야기를 하는 것은 떳떳치 못한 것 같은 느낌도 없지는 않았으나 이발소 종대 말대로 계집한테만 어련무던하지 친구들간에는 '능구리처럼 음흉'하다고 한다면 사양할 것도 없었다. 아니 그보다도 지금의 수택에게는 그런 말을 할 만한 사람은 역시 용훈을 내놓고는 없었다.

"자네 맥주는 내가 낼 게니 나 땅 한자리 주어야겠네."

이렇게 처음부터 툭 털어놓고 자기의 계획을 설명했다. 물론 어려운 이론은 캐지도 않았지마는 고향에 와서 어렸을 적 동무들과 앞집 뒷집 정하고 살고 싶다는 그의 계획에는 다소 감동된 것도 같았다. 그러면서도 역시 대학까지 졸업하고 그 큰 신문사에 다니던 그가 이런 궁촌에 와서 농사를 짓고 살겠다는 그 심경은 이해하기가 어려운 눈치였다. 한편 장한 생각 같기도 했고 못생긴 짓 같기도 했다.

'뭘 잘못하구 쫓겨나니까 갑자기 어쩔 수도 없고 해서 그런 생각을 한 것이려니…….'

이렇게도 생각했다.

"글쎄 내가 거저 주는 것두 아니겠구 대엿 마지기 떼는 것이야 어렵진 않지만, 어디 지금 세상엔 논인들 맘대루 뗄 수가 있어야 말이지. 농지령 때문에 작권두 모두 계약을 하게 돼 놔서……."

이야기를 듣고 보니 그도 그럴 듯했다.

"그러니까 내 말은 지금 소작하는 땅을 떼어 달라는 건 아닐세. 나 살자고 남한테 못할 노릇을 시키고 싶진 않네. 내 말은 자네네가 삼십여 마지기나 광작을 한다니까 자네네는 대엿 마지기 더 지으나 덜 지으나 대찬 없을 것 같구, 해서 말하자면 자네 부치는 걸 좀 떼 달란 말일세. 안 되겠는가."

"난처한데……."

용훈은 좋이 입맛이 쓴 표정이다.

"그렇게 함으로 해서 자네가 받는 타격이 크다면 나두 군이 그렇게 해서까지……."

"아냐, 뭐 타격이랄 건 없지만……. 글쎄 어디 보세. 오늘 낼 작정해야만 할 것두 아니겠구……."

그만큼 하고 수택은 용훈을 데리고 먼저 갔던 복순네 집에 가서 제육을 구워 놓고 약주를 잔씩 나누었다. 헤어질 무렵에,

"자네 술만 먹어서야 되겠나. 내 술도 한 잔 해야지."

하며 끄는 바람에 수택은 고향에 온 지 처음으로 술집에를 끌려갔다.

그들이 간 집은 역시 병아리집이었다. 얼굴이 병아리처럼 생겨서가 아니라 아랫말에서 역시 술장사를 하는 이복(異腹)동생의 얼굴이 달걀처럼 생기었다고 해서 먼저 난 형이 병아리가 된 것이다. 병아리는 용훈이와도 범연한 사이가 아닌 듯싶어 한 되들이 금천대(金千代)병을 안고 육자배기 하면서도 연상 눈짓들을 하고 허영수가 어우러졌다.

"송 주사. 요샌 아주 막 뽐내십디다그려."

"뭘."

"술 한 잔을 자셔두 고향 사람들 술을 팔아 주는 게 아니구 꼭 읍내루만 행찰 하시구……."

말은 술 이야기를 하나 술강짜 치고는 심각한 표정이다. 병아리는 분명히 술만이 강샘을 일으키는 것은 아닌 성싶었다. 그래도 용훈이가 통 받아 주지를 않으니까 병아리는 찍어 누르는 소리로 '석탄 백탄 타는데……'를 제 성에 못 이겨서 부르고 있었다.

병아리집을 일어선 때도 과음(過飮)이었는데, 그들은 다시 한 집을 들렀다. 물론 병아리의 동생 달걀집이었다. 달걀집은 부풀었다. 병아리보다 훨씬 젊기도 했거니와 얼굴도 시골 주모로는 깨인 편이었다. 소학교는 다 녔는지 '도오조'니 '고엔료나쿠'니 하는 말도 툭툭 던졌고 어서 귀동냥을 한 것인지 '플리즈'니, 가는 손 보고는 '굿나이트' 하고 주책도 댄다. 술

은 맥주를 청했으나, 맥주는 두 병밖에 없어서 여기서도 제육을 굽고 너비를 몇 점 구워만 놓고는 강술로 서너 홉씩을 마시었다. 일어선 때는 용훈이도 수택이도 까부라지게 취했었다.

어디선지 용훈이와 헤어진 것은 자정이 가까웠었다. 면소 앞 신작로를 건너서 역시 술집 뒤를 돌아가려니까 술꾼들의 싸우는 소리가 요란하다. 뜻밖에 그 맞은 욕질을 하는 싸움 소리 속에서 조카인 상태의 목소리를 발견하고는 물론 취중이었지마는,

"이녀석이 그래도 정신을 못 차리고 술집에를 다녀?"

하는 괘씸한 생각이 불컥 나서 그대로 뛰어 들어갔다. 상태와 면 서기 김용승이가 싸우고 있었다. 꼬단은 알 수 없었다. 또 캘 필요도 없었다. 그는 싸움의 시비를 가리러 들어갔던 터가 아니었으므로 군중을 헤치고 들어닿는 길로, 상태의 뺨을 정신이 나게 한 번 붙이었다.

"이리 나와!"

상태는 고분고분히 끌리어 나왔다.

상태한테서도 술 기운이 마주 확 풍긴다. 그 술내에 그는 자기도 모르게 불끈했었다. 무슨 감정의 관련이었던지는 몰랐어도 상태 입에서 술내가 확 풍긴 그 순간 그는 집안을 들어먹은 것은 상태라는 착각이 일었던 것이다. 그것은 무서운 착각이었다. 논 이십 두락을 털어먹은 것은 김 영감이 아닌 것과 마찬가지로 상태도 아니었다. 그러나 무서운 착각인 반면에 그것은 또 무서운 증오(憎惡)였다. 송곳 한 개 꽂을 땅이라도 물고 떨어야 할 처지에 요릿집에다 전 재산을 털어올려…… 그는 거의 발작적으로 상태를 무수히 난타했다.

상태는 끽 소리 없이 맞았다. 보 둑에 선 포플러를 의지하고 한번 말대꾸도 없이 맞으며 울고 섰다. 수택이도 얼만지 조카를 때리다가 자기도 모르는 사이에 울고 있었다. 무엇이라고 형언할 수도 없는 설움이 걷잡을 수도 없이 내장 저 아래에서 부걱부걱 기어 올라온다. 나중에 생각하면 우습기 짝이 없는 일이었으나 수택은 얼마 후에는 역시 상태가 기댄 포플

러 나무에 얼굴을 틀어박고 헉헉 느끼어 울었었다.

상태가 먼저 울음을 그치었다. 그러나 수택이의 울음은 좀처럼 그치지가 않았다. 상태는 맞은 설움이었으나 수택의 울음은 때린 설움——그나마도 일시의 착각으로 감정에 격한 경솔을 뉘우치는 울음이었다. 형도 자기도 없는 동안 어린 나이로 그 크나큰 살림을 도맡아 본 상태한테 무슨 죄가 있었으랴?……

"작은아버지 그만 돌아가시지요. 제가 요릿집에 다니느라고 땅을 팔아 먹었다는 건 작은아버지 오해십니다. 몇 번 가긴 갔었지만 그건 마름이라도 하나 얻어 살림을 벌여 볼까 했던 것인데……."

하다 말고 그대로 다시 울어 버린다.

"안다, 안다. 그만둬라."

이렇게 말하며 수택은 조카의 손을 잡았다.

여자는 섧지 않은 때도 곧잘 우는 수가 있다. 그러나 남자는 절통할 때라야만 운다——두 사나이가 맞잡고 우는 정경——그것은 정말 옆에서 보기에는 딱한 정경이었다.

4

농한기(農閑期)라는 삼동(三冬)은——그러나 수택에게 있어서는 조금도 한가로운 기간이 아니었다. 퇴직금 끄트러기가 몇 푼 남기는 했으나 실상 지나 보니 그의 예산과는 달랐다. 이제 열댓 된 창문이의 손으로 만든 부엌 나무도 땔 길이 없었다. 더욱이 보림령(保林令)은 낙엽 긁는 것까지도 제한이 되어 있어서 그나마도 긁게 되지 않아도 못 긁어 댈 바에야——하고 창문이도 내보내고 말았다.

본의는 아니나마 그는 몇 개의 잡문도 써야 했고 소설도 몇 편 마련해야 할 계제다. 아직 반 년도 못 되는 경험으로서는 손을 대서는 안 된다고 생각하면서도 노농(老農)이란 장편소설의 제 일 부만이라도 마물려야 얼마간의 목돈이 들어올 것 같다. 다행히 신문사에서도 완편만 되면 검열에 지장이 없는 한 고료를 선불(先拂)해 줄 수도 있다는 회답도 받은 터라 공연히 마음만 바빴다.

수택은 매일 농군들 봉노방에 가서 살았다. 소설을 쓰기 위해서도 그랬거니와 인제부터는 생활 방편을 위해서라도 그들과 같이 살고 그들과 같이 호흡을 하지 않으면 안 되었다. 맷방석을 들어 펴고 밤나무 장작윷도 놀았고 일찍이 중학에 들어가서 ABC를 배우던 정열과 또 못지않은 노력으로 투전 글자를 배우기도 했다. 그들을 위해서 서울 이야기로 밤도 새우지 않으면 안 되었고 어떤 때는 막걸리 내기 화투도 치지 않으면 안 되었다. 남대문(南大門)에 써 붙인 큰 대(大)자가 아래로 처졌더냐 위로 올라붙었더냐——이런 토론으로 욕지거리를 해 가며 싸우는 머슴들한테 끌리어 가서 남대문이라고 쓰여 있지 않다는 것을 증명해 주기도 했다.

"거들 봐라. 남대문이라고 안 쓰였더라구 그렇게 일러 줘도 빡빡 우겨 대드니!"

건달 덕문이가 기염을 토한다.

"이자식아, 그래 네가 보면 안단 말야!"

하고 득만이도 지지 않고 대든다. 큰 대자가 내리붙었다고 고집하던 친구였다.

"네깐놈이나 내나 남대문이라고 썼는지 북대문이라고 썼는지 보면 알 택이 뭐야! 새 칠 팔(四七八) 갑오라구 쓰진 않았든, 왜?"

"저놈이 글쎄 양반 행세 한답시구 우리 아버진 포도청이라고 한 놈이라니께!"

방 안이 떠들썩하게 웃음이 터졌다.

매양 방 안에는 열 명 이상의 농군들이 모였다. 어떤 때는 이십 명 가까운 사람이 들구 끓은 때도 있었다. 마치 상자 속에 과자를 주워 담은 것처럼 포갬포갬 앉는 수도 많았다. 한쪽에서는 코를 드르렁드르렁 골면 한쪽에서는 《조웅전(趙雄傳)》이니, 《추월색(秋月色)》 같은 이야기책을 보고 이 모퉁이에서 계집 이야기를 하면 저 구석에는 먹는 이야기다. 그러나 매양 화제가 집중되는 데는 역시 음식타령이었다. 모두가 장정들이요, 모두가 일 년에 한두 번밖에 허리끈을 끌러 놔 보지 못하는 그런 축들이다. 노름 이야기, 나무하다 산감한테 경친 이야기, 읍내 이야기, 이렇게 어수선하던 화제도 어떤 구석 누구 입에서든지 음식 이야기가 한번 나면 그대로 좌중의 귀가 다 그쪽으로 기울어진다.

"난 이러니저러니 해두 검정 밤콩을 드문드문 논 마구설기가 좋더라."

칠성이가 무슨 결론이나 짓듯이 이렇게 말하자 아까부터 칠성이와 토작이던 돌이가, 왼새끼를 꼰다.

"저자식이 그래 저게 입이야, 떡엔 콩을 놓으면 겉물이 들어서 못써! 백설기라야지."

"그래 저자식이 왜 아까부터 남의 말이면 쌍지팽이를 짚구 나서는 게야! 그래 이자식아, 똥구멍으로 먹지 않는 바에야 씹는 맛이 좀 있어야지."

"허, 방구가 잦으면 똥이 나오는 법이야."

하고 아랫목에서 주의를 시켰음에도 칠성이와 돌이는 기어이 쌈이 되고야 말았다.

"에이끼 똥물에 튀해 죽일 자식. 저걸 낳구두 그래 횟대 밑에서 멱국을 먹었을 테지!"

칠성이가 결을 버쩍 세우는데,

"그만두세 인저. 그렇잖어두 우리 어머닌 날 낳구 조당죽이나마 옆집에 가서 얻어다 먹었다네!"

하고 비장한 소리를 해서 웃는 사람, 언짢아하는 사람, 별 표정이 다 나타났다.

수택이가 여럿한테 인사를 하고 막 문을 닫고 나오려니까 희만 노인이,

"낼 순경 차례니 사람 얻어 보내유."

하고 소리를 친다.

"네——그럽죠."

그도 길게 대답을 하고 보 둑을 타고 올라갔다.

밤 사이에 된내기가 하얗게 내렸다. 토방에 떠 놓았던 자배기 물에 살얼음이 잡히었다. 간밤은 장편의 첫장면을 찾지 못해서 거의 밤을 밝히다시피 했지만 아침은 여전히 일찍 깨었다. 머리가 별로이 무겁지도 않다. 울안 우물에 가서 세수를 하고 헌 바구니를 들고 동저고릿바람으로 천변에 나갔다. 아삭아삭 서리 기둥을 밟는 발의 감촉이 무어라 말할 수 없이 좋다. 그는 그의 아버지가 하는 대로 가며 오며 쇠똥개똥 같은 것을 들고 간 바구니에 담아 들고 들어왔다.

"아빠 또 개똥 주웠수."

필년이란 년의 말소리도 인제는 제법이다.

"그래 너두 낼부터 아침 일찍 일어나서 아빠하구 개똥 주러 가, 가지?"

"응, 엄마 나두 낼부터 아빠하구 개똥 주러 가우!"

"오냐."

아내가 어린것을 업고 부엌에서 나오면서 대답을 한다.

"좀 쓰셨수?"

"웬걸."

아침을 치우고 다시 책상 앞에 앉아 보았다. 오랜 동안 머리를 쓰지 않아서 그대로 굳어지기나 한 것처럼 통 풀리지를 않는다. 수택은 다시 천변을 한 바퀴 돌아서 다시 책상 앞에 앉았다. 역시 두서가 풀리지 않는다.

"수택이 있나?"

용훈이가 읍내를 가는지 국방복도 벗어 던지고 자르르 흐르는 능견 두루마기에 중절모자를 바드름하니 쓰고 들어왔다.

"또 어디 가는가?"

"아, 읍내 좀."

"들어오게나그려."

"아냐, 첫차루 가얄 겐데 거 말야. 요전에 말하던 거, 거 그렇게 하기루 했네. 자넨 서투른 솜씨구 해서 물길 존놈으루 엿 마지길 뗐네."

"고마웨."

한 가지만이라도 낙착이 되고 보니 갑자기 딴 힘이 생긴다. 수택은 그 길로 내려가서 아버지한테 용훈이가 말하던 논이 어떤가고 물어 보았다.

"모이 앞의 엿 마지기? 좋——지, 좋은 논이구말구. 거 그 사람 큰심 썼다. 그래 도진 얼마라든?"

"그건 아직 못 물어 봤습니다."

"저런 사람 봐. 농군이 먼저 그걸 알아봐야지. 암만 논이 좋으면 뭐하나. 도지가 호되면 천수답만두 못한걸."

"설마 턱없이야 매겠어요."

김 영감은 새끼 꼬던 손을 쉬고 쌈지에서 가루가 된 회연을 손바닥에 쏟아 놓니,

"담배라구 예전처럼 잎새가 있어야지, 이건 하루만 넣구 다니면 바깍 말라서 가루가 돼 버리니……."

하면서 침을 튀튀 뱉어 곰방대에 담아 문다. 담배를 피우며 새끼를 꼬며 또 이야기까지 하자니까 침은 줄줄 흘러 떨어진다.

"거, 뭐 하실 겁니까?"

"집을 이어야잖니, 금년에 마초(馬草)를 하기 때문에 지붕을 잇제도 허갈 내야 한대서 면장한테 신청을 했는데 모르겠다 온. 이 집이야 금년쯤 걸러 가지고는 별일 없겠다만서두 너 집은 샐 게다. 어리라두 좀 해 둬야지."

수택이도 짚 몇 오리를 맞동여서 발 새에다 끼고 새끼를 꼬기 시작했다. 다른 일은 대강 흉내는 내나 새끼를 꼬는 것은 이번이 처음이다. 마치 매맞은 구렁이 몸처럼 고르지 못하면서도 손바닥은 얼얼하다. 그래도 한 이십 발은 실하게 꼬고서야 일어났다.

"왜, 그만 갈 테냐?"

"네, 올라가서 뭣 좀 써 봐야겠습니다."

수택은 일어나서 안에도 둘러보았다. 어머니도 형수도 없다. 뉘집 아이들인지 조무래기만 서넛이 집을 보고 있다.

집에 올라오니 어머니는 수택의 집에 와 있었다. 형수는 벌써 사흘째 담배 조리(調理)를 다닌다는 것이다. 이 고장은 전 조선에서 제일 가는 담배 소산지다. 백여 호 되는 동리에 담배 찌는 곳간이 다섯 채가 있다. 누렇게 된 담배를 새끼에 꿰어서 난방 장치가 되어 있는 곳간에다 매어달고 불을 땐다. 그래서 누렇게 마른 담배 잎을 상엽, 중엽, 막치기——이렇게 세 종류로 나누어서 짝 편다. 다시 한 춤씩 편 것을 되게 담배 잎으로 대궁을 써서 흡사 총채처럼 만든다. 이것을 조리한다고 하는 것이다.

수택이도 어렸을 적에는 매년 여름이면 담배를 엮었다. 다섯 발 가량 되는 새끼에 한 잎은 엎고 한 잎은 젖혀서 어긋매끼로 엮어 간다. 열 발에 삼 전인지 삼 전 오린가 되었으나 담배를 엮는 기간이 마침 여름 방학인 때라 웬만한 집 아이들은 다 머리를 싸들고 덤빈다.

"하루 사십 전씩인데 아이들은 내 봐 줄 게니 아이어미두 좀 해 보잖으련?"

어머니는 아내와 그의 눈치를 번갈아 보면서,

"그걸루 큰 보탬이 될 건 아니지만두 잔 용돈은 뜯어 쓰느니라."

"가 볼까?"

아내는 그의 눈치를 본다. 그까짓것, 하구 내찰 줄 알았던 터라, 그는 적지않이 의아했다.

"정말 해 볼려우."

"해 볼 테유——"

아내는 이 지방 사투리로 유를 길게 잡아 늘인다.

"해 볼 템 해 보구려. 동무들두 사귈겸."

"그래라. 그래서 어떡허든지 끈을 잡아 가지구 살아야지 너 아버진 아주 너희들 때문에 잠두 통 못 주무신다."

"왜요."

"그렇잖겠니? 모처럼 자식이 부모를 바라구 왔는데 땅뙈기나마 다 팔
아먹구 집 한 칸 못 장만해 주니 어쩨 네 아버진들 맘이 좋을 리가 있겠니.
요샌 아주 죽을 지경이다. 전에야 참 하늘이 무너진대도 눈 한 번 깜짝
않던 양반이 어떻게 맘이 여려졌는지 그저 한숨만 후후 내쉬시는구나."

"그렇게 걱정을 끼칠 줄 알았더면 오지 않을 건데 괜히 왔나 봐요. 어
머닌 그래도 필년 애비는 우리가 가기만 하면 아버지 어머닌 여간 좋아하
시지 않는다구!"

"그야 좋지, 좋지 않을 거야 뭐 있니, 단지 살도록 마련을 못 해 주니까
그렇지."

"뭘요. 언제 아버님께 얻어먹을랴고 했나요. 그럭저럭 살게 되겠지
요."

"암만해두 너 아버지두 몇 해 더 못 살려나 부다. 가만히 보니 망녕이
나는가 봐."

"벌써 뭘."

하고 수택이가 웃으니까,

"벌써가 뭐냐. 네 좀 봐라. 요샌 이슥하도록 좀이 다 먹은 문서 보따리
만 골러 놓구 앉으셨구나."

"문서 보따리가 무슨?"

"땅 문서지 뭐냐. 죽은 자식 나이 혀 보기지 그건 왜 궁상맞게 들여다
보구 앉았담. 이동두 다 해 간 빈 문서를 신주 위하듯 하시는구나 글쎄."

어머니의 이런 이야기는 수택에게 이상한 충동을 주었다. 그것은 아직
까지도 수택이가 자기 아버지에게서 발견하지 못한 성격의 일면이었기 때
문이었다.

수택에게는 만주에서 방랑하는 형 위로 또 한 형이 있었다. 물론 수택이
가 낳기 전 이야기라 얼굴도 본 일은 없었으나 번화하게 생겼던 모양이었

다. 말하자면 그 형이 사고무친한 김 영감의 첫아들이었다. 그러나 불행히 그는 네 살 때 죽고 말았다. 그래도 그는,

"인명은 재천이라데, 죽은 걸 생각하면 살아나나."

단 한 마디 했을 뿐, 일평생을 두고 다시는 죽은 자식의 말은 입밖에 내지 않았다. 그는 매사에 그랬다. 한번 단념하면 단념한 순간이 완전한 과거가 되는 것이었다.

그 아버지가 이미 남의 소유가 된 휴지 조각을 밤마다 들여다보고 앉았다는 것이다…….

"여기다!"

하고 수택은 그 길로 책상 앞에 다시 앉았다.

한 자작농(自作農)이던 늙은 농부가 밤을 낮삼아 일을 했건만 한 마지기 두 마지기 남의 손으로 넘어가고 그의 수중에 남은 것은 이미 완전한 휴지(休紙)가 된 서류뿐이다. 늙은 농부는 지금 희미한 등잔불에 그 '휴지'를 비춰 보고 있다. 커다란 도장이 꽉꽉 찍힌 그 종이에는 분명히 자기 이름이 씌어져 있다. 그는 마른 바가지 속처럼 된 자기 손등을 내려다본다. 그 손에는 무수한 흉터가 있고 핏기없는 굵다란 힘줄만이 기운없이 서리었다. 손은 거칠 대로 거칠어 종이를 만질 때마다 버석버석 소리가 난다. 그는 언제까지나 자기 이름 석 자를 응시하고 있다. 그러는 동안에 한숨이 후유 나오고 고생에 찌들은 늙은 얼굴에 눈물이 천천히 흐른다.

"나이 육십 평생은 이 종잇장을 위해서 살아온 것이다. 이 종잇장을 위해서는 단잠도 못 잤고 허리끈도 졸라 매었고 피와 땀도 흘렸다. 남이 쌀밥을 먹을 때는 조밥을 먹었고 남이 조밥을 먹을 때는 나는 조당죽을 멀거니 끓여 먹었다. 이렇듯 육십 년 동안 정성을 바쳐 온 이 종잇장이 아무 짝에두 쓸 수 없는 휴지가 돼 버렸다……. 그럴 수도 있는 겔까?"

이렇게 한탄할 때 눈물 방울이 땅문서에 뚝뚝 떨어진다——이런 데서 장편《노농(老農)》의 첫장면을 시작하리라 한 것이었다.

그러기 위해서는 그의 아버지를 통해서 그의 어렸을 때와 젊었을 때의

사회 기구며 풍습, 인정세태(人情世態), 물가(物價), 이런 것에 대한 충분한 지식을 얻을 필요가 있었다. 그래서 그는 오동나무로 싼 길이 두 자에 폭이한 자, 높이가 반 자 가량 되는 궤짝 속을 뒤지지 않으면 안 되었다.

그 장방형의 궤짝에서는 수택이가 일찍이 보지 못하던 여러 가지가 튀어나왔다. 아버지가 장사를 그만두던 해 마지막 쓰던 치부책도 한 권 나왔다. 그것은 장사를 마감하면서 외상값을 받던 것이다. 그가 놀란 것은 기역(ㄱ)자를 씌우지 않은 것이 거의 태반은 되었다.

"이런 건 어떻게 그대로 있습니까?"

수택은 책장을 뒤적이며 이렇게 물었다.

"그건 다 못 받은 게다. 예나 지금이나 하던 장사를 떨어 엎으면 어디 주더냐. 송사(訟事)를 하면 받기야 받지. 허지만 그때만 해두 난 내 일평생 밥을 끓여 먹을 게 되느니라 싶었으니까, 그만둔 게지."

"그땐 여유가 좀 있으셨든가요?"

"어디 그런 건 아니지. 허지만 그때만 해두 논이 이십여 마지기만 있으면 살 때다. 재물이란 탐을 낼 필요가 없는 게거던. 난 지금두 그렇게 생각한다. 재물이란 덜컥 떠 있어두 되려 액이니라. 그저 밥이나 굶잖으면 그게 상팔자다. 상태(조카)보군 늘 그렇게 일러 왔느니라마는 너두 하루 세 끼 밥거리 이윈 아예 바라지를 말아! 먹고 입고 남는 게 있으면 물욕이 자꾸 생기는 법이니라. 먹고 입고 하는 건 한정이 있지만 여유에는 한정이 없거든. 돈이 많아서 못 쓰는 법은 없지만 먹구 입구 하는 덴 조곰씩 차인 있으리라두 한정이 있는 법이다. 남은 먹두 입두 못하는데 어떻게 낭비하기 위해서 욕심 낼까 부냐. 그러잖으냐? 사람 사는 이치란 게?"

아버지의 이런 이야기에서 수택은 십오륙 년 전 자기의 중학시대를 회상하는 것이었다.

그의 고향은 지리적으로나 산물(産物)로나 도시(都市)와는 인연이 먼 농촌이었다. 읍까지에는 문전에서 자동차가 다니기는 하나 오십 리나 되었고 서울을 가재도 자동찻길밖에 없었다. 노정은 삼백 리 정도였으나 차임은 십 원 각수나 되어 웬만한 사람은 서울 가는 엄두도 내지 못했다. 기계문명이 한참 시세를 올리던 현대에 살면서도 백 호나 되는 동민 중에는 기차나 전차를 본 사람은 불과 몇이 못 되었다. 경성 유학생이래야 그와 거기서 한 십 리 떨어진 화석리(化石里)라는 촌에서 한 사람, 전면을 통해서 삼사 인밖에 없었다. 기차를 타자면 조치원(鳥致院)까지 나가지 않으면 안 되었으나 조치원까지는 이백삼사십 리나 되는 터라 부득이 경성을 갈 사람도 직로인 자동차를 이용하는 것이 보통이었다. 그래서 서울을 가 본 사람도 기차를 타 보지 못한 채 죽은 사람도 많았다. 그래서 읍이나 서울 갔다 오는 사람들이 조금 이상한 물건 한 개만 사 가지고 와도 그것이 그대로 굉장한 뉴스가 되어 온 동리에 퍼졌다. 지금 사람들은 상상도 못할 일이나 어떻게 굴렀던지 기름집 손자가 대판으로 건너가서 메리야스 공장에 다니다가 어떤 해 여름 자기 집에 돌아왔었다. 그는 팔뚝시계를 찼었고 안경을 쓰고 구두를 신었었다. 이것이 그대로 동리 청년들의 좋은 선망이 되었고 동리 처녀들의 동경이 되었다. 그러나 무엇보다도 그를 유명하게 한 것은 그가 가진 '희한한 불' 회중전등(懷中電燈)이었다. 바람이 불어도 꺼지지도 않고 물에 넣어도 여전히 켜져 있다. 이 회중전등에 아깝게도 희생이 된 처녀가 둘이나 있었고 뒤이어 예쁘기로 이름이 있던 달룡이댁이 이 희한한 불을 가진 청년과 자취를 감추었다.

——이렇듯 문화와는 인연이 먼 곳이었으나, 그때 전조선을 휩쓸던 사상은 회중전등보다도 먼저 이 동리에 들어와 있었다. 동경가서 유학을 하던 면장의 사위가 동리로 들어온 것이었다. '신화청년회(新和靑年會)'가 생긴 것도 그때였고 노동야학, 부인야학이 생긴 것도 그즈음이었다.

수택은 그때 중학 이년이었다. 그는 여름 방학에 돌아왔다가, 자기 또래의 소년들이 '평등'이니, '계급'이니, '무산자'니 하는 말을 쓰는 것을 보고서 어린 마음에도 자기가 뒤진 것을 깨달았었다. 그가 박 선생의 총

애를 받는 소년이 된 것은 그 다음 해 역시 여름 방학부터다. 박 선생은 근동 청년들의 선망의 적(的)이었다. 그러나 겨우 언문글밖에 못하고 두더지처럼 오십 평생을 두고 흙만 파 온 그의 아버지는 이 박 선생을 업신여겼다. 말 잘 하는 사람일수록에 행함이 적다는 것이 그의 서론이었고 처음 사귄 사람을 질래 사귀지 못하는 것이 그의 둘째 결점이었고, 정말 없는 사람의 편이 되자면 먼저 저 자신이 그런 처지에 놓여 봐야 한다는 것이었다.

"맘과 몸뚱이가 한뭉치가 되어야지 맘이 암만 그렇다 해도 제 몸뚱이가 말을 안 들으면 소용있나. 너 두구 보렴. 그 사람은 변호사나 하라면 잘 할지 몰라두 저러다가 마느니라……."

이 무지한 농부의 예언이 오 년도 못 가서 들어맞았던 것이다. 박 선생은 그가 일찍이 옳다 하고, 아름답다 하고, 의(義)라고 말하던 것과는 정반대의 길을 걷고 있는 것이었다.

이런 사람의 말로가 대개 그렇듯이 그는 그가 일찍이 욕하던 직업을 가졌었고 한번 그런 데로 길을 트기가 무섭게 머리가 좋았더니만큼 눈부신 발전을 했다. 그러나 김 영감의 말따라 그는 처음 사귄 친구를 길게 사귀지 못하는 사람이듯이 한번 가졌던 생각도 늘 변하는 사람이었다. 말만은 많이 하고 또 잘 하나 일평생을 두고 참말을 몇 마디도 못하고 죽는다는 변호사에 그를 비방한 자기 아버지의 예언이 근 이십 년 후인 오늘날 와서 그와 비슷한 직업인 브로커로서 나타난 것이었다.

점심때는 되어서 수택은 좀이 먹은 그 오동나무 궤짝째 가지고 일어섰다. 김 영감은 무슨 큰 보물이나 되는 듯싶게 잘 간수하라고 당부 당부하는 것이었다.

"거깄는 건 단 한 장이라두 없애지 말아라. 땅은 다 남의 것이 됐다만 그것조차 없어진다면……."

하다가 갑자기 말이 뚝 끊어진다.

그가 문을 열다 말고 돌아다볼 때 김 영감은 그 궤짝이 자기의 사랑하던 땅이요 그 땅이 지금 자기 손으로부터 영원히 남의 손으로 넘어가기나 하는 듯이 언짢아하는 것이었다.

수택도 아주 마음이 좋지 않아서 집으로 올라왔다.

맥이 하나없이 논둑 지름길을 건너서 삽짝 앞에 이르니까 제 동생을 데리고 흙장난을 하던 필년이란 년이 며칠 못 봤던 듯이 달려들어 안기는 것도 아는 체 만 체하고 안마당으로 들어서려니까,

"엄마 아빠 오셨수——인저 닭국 먹을 테야!"

하고 필년이가 쫓아 들어온다.

"오오냐. 상현이하구 와서 손 씻구."

"닭이 웬 닭이오!"

그의 말소리가 퉁명스러웠던 것은 아버지의 상심하는 양을 본 때문만도 아니다. 씨 한다고 닭 한 마리 남겨 둔 것을 잡았나 싶었기 때문이었다.

"그게 뭐예요? 무슨 굉장한 보물 궤짝 같구려."

하다가 남편의 눈치가 좋지 않은 것을 보더니 냉큼 묻던 말에 대답을 한다.

"옆집에서 가져왔어요. 간밤에 닭 풍기는 소리가 나구 법석을 하더니 살쾡이란 놈이 암탉 두 마리를 모조리 물어 박질렀다는군요."

그래도 남편의 얼굴이 펴지지 않으니까 그는 마치 무슨 죄나 진 듯이 어리둥절하고 섰다가, 조심조심 또 말을 붙인다.

"벌써 메칠 전부터 닭의장을 뱅뱅 돌더래요. 그래 새루 문을 해 달구 야단을 했더니 지붕을 뚫구 들어갔다는군요."

"애들하구 당신이나 먹우."

수택은 제 방으로 들어가는 길로 번듯이 자빠졌다. 아내가 근심이 되어 바로 뒤따라 들어와서 머리맡에 앉는 것을 알고도 그는 언제까지나 눈을 딱 감고 움직이지 않았다.

5

구력 그믐께까지에는 수택의 장편도 거의 절반까지나 진척이 되어 있었다. 낮에는 산감의 눈을 피해서 가까운 산에 가서 낙엽을 긁어 오기도 하고 봉노방에서 농군들과 잡담을 하기도 하며 보내는 날도 있었다. 처음에는 마치 자기네를 감시하러 오는 사람처럼 서먹해하던 농군들도 인제는 무관한 동무처럼 만나면,

"밥 잡섰시유."

하고 인사를 했고 원고를 쓰느라고 종일 나가지를 않으면 지나는 길에 찾아와 보기도 한다. 선생이라고 부르던 대명사도 인제 없어지고 딸년의 이름을 붙여서 '필년 아버지'가 되었다.

"모두 부령산으로 산 나무들을 간다는데 한 번 안 가 보실래유?"

이렇게 일부러 찾아와서 귀띔을 해 주기도 한다.

"보령산이라니, 저 까맣게 쳐다보이는 산?"

"야——"

보기만 해도 엄두가 안 났다. 그러나 가 보기로 하고, 그날 밤은 여느 때보다 좀 일찍 잤다. 여섯시에 일어난 때는 아내는 어느 틈에 일어났는지 벌써 밥을 잦혀 놓고 있었다. 김칫국에 고춧가루를 알근히 풀어서 푹푹 퍼먹고 있는 옆에서 아내는,

"너무 욕심 내지 마시구 조금만 해 지셔요, 모두들 그러는데 여간 험한 산이 아니래요."

하고 그만뒀으면 하는 눈치다.

"뭘, 아이들만큼야 못해 질라구."

이렇게 말하면서도 물론 자신은 없었다.

요기를 하고 양말을 버쩍 추키어 감발 대신을 하고 솜버선에 '지까다비'를 신고는 곰방대에 담배를 한 대 피워 물었다. 아내가 담배 조리를

다닐 때(아내는 보름 남짓하고 말았지마는) 황색 엽초(葉草) 부스러기를 두어 뭉치 얻어 왔었다. 그러나 그것만은 수택에게는 독했다. 그래서 장수연을 사서 섞어 피운다. 곰방대에 담배를 피워 문 것도 이제는 그리 어색하지 않은지 아내는 보고 웃지도 않는다. 이 보령산 나무 덕에 수택이는 이틀이나 앓았으나 배운 것은 많았다. 그가 먼산 나무에 용기를 냈던 것은 소위 하이킹을 한 경험이 있기 때문이었던 것이었으나 그러한 기술은 먼산 나무에는 조금도 이용이 안 된다는 것을 깨닫고 일찍이 학창에서 배운 모든 학문이 실생활에서는 그다지 응용되지 못한다는 것을 처음 발견하던 때처럼 우울한 심정을 경험하는 것이었다.

두 번째 수택에게 순경 차례가 돌아온 것은 금년 겨울 접어들면서 첫추위가 시작된 지 사흘 만인지 나흘째 되던 날이다. 마침 그날은 아들놈 상현이의 생일날이라고 어머니가 인절미를 해 왔다. 그래서 수택은 신문지에다 여남 개를 싸 들고 언 별만이 가상할 만큼 떠는 하늘을 쳐다보며 순경 방인 구장집 사랑으로 내려갔다.

"저녁 진지 잡수셨유?"

마침 구장집 일꾼 천보가 평북 어떤 철산(鐵山)에 가 있는 자기 형한테 편지를 쓰려고 기다리고 있는 길이었다. 그는 지금까지에도 벌써 무려 이삼 통의 편지를 쓰지 않으면은 안 되었다. 출생 신고도 몇 장 썼고 사망 신고도 한 장 썼다.

"안부하시구유, 요전 말한 일은 어떻게나 됐느냐구 알아보시구유, 난 잘 있으나 흉년이 들어서 곤란이라구 쓰시구유."

천보가 이렇게 사연을 부르는 대로 그는 받아 썼다. 요전 말하던 일이란 천보가 그쪽으로 가고 싶다는 것이었다.

편지를 써 주고 잠시 잡담을 하다가 그날 당번인 네 사람은 둘씩 갈라서서 한패는 아랫말로 각각 몽둥이를 짚고 나섰다. 수택이는 득만이라는 그의 집에서 넷째 집 떨어진, 벌써 이태째 중씨름에 광목을 탔다는 장정과 한패가 되었다. 처음 그들은 윗말이었으나 다음번에는 아랫말로 섞바

뀐다. 순경패를 달라기에는 아직 이른 시각이었지마는 득만이는 장난삼아서 집집마다,

"패 주……."

소리를 친다. 매일 한 번씩 구장은 순경패를 어떤 집에다 감춘다. 그래서 패를 맡은 집에서는 두 홰 닭이 울어야만 패를 내주도록 마련이었다.

"어젯밤엔 꿈을 잘 꾸었으니까 어쩌문 오늘은 한 놈 앙겨들상도 싶구먼서두."

득만이가 작대기를 질질 끌면서 혼잣말처럼 한다.

"한 놈 앙겨들다니?"

"도적놈 말이죠. 한 놈만 붙들면 수가 나는 판이지요. 돈이 댓 냥씩 생기죠. 밤참에 막걸리가 한 사발이니 배 두들겨 가며 먹잖아유?"

하고 들었던 작대기로 삽짝 기둥을 두드리며 고함을 친다.

"몽둥이 가지구 왔으니 패 주——"

수택은 문득 어느 해 겨울 자기 집에서 도적을 잡던 생각을 하고 있었다. 용감하고 재미있게 도적을 잡은 그의 무용담(武勇談)은 헛되이 아버지의 격분을 샀을 뿐이었다. 장하다는 칭찬 대신에 지게 작대기로 아랫종아리를 얻어맞은 후 수택은 얼마를 두고 해석에 괴로웠다. 그러나 오래오래 두고 생각할수록에 자기 아버지에게는 그만큼 위대한 일면이 있다고 생각되었다.

이날 밤 수택은 뜻하지 아니한 것을 발견했다. 두 번째는 아랫말 차례라 잠깐 몸을 녹였다가 득만이와 같이 또 나갔다.

별빛도 눈발에 에워서 촌보를 요량할 수 없을 만큼 어두운 밤이었다. 그때 수택은,

'만일 도적을 잡는다면 어떻게 처리할 것인가.'

이런 생각을 하며 걷고 있었다. 득만이는 돈 오십 전과 막걸리 한 사발을 위해서 그를 주재소에 넘길 것이다. 물론 자기가 오십 전을 내고 술 한 사발을 사 주는 한이 있더라도 그것을 제지할 자신은 있었다. 그러나

자기 아버지가 자기를 때리듯이 그만큼 이 득만이를 미워할 수 있을까?

그런 자신은 역시 그에게는 없었다. 그것을 그는 진심으로 슬퍼했다.

그런 생각을 하면서 득만이의 뒤를 따라가려니까, 득만이가,

"필년 아버지, 야학당 구경하구 가세유――"

한다.

"야학당?"

"야."

"지금두 야학이 있어?"

수택은 실로 의외였다. 이 동리에 야학을 처음 개설한 것은 역시 박 선생이었고 야학이 성황을 이룬 것도 역시 그가 이 동리에 머물러 있던 동안이었다. 그후 청년회는 동유가 되어 무슨 회나 공동판매 같은 데 쓰게 되었고 야학도 자취를 감춘 줄로만 그는 생각하고 있는 터이었다. 여름 방학이면 그도 야학선생의 한 사람이었다.

"전엔 청년회를 빌려서 하다가 지금은 못 쓰게 하니까 겨울 한동안만 남의 집 사랑방을 빌려서 한대유."

"그래 선생은 누구구?"

"김(金) 선달 집 둘째아들이지유."

"걔가!"

그는 놀랐다. 김 선달 둘째아들이라면 작년에 농업학교를 다니다가 학비 관계로 이 학년에서 퇴학하고 왔다는 빈혈증인 왜소한 소년이었다.

교실이란 두 칸 장방이었다. 아랫목으로 칠이 다 벗겨진 칠판이 걸렸고 그래도 명색의 난로까지 놓였다. 한가운데를 한 줄 비워 놓고 사십 명이나 되는 조무래기들이 혹은 쓰고 혹은 책을 보고 있다. 칠판 한복판에 칸이 막힌 것을 보면 두 반인 것이 분명했다. 한 쪽 칠판에는 1234가 씌어 있고 딴 쪽에는 가감문제가 네 개 붙었다.

수택은 거의 이십 분 동안이나 김 소년의 교수를 구경하고 있었다. 그러나 그는 김 소년의 교수를 들은 것도 아니었고 쓰고 책을 보고 하는 학

생들을 구경한 것도 아니다. 석유궤짝에 대패질을 해서 먹칠을 한 칠판과 그 앞에 선 빈혈증의 소년, 그리고 한 자라도 더 눈여겨 두려고 늘어앉은 어린아이들——이것을 한 번 본 것으로 족했던 것이다. 수택은 이 초라한 교실에서 이십 년 가까운 옛날을 연상한 것이었다.

모든 것이 이십 년 전 그대로였다. 칠판도 사람도 아이들도 변한 것은 오직 자기뿐이다. 그때의 그 정열을 잃었고, 그만큼 약해졌고 공리적으로 변한 자기가 있을 뿐이었다. 가르치는 사람의 생각과 배우는 사람의 생각도 이십 년 전 그때와 추호도 다른 게 없을 게며 또 달라질 것도 없을 것이다. 한 자라도 더, 그리고 잘 가르치자, 한 자라도 더, 그리고 또 빨리 배우자——이 진리에 연대가 하관이며 시대 변천이 하관이랴! 오직 거기에는 배우려는 정열과 가르치려는 정열이 있을 따름이었다.

사실 수택 등이 어려서 심심파적으로 한 '교육사업'이 그후 그들의 실생활을 얼마나 윤택하게 했던가를 이십 년 후 지금서야 발견했던 것이다. 지금도 수택은 그때의 야학생들에게서 몇 번이나 이런 말을 들어 오는 터이었다.

"참 그때 그나마 안 배웠더라면 지금쯤은 얘기책 한 권 못 볼 뻔했어유. 그때 중간에서 그만둔 사람들은 지금두 앉으면 한을 하는데유."

지금 생각해도 좋은 일을 했다 싶었다. 그러나 지금 세대에 누가 그런 생각을 하랴 했었다. 첫째 그 자신에게 그런 용기가 없다는 것을 발견하고 있는 터이었다.

그후로는 김 소년과도 자주 만났다. 석유만은 아이들이 매달 삼 전씩 보태서 사나, 분필과 기타는 김 소년 자신이 부담하고 있다는 것을 알고는 그것만은 자기가 떠안았다. 가르치고 싶은 정열에서가 아니라 그런 용기를 잃어버린 자기 자신에게 대한 서글픈 동정에서였다.

"그밖에라두 뭣이구 군색한 게 있거든 와 말을 하렴. 큰 돈 드는 게야 낸들 어쩔 도리가 없지만……."

"뭘요, 기름하구 백분만 있으면 겨울은 나유. 나무는 저희들이 날마다 삭쟁이를 한 개피씩 들구 오니까요. 그보다도 아이들이 통 굶어서요——
하루 죽 한 끼두 못 먹는 아이들이 과다한걸요, 뭘 선생님댁 바루 옆집
정 서방네 아이들도 요샌 통 굶구 다니나 봐요."

　김 소년은 이런 말을 하며 소년답지도 않게 우울한 표정을 짓는 것이었
다.

　정 서방 집이란 늦은 가을에 닭 두 마리를 살쾡이한테 죽이고 닭국을
가져오던 바로 그의 옆집이었다. 그 송아지처럼 위하는 닭을 두 마리나
잡아 죽인 살쾡이를 못 잡아서 겨우내 애를 박박 쓰는 심정을 지금까지
모르고 있는 것은 아니지마는 김 소년에게 그런 말을 듣고 나니 더욱 마
음에 사무쳤다. 뻔히 굶으면서두 여전히 책보를 들고 늦도록 그 찬 방바
닥에 앉아서 한 자라도 더 배우겠노라고 눈이 발개서 덤비는 정상이 딱하
다 못해서 도리어 밉기까지 했다. 그걸 배우면 뭐 그리 잘된다고 그렇게
까지들 하는 겐고……. 이런 생각도 드는 것이었다.

　'그 가상한 닭을 얻어먹고도 시치미를 떼었나 보다.'

　이런 생각이 불현듯 들어서 수택은 집에 돌아오는 길로 정 서방을 불러
서 쌀 한 말을 퍼 주었다.

　"아니, 뭘 이렇게 많이요……. 인저 낼부턴 구제 공사가 시작이 되니
까 벌면 팔아먹을걸요."

　정 서방이 굳이 사양하는 것을 수택은,

　"사양도 한 번 이상 하면 변덕이란다우. 받어 두슈. 그리고 그놈의 살
쾡이 잡을 궁리나 차리시구려."

　이렇게 웃음의 말을 해서 말문을 막는다는 것이 정 서방의 상처를 건드
린 모양이다. 그는 살쾡이 소리를 듣기가 무섭게 이를 북 갈며,

　"염려 마시유. 내 어떻게 하든지 그놈의 살쾡이를 살려 둘 줄 아시유
……. 한 마리만 그랬어두 내 참아요. 저두 오죽 먹구 싶어야 초가을부터
눈독을 들였겠어요. 하지만……. 안 되지요. 제 목숨에 못 죽을 걸유!
못 죽지!"

——수택은 여러 친구들로부터 그의 소설이 언제나 뼈가 너무 앙상하니 드러나는 것이 무엇보다도 큰 결점이라는 평을 들어온 터라 그는 이번 장편에서만은 동리에서 생긴 이런 삽화도 될 수 있는 대로 많이 끌어다가 살을 붙이는 것도 잊지 않았다.

6

봄비 치고는 철이 좀 이른 것 같아서 또다시 으르르 얼어붙으면 보리마저 얼어죽는다고 밤새도록 걱정을 했던 것이 다행히 비가 개면서 그대로 날이 확 풀리고야 말았다. 구름 한 점 없는 맑은 하늘에는 어디서 곧 종다리 소리가 들려 오기나 할 것처럼 다정한 맛이 느껴진다.

"이대로만 간다면 보리는 먹겠군."

동리 사람들은 만나면 인사가 이것이다. 그들에게는 세상이 뒤집히든 세대가 바뀌든간에 벼가 잘 되고 보리가 얼어죽지만 않으면 그만이었다. 사람이 기어다니거나 날아다니거나 그런 것도 그들에게는 인연이 없는 이야기다. 오직 배불리 먹고 추운 때는 따뜻하게, 더운 때는 시원하게 입으면 그만인 것이다.

양지바른 밭둑에 냉이잎이 파아랗게 돋아나고 솜옷 입은 등바지에 소물소물 땀이 솟기 시작할 때는 춘경(春耕) 준비도 하지 않으면 안 되었다. 겨우내 외양간에서만 웅숭그리고 앉았다 섰다 우기우기 반추(反芻)만을 일삼던 소가 마당으로 끌리어 나간다. 농부들은 몽당 싸리비를 들고 겨울 동안 털빛이 변해 보이도록 쌓인 소 등의 먼지를 쓰윽쓰윽 쓸어 준다. 그러면 소란 놈은 생기가 난다는 듯이 꼬리로 제 엉덩판을 치며 혀끝으로는 콧구멍을 쓱쓱 핥아 낸다. 흙을 파 젖히는 닭의 발도 한참 바쁘고 횐둥이란 놈이 번듯이 누워서 양지받이를 하던 울타리 밑 풍경도 한결 한가로워 보인다.

이런 즈음이면 반드시 앞집에고 뒷집에서,

"꼬댁 꼬댁 꼬대댁……."

하고 알낳이 하는 암탉의 환성(歡聲)이 나른한 춘곤(春困)을 깨뜨려 준다.

'봄이군!'

하고 수택이도 거의 다 끝나 가는 소설을 쓰는 마음도 바빠진다. 이제 한 삼사십 매만 더 쓰면 손을 떼겠건만 그 동안이 더없이 안타까웠다.

'나도 빨리 논갈이두 하구 김장밭두 붙이구, 밭 이랑도 세워 놔야지!'

그는 제법 의젓한 농군처럼 이렇게 중얼거려 보는 것이었다.

사실에 있어서 수택에게는 이 봄이 더없이 즐거웠다. 일평생 처음으로 내 손으로 흙을 파고 씨를 뿌리고 하는 기쁨으로 봄철이 마치 그 무슨 절대의 행복이거나 한 것처럼 은근히 기다려졌던 것이다. 몸이 우둔한 만큼 껴입었던 내복이며 솜바지 저고리를 훌훌 벗어 내던지고 사랑하는 처녀의 손길처럼 포근한 양광(陽光)의 애무(愛撫)를 받아 가며 무한한 생명력(生命力)과 신비(神祕)가 갖추어진 흙을 척척 갈라붙이는 기쁨, 삼십 년간 가죽에 싸여져서 흙과 접촉해 보지 못하던 맨발로 징검징검 고랑을 타 넘으며 씨를 뿌리는 행복──이런 것을 상상만 하여도 가슴이 뛰는 것이었다.

아니 일생의 절반을 돌 위에서 살아온 이 도시의 청년은 춘경(春耕)이라는 두 글자에서만도 형언치 못하는 매력과 환희를 느끼는 것이었다.

그러나 그것은 그럴 필요가 조금도 없는 인간층이 싫건 좋건간에 노동을 하지 않으면 안 되도록 운명 지워진 사람들에게 즐기어 사용하는 노동의 신성에서 오는 기쁨도 아니었고, 일찍이 그가 품고 있던 도시 생활에 대한 압박에서 해방된 기쁨도 아니었다. 그것은 사람들이 자기의 농터가 아니요 자기 손으로 가꾼 곡식이 아니언만 누우렇게 익은 곡식을 보고는 푸근해하는 심정과도 비슷한 그런 무조건의 기쁨이었고 환희였다.

이러한 그의 기쁨은 두 푼 정방형의 좁은 간살이 빽빽하니 들어 박힌 원고지에서 해방되던 날 그 최고 절정에 달했었다. 저녁에 이웃집 정 서방과 일을 마치어 놓고 돌아와서도 그는 늦도록 잠을 못 이루었다. 어렸을 때의 섣달 그믐날 밤과도 같은 흥분이었다. 무한한 행복이 그대로 쏟아질 아침을 기다리는 초조다.

"여보, 당신두 우리 같이 나갑시다. 나는 갈아붙이고 당신은 흙을 고르고 나는 씨를 뿌리면 당신은 덮고……."

그는 마치 사랑하는 시구(詩句)나 외듯 이렇게 말하고는,

"필년아, 너두 낼 아빠하구 엄마 따라서 씨 뿌리러 간다구?"

필년이는 바느질을 한다고 꿰매는 시늉을 하던 손을 쉬고 빠안히 아버지를 쳐다보다가,

"쪼꼬레트 사 줌 가지."

"쪼코레트?"

"웅."

"허 농군의 딸 입에 쪼꼬렛이 당한 게냐. 엿 사 주지, 엿. 깨엿 말야. 웅."

"나 엿."

자는 줄만 알았던 상현이란 놈도 발딱 일어났다.

수택 부처는 어린것들이 잠이 든 후에도 늦도록 생활 설계를 했다. 약속대로 신문사에서 원고료를 선불해 준다면 사백 원의 목돈이 들어온다. 거기에 장편을 쓰는 여가에 마련한 단편 두 편과 편지 형식으로 된 잡문이 한 편 모두 합치면 그럭저럭 오백 원은 될 것이었다. 그 오백 원으로 마땅한 것이 나면 논을 서너 마지기 사든가 밭을 몇 뙈기 사기로 했다.

"참, 내 벌써부터 이야기한다면서……."

그의 처는 갑자기 생각이 난 듯이,

"저기요, 우리 장 말요. 양복장하구 이불장 말야 팔아 버릴까!"

"건, 왜 갑자기, 누구 소설대로 다 팔아 가지구 서울루 달아나려우."

"그럴 용기가 있다면 오죽 좋겠수."

하며 아내는 웃는다. 수택은 언제나 자기 처의 웃는 입이 예쁘다고 생각

했지만 희미한 불 속에서 그 흰 이를 내다보이며 나긋이 웃고 보니 더 한
층 아름다웠다.

"당신은 웃으면 참 이뻐."

이렇게 웃음엣소리를 하고 나서,

"왜 누가 사잡디까?"

"심구영 씨 소실이 여간 탐을 내잖아요. 접때 일부러 양복장을 살랴고
읍에까지 갔더라나. 그랬더니 모두 너절해서 그냥 왔대. 두 개 몰아서 일
백오십 원 주겠다니 팔아 버릴까?"

"걸 팔아 치우면……."

그는 일백오십 원이란 말에 구미도 당기기는 했지만 이렇게 말했다. 사
년 전에 두 개에 팔십 원을 준 것이었다.

"그까짓 거, 있으나 없으나……. 난 이렇겠으믄 좋겠어요. 기왕 시골
와서 농사 질랴믄 정말 농군처럼 그런 세간 다 팔아 치우구, 이 집두 이
삼십 원은 더 받겠다니 남한테 넘기군 아버님네하구 합소를 하지. 골방을
우리가 쓰구 당신은 사랑 윗방을 내라구 해서 쓰시구려. 말만 세간이지
뭐 들여놀 데가 있나, 봉당에다 놔 두는 거, 개발에 편자지."

아내 말을 듣고 보니 그도 그랬다. 이제 농사철 접어들었으니 어느 하
가에 책상 앞에 앉아 보랴 싶기도 했고 집이고 뭐고 다 쓸어 팔면 그럭저
럭 팔구백 원 돈이 되는 셈이니 땅뙈기나 마련하는 것이 상책일 것도 같
았다.

"그까짓 거 테이블이구 의자구 다 쓸어 가라지. 농군 녀석이 회전의잔
있어 뭐 하겠수."

"그렇잖아두 심구영 씨 소실은 찻종하며 다 탐을 낸다우! 심씨가 지금
첩한테 홀딱 반해서 그러니까 그런 동안에 살림이라두 장만하잔 수작이지
뭐유."

심구영이란 포목 잡화로 이 동리서 돈푼이나 모은 오십 객이었다.

그런 거추장스런 세간을 처리하는 데 수택이는 물론 이의가 없었다. 그

렇게 말을 하기는 하나 그래도 여자 마음을 생각해서 찬장이니 얌전한 그
릇 같은 것은 남기고 거추장스러운 것만은 넘겨 주기로 하고 잠을 든 것
은 자정도 훨씬 지나서다. 그러나 눈을 붙인지 얼마가 못 돼서 그는 또
깨었다.

"필년 아버지 주무서유?"

하고 정 서방이 울타리 밖에서 소리를 친다.

수택은 몸재게 허리 고춤을 움켜쥔 채 뛰어나갔다. 며칠 달인지 뜨느라
고 동편 하늘이 막 훤하다.

"정 서방요?"

"야, 이거 주무시는 줄 알았더면 안 올 걸 그랬어유."

"웬걸요. 아직——"

하며 삽짝을 열고 나가려니까,

"이거 좀 보서유! 이놈 좀!"

하고 뭣인지 시커먼 놈을 눈앞에다 풀쑥 디민다. 수택은 덧없이 주춤하
고 물러섰다.

"게 뭐요!"

"뭔가 봅쇼! ㅎㅎㅎㅎ."

하고 좋아서 웃는다.

"거, 괭이가?"

"ㅎㅎㅎㅎ……. 고양이요? 천만에요, 아주 어엇이 살쾡이올씨다유!"

하면서 살쾡이를 다시 한 번 번쩍 들고 아래 위를 쓱 훑어보며,

"이눔! 네가 내 닭을 잡아 죽이구 무사할 줄 알았더냐! 이눔 ㅎㅎㅎ
ㅎ……."

호들갑스럽게 한참을 웃어 붙이고는,

"어렴풋이 잠이 들었는데 털컥 합니다유! 그래 잠결에두 뛰어나와 봤
더니, 아 이런 놈 좀 봐유, 모가지가 요렇게 덫에가 치여 가지곤 캐 캐 하
겠지유! 그래, 네 요놈, 잘 만났구나 하군 지게 작대기루 해골을 한 번

후려갈겼더니 그거 외마디 소릴 캥—하구 질르곤 발버둥을 칩디다유!
그래……."

정 서방은 이렇게 한참이나 늘어놓고야,

"주무시는데 이거 참……."

하고는 살쾡이를 추썩대며 자기 집으로 돌아갔다.

이러구러 잠이 든 것은 첫닭이 울고도 한참이나 있어서였으나 깬 때는
몸도 그리 무겁지 않았다. 여자들이 생명같이 여기는 방세간을 자진해서
처리해 버린 일이며 정 서방이 겨우내 치를 떨며 통분하던 살쾡이한테
복수를 한 일이며 그에게는 다 유쾌한 일이었다.

그리고 또 한 가지 유쾌한 일은 일평생 처음으로 씨를 뿌리러 가는 그
날 아침은 또한 금년 접어 들고서는 가장 맑고 따뜻한 날이었다.

정 서방은 새벽같이 달려왔다. 그는 그래도 이야기가 다 끝이 못 났는
지 간밤의 이야기를 밥을 먹으면서도 하고 한다.

"그깐 놈의 닭 몇 마리가 아껍다느니보다도 그놈의 소위가 괘씸하단
말이거든요!"

"하여튼 분풀이는 잘 했쉐다. 그깐 살쾡이란 놈한테까지 분풀일 못한
다면 억울해 살겠소."

수택이도 이렇게 맞장구를 쳤다.

수택은 집으로 내려가서 상태도 끌고 왔다.

상태는 요새 갑자기 고향을 뜰 차비를 차리고 있었다. 도회 생활의 환
멸을 아무리 이야기해도 그의 신념은 변하지 않았다. 달래도 보고 을러도
보았다. 그러나 농촌에서 생활 유지가 안 된다는 것은 그보다도 상태 자
신이 더 잘 알고 있을 것이다. 상태는 고향에 돌아온 수택이를 은근히 비
웃고 있는 눈치다. 그는 다시 그 길로 해서 구장집에 가서 소를 얻어 몰
고 큰집에 들러서 쟁기도 소 등에 얹었다. 그의 아버지는 자리에 누워 있
었다. 벌써 며칠째 몸살로 누워 있는 터였다. 웬만한 병에는 꾹하니 드러
누워 있지 못하는 김 영감의 성미에 더욱이 오늘은 수택이가 처음 씨 뿌

리는 날이고 보니 웬만만 하면 톡 톡 털고 일어서런만,

"정 서방더러 잘 알아서 하라구 그래라."

이불을 벗기지도 않고 한 마디 할 뿐이다.

"네."

수택은 병들어 누운 아버지를 본 일이 없던 터라 우울했다. 그러나 그는 오늘만은 그런 생각을 않으리라고 박 주부 약국에 가서 약을 지어다 달이도록 상태한테 일러만 두고 부리나케 동리 뒤 개울의 징검다리를 뛰어건넜다. 상태가 박 주부를 데리고 진맥을 하려 했을 때 김 영감은 웬일인지,

"아니다, 약이 무슨 약, 내가 어디 몸이 아퍼 그런다더냐!"

이렇게 한 마디 했을 뿐 이불을 쑥 뒤집어쓰고는 손도 못 대게 하는 것이었다. 의원뿐이 아니었다. 손자고 며느리고 아내고 일체 방에도 들어오지 못하게 안으로 문을 걸어 잠그고는 불러도 대답조차 없다. 온 집안이 겁을 집어 먹고 수선을 피우니까,

"왜 이렇게 수선들을 대느냐. 잠 좀 자게 내버려둬라."

하고 고함을 치는 것이다.

문 밖에서 서성대던 가족들은 모두 안으로 들어갔다.

그러나 김 영감은 자는 것도 아니요 그렇다고 기동을 못할 만큼 병이 난 것도 아니었다. 삼사 일 동안 별로 먹은 것이 없어서 오직 매적지근할 뿐이었다.

아무도 김 영감의 병 원인을 아는 사람은 없다. 그는 해동이 되면서부터 하루에도 몇 번씩 어슬렁어슬렁 집을 나간다.

동구를 빠져서 대장간 앞을 왼쪽으로 꼬부라지면 천변으로 나선다. 개울을 건너 서면 조그만 아카시아 숲이 있다. 그는 하루에도 몇 번 아무도 모르게 이 숲속으로 들어간다. 숲속에는 잔솔 여남은 개가 섰고 사람 하나 숨겨 줄 만은 한 반송도 한 개 섰다.

──이 반송 밑이 그가 매일 시간을 보내는 자리였다.

먼저 그는 숲속에 들어서면 이 반송 밑으로 온다. 대개는 반송 밑에 두 무릎을 세우고 무릎을 끌어안아서 깍지를 낀다. 그러고는 우두커니——무엇을 보는 것도 아니요 그렇다고 조는가 하면 조는 것도 아닌 자세로 언제까지나 한곳만 내다보고 있는 것이었다. 어떻게 보면 얼굴은 그 지극히도 행복스럽던 옛 꿈을 더듬는 것같이도 보이었고 또 어떻게 보면 그는 최후를 장식하는 자기만의 추억에 잠겨 있는 것같이도 보인다. 웃는 것도 아니요 그렇다고 우는 것도 아니다. 격하는 일도 없었고 그렇다고 마음의 평온을 얻은 사람의 표정도 아닌——그런 때가 많았다.

그는 오직 앉았을 따름이요 앞을 내다볼 뿐이다.

그는 별로 동리 사람들의 눈에 띄지 않았다. 그는 무엇보다도 그것을 꺼리었다.

어쩌다가 누가 그리 지나다가,

"어째 치운데 거 와 그러구 계시유?"

하구 물을라치면 그는 이렇게 대답하는 것이다.

"누구 말이 이 숲속이 집터가 좋대서 보고 있는 길이지요."

그러나 그것은 거짓말이었다. 거짓말을 하기 싫으니까 그는 자기가 거기 와 있는 것을 아무에게도 보이려 하지 않는 것이다.

이 아카시아 숲에서 두 다랑이 건너에 이미 완전히 한 장의 휴지가 되어 버린 그의 사랑하던 땅이 있는 것이다. 그의 반생——아니 육십 평생을 완전히 바친 논과 밭——그러나 그것은 이미 남의 수중으로 넘어간 지 오래였다. 소유권이 이전된 데만 그치지 않고 소작권까지도 이미 남의 손으로 넘어가고 말은 것이다.

'저 논다랭이와 뽕나무가 둘러선 밭은 확실히 내 땅이었다. 그것은 이 동리 사람들이 다 잘 안다. 그러나 지금부터는 나는 손을 대어도 안 되고 씨를 뿌려도 안 된다……. 황차, 이 땅에 심은 곡식이랴…….'

이렇게 단념하지 않으면 안 되는 지금의 김 영감이었다. 더욱이 이번 비로 해서 논바닥에는 물이 흥건하니 괴어 있었다. 작년 같은 가물에도 평작은 된 논이었다. 꺼뭇꺼뭇한 땅, 흥건한 논물, 가래를 지르기만 해도 기름이 지르르 흐르는 바닥흙이 철컥철컥 나가빠질 것 같다. 발을 들여놓을 때마다 아래 종아리에 흙과 물이 뛸 때의 그 감촉, 띄엄띄엄 소가 발을 드놀 때마다 철벅거리는 물소리…… 흙에서 나서 흙을 만지며 늙은 이 농부에게는 논과 밭 가는 사람의 팔자는 그대로 신선이었다.

이런 농부에게 있어서는 흙──땅은 그대로 희망이었고 기쁨이었다. 그것은 그대로 종교였다.

이 늙은 농부의 손으로부터 땅은 멀리 떠나갔고 인제는 자기 땅이던 이 기름진 흙덩이를 만지는 자유까지도 박탈된 것이었다…….

지금 그에게 주어진 특권은 오직 자기 땅에 자기 아닌 딴 사람이 씨를 뿌리고 김매기를 하고 이듬을 매고 물을 대고 대궁이 척척 휘도록 여문 벼를 베어 가는 것을 멀리서 바라볼 수만은 있다는 데서 그치는 것이었다.

김 영감은 마침 오늘 신작인(新作人)인 춘성네가 논갈이를 한다는 말을 들었던 것이었다…….

"내 땅에 딴 놈이 들어선 꼴은 안 보리라!"

김 영감이 이렇게 결심을 한 데는 조그마한 부자연도 없을 것이었다.

──그러나 김 영감은 역시 흙의 아들이었다. 아니 그는 비열할 만큼 충실한 '흙의 노예'였다. 제 땅을 남의 쟁기가 들어가 파 젖히는 것을 옆에서 바라보고만 있지 않으면 안 되는 농부에게는 참을 수 없는 그 굴욕도 며칠을 굶어 가며 이를 악문 그 결심도 멀리 풍기어 오는 구수한 흙내만은 어쩔 도리도 없었다. 흙에서 받는 굴욕보다도 흙에서 풍기는 그 향훈이 몇 백 배 그에게는 즐거운 것인지 몰랐다.

──흙의 완전한 포로가 되어 있는 이 늙은 농부는 모든 굴욕감을 물리치고 오직 흙내를 더듬어 흥청거리는 다리를 이끌고 다시금 아카시아 숲속에 나타나고야 말았던 것이었다.

맑고 따뜻한 봄날씨였다. 몸과 마음이 함께 힘든 그에게도 햇살은 오히려 따뜻했다. 그는 언제나 앉는 그 자리에 등을 소나무에 기대고 벌을 향하고 앉았다.

사방 십 리라는 샌꼴 벌은 농부들로 찼다. 소 모는 소리와 방울 소리와 철벅이는 물소리가 멀리서 혹은 가까이서 들려 온다. 겨우 알아볼 만한 위치에 수택이네도 보였다.

수택이는 머리에다 수건을 질끈 동이고 쟁기질을 하고 있고 정 서방은 밭둑에서 담배를 피고 있다. 밭머리에는 자기 아내가 상현이 남매를 데리고 놀고 있고 서울 며느리는 얼굴도 잘 안 보일 만큼 수건을 폭 내려쓰고 고무래로 흙덩이를 바수고 있었다.

수택의 처는 그래도 어울리는 편이었다. 그러나 수택의 쟁기질에는 소도 어처구니가 없는지 가끔 우두커니 서서 쟁기가 바루 대어지기를 기다린다. 그것은 마치 어린아이들이 억지로 그린 자유화(自由畵)와도 같은 것이다. 쟁기가 빗가면 정 서방이 담뱃대를 문 채로 이러구저러구 가르치는 모양이다.

바로 그의 앞에는 일찍이 자기의 땅이던 논에 춘성네 부자가 신이 나서 거름을 지르고 있었다. 그들은 자기가 지금 거기 있는 것을 보고 일부러 뽐내느라고 더 떠들고 퉁탕거리는 것만 같이 보여지는 것이었다. 그의 눈에는 이 춘성네 부자가 더없이 얄미웠다. 미운대로 한다면 당장 뛰어들어가서 아비와 자식을 논 구역에다 거꾸로 처박고 짓밟아 주고 싶기까지 했다.

'흥, 되잖은 놈들! 그놈들 아주 제 땅이나 되는 상싶은가베! 아니꼽살스런 놈들 같으니루!'

무엇이 되잖은지 무엇이 아니꼬운지 모른다. 그러나 김 영감한테는 그렇게밖에 보이지 않는 것이었다.

그때였다. 수택이가 무어라고인지 외마디 소리를 쳤다. 영감은 깜짝 놀라서 그쪽을 건너다보았다. 소도 쟁기질꾼을 업신여기는지 아무리 소리를 쳐도 자국도 안 떼 놓는다. 정 서방과 수택의 처는 옆에서 깔깔대고 있다. 정 서방이 쟁기를 내라고 그러는 모양이나 수택은 고집을 세고 소만 몰구 친다.

겨우 소는 움직였다. 그러나 소는 또 다시 딱 섰다. 쟁기는 쟁기대로 놀고 소는 소대로 가고 사람은 사람대로 갈팡질팡하는 것이다. 그것은 마치 쟁기가 사람을 끌고 가는 현상이었다.

이런 꼴을 얼마 동안 바라다보고만 있던 김 영감은 이상한 마음의 충동을 받아서 벌떡 일어났다. 그는 자기가 벌써 며칠째 변변히 먹지도 않고 누워 있던——그나마도 환갑이 지난 늙은이라는 것은 까마득히 잊어버리고 있었다. 지금 그는 벌써 병자도 아니요, 굶은 사람도 아니요, 늙은이도 아니었다.

그는 오직 농부였다. 비열할 만큼 충실한 '흙의 노예'였다…….

그는 허위단심 쫓아가서 아들의 손에서 쟁기를 뺏어 들고는 신이 나서 흙에 충성을 다하는 것이었다.

"자, 봐라. 쟁기날을 이렇게 대고는 사람은 여기 서야지. 그래야만 소가 힘을 제대루 쓰지. 사람이 한쪽으루 기울어져 놓으면 소가 한쪽에만 힘을 써야잖느냐, 정 서방 자낸 골을 치게. 얘, 아가, 고무랜 또 없느냐."

지금 그에게는 굴욕도 없었고 흙에 대한 원한도 없었다. 오직 기뻤고 즐거웠다. 육십 평생을 두고 한결같은 충성을 다해 왔건만 또 한결같이 육십 년을 두고 모욕하고 혹사(酷使)해 온 나머지 핏기 하나 없는 늙은 병든 육체만을 그에게 떠안긴 흙이건마는 그 흙에 대해서 억제할 수 없는 감격을 느끼고 있는 것이었다. 그는 지난 육십 평생에 땅을 치며 울기도 했었다. 원망도 해 왔고 저주도 해 왔다. 그 극진한 충성에 비해서 너무도 가혹한, 너무도 알아 주지 않는 흙의 마음에 걷잡을 수 없는 격분도 느껴 왔었다.

그러나 지금 그의 가슴에 넘쳐 흐르고 있는 감정은 오직 흙에 대한 감사였다.

그는 그만큼 흙을 사랑했다.

아니 그만큼 그는 흙의 너무나 충실한 노예(奴隸)였다.

7

한식(寒食)이 지난 이후의 농군들에게 있어서 된내기가 올 때까지의 팔구 개월 동안은 터진 모래 제방을 막는 것과도 같이 눈코뜰 사이 없이 그날그날을 보낸다.

봄 보리밭에 호미질을 하기가 무섭게 논갈이에 이어 거름내기가 시작되고 연달아서 못자리를 붓는 한편 밭을 일구어야 하고 밭곡의 번중이 끝나기도 전에 벌모내기가 시작된다.

"박 서방, 낼 어디 일 맞췄지유?"

그들은 해만 지면 이렇게 일꾼 얻기에 바쁘다. 일꾼을 얻어야 하고 일꾼을 얻어 놓으면 이집저집 다니며 쌀 보리를 꾸어야 한다. 일 년에 한두 번밖에 없는 기쁜 날이니 하다못해 북어 꽁댕이 하나라도 찢어 놓아야 하는 것이 그들의 예의요 또 습관이다.

그들의 농사란 생나무 휘어잡기다. 억지 춘향으로 끌어 대고 꾸어 대고 휘어잡고—— 마치 아닌 밤중에 물난리나 치는 듯이 모내기를 끝내 놓으면 또 딴 쪽 일꼬가 터진다. 채소밭도 손질을 해야 하고 기장이나 수수밭도 매 주어야 하고 논에 물도 끌어야 한다. 철 맞추어 참외폭도 심어야 하며 밭골에 강낭콩도 새새 묻어 두어야 한다. 논둑의 그루콩은 누가 심어 주며 엉터리로 끌어다 댄 일꾼은 누가 앗아 주나. 파 한 뿌리, 마늘 한 쪽까지도 자기 손으로 심어야 하고 매 주어야 하고 가꾸어야 한다. 심지어 옥수수, 깨, 아주까리 같은 일용품까지도 제 철에 손을 못 대면 알톨 같은 벼를 주고 바꾸어 들여야 한다.

이 무섭게 많은 일거리가 한 집에 하나 아니면 둘밖에 없는 농군의 손을 거쳐야 하는 터라 마치 손을 떼기도 전에 일꼬가 터져 공연히 마음만 바쁜 때다.

'봄이면 씨를 뿌리고 가을이면 걷어 챙겨 놓고 치운 삼동은 뜨끈하니 불을 때고 드러누우리라.'

이렇게만 단순히 생각해 온 수택이는 세상이 어떻게 돌아가는지 날짜가 어떻게 가는지도 모르고 봄을 지냈다.

물론 농촌 생활이라고 그렇게 단순한 것이 아니라는 것쯤은 생각 못한 바는 아니었다. 그러나 단순하게 생각한 것은 사실이었다. 씨를 뿌리고 한두 번 매 주고 그리고 거둬들이면……그만이라고 했던 것이다.

그러나 수택 부처는 당해 보고서야 알았다. 돈만 있으면 가지고 나가서 쌀도 사고 기름도 사고 고기, 파, 마늘, 무엇이고 사오 분이면 광주리에 담아 들고 들어오던 도시 생활의 고마움을 그들은 새삼스러이 깨달았다. 그러나 자급자족을 하지 않으면 안 되는 농촌에서는 그 허다한 생활품을 입으로 말하는 것이 아니고 자기 손으로 심어야 했고 가꾸어야 했고 거둬들여야 했다. 그러나 거둬들인 그대로 먹는 것도 아니다. 말려야 했고 찧어야 했고 까불러야 했다.

그러나 무엇보다도 그들에게 불리한 조건은 모든 일에 서투른 점이었다. 그만큼 애도 더 키웠고 노력도 더 들었으며 시간도 더 요구되었다.

이렇듯 일에 치여서 경황이 없는 그들에게 또 한 가지 일이 덮쳐 있었던 것이었다──봄내 개랑개랑하던 김 영감이 모내기를 한 길로 그대로 싸매고 눕고 말았던 것이다. 수택 부처는 아침 저녁은 물론 논이나 밭에 나갔다가도 몇 차례씩 들어가 보지 않으면 안 되었던 것이다.

그때는 수택이네도 딴집 살림을 계획대로 걷어치우고 합소를 하고 있었다. 신문사에 교섭중이던 소설도 달포째 실리는 중이었고 고료도 반만은 손에 들어와 있었고 집이 예상대로 일백구십 원이나 평가가 되어 그의 수중에는 이럭저럭 팔백 원 돈이 있던 터라 쓸 만큼 약도 써 보기는 했으나 김 영감의 병은 시약(施藥)만으로 완치될 병은 아니었다. 김 영감은 생리적으로보다도 정신적으로 더 큰 병을 얻고 있었다. 그 사랑하던 땅에 대한 억제할 길 없는 미련이 그의 마음을 약하게 했고 괴롭게 했고 드디어 생리적으로까지 이상을 일으킨 것이다.

수택이는 김 영감이 눕는 그 길로 이것을 발견했다. 그는 아들의 시약(施藥)을 완강히 거부하고 있었다. 내 병은 약으로는 안 된다──입버릇처럼 이렇게 말했다. 그래도 처음에는 아들의 돈을 없애 주는 것이 딱해서 그러는 줄로만 알았었다. 또 그의 성격으로 보아 그렇기도 했다. 그러나 며칠 지난 때 거의 정신은 못 차리면서도 김 영감은 논 구경을 간다고 온종일 애를 먹었다.

"수택아, 자 날 좀 일으켜라. 내 병엔 약보다도 그게 더 낫다. 구수한 흙내, 퍼언한 들, 익어 가는 보리……."

이렇게 말하는가 하면 이번에는,

"얘들아, 모싹이 어떻든? 자꾸 돌아봐라. 곡식이란 갓난애 같으니라. 갓난앤 울기나 하지. 얼마 안 있어서 강중이가 생긴다. 고놈 참 귀신같이 파 먹느니라. 이번 맬 땐 암모니알 푹 질러 둬라. 응?"

하고 딴 소리를 한다.

아픈 곳도 어딘지 통 집중을 못하는 모양이었다. 어떤 때는 허리가 끊어진다고 소리를 지른다. 또 어떤 때는 팔다리가 쑤시어서 옆에서 보고 있을 수도 없을 만큼 못 견디어한다. 그런가 하면 열이 버쩍 오르고 또 어쩌다 보면 전신이 얼음처럼 차다.

"여기다 여기! 아규규……."

이렇게 하소연을 하며 가리키는 곳은 분명히 허리다. 그러나 병자 자신 어디가 아픈지 적확히는 모르는 것 같았다. 그도 그럴밖에 전신에 안 아픈 곳이라고는 한 군데도 없는 모양이었다. 육십 년간의 긴 노동에 자기도 모르는 동안에 그의 육체는 성한 데가 없이 좀먹고 있는 것이다. 그래도 지금까지는 강단으로 버티어 왔다. 살려는 욕심과, 살 수 있을 것 같은 희망과 당장 일하지 않으면 조석 끼니가 간데없다는 무서운 긴장으로 버티어 온 것이다. 그것은 실로 오랫동안의 긴장이었다. 그러나 지금 그

긴장이 일시에 확 풀려 버린 것이다. 땅도 이미 남의 손에 넘어갔고 작권까지도 잃어진 오늘날 긴장은 그 자신의 심신을 파괴시키는 이외에 아무런 성능(性能)도 갖지 못한 것이기도 했다.

솔직히 말한다면 수택은 자기 아버지를 사랑하지는 않았다. 사랑은 했다. 그러나 그것은 한 의무적인 사랑이었다. 자식 된 자 마땅히 어버이를 공경해야 한다. 이러한 도덕이 요구하는 극히 제한된 애정으로 김 영감을 사랑해 온 것이었다.

이젠──그가 직업을 내던지고 고향으로 돌아오기 직전까지도 그는 자기 아버지를 사랑하기는 고사하고 도리어 경멸해 왔었다. 아니 그것은 경멸이라고 이름 질 성질도 못 되었을지 모르는 것이었다. 경멸이란 존경의 반동이니까. 그는 일찍이 자기 아버지를 존경해 보겠다고 생각한 일조차도 없었던 것이다.

농부의 아들──양복을 입고 동경유학을 하고 이름이 신문에도 나고 선생님 선생님하고 따르나(실제로 그런 사람도 있는 것이었다)──이러한 자기가 두더지처럼 일평생 흙을 파는 일개 무지한 농부의 아들이라는 데 일종의 모욕까지 느끼어 온 수택이었다. 양복떼기만 입은 사람 앞이면 그저 네, 네, 하고 굽신거리는 것(김 영감 자신은 똥이 무서워 피하는 것이냐고 했다. 그러나 최근까지도 수택은 그가 오직 무지한 때문이라고만 생각해 왔던 것이다)도 자기의 위신이 깎이는 일이라 했었다.

남의 아버지처럼 책이나 보고 장죽이나 물고 앉아서 호령이나 하고 남을 보고도 여보게, 여봐라 하며, 호호 백발의 노인을 보고도 자네, 어쩌고, 어쨌나? 하는 그런 아버지가 못 되고 일평생 흙만 파는 그런 아버지를 존경할 아무런 의무도 없다고 생각해 왔었다. 새파랗게 젊은애들한테도 허우를 하고 또 그런 아이들한테서 반말지거리를 받아도 아무렇지도 않게 생각을 하는 자기 아버지를 그는 일종의 군더더기로까지 생각해 왔던 것이다.

그러나 지금은 벌써 아니었다. 물론 다른 부자간들처럼 아기자기한 애정은 몰랐다. 그러나 지금의 그는 적어도 자기 아버지가 자기의 위신을 해치는 그런 존재가 아니라는 것만은 깨닫고 있었다. 비록 땅은 팔지언정 김 영감은 훌륭한 철학자였다. 그 자신과 같이 김 영감을 업신여겨 온 모든 인간보다는 분명히 그는 위대했다. 오직 근면하고 오직 겸손하고, 그리고 오직 청렴한 일생애. 일 년 동안에 십 전 미만의 용돈을 쓰면서도 '거지(乞人) 도갓집'이라는 별명을 일평생 면치 못했으니만큼, 거지들의 시중을 든 일이며 자기 물건을 훔치러 온 도적을 때렸다고 자기 아들을 사그리 내리팬 사실이며 하루 밥 세 끼를 끓이는 이외의 재물을 탐하는 것은 욕심이라 하고 모든 채권을 포기했다는 사실——이런 모든 것은 지금 유식한 아들로 하여금 무식한 아버지를 재인식시키는 좋은 자료가 되어 있는 것이다.

지금 수택의 가슴속은 아버지에게 대한 새로운 감격으로 차 있었다. 그는 지금까지 존경해 온 그 어떤 위대한 사람보다도 일개 무식한 농부인 자기 아버지한테 감격을 하고 있는 것이었다. 어떠한 일이 있더라도 아버지를 구하자 했다. 그는 지금 일시적인 감격 때문만이 아니라 자기 아버지를 구할 수만 있다면 그 애지중지하는 삼십 평생에 처음 만지는 어쩌면 이번이 마지막이 될는지도 모르는 팔백 원의 큰 돈을 희생하는 것은 물론 지금까지에 자기가 가지고 있던 모든 지식과 이름과 지위를 일시에 몽땅 잃어버린대도 조금도 사양치 않으리라 했다. 아버지의 '무지'는 자기의 '학문'보다도 몇 십 배 아니 몇 백 배나 값이 있다는 것을 이 아들은 뒤늦게야 발견하고 있는 것이었다.

"네, 아버지."
하고 그는 며칠을 두고 김 영감의 손을 잡고 하소연을 했던 것이다.

"아버지 맘을 돌리시구 약도 좀 잡수십시요! 제가 어떻게 해서든지 잃어버린 우리 땅을 찾겠습니다."

"땅을 찾아?"
김 영감은 귀가 번쩍 뜨이는 모양이었다.

"찾지요! 지금 제게 천 원 돈이 있잖습니까. 인저 신문사에서 또 돈이
옵니다. 지금 시가로 매마지기에 일백삼사십 원이면 되니까, 우선 이달
안으로 열 마지기만 찾지요."

"그 사람이 큰 부자라는데 그 땅을 팔까?"

김 영감의 말에는 금시로 생기가 났다.

"판답니다!"

수택은 거짓말을 했다.

"되판대?"

"매평에 오 전씩만 남겨 주면 지금이라두 판답니다!"

"오 전씩, 이요 십——한 마지기에 십 원이로구나! 얘 사자, 그럼!
위선 아까시아 숲 앞의 여덟 마지기라두 찾자!"

"그리고 나머진 필년 어미가 저 집에 가서 말을 좀 해 본다구 했습니
다."

이것도 거짓말이었다. 그의 아내는 그런 말을 한 적도 없고 또 그만한
여유가 있는 집도 못 되었다. 그러나 아버지를 안위시키기 위해서는 이만
거짓말쯤 주저할 여지도 없었다. 그러나 김 영감은,

"필년 어미가 말이냐?"

하고 다지더니만,

"예이끼, 못생긴 자식! 요대루 굶어죽으면 죽었지 사둔한테 손을 내밀
어!"

하고는 그대로 홱 돌아누워 버리는 것이다.

수택은 인사하다가 뺨 맞은 격이었다. 그래서 터진 모래둑을 막듯이 변
명을 했다. 처는 그렇게 말하나 자기는 단연코 거절을 했다, 이렇게 꾸며
대는 도리밖에 없었다.

"잘 했다."

얼마 후에는 김 영감도 기분을 돌리었다. 만일 그날 밤, 여기에서 이야
기를 막음하고 수택이가 쓰러져 자기만 했었더라도 혹 어땠을지 모르는

일이었다. 그러나 이 새로운 감격에 잠긴 아들은 어쩐지 그대로 일어설
수가 없었다. 그래서 그렇게 하기 위해서는 아버지가 약을 잘 잡수셔서
하루라도 빨리 일어나야 한다는 것을 여러 번 되풀이했었다. 그래야만 약
값도 덜 든다, 약값을 아끼다가는 호미로 막을 것을 가래로 막게 된다
——이렇게 약을 쓰도록 강권했던 것이다.
　——그러나 슬픈 일이다. 김 영감은 자기 아들의 이렇듯 알뜰한 애정
을 칼로 치는 듯이 거부했던 것이었다.
　샌터 벌의 벼가 한참 어울리고 보리가 구수한 내를 풍기며 익어 가던
어느 날 밤 김 영감은 고달프던 일생애를 청산하기 위해서 쓴잔(盞)을
들었던 것이다.
　써도 써도 낫지 않는 병에 그 소중한 돈을 자꾸 퍼 넣는 것보다는 차라
리 일찍이 단념을 해서 약에 쓰는 한푼이라도 수택으로 하여금 땅을 찾는
데 보태게 하리라——이렇게 생각을 하고 김 영감은 자진해서 생을 포기
했던 것이다.
　그가 고달프던 생을 청산한 데 쓰인 약은 양잿물이었다. 그것은 이른
봄, 그가 자리에 눕던 바로 그날 심구영네 상점에서 사다 두었던 것이었
다.
　수택이 그 약그릇을 발견한 것은 시간도 모르는 밤중이었다. 그는 김
영감의 고민하는 소리에 눈이 띄어 아랫방으로 뛰어내려갔다. 워낙 다량
이었다. 몇 시간 후에는 혀가 굳었고 생선 내장 썩은 물 같은 불그레한
피가 입으로 철철 흘러넘쳤다. 그는 몇 번이나 아들과 손자를 손짓을 해
서 불러 놓고는, 한 마디 하지도 못한 채 숨을 걷고 말았다.
　"찾어——땅——"
　정신은 멀쩡한 모양이다. 그는 혀가 해어져서 말은 못하나 연방 손으로
머리맡의 궤짝을 가리키었다. '휴지'가 들어 있는 오동나무로 짠 궤짝이
었다.
　전화를 해서 공의가 달려온 것은 이튿날 오후였다. 그러나 그때 김 영

감은 이미 그럴 필요도 없는 사람이 되어 있었다. 공의는 손을 댈 여지도 없다고 했다.

김 영감이 숨을 거둔 것은 그날 밤중이다. 꼭 닷새만이었다.

8

모든 것이 꿈이었다. 꿈 같았다. 어떻게 장례를 치렀는지, 어떻게 산에서 돌아왔는지 수택에게는 기억이 전혀 없었다.

장례가 지나고도 십여 일간은 집 안에 울음이 그치지 않았다. 생각하면 꿈 같다. 꿈이었던가 하고 나면 꿈이 아니다. 수택은 울음소리를 낸다고 집안 식구를 꾸중하면서 자기도 울었다. 그 슬픔은 아버지를 생각하는 아들의 슬픔이기도 했지마는 '학문'을 조상하는 '무지'의 슬픔이기도 했다. '무지'를 경멸해 온 '학문'의 참회였다.

수택은 방에서 단 한 발자국도 나가지 않는 날이 며칠을 두고 계속되었다. 조카 상태만이 신푸녕하게 매일 들에 나갔다. 상태는 아직도 농촌 탈출의 꿈을 저버리지 못하는 것 같았다. 아니 그는 도리어 최근에 와서 더욱 그런 결심을 굳게 한 모양이었다.

"너두 생각이 없는 아이지 할아버지나 생존해 계신다면 또 몰라도 집안이 이 꼴이 되는데 너만 쑥 빠져 나간다면 어떻게 된단 말이냐?"

이렇게 사정을 하듯이 하는 수택의 말에,

"그럼 집에만 엎드려 있으면 뭘 해유! 작은아버진 모르시니까, 농사 농사 하시지만 제 땅 가지구 농살 지어두 안 되는 게 남의 땅 소작을 해서 우리 십여 명 식구가 먹구 살어유? 안 됩니다!"

그렇게 말하는 데는 수택이도 더 할 말이 없었다. 간다면 어디고 보내리라 했다. 나는 도시에서 기어들었으니까 너는 한 번 도시로 나가 보아라 했다. 그래서 네가 다시 농촌으로 기어들든지 내가 다시 도시로 기어나가든지 사람은 체험을 해 보아야 안다 했다.

"그러나 난 이 동리에서 단 한 발자국 움쩍두 않을 게다!"
했다. 아버지가 잃어버린 땅을 찾는 것이 내 일생의 사명이다. 매평에 일
원은 고사하고 오 원이 간다더라도 찾으리라 했다. 아버지는 내게 그것을
당부하고 가셨다. 믿고 가셨다. 아니 그렇게 하기 위해서 당신의 목숨까
지도 바치셨다.

이 아버지가 어디가 무식하냐? 했다.
'어디로 보나 소설줄이나 꺼적이는 자식한테 멸시를 받을 존재냐!'

수택은 벽에 걸린 노출(露出)도 분명치 못한 김 영감의 사진을 쳐다보
며 이렇게 마음에 부르짖는 것이었다.

며칠 동안 방 안에 엎드려 있는 동안에 수택은 금후의 방침을 딱 세웠
다. 그것은 무엇보다도 아버지가 장만했던 땅을 찾자는 것이었다. 지금
시가(時價)로 약 삼천 원 어치다. 지금 그의 수중에는 약 팔백 원의 현금
이 있었다. 신문사의 고료가 마저 왔고 장례에는 이백 원 돈도 다 못
들었다. 그러나 그중 약 반은 부의로 들어온 것이었다. 이 팔백 원이나마
살리리라 했다.

그는 먼저 현재 이 집을 조그만 집과 바꾸기로 했다. 장터 한복판에 이
렇게 거추장스러운 집을 지니고 있을 필요는 없었다. 제 지단이 끼여 있
으니만큼 육칠백 원 시가는 되었다. 이것으로 구석진 집을 산다면 사오백
원은 떨어졌다. 일천삼백 원이면 우선 아카시아 숲 앞 여덟 마지기 값은
된다.

이렇게 작정을 하고 그는 가족회의를 열었다. 이야기가 그의 계획대로
아물어지자 그는 심구영을 찾았다. N면으로 통하는 신작로가 그의 바로
문전을 기점(起點)으로 하고 뚫린 것이요 장터에서 면소를 들르는 길도
그의 집 앞을 지나갈 계획이고 보니 현재 심구영네 상점보다는 어느 모로
보나 자리가 날 것이다.

처음부터 잠자코 그의 계획을 듣고만 있던 심구영은,
"참 장한 일이시요! 훌륭한 생각이시요!"

이렇게 찬성을 해 주었다.

"내 처지가 이렇게 되어 내가 자진해서 청하는 게니만큼 정당한 값을 달라는 것두 아닙니다. 돌아가신 아버지를 생각하셔서 편의만 좀 보아 주십시요."

수택이가 말한 값은 칠백 원이었다.

"긴상두 잘 아시겠지만 그 자리가 그만 값은 됩니다. 첫째 재터전이 삼백 평이나 되구 집이 그만하겠다 터두 좋지요. 그 값에 내 맡아 드리리다……."

거짓말처럼 이야기는 순조로이 진행이 되었다. 그럴밖에 없었다. 심구영은 영리(營利)에 눈이 밝은 사람이었으니까.

"그럼 어떻게? 기다하라상이 그 논을 판답디까?"

"건 아직 못 알아봤습니다. 허지만 내 심경을 잘 이야기허구 한 번 졸라 보렵니다."

"글쎄 그 사람이 놓을까? 땅이 원근 좋아노니까!"

이렇게 말말 끝에 읍내 새 지주와 면장과의 사이가 퍽 절친한 사이라는 말이 나서 그는 먼저 면장을 찾았다. 면장은 이전 철도국에도 다년간 일이 있는 비교적 지식계급이었다. 성은 그는 처음 보는 경(慶)씨였다.

경 면장과는 일찍이 안면도 있는 터고 김 영감도 자별한 사이였다. 이 동리서 김 영감을 존경한 사람도 오직 그뿐이었다. 그러니만큼 이야기는 훨씬 쉬웠다. 그도 역시 수택의 계획에 감동한 빛으로,

"긴상 같은 청년이 우리 면에 자꾸 나왔으면 좋겠습니다. 턱도 없이 농촌들을 싫어해서 큰 탈입니다. 이것은 단지 우리 면에 한한 것이 아니고 우리 국가로 본대도 크게 찬동할 만한 일입니다."

이렇게 말하며 그런 의기를 농촌 청년이 본받도록 해 달라고 당부당부하며 신 지주한테 보내는 긴 편지도 써 주었다.

"기다하라상두 기꺼이 응할 겝니다. 값두 싼값으루 넘기도록 잘 말했습니다. 만일 안 된다면 내라두 가 드리리다. 내 말이면 못 떼겠지요. 나

와는 전에 철도국에 있을 때부터의 친구인 터니까…… . 하여튼 긴상 같
은 분이 우리 농촌진흥운동에 좋은 표본이 되어 주어야 하지요…… ."

이렇게 해서 며칠 후 수택은 심구영에게 현금 칠백 원을 받아 쥐었다.
그러나 그가 현금을 받기 전에 그의 집은 심구영의 손을 거치어 벌써 제
삼자의 수중에 들어간 것이었다. 그의 집 일가 장차는 교통의 중심지가
되고 그 자리에는 자동차부가 설치된다는 것도 그는 모르고 있었던 터였
다. 칠백 원은 며칠 새에 오백 원의 새끼를 쳤다.

그러나 이런 것을 모르는 수택은 심구영에게 그 호의를 눈물이 나게 치
하를 했다.

사흘 후 수택은 착착 개켜서 버들 상자 속 깊이 간직해 두었던 여름 양
복을 꺼내 입었다. 만 일 년 만에 입는 양복이었다. 읍에 가서 새 지주를
만나 보려는 것이다.

그는 아내가 신발에 손질을 하는 동안에 역시 양복을 입고 안마당 한가
운데 넋잃은 사람처럼 서 있는 상태를 방 안으로 불렀다.

"너 언제 올지도 모르니 할아버지께 다녀가거라. 나두 가 뵙겠다."

이렇게 조카한테 말을 하고 자기도 일어서 제청으로 들어갔다. 절을 하
는데 그대로 눈물이 좌르르 쏟아진다. 아버지가 한 달만 더 살아 계셨던
들 싶었다.

여름 햇살은 아침부터 뜨겁다. 그는 모자를 든 채 자전거를 끌고 신작
로로 나왔다. 자동차 정류소 앞에는 그의 가족이 벌써 죽 모여서 있었다.

상태가 기어이 서울로 가는 것이었다. 그의 수중에는 돈 백 원이 들어
있다. 그 돈 백 원이 없어져도 직업을 못 얻을 때는 두말없이 돌아온다는
조건부로 수택은 몇몇 친구한테 편지도 써 주어 보내는 것이다.

"그럼 잘 가 있다 오너라. 난 오늘 되돌아와야 할 게니까 떠나는 것 못
보겠다."

"네——"

하는데 상태의 눈에서도 눈물이 가득히 괸다.

"부디 몸을 조심해!"

이렇게 다시 당부를 하고 자전거에 올랐다. 비탈길이요 면소 앞인 터라 길로 골라서 자전거 바퀴가 그지없이 연하게 돈다.

수택은 발에 힘을 부쩍 주어 페달을 밟았다.

박영준

⋮

모범경작생

모범 경작생

"얘얘, 나 한 마디 하마."

"얘얘 얘, 기억(基億)이 보구 한 마디 하래라. 아까부터 하겠다구 그러던데……."

"기억이 성내겠다. 자아 한 마디 해 보게."

한참 소리를 하는데 이런 말이 나와 일하던 손들이 쥐었던 벼포기를 놓았고, 모든 눈이 기억의 얼굴로 모이었다.

목청이 남보다 곱지 못하다고 해서 한 차례도 소리를 시키지 않은 것이 화가 났던지 기억이는 권하는 기회를 놓치지 않고 있는 목소리를 빼어 소리를 꺼냈다.

온갖 물은 흘러 나려두
오장 썩은 물 솟아만 오른다.

같은 논에서 일하던 사람들은 기억의 미나리곡에 합세하여 다시 노래를 주고받고하였다.

깔기죽 깔기죽 깔보디 말구
속을 두르러 말해 주렴

소리를 하면 흥겨워져서 모르는 사이에 일이 빨리 되어 가매 일터에서는
웃는 소리가 아니면 노래가 그치지 않는다.

모시나 전대에 베 전대에
전에나 전대루 놀아나 보자

성두(成斗)의 논에서 일하던 사람들은 누구 하나 빼논 사람 없이 단
한 번씩이라도 목청을 뽑고 소리를 불렀다.

물소리를 출렁출렁 내며 한 옴큼씩 쥔 볏모를 몇 뿌리씩 떼어 꽂는 그
들은 서로 뒤떨어지지 않으려고 입으로 소리를 하면서도 손을 재빠르게
놀리었다.

그러나 열네 살밖에 안 되는 성두의 동생은 떨어지는 솜씨에 소리를 한
마디 하고 나면 가뜩이나 한 발씩 뒤떨어졌다.

"얘얘, 너는 소릴 그만두고 모나 잘 꽂아라. 잘못하면 너 때문에 일을
못 맞출라."

성두가 그의 동생 몫을 꽂아 주며 하는 말이다.

"얘들아, 이번에는 수심가나 한 마디 하자꾸나. 아마 수심가는 성두가
가장 나을걸."

다같이 젊은 사람들만이 모이어 일하는 곳이라 그런지 어떤 이가 이렇
게 따라 말했다.

"아암 수심가야 성두지……."

"나야 받기나 하지……. 누가 먼저 꺼내 봐."

"공연히 그러지 말고 빨리 해."

성두는 처음엔 사양하려 했으나 두 번 권하는 데는 댓자 소리를 꺼냈다.

그럴 때 마침 옆의 논에서 자동차 온다는 고함소리가 들려 왔다. 그 논에서 일하던 이들이 휘었던 허리를 펴고 달려오는 자동차를 보고 있었다.

"저 차에 길서(吉徐)가 온대지."

"그러더군……."

이런 말이 나자, 성두 동생은 논에서 밭을 건너 신작로로 뛰어갔다. 옆엣논에서도 몇 사람이 자동차가 머무르는 큰돌이 놓여 있는 길가에 모여 서서 수군거리었다.

"팔자 좋다. 어떤 놈은 땀을 흘리며 종일 일만 하는데 어떤 놈은 자동차만 슬슬 굴리누나."

기억이가 자동차 온다는 말에 길서를 생각하며 이렇게 말했다. 그러면서도 길서가 부러운 듯 자동차에서 눈을 떼지 않았다.

자동차는 여름 먼지를 뽀얗게 휘날리면서 동네 앞까지 왔으나 기다리던 사람들 앞에서 머물지를 않고 그냥 달아나 버렸다. 동네 서쪽 조그만 산을 돌아 가물가물 사라질 때까지 모여섰던 사람들은 다시 수군거리며 제각기 일터로 돌아갔다. 성두 동생이 돌아왔을 때 일꾼들은 남의 일이 아니면 자기들도 신작로까지 나가 보고야 말았으리라고 수군거리며 다시 모를 꽂기 시작했다.

"오늘 온댔으니 꼭 올 텐데……."

성두가 못단을 왼손에 쥐며 말했다.

"글쎄……꼭 올 텐데……. 요새 모를 못 내면 금년에는 상을 못 탈 것 아냐."

기울어지는 햇살을 쳐다보며 진도 애비가 말했다.

"너 원통할 게 무어 있니? 길서가 상을 탄대두 너는 '마꼬' 한 개 못 얻어먹어……. 이자식아……."

기억이가 툭 쏘았다.

"그래도 올랴고 한 날에는 올 텐데…….."

은근히 기다리던 성두가 다시 말했다.

길서는 그 마을에서 가장 칭찬을 받는 사람이다. 물론 사촌형 뻘이 되면서도 기억이 같은 몇 사람은 길서를 시기하고 속으로는 미워까지 했으나 동네 전체로 보아 소학교 졸업을 혼자 했고, 군청과 면사무소에 혼자서 출입하고 공부를 많이 한 사람에게도 지지 않으리만큼 동네 사람들을 가르치며 지도했다. 나이 젊은 사람으로 일을 부지런히 해서 돈도 해마다 벌며 저축을 하여 마을의 진흥회니 조기회니, 회마다 회장을 도맡고 있는 관계로 무식하고 착한 농부들은 길서를 잘난 위인이라고 생각하지 않을 수가 없었다.

더욱이 서울서 모이는 농사강습회에 군에서 보내는 세 사람 중에 한 사람으로 한 주일 전에 그리로 떠난 뒤로 길서를 칭찬하는 소리는 더 커졌다.

평양 구경도 못한 마을 사람들이 서울까지 가서 별한 구경을 다하고 돌아올 그에게서 서울 이야기를 들을 생각을 하니 그의 돌아옴이 기다려지는 것도 할 수 없는 일이었다.

점심을 먹은 뒤, 한 번도 쉬지 못한 성두의 논에서 일하던 사람들은 논두렁으로 올라가 담배를 피우기로 했다. 다른 동네에서는 점심 뒤 한 번 쉬는 참에는 새참을 먹는 것이었으나 이들은 몇 해 전부터 그런 것을 잊어버렸다. 그래서 밥은 못 먹어도 그저 몸이나 쉬는 것이었다.

길서네만 내놓고는 전부가 소작으로 사는 그들이 여름철에는 보리밥도 마음대로 먹을 수가 없는 터에 새참쯤은 물론 생각도 못했다.

"나두 돈이 있으면 죽기 전에 서울 구경이나 한 번 해 봤으면 좋겠다."

진도 애비가 드러누워 풍뎅이로 얼굴을 가리며 말했다.

"나는 평양이라두 구경해 보구 죽었으문 좋갔다."

신문지 조각으로 희연을 말아 침으로 붙이던 성두가 웃었다.

"하늘에서 돈이나 좀 떨어지지 않나……."

풀 위에 엎드려 풀을 손으로 뜯던 기억의 말이다.

여름 하늘은 구름 한 점 없이 말갛고, 곡식의 싹이 돋은 들판은 물들인 것같이 파랗다.

"그런데 금년엔 나두 길서네처럼 금비를 사다가 한 번 논에 뿌려 봤으면……. 길서는 밭에다 조합비료래나……. 암모니아를 친대……. 그것을 한 번 해 보았으문 좋겠는데……."

하고 성두가 말할 때 진도 애비는 벌떡 일어나 앉았다.

"말 말게. 골메(동네 이름)서는 누가 돈을 빚내다가 그것을 했다는데 본전도 못 빼구 빚만 남았다네……."

"그럼! 웃동네 니특이네두 녹았대더라. 설사 잘 된다 한들 우리가 많이 먹을 듯하나? 소작료가 올라가면 그뿐이야……."

기억이가 성난 것처럼 말했다.

"얼마 전에 지주한테 가니까 니특이 칭찬을 하며 우리가 금비 안 쓴다는 말을 하던데……."

"글쎄 말이야……. 금비라는 게 또 못살게 하는 거거든……. 그것은 어떤 놈이 만들었는지 모르지만 아마 돈있는 놈들이 만들었을 게야. 빚 안 내고 농사를 지어도 굶을 지경인데 빚까지 내래니 살 수 있나?"

기억이가 큰 소리를 할 때 진도 애비는 무엇을 생각하고 있다가 말을 꺼내었다.

"길서야 돈있고 제 땅이 있으니 무슨 짓인들 못하리……. 또 변〔利子〕없이 얼마든지 보통학교에서 돈을 갖다 쓸 수도 있으니까……."

"나두 보통학교나 다녔으면 모범 경작생이나 되어 돈을 가져다 그런 것을 한 번 해 보았으문 좋을 텐데. 보통학교란 물도 못 먹었으니……."

성두가 절반이나 거의 꽂힌 모를 둘러보며 말했다. 그들은 그런 의미에서도 길서를 부러워했다. 물론 제 땅이 얼마만큼 있어야 모범생이라도 될 것이나, 보통학교도 다니지 못한 형편에 그런 꿈은 꿀 수도 없고 따라서 길서처럼 서울 구경을 공짜로 할 생각을 못해 보는 것이 억울했다.

"내일은 우리 조밭 세벌김 매러들 오게."

기억이가 일어서서 기지개를 켜며 말했다.

"나는 내일 장에 가서 돼지 금새를 보구 와야겠네…… 그것을 팔아다 지세도 바치고 오월 단오에 지숙이 댕기도 한 감 끊어다 줘야지."

성두가 이 말을 하고 일어날 때는 앉았던 사람들도 논으로 다시 내려갔다.

성두는 말없이 모를 꽂고 있었으나 모 이파리에서 곧 벼알이 열리어 익어 주었으면 하고 생각해 보았다. 일 년에 벼를 두 번만이라도 거둘 수 있다면 돼지는 안 팔아도 좋을 것이라 생각되었던 까닭이다.

기나긴 해도 기울어지기 시작하자 어느 새 쑥 내려갔다.

서산에 넘어가려는 붉은 해를 돌아보고 기억이가 타령조로 소리를 높이었다.

"어서 꽂구 저녁 먹자……."

다른 사람들도 이 소리를 따라 마지막 춤을 추는 무당처럼 소리를 치며 모를 꽂았다.

어둠이 들을 휩싸고 돌 때 물오리들이 소리치며 떼를 지어 날아갔다.

성두의 논에서 큰 개뚝을 넘어 김매러 갔던 그의 손아래 누이 의숙이는 국숫집 딸 얌전이와 같이 모 꽂는 논두렁을 지나갔다.

"의숙아, 빨리 가서 저녁 지어라. 원 이제야 가니?"

성두의 남동생이 의숙이를 보며 말했다.

"응……."

하며 의숙이가 고개를 돌리었을 때 기억이가 말을 붙이었다.

"길서가 안 와서 맥이 풀리겠구나……."

하며 다시 얌전이에게 말을 했다.

"오늘 저녁 너의 집에 갈까?"

의숙이와 얌전이는 똑같이 눈을 떨구고 길을 걸었으나 의숙이만은 얼굴을 붉히었다.

개뚝에 가리어 자동차를 못 보았으나 그래도 동네에 들어가면 길에서라 도 길서가 자기를 불러 줄 것을 은근히 생각하던 의숙이였다.

먼지 묻은 적삼이 등골에 흐른 땀에 뻘개졌고, 장흙을 뭉갠 듯한 치마 가 걸을 때마다 너풀거리었다.

"얘, 길서가 안 왔대지?"

얌전이가 말을 꺼냈다.

"글쎄 누가 아니……."

"공연히 그러지 마라. 눈물 나오면 울어라. 그런 때 울지 않구 언제 울 겠니? 나 같으면 그까짓 거 막 울겠다."

이름만이 얌전이며, 사실은 동네에서 제일 가는 말괄량이로 아직 시집 도 가기 전에 서방질까지 했다고 하지만 의숙이는 그의 말이 그다지 밉지 가 않았다.

하루라도 보지 못하면 가슴이 답답한 듯하여 안타까워하던 길서를 한 주일이나 두고 보지를 못하다가 오늘에야 만나려니 했던 마음을 얌전이만 이 알아 주는 듯하기도 했다.

"얘, 사랑이라는 게 무어니? 함께 살지두 않으면서 사랑을 할 수 있 니? 그래두 기억이를…….

무슨 소리나 가릴 줄 모르는 얌전이는 하지 않아도 좋을 말을 하면서도 전에 없던 진정을 보였다.

"누군 사랑이 뭔지 아니?"

"그래두 너는 길서 오래비하구 사랑한대드구나……."

"몰라 얘……."

마을은 조용했다.

어슬어슬해 가는 들에서는 낮에 먹은 더위를 식히고, 마시었던 먼지를 토하는 듯 벌레들이 목청을 가다듬어 울고 있었다.

의숙이와 얌전이는 집에다가 호미를 두고는 똑같이 우물로 나왔다.

의숙이는 바가지에 물을 떠서 한 손으로 물을 쏟아 얼굴을 씻고 머리털에 묻은 물방울을 손으로 퉁긴 뒤에 흙에 빨개진 고무신과 발을 씻고 있었다. 마침 그때 동이를 옆에 끼고 오던 마을 여편네가 길서가 이제야 온다는 것을 알려 주었다.

"얘, 길서 오래비가 온대! 개들이 짖는 데쯤 온 게다."

하며 얌전이가 만나 보기나 한 것처럼 말했다.

소리가 커지며 또 가까워올수록 의숙의 마음은 들먹거리었다.

고무신도 마저 씻지 못하고 물동이를 이고 집으로 돌아갈 때 그는 혹시 길에서나 만나지 않을까 하여 가슴을 졸였다. 집에 가서 아무 정신없이 돼지죽을 바가지에 담아 가지고 돼지우리로 나갈 때는 설마 길서가 자기 옆에 와 있으려니 했으나 울국거리는 돼지에게 죽을 쏟아 주고 섭섭히 돌아설 때까지 길서가 자기를 만나러 오지 않음이 원망스러웠다.

그러나 대문으로 돌아 들어가려 할 때 귀에 익은 기침소리가 의숙의 발을 멈추게 했다. 역시 길서의 소리가 틀림없었다.

의숙이는 작년 여름, 설레는 가슴으로 길서를 대하게 된 뒤부터 동네에서도 거의 알게끔 사이가 친했건만 아직까지 어른들에게는 눈을 숨기고 있는 사이라 마당 옆 낟가리 밑에 숨어 길서를 만났다.

"잘 있었니?"

"네……."

"자동차를 타구 올래다가 몇 시간 걸으면 칠십오 전이나 굳는 걸 공연히 타구 오겠든……. 빨리 너를 만나구 싶기는 했지만……."

의숙이는 아무 대답도 못했다.

울렁거리는 가슴은 그저 널뛰듯 뛰었고, 고개를 들고 있을 수 없게 늘어지기만 했다.

매일같이 만날 때는 어느 틈에라도 웃어 보이었고, 말을 한 마디만 해도 기쁜 생각이 드솟았건만 며칠 떠났다가 만났음인지 공연히 가슴만 떨리었다.

그날 밤, 동네 사람들은 서울 이야기를 들으려고 길서네 마당으로 몰려들었다. 소 먹이러 갔던 어린애들은 밥술을 놓기 전에 뛰어와서 멍석을 차지하고 앉았다.

마당에는 빨랫줄에 남포등이 걸리어 금세 꺼질 것처럼 바람에 홀떡거렸다.

윷꾼에게 남포등을 내다 건 것이 길서네로서도 처음인만큼 마을 사람들도 보통때의 윷과 달리 말들을 적게 했다.

불빛이 희미하게 비치는 한편 옆에 앉은 부인네들도 각기 길서에게 잘 다녀왔느냐는 인사를 했다.

"오래비 잘 다녀왔소……."

특별히 크게 하는 얌전이의 인사는 웅크리고 앉았던 의숙의 고개를 더 숙이게 했다.

"그래 서울 동네가 얼마나 크던가?"

길서 앞에 앉았던 수염 기른 늙은이가 웃으며 물었다.

"서울에는 우리 동네 터보다 더 넓은 자리를 잡고 있는 집이 수 없습니다. 총독부 같은 집에는 수만 명이 살겠던데요."

길서는 서울서 구경한 놀랄 만한 일을 하나도 빼지 않고 이야기했다.

전차는 수백 대나 되며 자동차가 수천 대나 있어 귀가 아파 다닐 수 없었다는 말까지 했다.

혀를 빼고 멍하니 듣던 사람들이 숨을 몰아쉬려 할 때 그는 그 자리에서 일어서며 강연조로 말을 꺼냈다.

"이제는 강습회에서 배운 것을 조금 말하겠습니다. 농사짓는 법이란 제가 보통학교에 다니면서 다 배운 것이며, 지금 내가 채소밭 하는 것과 꼭같은 것이었으니까 말할 것도 없지요. 하나 새로 배운 것이 있다면 닭을 칠 때 서울서 '레그혼'이라는 흰 닭을 사다 기르면 그놈이 알을 굉장히 낳는다는 것입니다. 그밖에는 배운 것이라고 별로 없습니다."

이 말을 끝맺고 다시 말을 이을 때는 기침을 한 번 하고 목청을 올리었다.

"제가 강습회에서도 가장 많이 들은 일입니다마는 우리가 제일 깨달아야 할 것이 하나 있습니다. 그것은 다름 아니라 가장 어렵고 무서운 시국이라는 것입니다. 까딱 잘못 하다가는 죽을 죄를 짓기 쉽고 일을 아니하고 놀랴고만 생각하면 농사도 못 짓게 됩니다. 불경기, 불경기 하지만 이것이 얼마 오래 갈 것이 아니며 한고비만 넘기면 호경기가 온다는 것입니다. 들으니까 요사이에 감옥에 가장 많이 갇힌 죄수들은 일하기가 싫어서 남들까지 일을 못하게 한 놈들이래요. 말하자면 공산주의라나요. 공연히 알지도 못하고 그런 놈들의 말을 들었다가는 부치던 땅까지 못 부치게 될 것이니 결국은 농군들의 손해가 아니겠소……."

듣고 있던 사람들은 길서의 얼굴만 쳐다보며 멍하니 앉아 있었다.

"또 무슨 전쟁이 일어날 것만 같습니다. 하라는 일을 아니하면 우리가 어떻게 될는지도 모르지요. 그러나 같은 값이면 마음놓고 하라는 일을 잘하며 살아야 하겠어요. 에에, 우리는 일을 부지런히 합시다. 그러면 굶어 죽는 법이 없으니깐요. 유명하게 된 사람들은 전부 부지런했던 덕택이었다는 것을 우리는 잘 알지 않습니까!"

이 말을 끝맺고 한참이나 섰다가 앉을 때 옆에 앉았던 늙은이가 이마를 긁으며 물었다.

"너 서울 가서 그런 말도 배웠니?"

길서는 그저 웃었다. 의숙이도 재미있게 듣는 동네 사람들을 볼 때 길서가 더 훌륭한 것같이 생각했다.

"그런데 호경긴가 그것은 언제 온대든?"

아닌 밤중에 홍두깨 내밀듯 기억이가 한참 동안 잔잔하던 공기를 깨뜨리고 말했다. 대답에 궁했던 길서는 한참이나 생각하다가,

"얼마 안 있으면 온대드라……."

라고 대답했으나, 어째서 불경기니 호경기니 하는 것이 생기느냐고 캐어물을 때에는 모르겠다는 솔직한 대답밖에 더 할 수가 없었다. 농민들이

나날이 못살게 되어 가는 것이 불경기 때문이냐고 묻는다면 자신있는 말로 그렇다고 대답했을는지도 모른다.

"암만 호경기가 온다 해두 팔아먹을 것이 있어야 호경기지. 팔 거 없는 놈이 호경기는 무슨 소용이냐. 호경기가 되면 쌀이 많이 생기기나 하나……."

이러한 기억의 말은 아무런 생각도 없이 나온 듯했으나 호경기가 쌀을 많이 가져다 주는 것이 아니라는 것을 아는 그들은 길서의 말보다도 더 그럴 듯이 생각했다.

아무리 불경기라 해도 십 리 밖 읍내에 있는 지주(地主) 서(徐) 재당은 금년에도 맏아들을 분가시키고 고래 같은 기와집을 지어 주었다.

쌀값이 조금 오르면 고무신값이 조금 오르고, 쌀값이 떨어지면 물건값도 떨어지는 것을 잘 아는 그들은 불경기니 호경기니 해도 그것이 그들에게는 아무 관계가 없는 것같이 생각되었으며 돈있는 사람들도 불경기에 땅 팔았다는 말을 못 들었으므로 경기라는 것이 무엇인지 참으로 알 수 없었다.

그러나 그러면서도 길서가 힘든 말을 자기들보다 많이 아는 사람같이 생각하며 집으로 돌아갔다.

다음날, 서울 갈 때 입었던 누런 양복을 벗고 무명 잠방적삼을 갈아입은 뒤 논에 나가 모를 꽂고 들어온 길서는 컴컴한 저녁때쯤해서 의숙의 집 뒤 모퉁이로 의숙이를 찾아갔다.

기쁨을 기쁘다고 말하지 못하던 의숙이도 이날만은 자기도 모르게 웃음이 솟아오르며, 무슨 말이든 가슴이 시원하게 털어놓고 싶었다. 길서가 서울서 사 왔다고 파란 비누를 손에 쥐여 줄 때 의숙은 진정이 서린 눈초리로 길서의 손을 듬뿍 잡았다.

비누세수라고 평생 못해 본 의숙이가 비누세수를 하면 금세 자기의 타진 얼굴이 희어지며 예뻐질 것 같아 춤을 추고 싶게 기뻤다.

"내 다음 일본 가게 되면 더 좋은 거 사다 줄게."

"언제 또 가세요?"

"가을에는 도에서 세 사람을 뽑아 일본 시찰을 보낸다는데 뽑히기나 할는지 모르지만……."

"뽑히겠지요 뭐……."

자신있는 듯이 의숙이가 말할 때 껌껌한 데서 사람 소리를 들은 강아지가 깡깡 짖으며 뛰어나왔다.

무서운 호랑이나 본 것처럼 그들은 뒤돌아볼 새도 없이 굴뚝 뒤로 몸을 움츠리었다.

가슴속에서 뛰는 심장의 고동을 제각기 남의 가슴속에서 들었다.

"그놈의 개새끼가 사람을 놀래게 하눈……."

하며 숨을 내쉬어 일어설 때 그들의 손은 꼭 잡히어 있었다.

의숙이는 길서를 떠나서 몰래 집 안으로 들어가서 비누를 궤 속 깊이 넣었다가 한 번 다시 꺼내 보고는 마당으로 나와 어머니와 오빠와 동생이 앉아 있는 멍석으로 갔다. 그러나 길서의 품에 안기었던 생각만이 가슴에서 떠나질 않았다.

"그래 사 원 팔십 전을 받고 팔았단 말인가?"

그의 어머니가 성두에게 하는 말이었다.

"그럼 어떡헙니까? 그거라두 팔아서 용돈을 써야지요. 우선 지세도 밀리고, 아직 보리 빌 때까지 먹을 보리두 사야 하지 않아요. 또 단오 명절도 가까워 오는데 돈 쓸 데가 없어서 그러십니까?"

"아아니 그런 줄은 알지만 큰돈을 만들려구 했던 도야지를 너무 일찍 팔았던 말이다."

"누구는 모르나요. 여름에는 풀을 깎아다 주기만 하면 거름을 잘 만들고 먹을 것도 겨울보다 흔해서 기르기도 쉽구. 그러다가 가을철에 접어들어 팔면 큰돈 될 것두 알기는 하지만 어떻게 합니까?"

성두의 얼굴은 푸르락푸르락했다.

"오빠……. 오빠의 잔치는 어떻게 합니까? 돼지를 팔구……."

의숙이가 옆에 앉았다가 눈을 흘기는 것 같으면서도 웃는 얼굴로 말을 했다.

"글쎄 말이다. 내 말이 그 말이 아닌가?"

어머니는 차마 꺼내지 못했던 말이 나와서 시원한 듯했다.

길서는 새벽에 일어나 감자밭에 나가 벌레를 잡고 뽕나무 묘목(苗木) 밭을 한 번 돌아보고는 서울 갈 때 입었던 누런 양복을 입고 읍내로 들어 갔다.

먼저 보통학교 교장에게로 가서 제손으로 만든 빗자루 다섯 개를 쓰라 고 주고, 모를 다 냈으니 비료를 사야겠다고 25원을 취해 가지고는 뽕나 무 묘목에 대한 이야기를 하려고 면사무소로 들어갔다.

"리상, 잘 왔소. 한턱 내야지. 오늘은 리상의 점심을 얻어먹어야겠군 ……."

세금 못 낸 사람을 잘 치기로 유명한 뚱뚱한 서기가 길서가 들어서자마 자 말을 했다.

"한턱은 점심때 내기로 하구, 묘목은 언제 가져갑니까? 퍽 자랐는데, 이번에는 돈을 좀 실하게 받아야겠는데요."

"한턱만 내면야 잘 팔아 주지……. 내게만 곱게 보이란 말이야. 값을 정해서 갖다 맡기면 그만이니까 누가 무슨 소리를 감히 해내나……."

면 서기는 농담 비슷하게 웃었다. 허리를 구부리고 복종하는 농부들은 절대로 마음대로 할 자신이 있다는 듯한 호걸웃음을 웃었다.

"일본으로 보내는 사람을 뽑을 때두 면장을 시켜서 잘 말하도록 할 테 니 그저 한턱만 내요."

"그것은 염려 마십시오. 술 한 병이면 녹초가 될걸……. 그러면서도 얼마나 먹는 듯이……. 하하하……."

길서는 진정으로 한턱 내고 싶기도 했다. 묘목만 잘 팔아 주면 예산 이 외의 돈이 수십 원 들어온다는 것을 모를 리 없었다. 그때 뚱뚱한 몸에 맵시없는 의복을 입은 면장이 들어와서 길서 앞에 섰다. 길서는 인사를 하고 서울 갔던 이야기를 보고했다.

보고를 듣고 수고했다는 말을 한 뒤는 곧장,

"그런데 이번 호세는 자네 동네에서도 조금 많이 부담해야겠네……. 보통학교를 6학급으로 증축해야겠으니까……."

하고 길지도 않은 수염을 쓸며 호세 이야기를 했다.

"거야 제가 압니까?"

"아니야. 자네 동네서야 자네만 승낙하면 되는 게니까. 그렇다구 자네에게 해로운 것은 없을 게고."

"글쎄요."

길서는 면장의 말에 무엇이라고 대답할 수가 없었다. 만약 그에게 조금이라도 재미없는 말을 해서 비위에 거슬리게 하면 자기도 끼니때를 굶고 지내는 동네 소작인들이나 다름이 없는 생활을 해야 할 것을 잘 알고 있다. 일본은 둘째로 하고라도 묘목도 못 팔아 먹을 것이며, 그런 말이 보통학교 교장 귀에 들어가면 돈도 빌려다 쓸 수 없게 된다.

그러면 묘목 심었던 밭에 조를 심게 되고, 면사무소 사무원들과 학교 선생들에게 팔던 감자와 파도 썩어 버리게 된다.

300평밖에 안 되는 논에 비료를 많이 내지 않으면 미곡품평회(米穀品評會)에 출품도 못해 볼 것이며, 그러면 상금을 못 탈 뿐 아니라 벼가 겨우 넉 섬밖에 소출 못 날 것이다.

그러면 동네 사람들과 똑같이 일 년 양식도 부족할 것이 아닌가.

"자네 동네 사람들은 얌전하게 근심없이 사는 모양이던데……."

면장이 다시 말을 꺼낼 때 길서는 곧 대답했다.

"그러믄요. 근심이 조금도 없다고야 할 수 없지마는 무던한 편은 됩니다."

벼는 누릇누릇해서 이삭들이 뭉친 것이 황금덩이 같았다. 그러나 얼굴의 주름살을 편 사람이라고는 하나도 없었다.

강충이 (벼줄기를 깎아 먹어 벼를 마르게 하는 벌레)가 먹어 예년에 비해서 절반도 곡식을 거둘 수가 없었기 때문이었다.

길서만이 평양 가서 북어기름을 통으로 사다가 쳤기 때문에 그의 논만은 작년보다도 더 잘 되었으나 다른 논들은 털 빠진 황소 가죽같이 민숭민숭해졌다.

이(蝨)새끼만한 작은 벌레까지가 못살게 하는 것이 가슴 원통했으나 여름내 땀을 빼고도 제 입으로 들어올 것이 없을 것을 생각하니 눈물이 솟아오를 지경이었다.

그들은 할 수 없으므로 성두의 말대로 길서를 시켜 읍내 지주 서 재당에게 가서 금년만 도지〔小作料〕를 조금 감해 달래 보자고 했다.

그러나 길서는 자기와 관계가 없을 뿐 아니라 정해 놓은 도지를 곡식이 안 되었다고 감해 달라는 것은 흔히 일어나는 소작쟁의와 같은 당치 않은 짓이라고 해서 거절했다. 그리고는 며칠 있다가 일본시찰단으로 뽑히어 떠나가 버렸다.

동네 사람들은 어찌할 줄을 몰랐다. 더구나 금년 겨울에는 기어이 잔치를 하려고 하던 성두는 가끔 우는 얼굴을 하곤 했다.

그들은 할 수 없이 큰마음을 먹고 떼를 지어 읍내로 들어가 서 재당에게 사정을 말해 보았으나 물론 들어 주지 않았다. 오히려 아들을 분가시킨 관계로 돈이 몰린다는 근심까지를 들었다.

"너희들 마음대로 그렇게 하려거든 명년부터는 논을 내놓아라."
하는 말에는 더 할 말이 없어 갈 때보다도 더 기운없이 돌아왔다. 그들은 돌아가는 길에 길서의 논 앞에 서서 모범 경작이라고 쓴 말뚝을 부럽게 내려다보았다.

볏대가 훨씬 큰데 이삭이 한길만큼 늘어선 것이 여간 부럽지 않았다. 그러나 말도 잘 하고 신망도 있다고 해서 대신 교섭을 해 달라고 부탁했음에도 불구하고 못 들은 체 들어 주지 않은 길서가 미웠다.

"나도 내 땅이 있어 비료만 많이 하면 이삼 곱을 내겠다. 그 까짓것

......."

기억이가 침을 탁 뱉으며 말했다. 며칠 뒤 그들이 다시 놀란 것은 값도 모르는 뽕나무 값이 엄청나게 비싸진 것과 13등 하던 호세가 11등으로 올라간 것이다.

그것보다도 10등이던 길서네만은 그대로 10등에 있는 것이 너무도 이상했다. 길서네는 그래도 작년에 돈을 모아 빚을 주었으나 다른 사람들은 흉년까지 만나 먹고 살 수도 없는데 호세만 올랐다는 것이 우스우면서도 기막힌 일이었다.

무엇을 보고 호세를 정하는지 알 수 없었다.

흉년, 그러면서도 도지를 그대로 바쳐야 하는 데다가 호세까지 오른 그들의 세상은 캄캄했다.

'아마 북간도나 만주로 바가지를 차고 떠나야 하는가 보다.'

성두는 혼자 생각했다. 그들은 마을에 대한 애착심도 잊었고 제 고장이라는 것도 생각하기 싫었다. 다만 못살 놈의 땅만 같았다.

마을 사람들은 길서의 장난으로 호세까지 올랐다는 것을 다음에야 알고 누구 하나 그를 곱게 이야기하는 이가 없게 되었다. 길서 때문에 동네를 떠나야겠다는 오빠의 말을 들은 의숙이도 눈물을 흘리며 길서가 그렇지 않기를 속으로 바랐다.

길서는 일본서 돌아올 때 우선 자기 논두렁에서 가슴이 서늘함을 느꼈다.

논에 박은 '김길서'라고 쓴 푯말은 간 곳도 없고 '모범 경작생'이라고 쓴 말뚝은 쪼개져서 흐트러져 있었다.

심술궂은 애들이 장난을 했는가 하고 생각하려 했으나 그 한 짓으로 보아서 반드시 무슨 일이 일어난 것 같은 예감이 들었다.

동네에 들어섰을 때 동네에는 어른이라고 한 사람도 찾아볼 수 없었다.

읍내 서 재당 집엘 가서 저녁때가 되도록 아직 돌아오지 않았다는 말을 듣자 서울 갔다 돌아왔을 때보다도 더 의기양양해 온 길서의 마음은 조각

조각 깨지고 말았다.

　보지도 못했고 이름조차 들어 보지 못하던 바나나를 가지고 밤이 이슥했을 무렵 의숙이를 찾아갔건만 그를 본 의숙이도 얼굴을 돌리고 울기만 했다. 길서의 마음은 터지는 듯했다.

　뒤에서 몽둥이를 들고 따라오던 사람의 숨소리를 듣는 듯 가슴이 떨리었다. 불길한 징조가 눈에 보이는 듯했다.

　성두가 충혈된 얼굴로 아랫문으로 뛰어들었을 때 길서는 들고 왔던 바나나를 들고 뒷문으로 도망쳤다.

김정한
∙
∙
∙
∙
∙
∙
사하촌

모래톱이야기

사하촌

1

타작마당 돌가루 바닥같이 딱딱하게 말라붙은 뜰 한가운데, 어디서 기어들었는지 난데없는 지렁이가 한 마리 만신에 흙고물 칠을 해 가지고 바동바동 굴고 있다. 새까만 개미 떼가 물어 뗄 때마다 지렁이는 한층 더 모질게 발버둥질을 한다. 또 어디선지 죽다 남은 듯한 쥐 한 마리가 튀어나오더니 종종걸음으로 마당 복판을 질러서 돌담 구멍으로 쏙 들어가 버린다.

군데군데 좀구멍이 나서 썩어 가는 기둥이 비뚤어지고, 중풍 든 사람의 입처럼 문조차 돌아가서——북쪽으로 사정없이 넘어가는 오막살이 앞에는, 다행히 키는 낮아도 해묵은 감나무가 한 주 서 있다. 그러나 그게라야 모를 낸 후 비 같은 비 한 방울 구경 못한 무서운 가뭄에 시달려 그렇지 않아도 쪼그라졌던 고목 잎이 볼 모양없이 배배 틀려서 잘못하면 돌배나무로 알려질 판이다. 그래도 그것이 구십 도가 넘게 쩌내리는 팔월의 태양을 가리워, 누더기 같으나마 밑둥치에는 제법 넓은 그늘을 지웠다.

그걸 다행으로 깔아 둔 낡은 삿자리 위에는 발가벗은 어린애가 파리똥 앉은 얼굴에 땟물을 조르르 흘리며 울어 댄다. 언제부터 울었는지 벌써 기진맥진해서 울음소리조차 잘 아니 나왔다. 그 곁에 퍼뜨리고 앉은 치삼노인은, 신경통으로 퉁퉁 부어오른 두 정강이 사이에 깨어진 뚝배기를 끼우고 중얼거려 댄다.

"요게 왜 이렇게 안 죽을까? 요리조리 매끈거리기만 하고……. 예끼!"

그는 식칼 자루로 뚝배기 밑바닥을 탁 내려쪘었다. 뺙! 하고 미꾸라지는 또 가장자리로 튀어 내뺀다. 신경통에 찧어 바르면 좋다고 해서, 딸애 덕아가 아침 일찍부터 나가서 잡아 온 미꾸라지다. 그것이 남의 정성도 모르고!

"요 망할 놈의 짐승!"

치삼노인은 다시 식칼로 겨누었으나 갑작스레 새우처럼 몸을 꼽치고는 기침만 연거푸 콩콩 한다. 그럴 때마다 부어오른 다리에 관절이 쥐어뜯는 듯이 아프며 명줄이 한 치씩이나 줄어드는 것 같았다. 그예 그의 허연 수염 사이에서 커다란 핏덩어리가 하나 툭 튀어나왔다.

"에구 가슴이야……. 귀신도 왜 이다지 잡아가지 않을꼬?"

노인은 물 부른 콩껍질같이 쪼그라진 눈에 괸 눈물을 뼈다귀 손으로 썩 씻었다. 곁에 누운 손자놈은 땀국에 쪽 젖어 있다. 노인은 손자놈의 입이며 콧구멍에 벌 떼처럼 모여드는 파리 떼를 쫓아 버리면서, 말라붙은 고추를 어루만진다.

"응, 그래, 울지 마라. 자장 우리 아기……. 네 에미는 왜 여태 오잖을까? 입안이 이렇게 바싹 말랐고나. 그놈의 집에서는 무슨 일을 끼니 때도 모르고 시킬꼬 온! 에헴, 에헴……."

노인은 억지힘을 내 가지고 어린걸 움켜 안고는 게다리처럼 엉거주춤 뻗디디고 일어섰다. 그럴 때 마침 아들이 볕살에 얼굴을 벌겋게 구워 가지고 들어왔다. 들어서면서부터 퉁명스럽게,

"다들 어디 갔어요?"

"일 나갔지."

"무슨 일요?"

"진수네 무명밭 매러 간다고 했지, 아마."

들깨는 잠자코 위통을 훨쩍 벗어서 감나뭇가지에 걸쳐 놓고는 늙은 아버지로부터 어린것을 받아 안았다. 치삼노인은 뽕나무잎이 반이나 넘게 섞인 담배를 장죽에 한 대 피워 물면서 아들을 위로하듯이──그러나 대답은 두려워하며 물었다.

"논은 어떻게 돼 가니?"

"어떻게라니요, 인젠 다 틀렸어요. 푸려야 풀 물도 없고, 병아리 오줌만한 봇물도 중들이 죄다 가로막아 넣고, 제에기……."

"꼭 기사년 모양 나겠군그래."

"기사년은 그래도 냇물은 조금 안 있었나요."

"그랬지. 지금은 그놈의 수돗바람에……."

"그것도 원래는 약속을 할 때는 농사철에는 냇물은 아니 막아 가기로 했다는데, 제에기, 면장 녀석은 색주가 갈보 놀릴 줄이나 알았지, 어디 백성 죽는 건 알아야죠."

들깨는 열을 바짝 더 냈다.

"할 수 없이 이곳엔 인제 사람 못 살 거여."

"참 아니꼽지요. 더군다나 전과 달라 중놈들까지 덤비는 걸 보면……."

아들의 불퉁스러운 어조에는 거칠 대로 거칠어진 농민의 성미가 뚜렷이 엿보였다. 가물은 그들의 신경을 더욱 날카롭게 하였던 것이다.

치삼노인은 '중놈'란 바람에 가슴이 선뜩하였다── 그것은 자기들이 부치고 있는 절 논 중에서 제일 물길 좋은 두 마지기가, 자기가 젊었을 때 자손 대대로 복 많이 받고 또 극락가리라는 중의 꾐에 속아서 그만 불전에, 아니 보광사(普光寺)에 시주한 것이기 때문이다. 멀쩡한 자기 논을 괜히 중에게 주어 놓고 꿍꿍 소작을 하게 되고 보니, 싱겁기도 짝이 없거니와, 딱한 살림에 아들 보기에 여간 미안스러운 일이 아니었다.

"뭘 허구 인제 와? 소 같은 년!"

들깨는 화살을 방금 돌아오는 아내에게로 돌렸다. 그리고 이 꼴 보라는 듯이 물에서 막 건져 낸 듯한, 그러나 울어울어 입안이 바싹 마른 어린것을 아내의 젖가슴에 쑥 내던지듯 했다. 아내는 잠자코 그것을 받아 안기가 바쁘게 부엌으로 들어가더니, 머리에 쓴 수건을 벗어 물에 축여 가지고 어린것의 얼굴을 닦으면서 일변 젖을 물렸다.

"소 같은 년, 어서 밥 안 가져와?"

남편의 벼락 같은 소리다. 아내는 부지중 눈물이 핑 돌았다. 들깨는 아내의 귀퉁이라도 한 번 올려붙일 듯이 더펄더펄 부엌으로 들어갔으나 한 팔로 아기를 부둥켜 안고 허둥대는 아내의 울상에 그만 외면을 하고는 미처 다 차리지도 않은 밥상을 얼른 들고 나왔다. 그러나 다른 때 같으면 곧잘 넘어가는 보리밥도 그날은 첫술부터 목에 탁 걸렸다.

2

우르르르, 쐐——

이글이글 달아 있는 폭양 아래 난데없는 홍수 소리다. 물벌레, 고기새끼가 죄다 말라져 죽고, 땅거미가 줄을 치고, 개미새끼가 장을 벌였던 봇도랑에 둔덕이 넘게 벌건 황토물이 우렁차게 쏟아져 내린다. 빨갛게 타서 죽은 곡식이야 인제 와서 물인들 알랴마는, 그래도 타다 남은 벼와 시든 두렁콩들은 물소리만 들어도 생기를 얻은 듯이 우줄우줄 춤을 추는 것 같다. 한길 양옆을 흘러가는 봇도랑 가에는 흰 옷, 누른 옷, 혹은 검정 치마가 미친 듯이 부산하게 떠들며 오르내린다.

수도 저수지(貯水池)의 물을 터놓은 것이다. 성동리 농민들이 밤낮없이 떼를 지어 몰려가서 애원에, 탄원에 두 손발이 닳도록 빌기도 하고,

불평도 하고, 나중에는 밤중에 수원지 울안에까지 들어가서 물을 달리 돌려 내리려고 했기 때문에, T시 수도 출장소에서도 작년처럼 또 폭동이나 일어날까 두려워서, 저수지 소제도 할 겸 제이(第二) 저수지의 물을 터놓게 된 것이다.

　그러나 그까짓 저수지의 물로써 넓은 들을 구한다는 건 되지도 않는 말이고──물을 보게 된 것이 차라리 없을 때보다 더 한층 시끄럽고, 싸움만 벌어질 판이다.

　들깨는 논이 보 꼬리에 달렸기 때문에 몇 번이나 저수지 물구멍까지 올라가지 않으면 아니 되었다. 그러나 그렇게 봇머리까지 가서 물을 조금 달아 가지고 오면, 도중에서 이리저리 다 떼이고 자기 논까지는 잘 오지도 않았다.

　이렇게 수삼차 오르내리고 보니, 꾹 눌러 오던 화가 그만 불끈 치밀었다.

　"여보, 노장님!"

　들깨는 오던 걸음을 되돌려서 소리를 치며 비탈길을 더우잡았다.

　"제에기, 논을 떼였으면 떼였지, 인젠 할 수 없다!"

　그는 급기야 이를 악물었다. 어느 앞이라고, 만약 한 번이라도 점잖은 중에게 섣불리 반항을 했다가는 두말없이 절 논이라고는 뚝딱 떼이고 마는 것이다.

　노승은 들은 체 만 체, 들깨가 가까이 가도 양산을 받은 그대로 물을 가로막고 있었다.

　"여보, 이게 무슨 짓이오. 밑엣사람은 굶어 죽어도 좋단 말이오?"

　들깨는 커다란 샤벨로써 노승의 장난감 같은 삽가래를 뗏장과 함께 찍어당겼다. 물은 다시 쏴──하고 밑으로 흘러 내린다.

　"이사람이 버릇없이 왜 이럴까?"

　노승은 짐짓 점잖은 체하고 나무라면서도, 눈에는 시뻐하는 빛과 독기가 얼씬거린다.

"살고 봐야 버릇도 있겠지요."

"아하, 이사람이 아주 환장을 했군. 아서라, 그렇게 하는 법이 아니다."

노승은 다시 물을 막으려고 들었다.

"천만에요! 우리도 살아야겠어요. 물을 좀 가룹세다. 노장님까지 이래서야……."

들깨는 제 손으로 갈랐다. 그리고 몇 걸음 못 가서, 또 어떤 논 귀퉁이에서 조그마한 애새끼 한 놈이 쏙 나오더니 물을 가로막고는 언덕 밑으로 숨어 버린다.

"예끼, 쥐새끼 같은 놈!"

들깨는 골안이 울리도록 고함을 내지르며 쫓아가서, 그놈의 물꼬에다 아름이 넘는 돌을 하나 밀어다 붙이었다.

길 저편에서는 싸움이 벌어졌다——갈가리 낡아 미어진 헌 옷에 허리쯤만 남은——남방 토인들의 나무껍데기 치마 같은 몽당치마를 걸친 가동할멈이 봇도랑 한복판에 펑퍼져 앉아서 목을 놓고 울어 댄다.

"에구 날 죽여 놓고 물 다 가져가오."

"이 망할 놈의 늙은이, 남이 일껏 끌고 온 물만 대고 앉았네. 어디 아가리만 벌리고 앉았지 말구 너도 한 번 물이나 끌고 와 봐!"

경찰관 주재소의 고자쟁이로 알려져 있는 이시봉이란 젊은놈의 괭이는 더펄머리를 풀어헤치고 악을 쓰는 늙은 과부 할멈의 허벅살에 시퍼런 멍울을 놓고 갔다.

들깨는 보릿대모자를 부채삼아 내흔들면서, 쥐꼬리만한 물을 달고 내려가다가, 철한이란 놈하고 봉구란 놈이 아주 논 가운데서 곰처럼 별로 말도 없이 이리 밀치락 저리 밀치락 싸움을 하고 있는 것을 보았으나, 말려 볼 생각도 않고 제 논으로만 갔다. 그의 논으로 뚫린 물꼬는 으레 또 꽉 봉해져 있었다.

"어느 놈이 이렇게 지독허게……."

막힌 물꼬를 냉큼 터놓고서 막 논두렁 위에 올라서자니까 자기 논 아래로 슬그머니 피해 가는 오촌 아저씨가 보인다. 아저씨도 환장이 되었구나 싶었다. 새벽부터 나돌며 날뛰어도 반 마지기도 채 적시지도 못한 것을 돌아보고는 들깨는 그만 낙심이 되어서 논두렁 위에 털썩 주저앉았으나, 그 쥐꼬리만한 물줄기가 끊어지자 그는 다시금 그곳을 떠났다.

철한이와 봉구란 놈은 아직도 싸우고 있었다.

"이, 이놈의 자식이 사람을 아주 낮보고서."

봉구란 놈이 벋니를 내물고서 악을 쓴다.

"글쎄, 정말 이걸 못 놓겠니?"

철한이란 놈이 아무리 제비손을 넣으려고 애를 써도, 워낙 떡심 센 놈이 돼서 봉구는 달싹도 않고, 되려 철한이란 놈의 턱밑을 쥐고 자꾸 밀기만 했다.

그러던 놈들이, 들깨가 한 번 소리를 치자, 서로 잡았던 손을 흐지부지 놓고서 논두렁 위로 올라왔다.

"예끼 싱거운 녀석들! 물도 없애 놓고 무슨 물싸움들이야! 분풀이할 곳이 그렇게도 없던가 온!"

들깨의 이 말에, 그들은 쥐꼬리만한 봇물조차 끊어지고 만 빈 도랑만 내려다볼 뿐이었다.

이윽고 세 사람은 봇목을 향해서 나란히 발을 떼어 놓았다. 대사봉(大師峰) 위로 해가 뉘엿뉘엿 기울고, 네시를 아뢰는 보광사의 큰 종소리가 꽝꽝 울려 왔다. 절에 있는 사람들은 제각기 저녁밥 쌀을 낼 때다.

그러나 그 절 밑 마을——성동리 앞 들판에 나도는 농민들은 해가 기울수록 마음이 더욱 달떴다. 게다가 모처럼 터놓은 저수지의 봇목에 논을 가지고서도 '유아독존' 식으로 날뛰는 절 사람들의 세도에 눌려 흘러오는 물조차 맘대로 못 댄 곰보 고 서방은 마침내 딴은 큰맘을 먹고 자기 논 물꼬를 조금 더 터놓았다. 그러자 그걸 본 한 양반이 빽 소리를 내지르며

달려왔다. 오더니 다짜고짜로,

"왜 또 손을 대요?"

"인제 물도 다 돼 가고 하니 나두 좀 대야지요."

하다가 고 서방은 자기 말이 너무 비겁한 것 같아 한 마디 더 보태었다.

"그리고 당신 논에는 물이 철철 넘고 있지 않소."

"뭐? 넘어? 어디 넘어? 이 양반이 눈이 있나 없나?"

하며 그는 곰보 논 물꼬를 봉하려고 들었다.

"안 돼요!"

곰보는 물꼬를 아까보다 더 크게 열면서,

"위에 있는 논은 한 번 적시지도 못하게 하고 아랫논만 두렁이 넘게 물을 실으려는 건 너무 심하잖소?"

"무어——?"

"그렇게 노려보면 어쩔 테요?"

"야, 이 친구가 밥줄이 제법 톡톡한 모양이로군!"

그는 비쭉 냉소를 했다.

"이 친구? 네 집에는 그래 애비도 삼촌도 없니? 누굴 보고 이 친구 저 친구 해?"

"뭐가 어째? 야, 이녀석이 제법 꼴값을 하는군. 어디 상판대기에 빵구를 좀 내줄까?"

"이놈——개 같은 놈! 아무리 세상이 뒤바뀌어졌기로서니……."

"야, 이녀석 좀 봐. 세상이 뒤바뀌어졌다구? 하, 하, 하……."

그는 다른 사람도 다 들으라는 듯이 소리를 높이더니,

"예끼 건방진 녀석!"

그리고 제보다 몸피가 훨씬 큰 곰보의 뺨을 한 대 갈겼다.

"이게 뭘 믿고서……."

곰보가 하도 어처구니가 없어서, 그자의 멱살을 불끈 졸라 쥐니깐, 그 근방에 있던 같은 패들이 벌 떼처럼 우 몰려왔다. 그러자 아까 가동 늙은

이를 상해 놓던 고자쟁이 이시봉이가 풋볼치던 형식으로 곰보의 아랫배
쯤을 콱 질렀다. 곰보는 악! 하며 그 자리에 쓰러졌다. 쓰러진 놈을 여러
놈들이 밟고 차고……. 그러다가 나중에는 뻗어져 누운 놈을 끌고 주재
소에까지 가자고 야단이다. 곰보는 그 말이 무엇보다도 무서워서 잘못했
다고 빌지 않을 수가 없었다.

들깨가 곁에 가도 곰보는 넋잃은 사람처럼 논두렁에 멍하니 앉아 있었
다. 왼편 눈밑이 퍼렇게 부어올랐다.

저수지 물은 그예 끊어졌다. 물 끊어진 수문을 우두커니 들여다보는 농
민들은 하도 억울해서 말도 욕도 아니 나오고, 그만 그곳에 주저앉았다.
그와 동시에 온종일 수캐처럼 쫓아다닌 피로까지 엄습해서 일어날 생각이
없었다.

그러나 한편, 물을 흐뭇이 댄 보광리 사람들은 제 논 물이 행여 아랫논
으로 넘어 흐를세라 돋우어 둔 물꼬와, 논두렁 낮은 쯤을 한층 더 단단히
단속하느라고 몹시 바빴다.

고 서방은 분도 분이지만, 그보다 내년 봄엔 영락없이 그 절 논 두 마
지기가 떨어지고 말 것을 생각하면, 앞으로 살아나갈 일이 꿈같이 암담하
였다. 아무런 흠이 없어도 물길 좋은 봇목 논은 살림하는 중들에게 모조
리 떼이는 이즈음에, 아무리 독농가로 신임을 받아 오던 고 서방일지라도
오늘 저지른 일로 보아서 논은 으레 빼앗긴 논이라고 실망하지 않을 수
없었다.

그는 문득 지난 봄의 허 서방이 생각났다——부쳐 오던 절 논을 무고
히 떼이고 살 길이 막혀서 동네 뒤 소나무 가지에 목을 매어, 시퍼런 혀
를 한 자나 빼물고 늘어져 죽은 허 서방이 별안간 눈에 선하였다. 곰보는
몸서리를 으쓱 쳤다. 이왕 못 살 판이면 제기랄 처자야 어떻게 되든지 자
기도 그만 그렇게 죽어 버릴까……. 자기가 앉은 논두렁이 몇 천 길이나
땅 속으로 쾅 뚫려 꺼졌으면 싶었다.

  이튿날 아침 들깨와 철한이는 오랜만에 논에 물을 한 번 실어 놓고는, 허출한 속에 식은 보리밥이나마 맘놓고 퍼넣었다. 그때까지도 저수지 밑 봇목 들녘과 내 건너 보광리——최근에 생긴 중마을——에는, 빌어서 얻은 계집이라도 잃어버린 듯이 중들의 아우성소리가 끊이지 않았다. 그도 그럴 것이, 지난 하룻밤 동안에 논두렁을 몇 토막이나 내이고 물도둑을 맞은 사람이 많았기 때문이다. 고 서방은 중들의 발악소리를 속시원하게 들으면서, 군데군데 커다란 콩낱이 박힌 보리밥, 아니 보릿겨밥을 맛나게 먹었다.

  "누가 간 크게 그랬을까요?"
  아내는 숭늉을 떠 오며 짜장 통쾌한 듯이 물었다.
  "그야 알 놈이 있을라구, 사람이 하두 많은데."
  고 서방은 궁둥이를 툭툭 털면서 일어나 섰다. 담배 한 대 재어 물 여가도 없이 고동 바로 허리춤을 졸라 매고, 이 주사댁 논을 매러 막 집을 나서려고 할 즈음에 뜻밖에도 주재소 순사 하나가 게딱지만한 뜰안에 썩 들어섰다.

  "당신이 고 서방이오?"
  눈치가 수상하다.
  "예, 그렇소."
  "잠깐 주재소까지 좀 갑시다."
  "무슨 일입니까?"
  고 서방은 금방 상이 노래졌다.
  "가면 알 테지."
  말이 차차 험해진다.
  "난 주재소 불려 갈 일이 없습니다. 죄 지은 일은 없습니다."
  고 서방이 뒤로 물러서니까,
  "이놈이 무슨 잔소리냐? 가자면 암말 말고 갔지 그저."
  순사는 고 서방의 어깻죽지를 한 대 갈기더니, 어느 새 포승을 꺼내 가지고 묶는다.

"이이구 이게 무슨 일유? 나리 제발 그러지 마세요. 이분은 죄 지은
일 없습네다. 나구서 개구리 한 마리도 죽인 일 없다는데, 지난 밤에는
새두룩 이 마당에서 같이 잤는데…… 아이구 이게 무슨 일유?"

학질에 시난고난하면서도 미친 듯이 매달리는 고 서방네를 몰강스럽게
떠밀어 버리며 순사는 기어이 고 서방을 끌고 갔다.

3

한 포기가 열에 벌여
　　——에이여허 상사뒤야.
한 자국에 열 말씩만,
　　——에이여허 상사뒤야.

앞 노래에 응해 가며 성도리 농군들은 보광리 앞들에서 쇠다리 주사댁
논을 매고 있다. 백 도가 넘게 끓는 폭양 밑! 암모니아 거름을 얼마나 많
이 넣었는지 사람이 아니 보이게 자란 볏속! 논바닥에서는 불길 같은 더
운 김이 확확 솟아오르고, 게다가 썩어 가는 밑거름 냄새까지 물컥물컥
치미는 바람에는 두말없이 그저 질색이다. 그래도 숨이 아니 막힌다면 그
놈은 항우(項羽)다. 몽둥이에 맞아 죽다 남은 개새끼처럼 혀를 빼물고
하, 하, 하는 놈, 벼 잎사귀에 찔려 한쪽 눈을 못 쓰고 꽈악 감은 놈——
그들은 마치 기계와 같다. 다른 점이 있다면 앞잡이의 노래에 맞춰서 '에
이여허 상사뒤야'를, 속이 시원해지는 듯이 가슴이 벌어지게 내뽑는 것쯤
일까.

한 놈씩 슬쩍 봉구의 머리에다 궁둥이를 돌려 대더니 아기 낳는 산모
모양으로 힘을 쭉 준다.

"예, 예끼, 추, 추한 자식!"

봉구는 그놈의 종아리를 썩 긁어 버린다.

"아따 이놈아, 약값이나 내놔!"

그놈이 되려 봉구를 놀리려고 드니까, 곁에 있던 철한이란 놈이 얼른 그 말을 받는다.

"약값? 야 이놈아, 참 네가 약값을 내놔야겠다. 생무 먹은 놈의 트림 냄새도 분수가 있지 온……."

"아닌게아니라, 냄새가 좀 이상한걸. 이사람, 자네 똥구멍 썩잖았나?"

또 한 놈이 욱대긴다.

"여, 역놈이 대밭에 마, 말다리 썩는 냄새도 부, 부, 부, 분수가 있지!"

봉구란 놈이 제법 큰소리를 친다. 그러면서도 자기는 입은 그대로 제 옷에 오줌을 질질 싸고 있다.

하, 하, 끙끙……!

"어이구 이놈 죽는다!"

철한이란 놈이 속이 답답해져서 앞으로 몇 걸음 쑥 빠져 나간다.

"쉬——ㅅ! 쇠다리 온다!"

들깨란 놈이 주의를 시킨다.

쇠다리 주사가 뒤에서 논두렁을 타고 왔다. 한 손에는 양산, 한 손으론 부채를 흔들면서. 쇠다리 주사가 뭐냐고? 그렇다. 옳게 부르면 이 주사다. 그러나 속에 똥만 든 그가 돈냥있던 덕분으로 이조 말년에 그 고을 원님에게 쇠다리 하나 올리고서 얻은 '주사'란 것이 오늘날 와서는 세상이 달라진만큼 그만 탄로가 나고 말았기 때문에 모두들 그를 그렇게 불렀다. 물론 안 듣는 데서만이지만.

"모두들 욕보네. 허, 날이 자꾸 끓이기만 하니 온!"

어느 새 쇠다리가 뒤에 와 선다.

"그런데 조금 늦더래도 이 논배미는 마저 매고 참을 먹어야겠군. 자,

바짝 팔대에 힘을 넣어서. 저런, 봉구 뒤에는 벼가 더러 부러졌군, 아뿔싸!"

쇠다리 주사는 혀를 쯧쯧 차며 부채를 방정맞게 흔들어 댔다.

일꾼들은 잠자코 풀 죽은 팔에 억지 힘을 모았다. 거친 볏줄기에 스친 팔뚝에는 금방 핏방울이 배어 나올 듯했다. 그러나 그들은 눈을 질끈 감고, 대고동을 해 낀 갈퀴 같은 손으로, 어지러운 벼포기 사이를 썩썩 긁어 댔다.

흐, 흐, 끙, 끙……!

얼굴마다 콩낱 같은 땀방울이 뚝뚝 떨어지고, 놀란 메뚜기 떼들이 파드닥파드닥 줄도망질을 친다. 노래는 간 곳 없고! 나머지 열 자국!──그들은 아주 숨쉴 새도 서둘렀다.

"요놈의 짐승!"

제일 먼저 맨 철한이란 놈이, 뒤쫓겨 나온 뱀 한 마리를 냉큼 잡아올려 가지고는 핑핑 서너 번 내두르더니 홀쩍 저편으로 날려 버린다.

고대하던 쉴 참이 왔다. 농부들은 어서 목을 좀 축여 보겠다고 포플러 나무 그늘에 갖다 둔 막걸리통 곁으로 모여 갔다.

우선 쇠다리 주사부터 한 잔 했다.

"어, 그 술맛 좋……군!"

쇠다리 주사는 잔을 일꾼들에게 돌려 주고 구레나룻을 휘휘 틀어 올리더니,

"그런데 참 술이 한 잔씩밖에 안 돌아갈지 모르겠군. 그저 점심때 쌀밥(쌀이 사분의 일 될까?) 먹은 생각하구 좀 참지. 그놈의 건 잘못 먹으면 일 못하기보다 괜히 사람 축나거든. 더군다나 오늘같이 더운 날에는……."

그러나 농부들은 사발 바닥이 마르도록 빨아 넘기고는, 고추장이 벌겋게 묻은 시래기 덩어리를 넙죽넙죽 집어넣는다.

목도 말랐거니와 배도 허출했다.

그럴 때 마침 뿡 하고, 자동차 한 대가 그들이 쉬는 데까지 먼지를 집어 씌우고 달아나더니 보광리 앞에서 덜컥 머물렀다. 거기서 내린 것은 ——해수욕을 갔다 오는 보광리 젊은 사람들이었다. 일본으로, 서울로 유학을 하고 있는 팔자 좋은 젊은이들이었다. 물론 계집애들도 섞여 있었다. 성동리 농부들은 한참 동안 그들을 바라보았다. 그들 가운데 섞여 있던 고자쟁이 이시봉이 웬일인지 차에서 내리자 바른쪽으로 주재소로 들어갔다.

술은 잘 못하기 때문에 식은 밥만 두어 술 뜨고 난 들깨는 눈이 주재소 문에 가 박혔다. 얼마 뒤에 시봉이가 나왔다.

"고 서방은 어찌 됐을까?"

부지중 중얼거린 들깨. 묵묵히 이마에 석삼자를 깊게 지우는 철한이 ——우리 때문에 무고한 고 서방이……! 그들은 그대로 가만히 있는 자기들이 그지없이 부끄럽고 맘이 괴로웠다.

세상을 모르는 봉구란 놈은 제 발바닥의 상처만 풀어 헤쳐 놓고, 그 속에 들어간 뻘을 꺼내고 있다. 다른 농군들은 행려(行旅)의 시체처럼 거무데데한 뱃가죽을 내놓고 길바닥 위로, 잔디 위로 그늘을 찾아서 여기저기 나자빠졌다. 어떤 친구는 어느 새 코까지 쿨쿨 골고, 어떤 친구는 불개미한테 거기라도 물렸는지 지렁이처럼 자던 몸을 꿈틀꿈틀한다.

매미란 놈들이 잎사귀 하나 까닥 아니하는 높다란 포플러 나무에서, 그 밑에 누워 있는 농군들을 비웃는 듯 구성지게 매암매암매——한다.

모기 속에서 저녁을 치르고 나면 마을 사람들은 게딱지 같은 집을 떠나서 모두 냇가로 나온다. 아무런 가뭄이라도 바위틈에서 새어 나오는 물이 군데군데 제법 웅덩이를 만들었다. 냇가의 달밤은 시원하였다.

먼동이 트면 곧 죽고 싶은 마음
저녁밥 먹고 나니 천 년이나 살고 싶네.

어느 새 벌써 달려나와서 반석 위에 번듯 누워 하늘을 쳐다보며 읊조리는 쇠다리 주사댁 머슴 강 도령의 노래다.

반달같이 생긴 다리 아래편 뱃사장에는 애새끼들이 송사리처럼 모여서, 노래로 장난으로 혹은 반딧불 좇기로 부산하게 떠들고 뛴다. 비를 기다리는 하늘에서는 구름 한 점 없이 달만 밝고, 달빛 속에 묻힌 성동리 집집에서는 구름인 듯 다투어 모기연기만 피워, 산으로 기어오르고 들로 내리깔려 연긴가 달빛인가 알 수도 없다.

남자들의 뒤를 이어 여자들도 떼를 지어 다리를 건너왔다.

다리 위편이 남자들의 자리다. 그들은 나오는 대로 멱을 감고는 여기저기 반석을 찾아가기가 바쁘다. 가는 곳이 그들의 그날 밤 잠자리다. 그리도 못하는 놈은——행인지 불행인지 아직도 제 논에 풀 물이 있어서 봇목으로 물 푸러 가는 놈! 그러나 물푸개 석유통을 옆에 둔 채 어느 새 지쳐 한잠이 든 봉구는, 밤중이 넘어서 공동묘지 입구까지 물 푸러 갈 것인지 코만 쿨쿨 골아 댄다.

그래도 남은 놈들은 이야기에 꽃이 핀다.

"들깨, 자네 누이동생은 어쩔 텐가?"

"어쩌긴 무얼 어째?"

"키 보니 넉넉히 시집 갈 때가 됐던걸."

"키는 그래도 나인 인제 열일곱이야. 열일곱에 혼사 못 될 건 없지만 어디 알맞은 자리가 쉬 있어야지."

"아따 이사람 염려 말라구. 그만한 인물이면야 정승의 집 며느리라도 버젓하겠는데. 자리가 왜 없을라구!"

"이사람이 왜 또……. 괜히 얼굴만 믿고 지나친 데 보냈다가 사흘도 못 돼서 쫓겨 오게! 천한 사람은 그저 천한 사람끼리 맞춰야지……."

"암, 그렇구말구!"

가만히 듣고만 있던 철한이란 놈이 뜻밖에 한 마디 보태 왔다.

그럴 때 마침 다리 아랫목에서 멱을 감고 있던 여자들이 킥킥거리며, 또는 욕설을 하면서 남자들이 노는 위편으로 자리를 옮겨 간다. 그걸 본 강 도령,

"위에 가면 안 되오. 왜 밑에서 허잖구——?"

"보광리 새끼들 때문에 밑에선 못하겠다우."

아낙네들의 대답이다. 남자들의 시선은 일제히 다리 아래편으로 쏠렸다. 하늘 높게 백양목이 줄지어 선 곳——

사랑으로 여위었느니 어쨌느니 하는 레코드에 맞춰서 반벙어리 축문 읽는 듯한 노랫소리가 들려 왔다.

"유성기는 또 누구를 홀리려고 가지고 다닐까. 저것들이 곧잘 여자들이 멱감는 곳만 찾아다닌단 말야."

강 도령이 남 먼저 욕지거리를 내놓는다.

"예끼 더런 자식들! 듣기 싫다. 집어치우고 가거라, 가!"

동네 젊은 녀석들은 모두 바위에서 일어나서 욕을 한바탕씩 해 주고는 얼른 논두렁으로 올라가서 진흙을 가득가득 움켜 냇물 속에 핑핑 내던졌다.

보광리 만무방들이 돌아간 뒤, 농부들은 머리에서 수건을 풀어 제각기 얼굴을 가리기가 바쁘게 너럭바위 위에 휘뚝휘뚝 쓰러졌다. 쓰러지자 곧 쿨쿨.

적막한 농촌의 밤이다. 다만 어디선지 놋그릇을 땅땅 두드리며 "남의 집 며느리 낮에는 잠자고 밤에는 일하네" 하고 학질 주문(呪文)을 외고 다니는 소리만 그쳤다 이었다 할 뿐. 길쌈하는 아낙네들의 노란 등잔불도 꺼지기가 바쁘다.

4

가뭄은 오래오래 계속되었다. 아침 저녁으로는 제법 거무스름한 구름

장이 모여들다가도, 해만 지면 그만 어디로 사라져 버렸다. 꼭 거짓말같이……. 보광사 절골을 살며시 넘어다보는 그놈도 알고 보면 얄미운 가뭄 구름. 뒷 산성 용구렁에 안개가 자욱해도 헛일. 아침 놀, 물밑 갈바람은 더군다나 말도 안 되고. 어쨌든 농부들은 수백 년래 전해 오고 믿어 오던 골짜기 천기조차 온통 짐작을 못할 만큼 되었다. 날마다 불볕만 쨍쨍——그들의 속을 태웠다. 콧물만한 물이라도 있는 곳에는 아직도 환장한 사람들이 와글거리고, 풀 물도 없어진 곳에는 강아지새끼도 한 마리 안 보였다. 물 좋던 성동들도 삼 년 전 소위 수도 수원지(水源池)가 생기고는 해마다 이 모양——여기저기 탱고리 수염 같은 벼포기가 벌써 발갛게 모깃불 감이 되고 마을 앞 정자나무 밑에는 떡심 풀린 농부들의 보람 없는 걱정만이 늘어 갈 뿐이었다.

　걱정 끝에 하룻밤에는, 작년에도 속은 그놈의 기우제(祈雨祭)를 또다시 벌였다. 앞산 봉우리에다 장작불을 피워 놓고 성동리 사람들은 목욕재계를 하고 어떤 위인은 낡은 두루마기, 또 어떤 위인은 제법 몽당 도포까지를 걸치고서 쭉 늘어섰다. 구장, 들깨, 갓이 비뚤어진 봉구……. 옛날 훈장 노릇을 하던 노인이 쥐꼬리보다 작은 상투를 숙이고서 제문을 읽자 농부들은 일제히 하늘을 우러러보고 절을 하며 비를 빌었다.

　"만인간을 지켜 주시는 천상의 옥황상제님이시여……!"

　그들은 몇 번이나 코가 땅에 닿도록 절을 하였다. 이글이글 타오르는 불길을 따라 그들의 축원도 천상에 통하는 듯하였다.

　기우제는 끝났다.

　"깽무깽깽 쿵덕쿵덕 깽무깽깽 쿵덕쿵덕……."

　농부들은 풍물을 울리면서 산을 내려왔다.

　동네 앞 타작마당에서 그들은 짐짓 태평성대를 맞이한 듯 소고를 내두르며 한바탕 멋지게 놀았다. 조그만 아이놈들도 호박꽃에 반딧불을 넣어 들고서 어른들을 따라 우쭐거렸다.

　"구, 구, 구장 어른, 저, 저, 구름 좀 봐요!"

봉구란 놈이 무슨 엄청난 발견이라도 한 듯이 엉덩춤을 추면서 외쳤다. 아닌게아니라 거무스름한 구름장 하나가 달을 향해서 둥실둥실 떠 왔다.

"얼씨구 좋다! 쿵덕쿵덕!"

농부들은 마치 벌써 비나 떨어진 듯이 껑충껑충 뛰어 댔다. 그러나 그 것도 모두 헛일——하루, 이틀, 비는커녕 안개도 내리지 않고 되려 마음 만 졸였다. 불안은 각각으로 커져만 갔다.

그러한 하룻날 보광사 농사조합에서 성동리의 유력자——쇠다리 주사 와 면 서기며 농사조합 평의원인 진수를 청해 갔다. 그래서 그들이 저쪽의 의논에 응하고 가져온 소식——그것은, 오는 백중날 보광사에서 기우불 공을 아주 크게 올릴 예정이니까, 성동리에서는 집에 한 사람씩 참례를 하는 것이 좋겠다고. 기우불공이라니 고마운 일이다.

"허지만 우리 같은 것 그리 많이 모아서 뭘 헌담? 불공은 중들이 헐 텐데……."

농민들은 무슨 영문인지 잘 몰랐다. 그러나 안 갔으면 가만히 안 갔지, 보광사의 논을 부쳐 먹고 사는 그들이라 싫더라도 반대는 할 수 없는 처 지였다. 이왕이면 괘불(掛佛)까지 내걸어 달라고 마을 사람측에서도 한 가지 청했다. 괘불을 내어 달면 아무리 어려운 일이라도 소원 성취된다는 말을 어릴 때부터 종종 들어온 그들이었다. 하지만 절측에서는 경비가 너 무 많이 든다고 첨에는 뚝 잡아뗐다. 그까짓 일에 무슨 경비가 그리 날 겐가? 어디, 과연 영험이 있나 없나 보자!——마을 사람들은 꽤 큰 호 기심을 품고서 간곡히 청했다. 구장이 두어 번 헛걸음을 한 뒤, 쇠다리 주사가 나가서 겨우 승낙을 얻어 왔다. 그래서 칠월 백중날! 보광사에서 는 새벽부터 큰 종이 꽝꽝 울렸다.

성동리 사람들은——농사조합 평의원인 진수와 구장과 그 다음 몇 사 람 빼놓고는 대개 중년이 넘은 아낙네들과 쓸데없는 아이놈들뿐이었지만 ——장꾼같이 떼를 지어 절로 절로 올라갔다.

천여 년의 역사를 가지고 무려 백여 명의 노소승(老少僧)이 우글거리는 선찰 대본산 보광사에는 벌써 백중불공차 이곳저곳에서 모여든 여인들이 들끓었다.

오색 단청이 찬란한 대웅전을 비롯하여, 풍경 소리 그윽한 명부전, 팔상전, 오백나한전……. 부처 모신 방마다 웬만한 따위는 발도 잘 못 들여놓을 만큼 사람들이 꽉꽉 들어 찼다. 그들은 엉덩이 혹은 옆구리를 서로 맞대고 비비대기를 치며, 두 손을 높게 들어 머리 위에서부터 합장을 하고 나붓이 중절을 하였다. 아들 딸 복 많이 달라는 둥, 허리 아픈 것 어서 낫게 해 달라는 둥……. 제각기 소원들을 은근히 빌면서. 잠자리 날개보다 더 엷은 생노방주 옷에 모두 제가 잘난 체 부처님 무릎 앞에 놓인 커다란 희사함(喜捨函)에 아낌없이 돈들을 척척 넣고 가는 그들! 얼핏 죄다 만석꾼의 부인, 알고 보면 태반은 빚내어 온 이들.

성동리 아낙네들은 명부전 뒤 으슥한 구석에서 잠깐 땀을 거두고서 대웅전 앞으로 슬슬 나왔다. 자기들 딴에는 기껏 차려 봤겠지만, 앉으려는 겐지 섰는 겐지 분간을 못할 만큼 풀이 뻣뻣한 삼베치마 따위로선 그런 자리에 어울릴 리가 만무하였다.

다른 분들과 엄청나게 차가 있는 자기들의 몸차림을 못내 부끄러워하는 듯, 어름어름 차례를 기다리고 섰다.

그러자, 며칠 전부터 와 있던 진수 어머니가 어디서 봤는지 쫓아왔다. 아주 반가운 듯한 얼굴을 하고,

"여태 어디들 처박혀 있었어? 아까부터 아무리 찾아두 온……. 다들 부처님 참배는 했나?"

자기는 벌써 보살님이나 된 셈 치는 어투였다.

"아직 못 봤수. 웬걸 돈이 있어야지!"

이 얼마나 천부당만부당한 대답일까?

"그럼 시줏돈도 없이 절에는 뭘 하러들 왔수?"

진수 어머니는 입을 삐죽하더니,

'이것들 곁에 있다가는 괜히 큰 망신하겠군!'

할 듯한 표정을 하고는 어디론지 핑 가 버린다.

베치마 패들은 잠깐 주저주저하다가, "돈 적으면 복 적게 받지 뭐" 하고는, 남편이나 아들들이 끼니를 굶어 가며 나뭇짐이나 팔아서 마련한 돈들을, 빚의 끝돈도 못 갚게 알뜰살뜰히도 부처님 앞에 바치고 나온다. 더러는 내고 보니 꽤 아까운 듯이 돌아다보기도 했다.

법당 뒤 조그마한 칠성각 안에는 아기 배려고 백일기도한다는 젊은 아낙네. 지리하지도 않은지 밤낮으로 바깥 난리는 본 체 만 체하고 곁에 선 중의 목탁 소리에 맞춰 무릎이 닳도록 절만 하고 있다. 자기 말만 잘 들으면 틀림없다는 그 중의 말이 영험할진대 하마나 아기도 뱄을 것이다.

꽝! 뗑뗑, 둥둥둥, 똑똑, 촤르르!

종각의 큰 북소리를 따라 각 전 각 방의 종, 북, 바라며 목탁들이 한꺼번에 모조리 발광을 하자, 허 주지의 지휘를 좇아 이 빠진 노화상(老和尙)의 독경 소리와 함께 엄숙하게 불문이 삑삑삑 열리고, 새빨간 가사의 서른두 젊은 중의 어깨에 고대하던 괘불(掛佛)이 메여 나와 대웅전 앞, 넓은 뜰 한가운데 의젓이 세워졌다. 삼십여 장의 비단에 그려진 커다란 석가불상!

장삼 가사를 펄럭이는 중들은 말할 것도 없고, 모여든 구경꾼들까지 상감님 잔치에라도 참례한 듯이 놀라울 만큼 엄숙해졌다.

공양상이 나오자 주지를 비롯하여 각 방 노승들이 참배를 드리고, 다음으로 젊은 중, 강당 학인(學人), 그밖에 아기중들, 그리고 중 마누라와 보살계에 든 여인들, 맨 나중이 일반 손님들의 차례였다. 중들을 빼놓고는 모두 앞을 다투어 돈들을 내걸고 절을 하며 소원 성취를 빌었다.

"어서 물러나와요, 다른 사람도 좀 보게."

진수 어머니는 다 같은 보살계원을 밀어 내고 들어서더니, 자기는 돈을 얼마나 냈는지 절을 열 번도 더 했다. 주지 부인을 보고 어머니, 어머니 하고 섰던 진수도 남 먼저 쫓아 나가서 대가리를 땅에 처박았다.

성동리 아낙네들은 이미 주머니가 빈지라, 부러운 듯이 곁에서 남이 하는 구경만 하고 있었다.

이러한 거추장스런 일이 다 끝난 뒤에야 겨우 기우불공이 시작되었다. 괘불 앞에는 큰 북이 나오고, 바라가 나오고, 목탁이 나오고……. 성동리 구장이 동네서 긁어 온 돈을 내걸자 기도는 비로소 시작되었다.

"딱딱 딱딱, 나무아미타……불, 관세음보……살, 꽝, 둥, 찰, 딱다글!"

목탁 소리와 함께 독경 소리가 높아지고 경문의 구절마다 꽹과리, 북, 바라, 큰 목탁이 언제나 꼭같은 장단을 짚는다.

성동리 사람들은 중들의 기도를 따라서 자기들도 절을 하였다. 중들의 궁둥이를 향해서. 어떤 중은 이리저리 돌아다니면서 무지막지한 촌뜨기들의 가지각색들의 절들을 통일시키기 위하여, 불가 절을 모르는 위인들의 몸에 함부로 손을 대 가며 합장절을 가르쳤다. 이번에는 물론 삼베치마들도 한몫 들었다. 그러나 그들의 절이란 어울리기는커녕 우습기가 한량없었다.

기도의 한 토막이 끝나려 할 즈음 잦은 고개를 넘는 경문, 신이 나서 어깨를 우쭐거리는 장단꾼, 청천백일 아래서 이마를 땅에 대고 제발 덕분에 비 오기를 비는 농부들과 그들의 어머니며 아내들…….

기도가 쉴 참에 성동리 사람들은 어마어마한 강당 안을 버릇없이 들여다보았다. 아마 여든도 훨씬 넘었을 듯한, 수염까지 허연 법사(法師)가 높다란 법탑 위에 평좌를 하고 앉아서 옹이가 툭툭 불거진 법장(法杖)을 울리면서 방 안이 빽빽하게 들어앉은, 한다 하는 보살계원들을 앞에 두고 방금 설법의 삼매경(三昧境)에 빠진 모양이었다.

"보광산하 십자로, 무설노고 호손귀."

라고, 맑은 목청으로 외더니 가만히 눈을 감는다. 눈썹 하나 까딱 안하는 모습이 마치 산부처 같았다. 뒷벽에는 '합장의 생활'이라고 어마어마하게 쓴 설교 제목이 걸려 있었다. 방 안은 죽은 듯이 조용하다.

"꽝!"

법사는 마침내 법장을 들어 법탑을 여무지게 울리면서 다시 눈을 번쩍 뜨더니, 청중을 한 번 휘둘러보고는 설법을 계속한다.

"……보광산 밑 네 갈래 길에서 혀없는 늙은 할머니가 손자를 부르며 돌아간다는 말씀입니다. 혀없는 할머니가 어떻게 손자를 부를까요? 얼핏 생각하면 말도 아닌 것 같지만, 여기에 정작 우리 불교의 깊은 진리가 숨어 있거든요. 알고 보면 무궁무진한 뜻이 있지요."

청중은 무슨 소린지 알 바 없어 그저 장바닥에 갖다 둔 촌닭처럼 눈만 끔벅끔벅할 뿐이었다. 하기야 진수 어머니처럼 몰라도 아는 체하는 여걸이 없는 바는 아니지만, 그러나 그건 보통 사람이 못할 짓, 어떤 이는 벌써 방앗공이마냥 끄덕끄덕 졸고만 있다.

다시 바깥 기도가 시작되었다. 기도중들은 장삼 가사가 담뿍 젖도록 땀을 흘려 가며 경문을 외고, 목탁, 꽹과리를 때려치며, 북, 바라를 요란스럽게 울려 댔다. 괘불과 불경 영험이 있어야 할 테니까. 그래서——기도는 꽤 장시간, 경문이 늦은 고개 잦은 고개를 오르내린 다음에 마침내 엄숙한 긴장 속으로 들어갔다. '나무아미타불'의 느린 합창 소리에 대웅전 앞 넓은 뜰은 모래알까지 소르르 떨리는 듯싶었다.

5

최후로 믿었던 괘불조차 영험이 없고 가뭄은 끝끝내 계속됐다. 들판에는 반 이상 모가 뽑히고 메밀 등속의 댓곡식이 뿌려졌으나, 끓는 폭양 아래서는 싹도 잘 아니 날 뿐더러, 설령 났더라도 말라지기 바쁠 지경이었다.

빨리 쌀밥 맛 좀 보자고 심었던 올벼도 말라져 버리고, 남은 놈이라야 필 염도 안 먹고, 새벽마다 성동리 골목골목에는 보리 능기는 절구질 소리만 힘없이 들렸다. 학교라고 갔던 놈들은 수업료를 못 내서 떼를 지어

쫓겨왔다. 쫓겨오지 않고 끌려오기로서니 없는 돈이 어디서 나오랴! 부
모들의 짜증이 무서워서 오다가 되돌아서는 놈은, 만일 탄로만 나고 보면
──거짓말은 도둑놈 될 장본이라고, 여린 뺨이 터지도록 얻어맞곤 하였
다.

"없는 놈의 자식이 먹는 것도 장하지, 학교는 무슨 학교야?"

이 집에서도 퇴학, 저 집에서도 퇴학이다. 이런 처지에는 추석도 도리
어 원수다. 해마다 보광리 새 장터에서 열리는 소위 면민 대운동회에 출
장은커녕, 쇠다리 주사댁이나 진수네집 사람, 그밖에는 간에 바람든 계집
애나 나팔에 미친 불강아지 같은 애새끼들밖에는 성동리에서는 구경도 잘
아니 나갔다.

그러나 그래도 명절이라 해서, 사내들은 낡은 두루마기들을 꺼내 입고
서 이집저집 늙은이들을 뵈러 다니면서, 오래간만에 시금텁텁한 밀주(密
酒)잔이나 얻어 마시고는 아무 데나 툭툭 나자빠져 갔다.

쇠다리 주사댁 안뜰에는 제법 널뛰기까지 벌어졌으나, 아낙네들은 별
로 보이지 않고 거의 다 마을의 젊은 처녀들이었다. 들깨의 누이동생 덕
이도 저녁에는 한바탕 뛰었다. 그러나 그들도 마치 무슨 의논이나 한 듯
이 죄다 곧 흐지부지 흩어졌다. 중추 명월이야 옛날과 조금도 다를 바 없
고, 네 활개를 활짝 펴고 높이 솟아 오는 아찔한 재미야 잊었을 리 만무
하되, 원수의 가난과 흉년은 이 동네로부터 청춘의 기쁨과 풍속의 아름다
움마저 뺏어 가고 말았다.

싱거운 추석이 지난 뒤, 성동리 사람들은 모두 산으로 올라가기 시작했
다. 남자는 지게를 지고, 여자들은 바구니를 들고서.

그러한 어느 날, 성동리 여자들은 보광사의 대사봉 중턱에서 버섯을 따
고 있었다. 가동 늙은이를 비롯하여 화젯댁, 곰보네, 들깨 마누라, 덕아
……. 그중 제일 익숙한 것은 역시 가동댁이었다. 그는 어릴 적부터 까투
리처럼 그 산을 싸다닌만큼 어디는 어떻고, 어디는 무슨 버섯이 난다는
것을 환히 알기 때문에 언제든지 남의 앞장을 서 다니면서 값 나가는 송

이라든가 참나무버섯 따위부터 쏙쏙 곧잘 뽑아 담았다. 다른 여자들은 부러운 듯이 그의 뒤를 따라다니며, 한 광주리 가득 채워 이고 이십 리나 넘어 걸어야 겨우 한 이십 전 받을 둥 말 둥한 소케버섯, 싸리버섯 등속을 딸 뿐이었다.

하늘을 가리운 소나무와 늙은 잡목 그늘은 음침하고도 축축하였다. 지나간 이백십일 풍에 부러진 느티나무 가지는 위태롭게 머리 위에 달려 있고, 이따금 솔잎에서는 차디찬 물방울이 뚝뚝 떨어졌다. 억새랑 인동덩굴이 우거진 짬은 발 한 번 잘못 들여놓았다간 고놈의 독사 바람에 또 순남네처럼 억울하게 죽을 판. 하지만 가동 늙은이의 말이 옳지, 가뭄 탓으로 그해는 버섯조차 귀했다.

덕아와 같은 젊은 계집애들은 악착스럽게 무서운 절벽 끝에 붙어 있었다. 아찔아찔 내둘려서 밑을랑 내려다보지도 못하고, 놀란 참새처럼 가슴만 볼록거렸다. 석양받은 단풍잎에 비쳐 얼굴은 한층 더 붉어 오나 밉도록 부지런히 썩어빠진 버섯만 보살피고 있는 것이었다. 재 너머 나무터에서는 초군들의 노래가 구슬프게 들려 왔다——

지리산천 가리 갈가마귀야
이내 속 그 뉘 알꼬……!

낫을 들면 으레 나오는 노래다.

그러자 얼마 지나지 않아서, 여자들이 싸대던 비탈 위에서 갑자기 사람소리가 나고 조그마한 애새끼놈들이 까치집만큼씩한 삭정이를 해서 지고는, 선불맞은 산돼지 새끼처럼 혼을 잃고 쫓겨왔다. 맨 처음에 선 놈이 차돌이, 그 다음은 개똥이……제일 꽁무니에 처져서 밑빠진 고무신을 벗어 들고 허둥대는 놈은 그해 가을에 퇴학당한 상한이란 놈이다.

"예끼 요놈의 새끼들! 가면 몇 발이나 갈 줄 아니?"

악치듯 한 소리와 함께 보광사 산지기 수염쟁이가 뒤따라 나타났다.

"아이구머니!"

여자들도 겁을 먹고 도망질이다. 잡히면 버섯을 **빼앗기**고 혼이 날 판. 그루터기에 걸려서 넘어지는 이, 솔가지에 치마폭을 찢기는 이, 그러나 바구니만은 버리지 않고 내달린다.

화젯댁은 제 도망질보다 쫓겨나는 아이들의 뒤를 따르느라고 몇 번이나 바구니를 내던질 뻔하면서 곤두박질을 쳤다.

"아이구 차돌아, 그만 잡히려무나!"

그래도 아이들은 돌아보지도 않고 달아만 난다. 자갈비탈에서 지게를 진 채 자빠지는 놈, 엎어지는 놈, 그러다가 갑자기 옴츠리고 앉는 놈은 응당 날카로운 그루터기에 발바닥을 찔렸을 것이다.

산지기는 그애의 나뭇짐을 공 차듯이 차서 굴리어 버리고는, 다시 벚나무 몽둥이를 내두르며 앞엣놈을 쫓는다. 그러자 의상대사의 공부 터라는 바위 밑으로 쫓겨가던 아이들은 갑자기 무춤하고 발을 멈췄다——동무 하나가 헛디디어 헌 누더기 날리듯 낭떠러지 아래로 떨어졌기 때문이다.

아이들이 놀라고 선 영문을 알게 된 산지기는 부릅떴던 눈을 별안간 가늘게 웃기며,

"예끼 이놈들, 왜 있으라니까 듣지 않고 자꾸만 달아나더니 결국 이런 변을 일으키지 않나?"

마치 그들이 동무를 밀어뜨리기나 한 듯이 나무랐다.

화젯댁이 미친 듯이 날아왔다. 다행히 차돌이가 있는 것을 보고는 다소 마음이 놓이는 모양이었다.

"어머니, 상한이가 떨어졌어요!"

화젯댁은 대답도 않고서, 번개같이 비탈 아래로 미끄러지듯이 내려갔다. 모두 그의 뒤를 따랐다.

상한이는 망태기를 진 양으로 험한 바위틈에 내리박혀 있었다. 화젯댁은 바구니를 내던지고서 상한이를 안아 내었다. 숨은——벌써 그쳐 있었다. 얼굴은 알아보지 못하게 부서져서 피투성이가 된 위에, 한쪽 광대**뼈**

가 불쑥 튀어나와 있었다. 그리고 그가 죽은 자리에는, 이상하게도 그때까지 지니고 있었던 밑 빠진 고무신이 한 짝 엎어져 있었다.

화젯댁은 한동안 넋을 잃었다. 그러나 우두커니 서 있는 산지기의 얼굴을 노려본 그녀의 눈에는 점점 살기가 떠올랐다.

"당신은 자식이 없소?"

칼로 찌르듯 뻐물었다.

"있든 없든 무슨 상관이야. 흐! 참! 없다면 하나 낳아 줄 건가?"

산지기는 뻔뻔스럽게, 털에 싸인 입만 삐죽할 뿐이었다.

"뭐라구요? 액 여보, 절에 있다구 너무하오. 아무리 산이 중하기로서니 남의 자식의 목숨을 그렇게 안단 말유?"

화젯댁은 그자의 거만스러운 상판대기에 똥이라도 집어씌우고 싶었다.

"야, 이 여편네 좀 봐! 아아주 누굴 막 살인죄로 몰려구 드는군. 건방진 년 같으니, 천지를 모르고서 괜히 왜 이 따위 새끼 도둑놈들을 빠뜨렸느냐 말야? 이년이 저부터 요런 도둑질을 함부로 하면서 뻔뻔스럽게 ——"

산지기는 화젯댁의 버섯바구니를 힘대로 걷어찼다. 그리고는 어디론지 핑 가 버렸다. 초동들의 죄는, 결코 그 산지기의 핑계말과 같이 돈 주고 사지 않은 구역에서 땔나무를 한 것이 아니었다. 그들은 그 까치집만큼씩 한 삭정이 한 꾸러미를 목표로, 식은 밥 한 덩어리씩을 싸들고는 어른들을 따라 이십 리도 더 되는, 동네서 사 놓은 나무 터까지 정말 왔던 것이다. 구태여 트집을 잡는다면, 돌아오던 길에 철부지한 마음으로 떨어진 밤을 주우려고 길가 잡목 숲속에 잠깐 발을 들여놓은 것뿐이었다.

얼마 뒤에 죽은 아이의 할머니가 파랗게 되어 달려왔다. 가동할머니다. 그네는 곁엣사람은 본 체 만 체, 바보처럼 우두커니 서서 늘어진 손자만을 눈이 빠지도록 노려보더니, 그만 "하하하!" 웃어 댔다.

"정말 죽었구나! 너가 정말 죽었구나! 죽인 중놈은 어딜 갔니……?"

그네는 넋두리를 하는 무녀(巫女)처럼 한바탕 떠들더니 또다시 "하하하!" 한다.

　가동 늙은이는 완전히 실신을 하였다. 물 건너로 품팔이 간 아들은 죽었는지 살았는지 십 년이 가깝도록 이렇단 소식이 없고, 며느리조차 달아난 뒤로는, 그 손자 하나만을 천금같이 믿고 살아온 것이었다.

　이윽고 산지기는 보광사 파출소에서 순사 한 사람을 데리고 왔다.

　가동할멈은 한참 동안 산지기를 노려보더니,

　"예끼 모진 놈!"

하고 이를 덜덜 갈며 발악을 시작했다.

　"고라 고라! 안 대겠소. 나무 산에 도둑지리 보낸 단신 자리 모냈소. 이 얀반 사라미 아니 주깃소!"

　순사는 와락 덤벼드는 가동할멈을 우악스럽게 물리쳤다. 그러나 밀리면서도,

　"아이구 이 모진 놈아, 천벌을 맞을 놈아! 내 자식 살려 내라, 살려 내──"

　"고론 마리 하문 안 대겠소!"

　순사는 눈을 잔뜩 부릅뜨고 노파를 막아 섰다.

　"여보 나리까지도 그러시우──?"

　가동할멈은 장승같이 눈을 흘기더니 갑자기 또 "하하하!" 미친 웃음을 친다.

　"아이구 상한아! 상한아! 귀신도 모르게 죽은 내 새끼야──"

하고 할머니는 마치 노래나 하듯이,

　"어허야 상사뒤여, 지리산 갈가마귀 그를 따라 너 갔느냐? 잘 죽었다. 내 손자야, 명산 대지에서 너 잘 죽었구나──하하하……!"

　이렇게 가동 늙은이는 그만 영영 미쳐 버리고 말았다.

6

은하수가 남북으로 돌아져도 성동 들은 가을답지 않았다. 전 같으면 들
이 차게 익어 가는 누른 곡식에 농부들의 입에서도 저절로 너털웃음이 흘
러 나오고, 아낙네들은 가끔 햇쌀되나 마련해서 장 출입도 더러 할 것이
로되, 그해는 거친 들을 싱겁게 지키는 허수아비처럼 모두들 맥없이 말라
빠졌다.

보광사로부터 산 뗄나무 터에도 인제는 더할 것이 없고 또 기한이 지나
자 사내들은 별반 할 일이 없었다. 간혹 도둑나무를 하러 다니는 사람이
있지만 붙잡히면 혼이 나곤 했다.

첫여름에 무단히 경찰서로 끌려간 고 서방은, 남의 논두렁을 잘랐다는
얼토당토 않은 죄에 몰려 괜히 몇 달간 헛고생을 하다가 추석 지난 뒤에
겨우 놓여 나왔으나, 분풀이는커녕 타고난 천성이라 도둑나무도 못해 오
고 꼬박꼬박 사방공사 품팔이나 다녔다. 길이 워낙 멀고 보니, 그나마 닭
울자 집을 나서야 되고, 삯이라곤 또 온종일 허둥대야 겨우 삼십 전 될락
말락. 그러나 이렇게 다니는 것은 물론 고 서방만이 아니었다.

아낙네들은 버섯철이 지나자 멧도라지나 캐고, 그렇지 않으면 잎 따기
가 일이었다. 그것도 자기 산 없고 자기 밭 적은 그들은 욕 얻어먹기가
일쑤였다.

마침내 군청에서 주사나리까지 출장을 나와서, 소위 가뭄으로 인한 피
해상태의 실지 조사를 하고 가더니, 달포가 지나도록 아무런 소식이 없
고, 동네 안에는 다만 주림과 불안만이 떠돌 뿐이었다. 그래도 보광사에
서는 갑자기 간평(看坪)을 나왔다. 고자쟁이 이시봉과 본사 법무원(法務
院)에서 셋——도합 네 사람이 나왔다.

간평! 소작료! 농민들에게는 이 말이 무엇보다도 무섭고 또 분했다.
그러나 그날 절 논 소작인으로서는 물론 하나도 출타를 않고 기다렸다.

농사조합의 평의원이 되어 있는 진수도 그날은 면소 일을 제쳐놓고 중들을 맞이하였다.

그래서, 진수의 집 사랑에서는 일찍부터 술상이 벌어졌다. 미리 마련해 두었던 밀주와 술안주가 이내 모자랐던지, 머슴놈이 보광리 상점으로 종종걸음을 치고, 쇠고기 굽는 냄새가 흐뭇이 새어나오는 통에, 대문 밖에 죄인처럼 쭈그러뜨리고 앉은 소작인들은 괜히 헛침만 꿀떡꿀떡 삼키었다. 작인들은 간평원들의 미움이나 받을까 저어했음인지 차례로 안으로 들어가서는, 오시느라고 수고했다고 공손히 수인사를 하고 나왔다. 고 서방은 지난 여름 당한 일을 생각하면 이가 절로 갈렸지만 그래도 시봉의 앞에 무릎을 꿇지 않을 수가 없었다.

"에헴, 에헴, 에——헴!"

치삼노인도, 듣는 사람의 가슴까지 걸릴 기침 소리를 연거푸 뽑으면서 기다란 지팡이를 끌고 대문 안으로 들어갔다. 그리고 자식 같은 사람들 앞에 절을 하고서는, 그러지 말라던 아들의 말을 듣지 않고서, 그예 자기 집 농사 사정을 여쭈어 보려고 했다.

"여보 노인, 그런 소리는 할 필요없소. 메밀을 갈았으면 메밀을 간 세만 내면 되지 않겠소?"

이시봉은 거만스런 반말로써 사정없이 쏘았다.

치삼노인은 다시 말해 볼 여지가 없었다.

"여보, 그런 말은 이런 데서 하는 법이 아니오. 괜히 남 술맛 떨어지게!"

곁에 앉은 중 하나가 뒤를 따라 핀잔을 하는 바람에 화가 더 치밀었으나 진수의 권하는 말에 치삼노인은 다행히(!) 무사하게 밖으로 나왔다. 그러나 "허 참, 복 받겠다고 멀쩡한 자기 논 시주해 놓고 저런 설움을 받다니 온!" 하고 젊은 사람들의 말도 들은 체 만 체, 뼈만 왈왈 떨리는 다리를 끌고 자기 집으로 돌아갔다.

다른 사람들은 그래도 진수네집 대문 밖에 노 우거지상을 하고 앉아서 어서 술이 끝나기를 기다렸다. 그러다가 더러는 투덜거리며 돌아가고, 잡담이나 하고 고누나 두던 늙은 친구들도 나중에는 역시 불평이 나왔다.

"제에기, 간평을 나온 겐가, 술을 먹으러 나온 겐가? 아무 작정을 모르겠군."

머리 끝이 희끔희끔한 친구가 이렇게 불퉁하니깐, 곁에 있던 까만딱지가,

"글쎄 말야, 이것들이 또 논을랑 둘러보지도 않고 앉아서만 소작료를 정할 것 아닌가?"

"제에기, 우, 우리 논에는 또 안 가겠군. 자, 작년에도 앉아서 세만 자──자, 잔뜩 매더니……."

봉구란 놈도 한마디 보태었다.

"설마 자기들도 사람인 이상 금년만은 무슨 생각이 있을 테지!"

한 시절 보천교에 미쳐서 정감록이 어떠니 하고 다니던 최 서방의 말이다. 삼십을 겨우 지난 놈이 아직도 상투를 달고, 거짓말 싱거운 소리라면 '소진장의(蘇秦張儀)'라도 못 따를 것이고, 한동안 보천교에 반했을 때는 '육조 판서'가 곧 된다고 허풍을 치던 위인이다.

"이사람 판서, 설마가 사람 죽이는 걸세. 생각은 무슨 생각이야! 자네 판서나 마찬가지지 뭐."

툭 쏘는 놈은 일본서 탄광밥 먹다 온 까만딱지 또쭐이였다.

이윽고 술이 끝났다. 모가지 짬까지 벌겋도록 취해서 나서는 간평원들! 금테안경을 쓴 진수 아내가 사립 밖까지 나와서 배웅을 하자 그들은 인도하는 진수의 뒤를 따라서 단장과 함께 비틀거렸다. 그러한 그들의 뒤에는, 얼굴이 노랗고 여윈 소작인들이 마치 유형수(流刑囚)처럼 묵묵히 따랐다.

술 취한 양반들에게 옳은 간평이 될 리 없었다──그저 작인들의 말은 마이동풍격으로, 논두렁에도 바특이 들어서 보는 법도 없이 다만 진수하고만 알아듣지도 못할 왜말을 주절거리면서, 그야말로 처삼촌 산소 벌초

하듯이 흐지부지 지나갈 뿐이었다. 그러면서도 짐짓 성실한 듯이 이따금 단장을 쳐들어 여기저기를 가리키기도 하고, 혹은 수첩에 무엇인가를 적어 넣으면서.

그렇게 허수아비처럼 흐느적거리며 들깨의 논 곁을 지날 때였다.

"왜 메밀을 갈았소?"

시봉은 들깨의 수인사 대답으로 이렇게 물었다.

"헐 수 있어야죠. 마른 모포기 기다렸댔자 열음 앉을 게고……."

들깨는 한 손에는 콩대, 한 손에는 낫을 든 채 열쩍게 대답했다.

"메밀은 잘 됐구먼."

"뭘요, 이것도 늦게 뿌려서……."

들깨는 시봉의 다음 말을 두려워하는 태도였다.

다른 사람들은 슬금슬금 앞두렁으로 걸어갔다. 거기서는 아기를 등에 업은 들깨의 아내와 누이동생이 바쁘게 두렁콩을 베고 있었다. 덕이는 열일곱의 처녀로서는 놀랄 만큼 어깻죽지가 벌어지고, 돌아앉은 뒷모습이 한결 탐스러웠다. 자기 뒤에 가까이 낯선 사내들이 와 선 것을 깨닫자, 푹 눌러쓴 수건 밑으로 엿보이는 두 볼이 적이 불거진 듯은 하나, 낫을 든 손은 여전히 쉴 새가 없었다.

"오빠! 왜 암말도 못했소?"

간평꾼들이 물러가자 덕이는 시무룩해 가지고 돌아오는 들깨를 안타까운 듯이 쳐다보았다.

"말은 무슨 말을 해?"

"세 좀 매지 말라구……."

"그놈들 제멋대로 매는 걸 어떻게."

"그럼 오빠는 이까짓 메밀 간 세도 바치려네?"

덕이는 자못 서글퍼하는 말씨였다.

"글쎄, 먹고 남으면 바치지!"

들깨는 픽 웃었다. 그는 최근에 와서 갑자기 무던히 배짱이 커졌다.

덕아는 오빠의 말에 확실히 일종의 미더움을 느꼈다. 그러나 허리에 낫을 여전히 꽂은 채 담배만 빡빡 피우고 앉은 오빠의 마음속은 결코 그리 후련한 것은 아니었다. 그렇다고 해서 메밀밭 위를 바삐 나는 고추잠자리처럼 조급하지도 않았지만.

이튿날 저녁, 동네 사람들은 진수의 집 사랑에 불려가서 진수의 입으로부터 제각기 소작료를 들어 알았다. 그리고 그 무서운 결정에 다들 놀랐다.

그러나 가장 현대적 마름인 소위 평의원 앞에서 버릇없이 덤뻑 불평을 늘어놓다가는 어느 수작에 어떻게 될지 모르는 형편이라, 작인들은 내남없이,

"허 참! 톡톡 다 떨어 봐두 그렇게 될둥말둥한데……?"

따위의 떡심 풀린 걱정말이나 중얼거릴 뿐 모두 맥없이 돌아갔다.

들깨와 철한이들——이 동네 교풍회장인 쇠다리 주사의 말을 빌리면 동네서 제일 콧등이 세고 어긋한 놈들은, 벌써 버릇이 되어서 미리 의논이라도 한 듯이, 그날 밤에도 진수의 집에서 나오자 슬슬 야학당으로 모여들었다. 어느 새 왔는지 곰보 고 서방도 작은 방 한쪽 구석에 다른 때보다 한풀 더 힘없이 쭈그리고 앉아 있었다. 이윽고 불강아지 새끼 같은 야학생들을 죄 돌려보내고는 까만딱지 또쭐이가 큰 방으로부터 돌아왔다. 더펄더펄 자란 머리털 위에 분필가루를 허옇게 쓰고——서른세 살로서는 엄청나게 늙어 보이는 얼굴이었다.

이렇게 소위 콧등이 센 놈들은 저녁마다 야학당에 모여서 그날그날의 피로를 잊어 가며 잡담도 하고 농담들도 하다가는, 또쭐이로부터 일본의 탄광 이야기도 듣고, 또 이곳저곳에서 일어나는 소작쟁의 얘기도 들었다. 더구나 소작쟁의에 관한 이야기는 마치 자기들의 일같이 눈을 끔벅거리며, 혹은 입을 다물고 들었다.

그날 밤에도 그들은 이슥토록 거기 모여서 놀았다. 그러다가 마침내 나올 곳 없는 그해 소작료를 어떻게 할까 하는 말이 누구의 입에선지 나오

게 되었다.

7

쇠다리 주사댁 감나무에 알감이 주렁주렁 달리고, 여물어진 박들이 희뜩희뜩 드러난 잿빛 지붕들에 고추가 발긇게 널리자 가을은 깊을 대로 깊었다.

그러나 농민들 생활은 서리맞은 나뭇잎같이 점점 오그라져서, 밤이면 야학당에 모여드는 친구가 부쩍 늘어 갔다. 하룻밤에는 몇 사람이 쇠다리 주사댁 감을 따 왔다.

"빨리들 먹게!"

또쭐이는 뒷일이 떠름했지만, 다른 친구는 오히려 고소한 듯한 표정들을 하였다.

"아따, 개똥이 저놈, 나무재주는 아주 썩 잘 해! 그저 이 가지 저 가지 휘뚝휘뚝 타고 다니는 것이 꼭 귀신 같데."

철한이는 먹기보다 감 따던 이야기를 더 재미있게 했다.

"먹고 싶어 먹었다. 체하지는 말어라!"

한 놈이 벌써부터 두 가슴을 두드린다. 그러면서도 또 한 개를 골라 든다. 사실 퍼런 콩잎이랑 고춧잎 따위에 물린 그들의 입에, 감은 확실히 일종의 별미였다.

"제에기, 또 연설마디가 있겠지?"

또쭐이가 담배를 피워 물며 두덜대니깐 바로 곁에 있던 고 서방이,

"연설 아니라 무릎을 꿇고 빌어도 허는 수 없지!"

자칫하면 동네 집회소──이 야학당에다 사람들을 모아 놓고 소위 사상선도의 연설이 있곤 하였다. 그러나 연설만으로써 어떻게 될 리는 만무하였다. 더구나 속이 빤히 들여다보이는 교풍회장 쇠다리 주사나 진흥회장 진수 따위가 씨부렁대는 설교에는 이제 속을 사람은 없었다.

지금은 누가 뭐라고 하더라도, 농민들은 결국 자기들대로 하는 수밖에 없었다. 소작료도 빚도 이젠 전과 같이는 두렵지가 않았다. 그저 제가 지은 곡식이면 모조리 떨어다 먹었다. 뿐만 아니라 가다가는 남의 것에도 손이 갔다——그러할수록 동네의 소위 유산자인 쇠다리 주사와 진수의 신경은 극도로 날카로워졌다.

이튿날 아침, 철한이는 안골 논에서 콧노래를 흥얼거리면서 바쁘게 낫을 휘둘렀다. 찬물내기가 되어서 거기만은 겨우 가뭄을 덜 타고, 제법 벼이삭이 고개를 숙였다. 그는 잇달아 흥타령을 부르면서 지난 밤 어머니에게서 처음으로 들은 자기의 혼삿말을 문득 생각하였다. 상대자는 성동리에서 제일 얌전하다는 덕아였다. 한동안 치삼노인이 쇠다리 주사의 꿀떡 같은 말에 꾀였을 때는, 쇠다리의 첩으로 가게 되느니 어쩌느니 하는 소문이 퍼져서 울고불고하던 덕아가 결국 자기에게 오련다는 것이었다. 물론 그 이면에는 오빠 들깨의 숨은 힘이 크리라는 것을 생각하면 한없이도 들깨가 고마웠다.

철한이의 머릿속에는 자꾸만 덕아가 떠올랐다. 한동네에 살면서도 자기와 마주치면 곧잘 귀밑을 붉히며 지나가던 덕아! 또렷한 콧잔등에 무엇을 노 생각는 듯한 두 눈! 그리고……그렇다. 지난 봄 덕아가 바로 그 논에 모내기를 왔을 때 본 그 희고 건강한 팔다리!——예까지 생각하다가 철한이는 혼자서 픽 웃으며 머리를 절절 흔들어 공상을 흩어 버리고는, 베어 둔 볏단을 주섬주섬 안아서 지게에 얹었다.

그걸 해 지고 총총히 자기 집 돌담을 돌아올 때, 그는 갑자기 발을 무춤 멈추었다.

안에서 뜻밖에 아버지의 고함 소리가 새어 나왔기 때문이다.

"미친 소리 말어! 이런 엉세판에 뭐 자식 장가?"

철한이는 그 말에, 일껏 가졌던 희망이 덜컥 무너지는 것 같았다. 그리고 그 자리에 서 있는 것이 행여 누가 볼까 부끄럽기도 했지만, 잠깐 더 어름댔다.

"자식을 두었으면 으레 장가를 들여야지, 그럼 살기 딱하다고 언제까지나……."

어머니의 눈물겨운 대꾸가 들렸다.

"그래도 곧 잘 했다는 게로군. 앙큼한 년 같으니!"

"어디 종년으로 아시우? 늙어 가며 툭하면 이년 저년 하게."

"저런 죽일 년 좀 봐!"

"죽이려든 죽여 줘요. 나도 임자에게 와서 스무 해가 넘도록 종노릇도 무던히 해 주고 자식도 장가들 나인데, 이젠 이년 저년 하는 소린 더 듣기 싫어요."

"저년이 누구 앞에서 곧장 대꾸를 종종거리는 거야! 예끼, 미친 년, 죽어라 죽어!"

아버지의 벼락 같은 호통과 함께 질그릇 부서지는 소리가 나더니, 이내 어머니의 외마디소리까지 들렸다.

철한이는 부리나케 집으로 들어갔다. 아버진 어느 새 어머니의 머리채를 움켜쥐고 있었다.

"제발, 이것 좀 놔요. 잘못했소, 내 잘못했소."

어머니는 머리를 얼싸쥐고 빌었다.

"아버지! 이거 노세요. 아무리 짜증이 나시더라도 이게 무슨 꼴이에요. 이웃사람 웃으리다."

아들이 뒤에서 안고 말리니까 아버지는 못이기는 듯이 떨어졌다.

하나 분을 못 참고서,

"이 죽일 년아, 나는 여태 누구의 종 노릇을 해 왔기에? 너희들이 들어서 내 뼈다귀까지 깎아 먹지 않았나? 응, 이 소견머리없는 년아!"

그러면서 부들부들 떨었다.

싸움 바람에 식겁을 한 막내아들놈은 아침밥도 얻어먹지 못하고서 눈물만 그렁그렁해 가지고 학교로 떠났다.

어머니는 한참 동안 넋잃은 사람처럼 되어서 뒤꼍 치자나무 앞에 앉아 있었다. 외양간 앞으로 돌아가 혼자 울가망하게 서서 잎담배만 피워 대는 아버지의 손아귀에는, 바칠 기한이 지난 세금고지서와 함께 농사조합에서 빌려 쓴 비료대금 독촉장이 꾸겨져 들려 있었다. 그는 문득 외양간 안으로 쑥 들어가더니, 순순히 서 있는 쇠등을 슬쩍 쓰다듬어 본다. 그것이 마치 악착한 생활에 함께 부대낀 자기의 아내나 되는 듯이……. 긴 눈썹 사이로 움푹 들어간 그의 눈에는 어느 새 웬 눈물까지 괴어 있었다.

철한이의 결혼은, 그리고 약 한 달 뒤에 행례가 있었다.

8

"아이고, 어느 도둑놈이 그 벼를 베어 갔을까? 생벼락을 맞아 죽을 놈! 그 벼를 먹구 제가 살 줄 알아……. 창자가 터질 꺼여 터져!"
하며 봉구 어머니가 몽당치마 바람으로 이 골목 저 골목 외고 다니고, 호세징수를 나온 면 서기가 그녀를 찾아다니던 날, 성동리에서는 구장 이외고 서방, 들깨, 또쭐이들 사오 인이 대표가 되어 보광사 농사조합으로 나갔다. 그들의 하소연은, 자기들이 봄에 빌려 쓴 소위 저리자금(低利資金)의——대부분은 비료대금이지만——지불 기한을 조금 더 연기해 달라는 것이었다.

보광사 소작인들은 해마다 소작료와 또 소작료 매석에 대해서 넉 되씩이나 되는 조합비와 비료대금과 그것에 따른 이자를 바쳐야만 되었다. 그리고 비료대금은 갚는 기한이 해마다 호세와 같았다.

의젓하게 교의에 기댄 채 인사도 받는 양 마는 양 하는 이사(理事)님은 빌듯이 늘어놓는 구장의 말을랑 귀 밖으로, 한참 '씨끼시바' 껍데기에 낙서만 하고 있더니 문득 정색을 하고는,

"그런 귀치 않은 논은 부치지 않는 게 어때요?"
해 던졌다.

"……."

"해마다 이게 무슨 짓들이요? 나두 이젠 그런 우는 소리는 듣기만이라
도 귀찮소. 호세만 내고 버티겠거든 어디 한 번 버티어들 보시구려!"

"누가 어디 조합 돈을 안 내겠다는 겁니까. 조금만 연기를 해 달라는
거지요."

이번에는 또쭐이가 말을 받았다.

"내든 안 내든 당신들 입맛대로 해 보시오. 난 이이상 더 당신들과는
이야기 않겠소."

이사님은 살결 좋은 얼굴에 적이 노기를 띠더니, 그들 틈에 끼어 있는
곰보를 힐끗 보고는,

"고 서방 당신은 또 뭘 하러 왔소? 작년 것도 못 다 내고서 또 무슨 낯
으로 여기 오우?"

매섭게 꼬집었다. 그리고 그는 다시 장부를 뒤적거리면서 하던 일을 계
속했다. 일행은 허탕을 치고 밖으로 나왔다.

그리고 며칠 뒤, 저수지 밑 고 서방의 논을 비롯하여 여기저기에, 그예
입도차압(立稻差押)의 팻말이 붙기 시작했다.

농민들은 알아보지도 못하는 그 차압 팻말을 몇 번이나 들여다보고, 또
들여다보았다——피땀을 흘려 가면서 지은 곡식에 손도 못 대다니? 그
들은 억울하고 분하기보다, 꼼짝없이 이젠 목숨을 빼앗긴다는 생각이 앞
섰다.

고 서방은 드디어 야간 도주를 하고 말았다.

"이렇게 비가 오는데 그 어린것들을 데리고 어디로 갔을까?"

이튿날 아침, 동네 사람들은 애터지는 말로써 그들의 뒤를 염려했다.

무심한 가을비는 진종일 고 서방이 지어 두고 간 벼이삭과 차압 팻말을
휘두들겼다.

무슨 불길한 징조인지 새벽마다 당산등에서 여우가 울어 대고, 외상술
도 먹을 곳이 없어진 농민들은 저녁마다 야학당이 터지게 모여들었다.

그리하여 하루 아침, 깨어진 종소리와 함께 성동리 농민들은 일제히 야

학당 뜰로 모였다. 그들의 손에는 열음 못한 빈 짚단이며 콩대, 메밀대가 잡혀 있었다.

이윽고 그들은 긴 줄을 지어 가지고 차압 취소와 소작료 면제를 탄원해 보려고 묵묵히 마을을 떠났다.

아낙네들은 전장에나 보내는 듯이 돌담 너머로 고개를 내 가지고 남정들을 보냈다. 만약 보광사에서 들어 주지 않는다면……, 하고 뒷일을 염려했다.

그러나 또쭐이, 들깨, 철한이, 봉구——이들 장정을 선두로 빈 짚단을 든 무리들은 어느 새 벌써 동네 뒤 산길을 더위잡았다. 철없는 아이들도 행렬의 꽁무니에 붙어서 절 태우러 간다고 부산히 떠들어 댔다.

모래톱 이야기

이십 년이 넘도록 내처 붓을 꺾어 오던 내가 새삼 이런 글을 끼적거리게 된 건 별안간 무슨 기발한 생각이 떠올라서가 아니다. 오랫동안 교원 노릇을 해 오던 탓으로 우연히 알게 된 한 소년과 그의 젊은 홀어머니, 할아버지, 그리고 그들이 살아오던 낙동강 하류의 어떤 외진 모래톱——이들에 관한 그 기막힌 사연들조차, 마치 지나가는 남의 땅 이야기나 아득한 옛날 이야기처럼 세상에서 버려져 있는 데 대해서까지는 차마 묵묵할 도리가 없었기 때문이다.

건우란 소년은 내가 직접 담임했던 제자다. 당시 나는 K라는 소위 일류 중학에서 교편을 잡고 있었다. 비가 억수로 내리던 날 첫 시간의 일이었다. 지각생이 많았다. 지각생이 많으면 교사는 짜증이 나게 마련이다. 그럴 때 유독 닦이는 놈은 으레 그런 일이 잦은 놈들이다.

"넌 또 지각이로군? 도대체 어찌 된 일이냐?"

건우의 차례였다. 다른 애와 달리 그는 옷이 비에 흠뻑 젖어 있었다. 아래 윗도리 옷깃에서 물이 사뭇 교실 바닥에 뚝뚝 떨어지고 있지 않는

가!

"나릿배 통학생임더."

낮고 가는 목소리가 그의 가냘픈 입술 사이에서 새어나오듯 했다. 그리고 이내 울상이 된 얼굴을 아래로 떨구었다. 차라리 무엇인가를 하소하는 듯이 느껴졌다.

"나릿배 통학생?"

이쪽으로선 처음 듣는 술어였다.

"맹지면에서 나릿배로 댕기는 아입니더."

지각생 아닌 다른 애가 대신 대답했다. 맹지면(鳴旨面)이라면 김해땅이다. 낙동강 하류. 강을 건너야만 부산으로 나올 수 있는 곳이다.

"나릿배 통학생이라……."

나는 건우의 비에 젖은 옷을 바라보면서 자리에 들어가라고 했다.

이런 일이 있고부터 나는 건우란 소년에게 은근히 동정이 가게 되었다. 더더구나 그의 아버지가 없다는 걸 알고부터는. 동무들끼리 어울려 놀 때 그를 곧잘 '거무(거미)'라고 놀려 대던 이상한 별명의 유래도 곧 알게 되었다. 그의 고향 친구들의 말에 의하면 거미란 짐승은 물에 날샌 놈이라 해서 즈 할아버지가 지어 준 아명이었다는 거다. 거미! 강가에 사는 사람들의 자식 아끼는 심정을 가히 짐작할 수가 있었다. 호적에 올릴 때는 부득이 건우로 했으리라. 그것도 아마 누구의 지혜를 빌어서.

두 번째로 내가 건우란 소년에게 대해서 관심을 더욱 가지게 된 것은 학기초 가정방문을 나가기 전에 그가 써낸 작문을 읽고부터였다. (나는 가정방문을 나가기 전 가끔 학생들에게 자기 자신에 관한 글을 써 오라고 하였다)

《섬 얘기》란 제목의 그의 글은 결코 미문은 아니었다. 그러나 내용은 끔찍한 것이라 생각했다. 자기가 사는 고장――복숭아꽃도, 살구꽃도 아기진달래도 피지 않는 조마이섬은 몇백 년, 아니 몇천 년 갖은 풍상과 홍수를 겪어 오는 동안에 모래가 밀려서 된 나라 땅인데, 일제 때는 억울하게도 일본 사람의 소유가 되어 있다가 해방 후부터는 어떤 국회의원의 명의로 둔갑이 되었는가 하면, 그뒤는 또 그 조마이섬 앞강의 매립허가를 얻은 어떤 다른 유력자의 앞으로 넘어가 있다든가 하는———말하자면 선조 때부터 거기에 발을 붙이고 살아오던 사람들과는 무관하게 소유자가 도깨비처럼 뒤바뀌고 있다는, 섬의 내력을 적은 글이었다. 그저 그런 정도의 얘기를 솔직이 적었을 따름인데, 어딘지 모르게 무엇인가를 저주하는 듯한 소년의 날카롭고 냉랭한 심사가 글 밑바닥에 깔려 있었다. 나는 나 자신이 갑자기 무슨 고발이라도 당한 심정으로 그 글발을 따로 제쳐서 책상 서랍 속에 넣어 두었다.

가정방문이 있는 주간은 대개 오전 수업뿐이다. 점심 시간이 시작될 무렵 나는 건우를 교무실로 불렀다.

"오늘 명지로 갈까 하는데, 너 외에 몇이나 있지?"

"A반 학생은 저 하나뿐입니다."

건우의 노르께한 얼굴에는 순간적인 그늘이 얼씬 지나가는 것 같았다.

"그래? 그럼 한시 반쯤 해서 현관 앞으로 다시 오게."

명지 같음 어둡기 전에 돌아오기가 힘들는지 모른다. 나는 부랴부랴 점심을 마치고서 교무실을 나섰다.

건우는 벌써 현관께로 와 있었다. 역시 약간 어둔 얼굴을 하고. 아마 미리 어머니에게 알리지 않고서 가는 것이 약간 켕겼던 모양이었다.

"가 볼까!"

내가 앞장을 서듯 했다. 버스 요금도 제것까지 내가 얼른 내는 걸 보고는 아주 송구스러운 듯한 표정을 지었다. 명지로 가는 하단나루까지는 사오십 분이면 족했다. 그러나 한 척밖에 없다는 그 나룻배가 좀처럼 나타나지 않았다.

"집이 저쪽 나루터에서 먼가?"

나는 갈대 그림자가 그림처럼 고요히 잠겨 있는 강물을 내려다보며 물었다.

"예 제북(제법) 갑니더."

그는 민망스런 듯이 나를 잠깐 쳐다보더니 눈을 역시 물 위로 떨어뜨렸다.

"얼마나?"

"반 시간 좀더 걸립니더."

"그럼 학교에서 오려면 시간이 꽤 걸리겠는걸?"

"나룻배만 진작 타고 빠른 날은 두어 시간만 하면 됩니더."

"그래? 그래서 지각을 자주 하는군."

나는 환경조사표의 카피를 펴 보았으나, 곁에 사람들이 있기에 더 묻지 않았다. 아니, 설사 곁에 다른 사람들이 없다 하더라도 아직 열다섯 살밖에 안 되는 소년에게 물어도 좋을 만한 그런 가정 형편이 못 되었다.

아버지는 없고
어머니는 33세 농업
할아버지는 62세 어업
삼촌 32세 선원
재산 정도 하(下)

끼우뚱거리는 나룻배 위에서도 건우의 행복하지 못할 가정 환경이 자꾸만 내 머릿속에 확대되어 갔다. 나룻배를 내려서자 갈밭 속을 뚫고 나간 좁고 긴 길이 있었다. 우리는 반 시간 남짓 그 길을 걸어가면서도 별반 얘기가 없었다.

"아버진 언제 돌아가셨지?"

해 놓고도 오히려 후회할 정도였으니까.

"육이오 때라 캅디더만……."

건우의 말눈치가 확실치 않았다.

"어쩌다가?"

"군에 나갔다가 그랬다 캅니더."

"언제 어디서 돌아가셨는지도 잘 모른단 말인가?"

"야, 그래도 살아온 사람들 말이 암마 '워카 라인'인가 하는 데서 그랬을 끼라 카데요."

생각했던 바와는 달리, 건우의 이야기는 비교적 담담하였다.

"그래, 아버지의 얼굴은 기억하나?"

나는 속으로 그의 나이를 손꼽아 보았던 것이다.

"잘 모릅니더. 저가 두 살 때 군에 나갔다카니……. 그라곤 통 안 돌아왔거든요."

나를 쳐다보는 동그스름한 얼굴, 더구나 그린 듯이 짙은 양미간에는 미처 숨기지 못한 을씨년스런 빛이 내비쳤다. 순간 나는 그의 노르께한 얼굴에서 문득 해바라기꽃을 환각했다.

삼사월 긴긴 해라더니 보릿고개는 오후 세시가 훨씬 지나도 해가 아직 메끝과는 멀었다.

길가 수렁과 축축한 둑에는 빈틈없이 갈대가 우거져 있었다. 쑥쑥 보기 좋게 순과 잎을 뽑아 올리는 갈대청은, 그곳을 오가는 사람들과는 판이하게 하늘과 땅과 계절의 혜택을 흐뭇이 받고 있는 듯 한결 싱싱해 보였다.

"저 갈대들이 다 자라면 지나다니기가 무서울 테지? 사람의 길이 훨씬 넘을 테니까."

나는 무료에 지쳐 건우를 돌아보았다.

"괜찮심더, 산도 아인데요."

그는 간단히 대답할 뿐이었다. 아직도 짐승보다 인간이 더 무섭다는 것을 미처 모르는 모양이었다.

길바닥까지 몰려나왔던 갈게들이 둔탁한 사람들의 발자국소리에 놀라 이리저리 황급히 구멍을 찾아 흩어지는가 하면, 어느 하늘에선지 종달새가 재잘재잘 쉴새없이 재잘거리고 있었다. 잔등에 땀을 느낄 정도로 발을 재게 떼놓아, 건우가 사는 조마이섬에 닿았을 때는 해가 얼마만큼 기운

뒤였다.

섬의 생김새가 길쭉한 주머니 같다 해서 조마이섬에서 불려 온다는 건우의 고장에는, 보리가 거의 자랄 대로 자라 있었다. 강바람이 불어올 때마다 푸른 물결이 제법 넘실거리곤 했다.

낙동강 하류의 삼각주 일대가 대개 그러하듯이, 이 조마이섬이란 데도 사람들이 부락을 이루고 사는 것이 아니라 그저 한 집 두 집 띄엄띄엄 땅을 물고 있을 따름이었다.

건우네 집은 조마이섬 위쪽에서 그리 멀지 않았다. 역시 외따로 떨어진 집이었다. 마침 뒤꼍 사래 긴 남새밭에 가 있던 어머니가 무슨 낌새를 차렸는지 우리가 당도하기 전에 어느 새 사립께로 달려와 있었다.

"인자 오나?"

아들에게부터 말을 건네고 나서 내게로 수인사를 하였다.

"우리 건우 선생인가 배요?"

상냥하게 웃었다. 가정 조사표에 적혀 있는 서른세 살의 나이보다는 훨씬 핼쓱해 보였으나, 외간남자를 대하는 붉은빛이 연하게 감도는 볼에는 그래도 시골 색시다운 숫기가 내비쳤다.

"수고하십니다."

하고 나는 사립을 들어섰다.

물론 집은 그저 그러했다. 체목은 과히 오래 되지 않았지만, 바깥 일손이 모자라는 탓인지 갈대로 엮어 두른 울타리에는 몇 군데 개구멍이 나 있었다.

"좀 들어가입시더. 촌집이 돼서 누추합니더만……."

건우 어머니는 나를 곧 안으로 인도했다. 걸레질을 안해도 청은 말끔했다. 굳이 방으로 모시겠다는 것을 나는 굳이 사양하고 마루끝에 걸쳤다.

"어머니 혼자 힘으로 공부시키기가 여간 힘들지 않으실 텐데……."

건우가 잠깐 자리를 비키는 것을 보고 나는 으레 하는 식으로 가정 사정으로 물어 보았다.

할아버지와 아저씨와 그리고 재산 따위에 대해서.

——할아버지는 개깃배를 타시고, 재산이랄 끼사 머 있습니꺼. 선조 때부터 물려받은 밭뙤기들은 나라 땅이라 캤다가, 국회의원 땅이라 캤다가……. 우리싸 머 압니꺼——이렇게 대략 건우군의 글에서 알았을 정도의 얘기였고, 건우의 삼촌에 대해서는 웬일인지 일체 말이 없었다. 대신, 길이 먼 데다 나룻배까지 타야 되기 때문에 건우가 지각이 많아서 죄송스럽다는 얘기와 아버지가 없으니 그런 점을 생각해서 잘 도와 달라는 부탁이 고작이었다.

생활은 어떻게 무사히 꾸려 나가느냐고 했더니, 시아버님이 고깃배를 타기 때문에 가끔 어려운 돈을 기백 원씩 가져온다는 것과, 먹고 입는 것은 보리농사와 채소로써 그럭저럭 치대어 간다는 얘기였다.

"재첩은 더러 안 건지세요?"

강마을 일이라 이렇게 물었더니,

"그건 남자들이라야 안 됩니꺼. 또 배도 있어야 하고요."

할 뿐, 그러나 이쪽에서 덤덤하니까,

"물 빠질 때 개발이싸 늘 안 나가는기요. 조개새끼도 파고 재첩도 줍지만 그런 기사 어데 돈이 됩니꺼."

이렇게 덧붙였다.

잠시 안 보이던 건우가 어디서 다섯 홉짜리 정종을 한 병 들고 왔다. 이마에 땀이 번질번질한 걸 보면 필시 뛰어온 게 틀림없다. 아마 어머니가 시킨 일이라고 싶었다.

나는 미안스런 생각으로 건우 어머니가 따라 주는 술잔을 받았다. 손이 유달리 작아 보였다. 유달리 자그마한 손이 상일에 거칠어 있는 양이 보기에 더욱 안타까울 정도였다.

기어이 저녁까지 대접하겠다고 부엌으로 가 버린 뒤, 나는 건우를 앞에 두고 잔을 들면서, 그녀의 칠칠한 인사범절에 새삼 생각되는 바가 있었다.

나는 모든 것을 다시 보았다. 농사집치고는 유난히 말끔한 마루청, 먼지를 뒤집어쓰고 있지 않은 장독대, 울타리 너머로 보이는 길찬 장다리꽃들…… 그 어느 것 하나에도 그녀의 손이 안 간 곳이 없으리라 싶었다. 이러한 집 안팎 광경들을 통해서 나는 건우 어머니가 꽤 부지런하고 친절한 여성이라는 것을 고대 짐작할 수가 있었다. 젊음이 한창인 열아홉부터 악지세게 혼자서 살아왔다는 것과, 어려운 가운데서도 외아들 건우를 나룻배를 태워 가면서까지 먼 일류 중학에 보내고 있다는 사실, 그리고 농촌 아이라고는 믿어지지 않을 만큼 건우의 입성이 항시 깨끗했다는 사실들이 어련히 안 그러리 싶어지기도 했다. 얼핏 보아서는 어리무던한 여인 같기도 하지만 유난히 볼가진 듯한 이마라든가, 역시 건우처럼 짙은 눈썹 같은 데선 그녀의 심상치 않을 의지랄까. 정열 같은 것을 읽을 수가 있었다.

나는 술상을 물리고서 건우의 공부방을——어머니의 방일 테지만——잠깐 들여다보았다. 사과 궤짝 같은 것에 종이를 발라 쓰는 책상 위에는 몇 권 안 되는 책들이 나란히 꽂혀 있었다. 그 가운데서 《섬 얘기》라고 잉크로써 굵직하게 등마루에 쐬어진 두툼한 책 한 권이 특별히 눈에 띄었다.

"섬 얘기? 저건 무슨 책이지?"

나는 건우를 돌아보고 물었다.

"암 것도 아입니더."

"소설?"

"아입니더."

"어디 가져와 봐!"

건우는 싫어도 무가내라 뽑아 오면서,

"일기랑 또 책 같은 거 보고 적은 김더."

부끄러운 내색을 하였다.

"일기는 남의 비밀이니까 읽을 수가 없고, 어디 책 읽는 소감이나 뵈

주게."

나는 책을 도로 돌렸다. 건우는 마지못해 여기저길 뒤적거리다가 한 군데를 펴 주었다. 또박또박 깨알같이 박아 쓴 글씨였다.

×××여사는 어머니처럼 혼자 사시는 분이라 그런지 그분의 글에는 한결 감동되는 바가 있었다. 《내가 본 국토》속의 한 귀절──

'그래도 선거 때나 되면 소속 육지에서 똑딱선을 가지고 섬 백성을 모시러 오는 알뜰한 정당이 있어, 이들은 다만 그 배로 실려 가서 실상 자기네 실생활과는 무연한 정치를 위하여 지정해 주는 기호 밑에 도장을 찍어 주고 그 배에 실려 돌아온다는 것입니다.

현대 문명의 혜택이라곤 아직 받아 보지 못한 그들의 생활 속에도 현대 문명인이 행사하는 선거란 상식이 깃들이게 되고, 어느 정당이나 정치의 영향도 알뜰히 받아 보지 못한 그네들에게도 투표하는 임무만은 지워져야 하고, 조국의 사랑이라곤 받아 본 일이 없고 헐벗고 배우지 못한 그들의 아들들이 먼저 조국을 수호해야 할 책임을 지고 훈련을 받고 총을 메고 군인이 되어 갔다는 것…….'

우리 아버지도 응당 이러한 군인 중의 한 사람이었으리라. 그래서 언제 어디서 쓰러졌는지도 모르고, 따라서 국군묘지에도 묻히지 못하고, 우리에겐 연금도 없고…….

내 눈이 미처 젖기 전에 건우는 부끄러운 듯이 그 노트를 내게서 뺏어 갔다.

"건우야!"

나는 노트 대신 건우의 손을 꽉 쥐었다.

"이 땅이 이곳 사람들의 땅이 아니랬지? 멀쩡한 남의 농토까지 함께 매립허가를 얻은 어떤 유력자의 것이라고 하잖았어? 그러나 두고 봐. 언젠가는 너희들이 이 땅의 주인이 될 거야. 우선은 어떠한 괴로움이 있더라도, 억울하더라도 희망을 잃지 말고 꾹 참고 살아가야 해."

어조가 어떻게 아까 그 노트를 읽을 때와 같은 것을 깨닫고 나는 잠깐 말을 끊었다. 건우는 내처 묵연해 있었다.

"나라 땅, 남의 땅을 함부로 먹다니! 그건 땅을 먹는 게 아니라, 바로 '시한 폭탄'을 먹는 거나 다름없다. 제 생전이 아니면 자손대에 가서라도 터지고 말거든! 그리고 제아무리 떵떵거려대도 어른들은 다 가는 거다. 죽고 마는 거야. 어디 땅을 떼 짊어지고 갈 수야 있나. 결국 다음 이 나라 주인인 너희들의 거란 말야. 알겠어?"

나는 말이 절로 격해지는 것을 깨달았다. 저녁상이 들어왔다.

부엌에서 바깥 동정을 죄다 엿들었는지 건우 어머니는 저녁상을 물리기가 바쁘게 손을 닦으며 청 끝에 와 걸치더니,

"선생님 이야기는 우리 건우한테서 잘 듣고 있심더. 그리고 이 섬 저 웃바지에 사는 윤샌도 선생님 말을 곧잘 하데요. 우리 건우가 존 담임 선생님 만났다면서……."

해가 막 떨어진 뒤라 그런지 그녀의 웃음이 적이 붉게 보였다.

"윤샌이라뇨?"

윤 생원이라는 말인 줄은 알았지만 그가 누군지 미처 생각이 안 났다.

"성은 윤씨가, 이름은 머라 카더라——"

건우를 흘끔 돌아보며,

"수덕이 할배 이름이 멋고?"

"춘삼이 아잉기요."

건우의 말이 떨어지자,

"내 정신 보래, 그래 춘삼 씨다."

그녀는 다시 나를 돌아보며,

"춘삼이란 어른인데 와 선생님을 잘 알데요. 부산에도 가끔 나갑니더. 쬐깐 포도밭도 가주고 있고요……."

"윤춘삼? 네, 이제 알겠습니다."

비로소 생각이 났다.

"그분하고는 어데서도 같이 지냈담서요?"

건우 어머니는 '세상은 넓고도 좁지요?' 하는 듯한 눈매로 웃어 보였다.

"네."

아닌게아니라 나는 적이 놀랐다. 어디서든 나쁜 짓 하고는 못 배기리라는 생각이 문득 들기까지 했다. 그와 동시에, 지난날 어떤 어두컴컴한 곳에서 그 윤춘삼이란 사람을 처음으로 만났던 일, 그리고 다시 소위 큰집이란 데서 한때 같이 고생을 하던 갖가지 일들이 마치 구름 피어오르듯 기억에 떠올랐다.

──육이오 때 일이었다. 나는 어떤 혐의로 몇몇 사람의 당시 대학교수들과 함께 육군 특무대란 데 갇혀 있었다. 거기서 윤 생원을 처음 만났다. 물론 그땐 그가 이곳 사람인 줄도 몰랐다. 무슨 혐의로 들어왔느냐고 물어도 그는 얼른 대답을 하지 않았다. 곧 나갈 거라고만 했다. 곧 나갈 거라고 장담을 하던 사람이 얼마 뒤 역시 우리의 뒤를 따라 감옥으로 넘어왔다. 감옥에서는 그도 제법 사상범으로 통해 있었다. 누가 붙였는지는 모르되 '송아지 빨갱이'라는 별명이 붙어 있었다. 그의 말에 의하면 이유는 간단했다──한창 무슨 청년단인가 하는 패들이 마구 설칠 땐데, 남에게 배내를 주었던 그의 송아지를 그들이 잡아먹은 게 분해서, 배내먹이던 사람에게 송아지를 물어 내라고 화풀이를 한 것이 동기의 하나였다고 한다. 그 바보 같은 사람이 뒤퉁스럽게 그 청년단을 찾아가서 그런 고자질을 한 것이 꼬투리가 되어, '이 새끼 맛 좀 볼 테야?' 하는 식으로 잡혀 왔다는 이야기였다. 그밖에 또 하나 주목받을 이유가 될 만한 것은, 자기 고향인 조마이섬에 문둥이 떼가 이주해 왔을 때(물론 정부의 방침이었지만) 그들을 몰아 내기 위해 싸우다가 결국 경찰 신세를 졌던 일이라 했다. 그러면서도 그 자신 무슨 영문인지를 확실히 모르고서 옥살이를 했다. 다만 '송아지 빨갱이'라는 별명으로서.

어쩌다가 세수터에서라도 마주칠 때 '송아지 빨개이!' 할라치면 텁수룩한 머리를 끄덕대며 사람 좋게 웃던 윤춘삼 씨의 그때 얼굴이 눈에 선해 왔다.

"좋은 사람이었지요."

"그라문니요? 지금도 우리 집에 가끔 옵니더."

건우 어머니도 맞장구를 쳤다.

이야기꾼들이 곧잘 쓰는 '우연성'이란 것을 아주 싫어하는 나지만, 그날 저녁 일만은 사실대로 적지 않을 수가 없다.

어둡기 전에 건우의 집을 나서서 하단쪽 나루터로 되돌아오던 길목에서 뜻밖에 이제 얘기하던 바로 그 윤춘삼이란 사람과 마주치게 되었으니 말이다.

"야, 이거 ×선생 아니오! 이런 섬에 우짠 일로?"

송아지 빨갱이, 아니 윤춘삼 씨는 덥썩 내 손을 잡으며 반가워했다.

"아이들 가정방문을 왔다 가는 길이죠. 참 오랜만이군요."

"가정방문?"

그는 수인사는 제쳐놓고,

"그럼 건우 집에도 들렀겠네요?"

"네, 이 섬에는 건우 한 애뿐입니다. 내가 맡아 있는 애로서는——"

"마침 잘 됐다. 허허 참 세상에는 이런 수도 다 있다카이! 인자 막 선생 이바구니를 하고 오던 참인데……."

윤춘삼 씨는 뒤에 따라오던 웬 성큼한 털보영감을 돌아보며,

"자 인사 드리시오. 당신 손자 '거무'란 놈 선생이요."

하며 내처 허허 하고 웃어 댔다. 벌써 약간 주기가 있어 보였다. 두 사람이 인사를 채 나누기 전에 윤춘삼 씨는,

"허허, 노상에서 이럴 수가 있나. 나도 여러 해 만이고……."

하며 털보영감더러 하단으로 되돌아가자는 것이었다. 아니 바로 떠밀듯

했다.

"암 그래야지. 나도 언제 한 분 꼭 찾아볼라 캤는데, 바래다 드릴 겸 마침 잘 됐구만."

멀쩡한 날에 고무장화를 신은 품이 누가 보나 뱃사람이 완연한 건우 할아버지도 약간 약주가 된데다 역시 같은 떼거리였다.

윤춘삼 씨는 만나자 덥썩 잡았던 내 손을 내처 아플 정도로 쥔 채 놓지 않았고, 건우 할아버지도 나란히 서게 되어 셋은 가뜩이나 좁은 들길을 좁으라 걸어 댔다. 땅거미를 받아선지 건우 할아버지의 갯바람에 그을린 얼굴이 거의 검둥이에 가까울 정도로 검어 보였다.

"갈밭새 영감, 오늘 참 재수좋네. 내가 술 샀지, 또 이런 선생님을 만났지……. 그러나 이분에는 영감이 사야 돼요."

윤춘삼 씨의 말이 떨어지기가 바쁘게,

"암 내가 사야지. 이분에는 정종이다. 고놈의 따끈한!"

아마 '갈밭새'가 별명인 듯한 건우 할아버지는, 그 억세고 구부정한 어깨를 건들거리며 숫제 신을 내듯 했다.

하단 나룻가의 술집은 모두가 그들의 단골인 모양이었다.

"어이 또 왔쇠이!"

건우 할아버지가 구부정한 어깨를 먼저 어느 목로집으로 들이밀었다. 다시 술자리가 벌어졌다. 술자리랬자 술상 대신 쓰이는 네 발 달린 널빤지를 사이에 두고 역시 네 발 달린 널빤지 걸상에 마주앉은 것이었지만.

"술은 정종! 따끈한 놈으로. 응이, 알겠소? 우리 거무 선생이란 말이어!"

갈밭새 영감은 자기와 비슷하게 예순 고개를 넘어 보이는 주인 할머니더러 일렀다.

그가 소원인 듯 말하던 '따끈한 정종'은 그와 윤춘삼 씨보다 나를 먼저 취하게 했다. 그러나 좀처럼 놓아 줄 눈치들이 아니었다.

"한 잔만 더——"

이번에는 건우 할아버지의 커다란 손이 연신 내 손을 덥썄다.

"비록 개깃배를 타고 있지만 나도 과히 나쁜 놈은 아임데이. 내 선생이바구 다 듣고 있소. 이 송아지 빨갱이(섬에까지 그런 별명이 퍼졌던 모양이다)한테도 여러 분 들었고 우리 손자놈한테도 듣고 있소. 정말 정말 홀륭한 선생님이라고. 그까짓 국회의원이 다 먼교? 돈만 있음 × 라도 다되는 기고, 되문 나라땅이나 훑이고 팔아 묵고 그런 놈들이 안 많던기요? 왜, 내 말이 어데 틀렸입니껴?"

갈밭새 영감은 말이 차차 엇나가기 시작했다.

자기로선 취중 진담일지 모르나 듣기만 해도 섬뜩한 소리를 함부로 뇌까렸다.

그런 얘길랑 그만두고 술이나 들라 해도 갈밭새 영감은 물론 이번엔 윤춘삼 씨까지 도리어 가세를 하고 나섰다.

"촌사람이라꼬 바본 줄 알지 마소. 여간 답답해서 그런 소릴 하겠소."

전깃불이 들어왔다. 불빛에 비친 갈밭새 영감의 얼굴은 한층 더 인상적이었다. 우악스럽게 앞으로 굽어진 두 어깨 가운데 짤막한 목줄기로 박혀있는 듯한 텁석부리 얼굴! 얼굴 전체는 키를 닮아 길쭉했으나 무엇에 짓눌려 억지로 우그러뜨려진 듯이 납작해진 이마에는, 껍질이 안으로 밀려들기나 한 듯한 깊은 주름이 두어 줄 뚜렷하게 그어져 있었다. 게다가 구렛나루에 둘러싸인 얼굴 전면이 검붉은 구릿빛이 아닌가! 통틀어 원시인이라도 연상케 하는 조금 무서운 면상이었다.

"와 빠히 보능기요? 내 안주(아직) 술 안 취했음데이. 염려 마이소."

갈밭새 영감은 기름이 절은 수건을 꺼내더니 이마를 한 번 훔치고서,

"인자 딴 말은 안하지요. 언제 또 만날지 모르이칸에 이왕 만낸 짐에저 송아지 빨갱이나 이 갈밭새가 사는 조마이섬 이바구나 좀 하지요."

그리고 정신을 가다듬기나 하듯이 앞에 놓인 술잔을 훌쩍 비웠다.

건우 할아버지와 윤춘삼 씨가 들려 준 조마이섬 이야기는 언젠가 건우

가 써 냈던 《섬 얘기》에 몇 가지 기막히는 일화가 붙은 것이었다.

"우리 조마이섬 사람들은 지 땅이 없는 사람들이오. 와 처음부터 없기 싸 없었겠소마는 죄다 뺏기고 말았지요. 옛부터 이 고장 사람들이 젖줄같이 믿어 오는 낙동강물이 맨들어 준 우리 조마이섬은——"

건우 할아버지는 처음부터 개탄조로 나왔다. 선조로부터 물려받은 땅. 자기들 것이라고 믿어 오던 땅이 자기들이 겨우 철들락말락할 무렵에 별안간 왜놈의 동척 명의로 둔갑을 했더란 것이었다.

"이완용이란 놈이 '을사보호조약'이란 걸 맨들어 낸 뒤라 카더만!"

윤춘삼 씨의 통방울 같은 눈에도 증오의 빛이 이글거리기 시작했다.

1905년——을사년 겨울, 일본 군대의 포위 속에서 맺어진 '을사보호조약'이란 매국조약을 계기로 소위 '조선 토지 사업'이란 것이 전국적으로 실시되던 일, 그리고 이태 후인 정미년에 가서는 '한국 정부는 시정개선에 관하여 통감의 지도를 수할 사'란 치욕적인 조목으로 시작된 '한일신협약'에 따라 더욱 그 사업을 강행하고 역둔토(驛屯土)의 대부분과 삼림원야(森林原野)들을 모조리 국유로 편입시키는 등 교묘한 구실과 방법으로써 농민들로부터 빼앗은 뒤, 다시 불하하는 형식으로 동척과 일인 수중에 옮겨 놓던 그 해괴망측한 처사들이 문득 내 머릿속에도 떠올랐다.

"쥑일 놈들."

건우 할아버지는 그렇게 해서 다시 국회의원, 다음은 하천 부지의 매립 허가를 얻은 유력자……. 이런 식으로 소유자가 둔갑되어 간 사연들을 죽 들먹거리더니,

"이꼴이 되고 보니 선조 때부터 둑을 맨들고 물과 싸워 가며 살아온 우리들은 대관절 우찌 되는기요?"

그의 꺽꺽한 목소리에는, 건우가 지각을 하고 꾸중을 듣던 날 '나릿배 통학생임더' 하던 때의 그 무엇인가를 저주하듯 한 감정이 꿈틀거리고 있는 것 같았다. 얼마나 그들의 땅에 대한 원한이 컸던가를 가히 짐작할 수가 있었다.

"섬사람들도 한 번 뻗대 보시지요?"

이렇게 슬쩍 건드려 봤더니 이번에 윤춘삼 씨가 그 말을 얼른 받았다.

"선생님은 그런 걸 잘 알면서 그러네요. 우리 겉은 기 멀 알며, 무슨 힘이 있입니꺼. 하도 하는 짓들이 심해서 한분 해 보기는 해 봤지요. 그 문둥이 떼를 싣고 왔을 때 말임더……."

윤춘삼 씨는 그때의 화가 아직도 사라지지 않는 듯이 남은 술을 꿀꺽 들이켰다.

"쥑일 놈들!"

마치 그들의 입버릇인 듯 되어 있는 이 말을 안주처럼 되씹으며 윤춘삼 씨는 문둥이들과 싸운 얘기를 꺼냈다.

——큰 도둑질은 언제나 정치하는 놈들이 도맡아 한다는 게 서두였다. 그러면서도 겉으로는 동포애니 우리들의 현실정이 어떠니를 앞세우것다! 그때만 해도 불쌍한 문둥이들에게 살 곳과 일거리를 마련해 준다면서 관청에서 뜻밖에 웬 문둥이들을 몇 배 해 싣고 그 조마이섬을 찾아왔더란 거다. 그야말로 섬사람들에게는 아닌 밤중에 홍두깨 내미는 격으로—— 옳아, 이건 어느 놈의 엉큼순지는 몰라도 필연 이 섬을 송두리째 집어삼킬 꿍심으로 우릴 몰아 내기 위해서 한때 문둥이를 이용하는 거라고 ……. 누군가의 입에서부터 이런 말이 퍼지기 시작하고, 그래서 그 섬사람들뿐 아니라 이웃 섬사람들까지 한둥치가 되어 그 문둥이 떼를 당장 내쫓기로 했더란 거다. 상대방은 자다가 호박을 주운 격인 병신들인데 오자마자 그 꼴을 당하고 보니 어리둥절은 하였지만, 그렇다고 호락호락 떠나갈 배짱들은 아니었다. 결국 나가라거니 못 나가겠느니 싸움이 벌어졌다.

"그때 바로 이 갈밭새 부자가 앞장을 안 섰능기요. 어데, 그때 문둥이 한테 물린 자리 한분 봅시더——"

윤춘삼 씨는 하던 말을 별안간 멈추고 건우 할아버지 쪽을 쳐다보았다. 그리고는 골동품 같은 마도로스 파이프를 뻑뻑 빨고만 있는 건우 할아버

지의 왼쪽팔을 억지로 걷어 올렸다. 나이에 관계없이 아직도 우악스러워
보이는 어깻죽지 밑에 커다란 흉터가 하나 남아 있었다.

"한 놈이 영감 여길 어설피 물고 늘어지다가 그만 터졌거든!"

윤춘삼 씨는 자랑삼아 이야기를 이었다.

──그렇게 악을 쓰는 문둥이들에 대해서 몽둥이, 괭이, 쇠스랑 할 것
없이 마구 들이대고 싸웠노라고. 그래서 이쪽에서도 물론 부상자가 났지
만, 괜히 문둥이들이 많이 상하고, 덕택에 자기와 건우 할아버지를 비롯
해서 많은 사람들이 그야말로 문둥이 떼처럼 줄줄이 경찰에 붙들려 가고
……. 그러나 뒷일이 더 켕겼던지 관청에서는 그 '기막힌 동포애'를 포기
하고 그 문둥이들을 도로 싣고 갔다는 얘기였다.

"그 바람에 저 사람은 육이오 때 감옥살이 또 안했능기요. 머 예비검
거라 카드나……."

건우 할아버지가 이렇게 한 마디 끼우니,

"그거는 송아지 때문이라 캐도……."

"누명을 써도 빨갱이는 되기 싫은 모양이제? 송아지 빨갱이는 좋고."

건우 할아버지의 이런 농에는 탓하지 않고서,

"그런 짓들 하다가 결국 그것들이 안 망했나."

윤춘삼 씨는 지금도 고소한 듯이 웃었다.

"다른 패들이 나와도 머 벨 수 있다나?"

건우 할아버지는 내처 같은 표정을 하였다.

"그놈이 그놈이란 말이지? 입으로만 머니머니 해댔지, 밭 맨드라 카니
제우(겨우) 맨들어 논 강둑이나 파헤치고, 나리(나루) 막는다 카면서 또
섬이나 둘러마실라 카이……."

윤춘삼 씨도 그리 밝은 표정은 아니었다.

"×선생님!"

건우 할아버지가 별안간 그 그로테스크한 얼굴을 내게로 돌렸다.

"우리 거무란 놈 말을 들으니 선생님은 글을 잘 씬다 카데요? 우리 섬

에 대한 글 한분 써 보이소. 멋지기! 재밌실 낌데이. 지발 그 썩어빠진 글올랑 말고……."

"썩어빠진 글이라뇨?"

가끔 잡문 나부랑이를 써 오던 나는 지레 찌릿해졌다.

"와 그 신문 같은 데도 그런 기 수타(많이) 난다 카데요. 남은 보릿고 개를 못 넹기서 솔가지에 모가지들을 매다는 판인데. 낙동강 물이 파아랗 느니 푸르니 어쩌니……하는 것들 말임더."

갈밭새 영감이 이렇게 열을 내기 시작하자 곁에 있던 윤춘삼 씨가,

"허허이 우리 선생님이 오늘 잘못 걸렸네요. 이 영감이 보통이 아임데 이. 그래도 선배의 씨라고……."

핀잔 비슷이 말했지만 건우 할아버지는 벌인 춤이 되어 버렸다.

"하기싸 시인들이니칸에 훌륭하겠지요. 머리도 좋고……. 선생도 시 인 아입니꺼. 그런데 와 우리 농사꾼이나 뱃놈들의 이바구는 통 안 씨는 기요? 추접다꼬? 글 베린다꼬 그라능기요?"

입이 말을 한다기보다 차라리 수염이 떨어 댄다고 느껴질 정도로 건우 할아버지는 열을 냈다.

"그만하소. 영감이 머 글이나 이르능기요. 밤낮 한다는 기 '곡구롱 우 는 소리'지. 어데 그기나 한분 해 부소."

윤춘삼 씨는 또 참견을 했다.

"곡구롱 우는 소리라뇨?"

나도 윤씨의 그 말에 귀가 쏠렸다. 어떤 고시조가 문득 생각났기 때문 이다.

"어데 해 보소, 모처럼 선생님을 모신 자리니."

하는 윤춘삼 씨의 말에, 그는 괜한 소리를 했구나 하는 표정을 지으며, 그 꺽꺽한 목청에 느린 가락을 넣기 시작했다——

곡구롱 우는 소리에 낮잠 깨어 니러 보니

작은아들 글 이르고 며늘아기 베 짜는데
어린 손자는 꽃놀이 한다.
마초아 지어미 술 거르며 맛보라 하더라.

건우 할아버지는 갑자기 침착해진 채 눈을 노 지그시 감고 불렀다. 땀
에 번지르르한 관자놀이 짬에 가뜩이나 굵은 맥이 한 줄 불쑥 드러나 보
이기까지 하였다. 가락은 육자배기에 가까웠으나 내용은 역시 내가 생각
했던 오(吳) 아무개의 고시조였다.
  "이 노래 하나만은 정말 떨어지게 잘 한다 카이!"
  윤춘삼 씨는 나 못지않게 감탄을 하면서 그가 그 노래를 즐겨 부르는
사연을 대강 말했다――그러니까, 그의 증조부 되는 분이 옛날 서울에서
무슨 벼슬깨나 하다가 그놈의 당파싸움에 휘말려서 억울하게 그곳 조마이
섬으로 귀양인지 피신인지를 해 와 살았는데, 그분의 살아 계실 때 즐겨
읊던 시조란 것이었다.
  사연을 듣고 보니 새삼 생각되는 바가 있었다. 그 노래를 부를 때의 갈
밭새 영감의 표정에, 은근히 누군가를 사모하는 듯한 빛이 엿보였을 뿐
아니라 그 꺽꺽한 목청에도 무엇인가를 원망하는 듯, 혹은 하소하는 듯한
가락이 확실히 떨리고 있었기 때문이다. 착각이 아니리라! 동시에 나는
아까 본 건우군의 집 사립 밖에 해묵은 수양버들 몇 그루가 서 있던 광경
이 새삼 기억에 떠오르고, 건우 어머니의 수인사 태도나 집안을 다스리는
범절이 어딘지 모르게 체통이 있는 선비 가문의 후예같이 짚어졌다.
  "아드님은 육이오 때 잃으셨다지요?"
  내가 술을 한 잔 더 권하며 위로삼아 물으니까,
  "야……, 큰놈은 그래서 빼도 못 찾기 되고 작은놈은 머 사모아 섬이
라 카던기요, 그곳 바닷속에 너어(넣어) 버렸지요."
  "사모아 섬?"
  나는 그의 기구한 운명을 생각했다.

"야, 삼치잡이 배를 탔거든요……."

이러고 한숨을 쉬는 건우 할아버지의 뒤를 곁에 있던 윤춘삼이가 또 받아 이었다.

"와 언젠가 신문도 짜다라(많이) 안 났던기요. '허리케인'인가 먼가 하는 폭풍을 만내 시운찮은 우리 삼칫배들이 마구 결단이 난 일 말임더."

나도 건우 할아버지도 더 말이 없는데 윤춘삼 씨가 혼자 화를 내듯,

"낙동강 잉어가 띠이 정지(부엌) 바닥에 있던 부지깽이도 띤다 카듯이 배도 남 씨다가 베린 걸 사 가주고 제북(제법) 원양어업인가 먼가 숭(흉)내를 낼라 카다가 배만카에는 사람들까지 떼죽음을 안 시켰능기요. 거에다가(게다가) 머 시체도 몬 찾았거니와 회사가 워낙 시원찮아 노오니 위자료란 기나 어디 지데로 나왔능기요. 택도 앙이지 택도 앙이라!"

"없는 놈이 할 수 있나. 그저 이래 죽고 저래 죽는 기지 머!"

갈밭새 영감은 이렇게 내뱉듯이 해 던지고선, 아까부터 손 안으로 만지 작거리고 있던 두 알의 가래 열매를 별안간 세차게 달가닥 대기 시작했다. 마치 그렇게라도 함으로써 세상의 모든 근심 걱정을 잊어버리기나 하려는 듯이. 어찌 들으면 남의 신경을 곤두서게 하는 그 딱딱한 소리가, 실은 어떤 깊은 분노의 분출을 억제하는 그의 마음의 울부짖음 같기도 했다.

그러나 나는 이내 따그르르 따그르르 하는 그 소리가, 바로 나룻가 갈밭에서 요란스럽게 들려 오는 진짜 갈밭새들의 약간 처량스런 울음소리와 흡사하다 느꼈다. 한편 또 조마이섬의 갈밭 속에서 나고 늙어 간다는 데서 지어졌으리라 믿어 왔던 갈밭새란 별명에, 어쩜 그가 즐겨 굴리는 그 가랫소리가 갈밭새의 울음소리와 비슷한 데 연유되지나 않았을까 하는 생각이 들기도 했다.

세 사람은 한참 동안 말이 없었다. 갓 나온 듯한 흰 부나비 두 마리가 갈팡질팡 희미한 전등불에 부딪칠 뿐이었다. 파닥거리는 소리도 없이.

그러고 두어 달이 지났다.

낙동강 물이 몇 차례 불었다 줄었다 하는 동안에 그해 여름도 어느덧 막바지에 접어들었다. 갈대도 이젠 길길이 자라서, 가뜩이나 섬사람들의 눈에도 잘 띄지 않는 갈밭새들이 더욱 깃들기 좋을 만큼 우거진 무렵이었다. 아침 저녁 그 속에서 갈밭새들이 한결 신나게 따그르르 따그르르 지저귀어 대면 멀잖아 갈목도 빠져 나온다 한다. 물론 학교도 방학이 끝날 무렵이다.

건우는 그 동안 그 지긋지긋한 지각 걱정을 안해도 좋았다. 한나절이면 그야말로 물거미처럼 물 위를 둥둥 떠다녀도 무방했다.

아닌게아니라 한여름 동안 얼마나 물과 볕에 그을렸는지, 마지막 소집날에 나타난 건우의 얼굴은 사시장춘 바다에서 산다는 즈 할아버지 못잖게 검둥이가 되어 있었다.

"어지간히 그을었구나. 할아버지와 어머니도 잘 계시니?"

늦게까지 어름거리는 그를 보고 일부러 물어 봤더니,

"예, 수박 자시러 오시라 캅디더."

어머니의 전갈일 테지, 딴 소리까지 했다. 까막딱지가 묻힐 정도로 새까매진 얼굴이라 이빨이 유난히 희게 빛났다.

"집에서 수박을 심었던가?"

"예, 언제쯤 오실랍니꺼?"

숫제 다그쳐 묻는 것이었다.

"글쎄 언제 한번 가지."

"꼭 모시고 오라 카던데요?"

"그래, 오늘은 안 되고 여가 봐서 한 번 갈 테니까."

나는 그의 좁다란 어깨를 툭 쳐 주며 돌려보냈다. 처서가 낼 모레니까 수박도 한물 갈 때리라. 이왕이면 처서께쯤 한 번 가 볼까 싶었다.

그런데 공교히도 그 처서날에 비가 내리기 시작했다. 처서에 비가 오면 독 안의 곡식도 준다는 하필 그날에 추적추적 비가 내리기 시작했으니, 내가 건우네 집으로 가고 안 가고가 문제가 아니라, 그러한 경험과 속담 속에 살아온 농촌 사람들의 찌푸려질 얼굴들이 먼저 눈에 떠올랐다.

게다가 이건 이른바 칠팔월 긴 장마가 아니라, 하루이틀, 그러다가 사흘째부터는 바로 억수로 변해 가더니 마침내 광풍까지 겹쳐서 온통 폭풍우로 바뀌고 말았다. 육십 년이래 처음이니 뭐니 하고 떠드는 라디오나 신문들의 신나는 듯한 표현들은 나중에 있은 얘기고, 아무튼 그날 새벽에는 하늘이 내려앉고 땅이 뒤흔들리거나 하듯이 우레 번개가 잦고 비바람이 사나웠다.

이렇게 되면 속담 말로 '칠월 더부살이 주인 마누라 속곳 걱정' 정도의 장마 경황이 아니다. 더부살이도 우선 제 살 구멍 찾기가 급하다. 반면 제 한 몸이나 제 집구석에 별탈만 없으면 남의 불행쯤은 오히려 구경삼아 보아 넘기는 게 도회지 사람들의 버릇이다.

한창 천지가 진동하던 몇 시간 동안은 옴쭉달싹도 않던 사람들이, 비가 좀 뜨음하니까 사립 밖으로 꾸역꾸역 기어나오기가 바빴다. 늙은이나 어린애들은 하불실 가까운 개울가쯤 나가면 족하지만, 어른들은 그 정도로서는 한에 차질 않는다.

"낙동강이 넘는다지?"

"구포 다리가 우투룹단다!"

가납사니 같은 도시 사람들은 제멋대로 그럴싸한 소문을 퍼뜨리며, 소위 물구경에 미쳐서 낙동강이 내려다보이는 언덕으로, 산으로 올라들 갔다.

내가 집을 나선 것은 반드시 그런 호기심에서만은 아니었다. 다행히 하단 방면으로 가는 버스가 통한다기 얼른 그것을 집어탔다. 군데군데 시뻘건 뻘물이 개울을 이루고 있는 길을 차는 철버덕철버덕 기어가듯 했다. 대티 고개서부터 내 눈은 벌써 김해 들을 더듬었다.

'저런……!'

건우네 집이 있는 조마이섬 일대는 어느덧 벌건 홍수에 잠겨 가고 있지 않은가! 수박이 문제가 아니다. 다시 흩날리기 시작하는 차창 밖의 빗속을 뚫고서, 내 시선은 잘 보이지도 않은 조마이섬 쪽으로 얼어붙었다. 동시에 '나릿배 통학생임더!' 하던 건우군의 가냘픈 목소리가 갑자기 귀에 쟁쟁 되살아나는 것 같았다.

고개 너머서부터 차는 더욱 끼우뚱거렸다. 논두렁을 밀고 넘어오는 물살이 숫제 쏴하는 소리까지 내면서 길을 사뭇 덮었다. 때로는 길과 논밭이 얼른 분간이 안 되어 가로수를 어름해서 달리기도 했다. 그럴 때마다 차 안의 손님들은 한층 더 떠들어 댔다. 대부분이 무슨 사연들이 있어서 가는 사람들이었지만, 그러한 사연들보다 우선 눈앞의 사정에 더욱 정신을 파는 것 같았다.

하단 나루께는 이미 발목물이 넘었다. '사라호'에 데인 경험이 있는 그곳 주민들은 잽싸게 이불이랑 세간 부스러기를 산으로 말끔 옮겨 놓았고, 부랴부랴 끌어올린 목선들이 여기저기 나둥그러져 있는 길 위에는, 볼멘소리를 내지르는 아낙네와 넋잃은 듯한 사내들이 경황없이 서성거릴 뿐이었다. 물론 나룻배가 있을 리 없었다. 예측 안한 바는 아니지만 행여나 싶었던 마음에도 실망은 컸다.

배 없는 나루터를 비롯해서 가까운 강가에는 경비를 나온 듯한 소방대원 같은 복장의 사람들과 순경 한 사람이 버티고 있었다. 아무리 가까이 오지 말라, 혹은 가지 말라 외대도 사람들은 들은 체 만 체했다. 물이 점점 더 붇고 있는 모양이었다.

나는 닭 쫓던 개 지붕 쳐다보듯이 밀려 오는 강물만 맥없이 바라보았다. 어느 산이라도 뒤엎었는지 항토로 물든 물굽이가 강이 차게 밀려 내렸다. 웬만한 모래톱이고 갈밭이고 남겨 두지 않았다. 닥치는 대로 뭉개고 삼킬 따름이었다. 그러고도 모자라는 듯 우르르 하는 강울림 소리는 더욱 무엇을 노리는 것같이 으르렁댔다.

둑이 넘을 정도로 그악스럽게 밀려 내리는 것은 벌건 물굽이만이 아니었다. 얼마나 많은 들녘들을 휩쓸었는지 보릿대랑 두엄더미들이 무더기 무더기로 흘러 내리는가 하면, 수박이랑, 외, 호박 따위까지 끼리끼리 줄

을 지어 떠내려 왔다. 이상스런 것은 그러한 것들이 마치 서로 약속이라
도 한 듯이 모두 강 한가운데로 줄을 지어 지나가는 것이었다.

"쳇, 용케도 피해 간다!"

저만큼 떨어진 데서 장대 끝에 접낫을 해 단 억척보두들이 둥글둥글한
수박의 행렬을 향해 군침들을 삼켰다.

"그까짓 수박은 건지서 머 할라꼬? 하불실 돼지새끼라도 아담아 내야
지?"

이런 농지거리도 들렸다. 역시 접낫을 해든 주제에. 이들은 그저 물구
경을 나온 것이 아니라, 그런 가운데서도 엄연히 생활을 계산하고 있는
것이었다.

나는 그들의 대담한 태도와 농담에 잠깐 정신을 팔다가, 다시 조마이섬
이 있는 쪽으로 눈을 돌렸다. 부슬비가 계속 광풍에 흩날리고 있었다. 얼
핏 홍적기(洪積期)를 연상케 하는 몽롱한 안개비 속이라 어디가 어딘지
분별할 도리가 없었다.

'건우네 집은 벌써 홍수에 잠기지나 않았을까?'

불안한, 그리고 불길한 예감이 자꾸 들기 시작했다.

"물이 이 정도로 불어나면 건너편 조마이섬께는 어찌 되지요?"

생면부지의 접낫패들에게 불쑥 묻기까지 하였다.

"조마이섬?"

돼지새끼를 안아 내겠다던 키다리가 나를 힐끗 쳐다보더니,

"맹지면에는 땅이 조금 높은 편이라 카지만, 물이 이래 불으면 마찬가
지지요. 만약 어제 그런 소동이 안 일어났이문 밤새 무슨 탈이 났을지도
모를 끼요."

"어제 무슨 일이라도 있었던가요?"

나는 신경이 별안간 딴 곳으로 쏠렸다.

"있다뿐이라요? 문딩이 쫓아 낼 때보다는 덜했겠지만 매립(埋立)인강
먼강 한답시고 밀가리만 잔뜩 띠이 처먹고 그저 눈가림으로 해 놓은 둘

(둑)을 섬사람들이 우 대들어서 막 파헤쳐 버리고, 본대대로 물길을 티 났다 카드만요. 글 안했으문…….”

키다리는 혼자서 신을 내가며 떠들었다.

“쓸데없는 소리 말게. 괜히 혼날라꼬.”

곁에 있던 약삭빠른 얼굴의 사내가 이렇게 불쑥 쏘아붙이듯 하더니, 마침 저만큼 떠내려 오는 널빤지를 향해 잽싸게 접낫을 던졌다. 그러나 걸리진 않았다. 그렇게 허탕을 친 게 마치 이쪽의 잘못이나 되는 듯,

“조마이섬에 누가 있소?”

내뱉 듯한 소리가 짐짓 퉁명스러웠다.

“건우란 학생이 있어서…….”

나는 일부러 학생의 이름까지 대 보았다. 약삭빠른 눈초리가 다시 물굽이만 쏘아보고 말이 없으니까, 또 키다리가,

“그 아이 아배가 누군교?”

하고 나를 새삼 쳐다보았다.

“아버진 없고, 즈 할아버지 별명이 갈밭새 영감이라더군요.”

나는 건우 할아버지의 이름이 얼른 생각나지 않았다.

“아, 그렁기요? 좋은 노인임더.”

키다리는 접낫대를 세워 들더니,

“조마이섬의 인물 아잉기요. 어지(어제) 아침 이곳을 지나갔는데, 그 뒤 대강 알아봤거든……. 가고 난 뒤 얼마 안 돼서 그 일이 났단 말요.”

말머리가 어느덧 자기들끼리로 돌아갔다. 나는 굳이 파고 묻지 않았다.

그때 마침 판잣집 용마루 비슷한 길다란 나무가 잠겼다 떴다 하며 떠내려 가자, 조금 떨어진 신신바위 짬에서 별안간 쬐깐 쪽배 하나가 쏜살같이 나타나더니, 기어코 그놈에게 달라붙어서 한참 파도와 싸우며 흐르다가 마침내 저 아래쪽 기슭에 용케 밀어다 붙였다. 박수를 치기보다는 모두 숨을 죽이고 바라보기만 했다. 용감하다기보다 차라리 처참한 광경이

었다. 나는 거기서 누구에게도 보장을 받아 오지 못한 절박한 생활을 읽었다. 한 표의 값어치로서가 아니라, 다만 살기 위해서 스스로 죽을 모험을 무릅쓰는 그러한 행위는, 부질없이 그것을 경계하거나 방해하는 힘을 물리침으로써만 오히려 목숨 그 자체를 이어갈 수 있다는 산 증거 같기도 했다.

'갈밭새 영감이나 송아지 뺄갱이도 그냥 있지는 않았으리라!'

나는 조마이섬의 일이 불현듯 더 궁금해져서 이내 구포 가는 버스를 잡아탔다. 다리만 건너면 조마이섬 가까이까지 갈 수 있으리라 믿었다.

구포 다릿목에서 차를 내렸으나 물은 이미 위험 수위를 훨씬 돌파해서 다리는 통금이 돼 있었다. 비상경계의 붉은 깃발이 찢어질 듯 폭풍우에 펄럭이고, 다릿목을 건너지른 인줄 곁에는 한국인 순경과 미군이 버티고 있었다. 무거워 보이는 고무 비옷에 철모를 푹 눌러 쓰고 방망이를 해 든 폼이 여간 엄중해 뵈지 않았다. 그런데도 무슨 핑계들을 꾸며 대고 용케 건너가는 사람들이 있었다. 더러는 다리 위에서 유유히 물구경을 하는 사람들도. 나도 간신히 그들 틈에 끼었다. 우르르르 하는 강울림은 다리 위에서 듣기가 한결 우람스러웠다.

통행 금지의 팻말이 서 있어도, 수해 시찰을 나온 듯한 새까만 관용차만은 사뭇 물을 튀기며 지나갔다. 바람이 휘몰아칠 때는 거기에 날리기나 하듯이 더욱 빨리 지나갔다. 요컨대 일종의 모험이기도 했으리라. 안에 타고 있는 얼굴들은 알 길이 없었지만 어련히 심각한 표정들을 했으랴 싶었다.

내려다봄으로 해서 한결 사나운 물굽이가 숫제 강을 주름잡듯 둘둘 말려 오다가, 거의 같은 지점에서 쏴아 하고 부서졌다. 그럴 때마다 구슬, 아니 퉁방울 같은 물거품이 강 위를 휘덮고 때로는 바람결을 따라서 다리 위까지 사뭇 퉁겼다. 그러한 강 한가운데를 잇따라 줄을 지어 떠 내려오는 수박이랑 두엄더미들이 하단서 볼 때보다 훨씬 많았다. 말하자면 일종의 장관에 가까웠다.

"아까 그 송아지는 정말 아깝던데……."

이런 뚱딴지 같은 소리도 푸득 귓가를 스쳐 갔다.

조마이섬에 있는 먼 명지면 쯤은 완전히 물바다로 보였다. 구름을 이고 한가하던 원두막은 다시 찾아볼 길이 없고, 길찬 포플러 나무들도 겨우 대공이만은 남은 듯 바람에 누웠다 일어났다 했다. 지루하게 긴 다리를 지루하게 건너, 물구경 나온 인파를 헤치고 강둑 길을 얼마 못 갔을 때였다. 뜻밖에 거기서 윤춘삼 씨와 마주쳤다. 헐레벌떡 빗속을 뛰어오던 송아지 빨갱이——아니 윤춘삼 씨는 머리끝에서 발끝까지 온통 물에서 막 건져 올린 사람처럼 젖어 있었다. 하긴 내 꼴도 그랬을 테지만.

"우짠 일인기요?"

하고 덥썩 내 손을 검잡는 윤춘삼 씨는, 그저 반갑다기보다 숫제 고마워하는 기색까지 보였다.

"조마이섬은 어찌 됐소?"

수인사란 게 이랬더니,

"말 마이소. 자, 저리 가서 이야기나 합시더……."

그는 나를 도로 다릿목 쪽으로 끌었다.

"아니, 섬 쪽으로 가 보려 했는데요?"

"가야 아무것도 없소. 모두 피난소로 옮기고, 남은 건 물바다뿐입더. 우짤라꼬 이놈의 하늘까지……."

별안간 또 한 줄기 쏟아지는 비도 피할 겸 윤춘삼 씨는 나를 다릿목 어떤 가겟집으로 안내했다. 언젠가 하단서 같이 들렀던 집과 거의 비슷한 차림의 주막집이었다.

둘 사이에는 한참 동안 말이 없었다. 너무나 다급하고 또 수다한 말들이 두 사람의 입을 한꺼번에 봉해 버렸다 할까!

"건우네 가족도 무사히 피난했겠지요?"

먼저 내 입에서 아까부터 미뤄 오던 말이 나왔다.

"야……."

해 놓고도 어쩐지 말끝이 석연치 않았다.

"집들은 물론 결단이 났겠지만, 사람은 더러 상하진 않았던가요?"

나는 이런 질문을 해 놓고 이내 후회했다. 으레 하는 빈걱정 같아서.

"집이고 농사고 머 있능기요. 다행히 목숨들만은 건졌지만, 그 바람에 갈밭새 영감이 또 안 끌려갔능기요."

윤춘삼 씨는 가슴이 내려앉는 듯한 무거운 한숨을 내쉬었다.

"건우 할아버지가?"

나는 하단서 그 접낫패에게 얼핏 들은 얘기를 상기했다.

"그래서 내가 지금 경찰서꺼정 갔다 오는 길인데, 마침 잘 만냈임더. 글 안해도…….."

기진맥진한 탓인지 그는 내가 권하는 술잔도 들지 않고 하던 이야기만 계속했다.

바로 어제 있은 일이었다. 하단서 들은 대로 소위 배짱들이 만들어 둔 엉터리 둑을 허물어 버린 얘기였다.

――비는 연 사흘 억수로 쏟아지지, 실하지도 않은 둑을 그대로 두었다가 물이 더 불었을 때 갑자기 터진다면 영락없이 온 섬이 떼죽음을 했을 텐데, 마침 배에서 돌아온 갈밭새 영감이 설두를 해서 미리 무너뜨렸기 때문에 다행히 인명에는 피해가 없었다는 것이다.

"그런데 와 건우 할아버진 끌고 갔느냐고요?"

윤춘삼 씨는 그제야 소주를 한 잔 혹 들이켜고 다음을 계속했다――섬사람들이 한창 둑을 파헤치고 있을 무렵이었다 한다. 좀더 똑똑히 말한다면, 조마이섬 서쪽 강둑길에 검정 지프차가 한 대 와 닿은 뒤라 한다. 웬 깡패같이 생긴 청년 두 명이 불쑥 현장에 나타나더니 둑을 허물어뜨리는 광경을 보자 이내 노발대발 방해를 하기 시작하더라고. 엉터리 둑을 막아 놓고 섬을 통째로 집어삼키려던 소위 유력자의 앞잡인지 뭔지는 모르되, 아무리 타일러도, "여보, 당신들도 보다시피 물이 안팎으로 이렇게 불어나는데 섬사람들은 어떻게 하란 말이오?" 해 봐도 들어 주긴커녕 그중 힘깨나 있어 보이는, 눈이 약간 치째진 친구가 되레 갈밭새 영감의 괭이를 와락 뺏더니 물속으로 핑 집어 던졌다는 거다.

그리곤 누굴 믿고 하는 수작일 테지만 후욕패설을 함부로 뇌까리자, 순간 화가 머리끝까지 치밀었을 갈밭새 영감도,

"이 개 같은 놈아, 사람의 목숨이 중하냐, 네놈들의 욕심이 중하냐?"

말도 채 끝내기 전에 덜렁 그자를 들어 물속에 태질을 해 버렸다는 것이다. 상대방은 '아이고' 소리도 못해 보고 탁류에 휘말려 가고, 지레 달아난 녀석의 고자질에 의해선지 이내 경찰이 둘이나 달려왔더라고.

"내가 그랬소!"

갈밭새 영감은 서슴지 않고 두 손을 내밀었다는 거다. 다행히도 벌써 그때는 둑이 완전히 뭉개지고, 섬을 치덮던 탁류도 빙 에워돌며 뭉그적뭉그적 빠져 나가고 있었다는 것이다.

"정말 우리 조마이섬을 지키다시피 해 온 영감인데……. 살인죄라니 우짜문 좋겠능기요?"

게까지 말하고 나를 쳐다보는 윤춘삼 씨의 벌건 눈에서는 어느덧 닭똥 같은 눈물이 뚝뚝 떨어지기 시작했다. 법과 유력자의 배짱과 선량한 다수의 목숨……. 나는 이방인(異邦人)처럼 윤춘삼 씨의 캉캉한 얼굴을 건너다보았다.

폭풍우는 끝났다. 60년래 처음이니 뭐니 하고 수다를 떨던 라디오와 신문들도 이젠 거기에 대해서 감쪽같이 말이 없었다. 그저 몇몇 일간신문의 수해 구제 의연란에 다소의 금액과 옷가지들이 늘어 갈 뿐이었다.

섬사람들의 애절한 하소연에도 불구하고 육십이 넘은 갈밭새 영감은 결국 기약없는 감옥살이로 넘어갔다. 그리고 9월 새학기가 되어도 건우군은 학교에 나타나지 않았다. 끝내 돌아오지 않았다. 그의 일기장에는 어떠한 글이 적힐는지.

황폐한 모래톱——조마이섬을 군대가 정지를 하고 있다는 소문이 들렸다.

최서해의 작품과 울분의 인물

신 동 욱

1. 머리말

최학송(崔鶴松, 1901～1932)은 필명을 서해(曙海)라 했고, 함경북도 성진에서 출생하였다. 어려서 한학을 배운 다음 성진보통학교 5학년을 다닌 것이 그의 학력의 전부라고 전한다. 15세 때 잡지 『學之光』에 산문시를 발표한 경험이 있고, 1917년 간도로 건너가 막노동을 하며 지냈다.

1924년 단편 「고국(故國)」(朝鮮文壇 1호, 1924)과 다음해 「탈출기(脫出記)」(朝鮮文壇, 1925. 3)를 발표하여 신경향파의 문학적 지향을 보여준 한 중심적 작가로서 문단의 주목을 끌게 된다. 이어 「박돌(朴乭)의 죽음」(朝鮮文壇, 1925. 5) 그리고 「기아(饑餓)와 살륙(殺戮)」(朝鮮文壇, 1925. 6) 등으로 분노한 인물을 묘사하여 시대적 모순을 고발하는 일련의 작품들을 발표하였다.

1926년 창작집 「혈흔(血痕)」(글벗집, 1926. 2)을 간행하였다. 그리고 단편 「홍염(紅焰)」(朝鮮文壇, 1927. 1)을 발표하여 자신의 간도 체

험의 한 주요 소재를 작품화한 것으로 알려졌다.

1925년에 조선문단사(朝鮮文壇社)의 편집에 참가했고, 『현대평론』, 『중외일보』등 기자를 역임했다. 오랜 지병으로 1932년 젊은 나이에 세상을 떠났다.

작품집으로 『홍염』(三千里, 1931)이 간행되기도 했다.

2. 분노의 인간상

최학송은 이른바 신경향파(新傾向派)의 주요 작가로 알려졌다. 그의 단편 「탈출기」는 편지로 엮어진 작품으로 박군이 김군에게 집을 떠난 이유를 체험을 통해 밝히고 있다. 이 글의 제2장에서 희망을 품고 간도로 떠났던 당시를 다음과 같이 서술하고 있다.

> ——간도는 천부금탕이다. 기름진 땅이 혼하여 어디를 가든지 농사를 지을 수 있고 농사를 지으면 쌀도 혼한 것이다. 삼림이 많으니 나무 걱정도 될 것이 없다. 농사를 지어서 배불리 먹고 뜨뜻이 지내자. 그리고 깨끗한 초가나 지어 놓고 글도 읽고 무지한 농민들을 가르쳐서 이상촌(理想村)을 건설하리라. 이렇게 하면 간도의 황무지를 개척할 수도 있다.
>
> (語文閣, 新韓國文學全集 6권, 421~422면, 1970)

이렇게 기대를 품고 농토를 찾아 간도에 도착하였으나 농토를 얻기가 어려웠다. 그래서 실제로는 잡역부로 일하며 아무리 정직하고 부지런히 일을 해보아도 끼니조차 이을 수 없는 각박한 현실에 직면하게 된다. 심지어는 임신한 아내가 굶주려 남들이 먹다 버린 귤 껍질을 줏어다 먹어야 하는 고난을 겪기도 한다. 여기서 시대를 이끌어가는 제도에 문제가 있다

는 것을 깨닫고 탈가하여 "××단에 가입"하였다는 편지 내용으로 이
야기는 마무리되고 있다. 다음의 글에서 시대의 제도에 도전하는 분노한
심정이 나타나 있다.

험악한 이 공기의 원류를 쳐부수어야 하는 것이다.

(같은 책, 426면)

이처럼, 분노의 심정을 토로하면서, 시대가 요구하는 "민중의 의무"
를 실현한다는 각오로써 탈가함을 친구 김군에게 알리고 있다.

그리고 「박돌의 죽음」에서는 극도로 가난한 한 청년이 버린 고등어를
줏어 먹고 식중독에 걸려 목숨이 위급해지자 한의사의 도움을 청했으나,
돈 없는 환자인 것을 알고 한의사는 치료와 투약을 거부하여 환자는 죽고
만다. 여기서 분노한 그 어머니가 한의사를 찾아가 분풀이를 하며 한탄하
는 장면을 통해, 삶의 내부적 모순을 고발하고 있다.

「홍염」은 한국인 소작인과 중국인 지주와의 갈등을 묘사하여, 간도지
방에 사는 한국인들의 고난상이 제시되고 있다. 白河지방의 가난한 조선
인 소작인이 지주의 양곡과 소금을 빚내어 먹었으나 농사가 충실치 못하
여 그 빚을 갚지 못하게 되었다. 혹독한 추위가 몰아닥치자 중국인 지주
인가는 빚값으로 소작인의 딸 용녀를 첩으로 데려가 버린다. 이에 소작인
문서방은 여러 번 지주에게 탄원하여 딸을 찾아오려 했으나 매정하게 거
절당한다. 또 문서방의 아내가 병들어 그 딸을 한 번만 보고자 간청했으
나 그것 역시 거절당하고 문서방의 아내는 죽고 만다. 이에 격분한 문서
방은 바람이 심하게 부는 추운 겨울 밤 지주집에 방화하여 보복하는 것으
로 이야기는 마무리되고 있다.

이처럼 해결의 방도가 없는 막힌 사회의 문제를 발견하고, 순리로는 풀
리지 않고 오직 항거와 반항으로 비극적 결말에 도달하는 작품들이 주류
를 이루고 있다.

3. 마무리

1920년대의 삶의 불균형의 문제를 최서해는 분노한 인간상을 묘사하여 그 모순을 고발하는 문학적 특성을 가진다. 이렇게 볼 때, 최서해는 제도적 모순을 파헤치고 피해자로서의 농민상을 문제시한 작가임을 알게 된다. 그는 우리 문학사에서 신경향파를 이룬 최초의 작가로서, 리얼리즘의 확립에 기여한 공헌을 높이 평가받고 있다.

흙의 시적 의미와 농민의 개혁의지

신 동 욱

1. 이무영의 작품평설

이무영(李無影, 1908∼1960)은 충북 음성 출생으로 휘문중학 4년 수료 후 18세 때부터 일본에 건너가 1년간 노동하다가 작가 加藤武雄씨 집에서 기거하며 4년간 문학수업을 받았다. 이 무렵에 일본문학, 노서아문학, 프랑스문학을 탐독하였다. 첫 장편「의지(依支) 없는 청춘(靑春)」(靑鳥社, 1927),「폐허(廢墟)의 울음」(靑鳥社, 1928) 등을 발간했으나 별 반응이 없었다.

귀국 후 동아일보에 중편「지축(地軸)을 돌리는 사람들」(1933, 8. 5∼9. 22), 단편「B녀의 소묘(素描)」(新東亞 32호, 1934. 6),「흙을 그리는 마음」(新東亞, 1932. 9) 등을 발표하여 신인으로서 인정받았다.

1934년 동아일보 학예부 기자로 근무하며, 장편「먼동이 틀 때」(東亞日報, 1935. 8. 16∼12. 30), 단편「농부(農夫)」(批判, 1934. 11),「오도령(吳道令)」(批判, 1935. 5),「용자소전(龍子小傳)」(新家庭, 1934. 11∼12), 단편집『취향(醉香)』(朝鮮文學社, 1937) 등이 발표되었다.

1936년 동아일보의 일장기 사건으로 신문이 정간되자, 1937년 신문사를 사직하고 시인 이흡(李洽)이 있는 수원의 궁촌으로 이사하였다. 단편집 『무영단편집』(漢城圖書, 1938)을 간행하고, 단편 「제1과 제1장(第一課 第一章)」(人文評論 1, 1939. 10)과 「흙의 노예(奴隷)」(人文評論, 1940. 4) 등 농민문제를 본격적으로 작품화하였다. 이른바 계몽적 지도 의식과는 다른 농민의 현실문제를 다루어 평가받게 된다. 이어 「향가(鄕歌)」(每日新報, 1943. 5~9)를 발표하여 농촌의 현실문제를 농민 중심으로 다루어 평가를 받았다. 1943년 조선예술상(朝鮮藝術賞)을 수상하였다.

광복 후 1946년 서울대학교에서 소설론을 강의하고, 6·25 당시에 해군에 입대하여 해군정훈교육을 담당하였다. 1954년 당시까지 6·25로 잃은 원고가 많았는데, 「농민(農民)」이 남아 금융조합 연합회에서 간행된 다음 다시 교정을 보고, 1959년 민중서관의 『조선문학전집』으로 간행되었다. 이 작품은 애초에 5부작으로 계획했던 것임을 작가는 밝히고 있다.

이무영의 「제1과 제1장」에는 일본에서 고생하며 전문학교를 다니고 나서 조선에 나와 신문사 기자로 지내다가 동료들의 만류에도 불구하고 사표를 내고 시골로 이사하는 주인공 수택이 등장한다. 수택은 매일 같이 신문기사를 작성하는 일에 심한 갈등을 느끼고 작품활동을 해야 한다는 의식 때문에 우울하게 지내다가 결국 사표를 내고 농촌으로 온 것이다. 그의 마음속에서 농사짓는 그의 아버지의 목소리가 늘 살아 있다.

　　사람은 흙내를 맡아야 산다. 너도 공불하고 나선 아비와 같이 와
　서 농사를 짓자.(民衆書館, 韓國文學全集 10, 493면. 1959)

이처럼, 농민의 삶에 깃든 창조에의 집념에 이끌려 수택은 농사짓는 현장으로 왔으나, 사실은 아버지와 긴 세월을 갈등 속에 지내온 것이다.

어느 날 밤 수택의 집에 도둑이 들었을 때 수택의 아버지는 애원하는 목소리로 "아무 것두 없으니 나오! 나오!" 하는 소리가 나고 도둑은 "나갈 길 좀 튀워 주서유!" 하는 것이다. 이때 수택은 도둑을 잡고 학생 때 배운 유도로 도둑을 업어치고 두 팔을 꽁꽁 묶는다. 그런데 수택의 아버지는 오히려 아들을 나무라며 다음과 같이 말한다.

> "이 몰인정한 녀석. 내 물건 도적 안 맞았으면 그만이지 사람은 왜 친단 말이냐! 응. 이 치운 겨울에 도적질하는 사람은 여북해 하는 줄 아냐? 우리네 시골 사람은 그런 법이 없다."
> 도적은 울고 있었다. 도적의 등에는 쌀 한 말이 짊어지어졌다.
>
> (같은 책, 496면)

이러한 아버지로부터 후덕한 농민의 삶의 자세를 발견할 수 있다. 수택도 감화되어 도회적인 삶의 방식에서 차츰 벗어나 열심으로 농사일을 하게 된다. 수택과 그의 처는 농사일의 고통과 불편하고 비위생적인 농촌의 삶에 차츰 익숙해지며 노동의 충족감을 맛보게 된다.

가을이 되어 타작한 벼가마를 어렵게 지게에 지고 코피까지 흘리며 운반하는 고역까지도 마다하지 않고, 참된 농민으로서 살아가는 모습이 확연히 묘사되고 있다. 즉 전시대의 농민문학이 관념적이고 지도적인 계몽의식에 머물렀는데 반해 이무영은 체험적 농민상을 창조하여 현실성을 획득하고 있다.

이러한 맥락에서 「흙의 노예」도 매우 중요한 작품으로서 흙을 사랑하고 흙과 일체감을 이루는 농민의 벅찬 운명이 천명되고 있다. 이 작품은 「제1과 제1장」의 속편으로서 수택의 농민수업과 농촌공동체의 삶의 내용이 세세하게 그려지고 있다. 특히 수택의 아버지의 일생이 조명되면서 흙의 의미와 농민의 운명이 융합되어 다루어지고 있다.

수택의 아버지 김노인은 고아로 자라나, 머슴살이 십 년에 소 한 마리

와 돈 200냥을 벌어 그것을 근거로 평생을 근면히 일하여 서른 마지기의
전답을 얻어 영농하여 왔으나, 말년에 이르러 토지를 모두 잃는다는 이야
기이다. 이 이야기 속에는 새 세대의 안목에서는 농업을 통해 성취할 수
없다는 가치관의 변모 과정도 적절히 암시되었으나, 흙 자체의 근원적인
생성력에 정신적으로 일체감을 이루며 살아온 김노인의 가치인식이 감동
깊게 묘사되고 있다.

> 꺼뭇꺼뭇한 땅, 흥건한 논물, 가래를 지르기만 해도 기름이 지르
> 르 흐르는 바닥 흙이 철컥철컥 나가 빠질 것 같다. 발을 들여 놓을 때
> 마다 아래 종아리에 흙과 물이 뛸 때의 그 감촉, 띄엄띄엄 소가 발
> 을 드놀 때마다 철벅거리는 물소리…… 흙에서 나서 흙을 만지며
> 늙은 이 농부에게는 논과 밭가는 사람의 팔자는 그대로 신선이었다.
> 이런 농부에게 있어서는 흙─땅은 그대로 희망이었고 기쁨이었
> 다. 그것은, 그대로 종교였다.(같은 책, 554~545면)

이러한 구체적 묘사에서 농부의 흙과 밀착된 생활감각과 신념이 그대로
일체화가 되고 있음을 깨닫게 된다. 그리고 이 감각적인 묘사는 생성의
기쁨을 포함시킨 흙의 의미이고 농민의 삶 자체임을 암시하고 있다.

아버지는 수택에게 "곡식이란 갓난애 같으니라"(548면)와 같이 말하
여, 인간과 흙과 곡식을 한가지로 존중하는 사상이 엿보이고 있다. 그리
고, 어려서는 농부인 아버지를 "위신을 해치는" 존재로 잘못 알았다가,
나이가 들어 농민의 참 정신을 아버지를 통해 발견하고, 마음속으로 존경
해 온 어느 위인보다도 아버지에게 더 깊은 존경심을 가지게 됨을 말하고
있다. 이렇게 하여 수택은 아버지가 잃은 땅을 찾아 다시 사들이는 일에
온갖 힘을 기울이고, 아버지는 운명하시는 것으로 이야기는 끝나고 있다.

여기서 흙과 농민의 생성적 가치에 통합된 의미를 작품의 주제로 설정
함을 알 수 있고, 어떠한 역경에서도 흙의 가치와 떠날 수 없는 농민의

운명이 제시됨을 알게 된다.

다음으로 장편 「농민」을 들 수 있다. 이 작품에는 지체 높은 양반이며 지주인 김승지가 농민의 존경을 받지 못하고 오히려 원망의 대상이 되고, 김승지를 "토구질"(土寇)하는 포악한 인물로 제시하고 있다. 이 마을의 장쇠는 금순이와 혼인하여 단란하게 사는 젊은 농민부부인데 김승지가 금순을 꾀어 능욕하자 금순은 자결하게 된다. 이 사건으로 장쇠는 마을을 떠나고 동학농민군의 장군이 되어 미륵동에 나타나 김승지를 잡아 그 죄상을 공개적으로 성토하고 응징하게 된다.

이러한 이야기의 펼침에서 구한말의 관료와 양반층이 농민과 평민을 대상으로 극도로 약탈한 사실이 제시되고, 1894년 동학농민운동이 일어날 사회정세에도 언급하여 역사적 필연성으로서의 농민운동의 성격을 서사적 장치로 묘사하고 있다.

장쇠의 아버지 치수의 농사 일에 관한 신념은 다음과 같이 제시되고 있다.

> ……우리네 농군들이 농살 짓는다는 건 이해타산만 가지구는 못 짓거든. …(中略)… 하느님이 시키는 노릇이란 말야. 하느님이 비를 주실 때 어떤 낭구만이 비를 먹구 자라던가. 미륵동 아무개만이 비를 받아서 농살 잘 지으라던가 하는 것이 아닌 것처럼 우리네 농군이 농살 짓는 것두 이 농살 지어서 나만 잘 먹으리라 하는 건 아니거던. 내가 먹던 누가 먹던 농사가 잘 돼야 우리네 인간들이 먹구 살 수가 있다 — 이런 생각에서 짓는 게지.(같은 책, 62면)

여기서 농민의 생산정신의 인도주의적 가치인식이 적절히 노출되고 있다. 즉 삶의 공유로서의 공존사상이 이무영의 농민문학에 깃든 인도주의 사상을 확연히 이해할 수 있다. 이런 사상적 맥락에서 개인의 부와 개인의 쾌락에 빠진 김승지는 부도덕한 인물로 지탄을 받게 된다.

장쇠는 구한말의 사회적 정세 아래 시대적 모순을 정면으로 맞서 투쟁하는 반항적이고 개혁적 인물로 설정되고 있다. 이 작품의 끝부분에서 장쇠에 의해 김승지와 박의관이 시대의 악으로서 응징은 되면서도 "아직 면동은 틀 염도 하지 않고 있었다."와 같이 묘사하여 새 시대의 전망이 어두움을 암시하였다.

3. 마무리

작가는 일차적으로는 흙과 삶의 생성적 의미를 밀도 있게 조명하고, 이어서 그 의미의 객관적 재조명을 위해 사회신분계층의 대립적 구조를 본격적으로 다루었음을 알 수 있다. 특히 전 시대의 도식적 계몽주의 이념에서 벗어나, 농토와 농민의 관계, 제도와 농민의 현실적 얼킴을 객관적으로 조명한 것이 이무영 소설의 큰 가치이다. 특히 인물의 심정에 깃든 겸허한 농민적 자세와 농사를 천직으로 아는 농민상이 형상화되어 독자들의 감동을 유발시킨다.

이무영은 우리 문학사에서 흙의 생성력과 농민의 운명을 시적 진실로서 묘사한 1930년대의 가장 뛰어난 작가로 평가된다.

박영준의 작품과 순응적 농민의 비판

신 동 욱

1. 머리말

박영준(朴榮濬, 1911~1976)은 호를 만우(晚牛)라 했고, 평안남도 강서군 신두면 신리에서 출생하였다. 평양 광성고등보통학교를 졸업하고, 연희전문 문과를 졸업(1934)하였다. 1935년 고향에서 독서회 사건으로 5개월 구류되었고, 간도 용정에 가 동흥중학(東興中學) 교사로 근무하였다. 1946년 광복 후 귀국하여 신문사에 근무하다가 1951년 종군작가단에 참가하였다. 1954년부터는 연세대학교에서 교편을 잡았다.

연전시대부터 작품을 써오다가, 1934년 조선일보 신춘문예에 단편「모범경작생(模範耕作生)」이 당선되어 창작활동을 시작하였다. 이어 장편「一年」(新東亞, 1934. 3~1934. 10)이 역시 당선되었다. 이어「생호라비」(開闢, 新刊, 1935. 1)와「딸과 개」(朝鮮文壇, 1935. 4) 그리고「어머니」(朝鮮文壇, 1935. 5~1935. 7)가 발표되었다.

작품의 취재경향이 모두 농민문제였으므로 농민문학 작가로서 알려지기 시작하였다. 이 밖에도「동정」(風林, 1936. 2),「쥐구멍」(風林,

1937. 3),「아버지의 꿈」(四海公論, 1936. 1) 그리고 「목화씨 뿌릴 때」(四海公論, 1936. 8) 등의 작품에서도 주로 농민의 가난한 삶의 문제를 다루었다.

광복 후에는 차츰 도시주변의 생활상을 취재하는 방향으로 전환해 갔다. 단편 「아내도 돌아오다」(新世代, 1946. 7),「고향없는 사람들」(白民, 1947. 2),「풍운(風雲)」(新天地, 1947. 10),「체취(體臭)」(文學藝術, 1955. 11) 등 서민들의 삶 의식을 조명하여 도덕성의 문제를 그려냈다. 단편집 『木花씨 뿌릴 때』(서울타임즈社, 1946),『風雪』(文星堂, 1951),『그늘진 꽃밭』(新韓文化社, 1953) 등을 간행했고, 제1회 아세아자유문학상(1954)도 수상했다.

장편으로는「애정(愛情)의 계곡(溪谷)」(三省社, 1953),「열풍(熱風)」(世文社, 1954),「청춘병실(靑春病室)」(嶺南日報, 1951),「태풍지대(颱風地帶)」(서울신문, 1957),「고속도로(高速道路)」(東亞日報, 1969) 등을 발표하였다. 1969년 향년 69세로 타계했다.

2. 일제치하의 순응적 농민 비판

단편 「모범경작생」은 빈곤한 농촌을 중심으로 젊은 농부들의 일제치하의 고난과 약삭빠른 순응의 문제를 동시에 묘사하고 있다.

작중 인물 길서는 부지런하고 경제적인 작물을 내어 마을에서는 앞서가는 젊은 농민으로 설정되어 있다. 면에서는 그를 모범경작생으로 인정하고 서울에서 강연도 듣고 농사연수도 받도록 주선하는 등 특별대우를 한다. 마을 청년들은 길서의 그런 처지와 서울 나들이를 선망하게 된다.

길서는 소학교밖에는 다니지 않았어도 군청과 면사무소 출입을 혼자할 수 있고, 또 농민을 지도했다. 서울 강습회 참가자로 군 전체의 세 명 중 한 명으로 뽑혀 마을 사람들의 칭찬을 받는다. 그러나 길서 또래의 청년들은 길서를 부러워하면서도 사실은 못마땅하게 생각한다. 그리고 마을 처녀 의숙과 길서는 서로 사랑하는 사이이다.

길서가 서울을 다녀온 날 밤, 길서는 서울 이야기와 강습받은 내용을 알려주며 불경기가 곧 풀릴 것이고, 공산주의를 경계하는 말도 들었다고 전한다. 그리고 부지런해야 산다는 말도 강조했다. 그러나 아무리 경기가 호전된다 해도 농민들의 삶은 경기와 무관하게 고통에 시달리는 삶의 연속일 뿐이어서 호경기가 과연 농민에게 무슨 의미가 있는가를 의심한다.

> "암만 호경기가 온다 해두 팔아먹을 것이 있어야 호경기지, 팔 거 없는 놈이 호경기는 무슨 소용이냐. 호경기가 되면 쌀이 많이 생기기나 하나…(白水社, 韓國短篇文學全集 第2卷, 288면. 1970)

이처럼 겨우 소작으로 생계를 유지하는 농민으로서는 서울의 강습회나 호경기가 무의미한 것일 수밖에 없다.

그런데 여기서 길서의 부지런함은 사실 교장의 도움과 면직원들과 친교를 맺고 있음으로 해서 생긴 것이다. 분명히 자기의 노력과 창의로 앞선 것이 아니라 일제의 지방관료들에게 아부하여 특혜를 받았던 것이다.

가을이 되어 흉작이 된 소작농들은 지주 서재당에게 도지를 감해 줄 것을 호소하기 위하여 길서의 도움을 청했으나 길서는 이에 동조하지 않는다. 나머지 소작료 재조정을 위해 간청하나 이 또한 거절을 당한다. 그리고 이러한 일에 길서는 전혀 협력하는 일이 없다. 그는 곧 일본 사찰단에 뽑혀 떠난다. 그런데 길서가 길러낸 뽕나무 묘목값은 터무니없이 높은 값으로 면에서 농민에게 공급되었고, 또 마을의 호별세 역시 높게 부과되어 마을 농민들은 이중 삼중의 고통을 받게 된다. 마을 청년들은 길서의 농간으로 그렇게 된 것을 알고 분노하여 그의 논에 박은 〈모범경작생 김길서〉라고 쓴 푯말을 뽑아 버린다. 이런 사실을 모르는 길서는 의기양양하게 일본 출장에서 마을로 돌아와 의숙에게 바나나 선물을 했으나 그녀의 오빠 성두의 분노한 모습에 도망쳐 버렸다는 내용이다.

이러한 이야기에 보인 바와 같이 작은 마을에서도 일제에 아부하여 개인의 이득을 취하는 간교한 인물이 보이고, 나아가서 그러한 인물로 인하여 마을의 정직한 소작 농민에게 피해를 끼치는 관제 모범경작생의 도덕성의 결핍이 비판적으로 조명되고 있다.

3. 마무리

이 밖에도 농민의 궁핍상이 여러 작품에서 다루어지고 있으며, 해방 후 작풍이 바뀌면서 도시생활에서 보이는 도덕성의 결핍상이 그의 소설적 주제로 나타남을 알 수 있다. 가령 「고속도로」 같은 작품에서는 서구적 개인주의의 오해로 오직 쾌락에 탐닉하는 도시인들의 비리를 냉엄히 비판하고 있다. 이런 점에서 본다면 박영준 소설에서 발견되는 객관적 묘사의 필치는 왜곡된 현실을 비판적으로 조명하는 데 적절한 예술적 수법이었다고 판단된다.

그러면서도, 이러한 비판정신 속에 인간애의 추구가 도덕적 건전성과 함께 드러나고 있다. 통속적 제재를 다루면서도 비판적 안목을 견지하며 인간의식이 살아나게 한 데 박영준 소설의 가치가 있다고 하겠다.

김정한의 작품과 항거하는 농어민상

신 동 욱

1. 머리말

김정한(金廷漢, 1908~   )은 호를 요산(樂山)이라 하고, 경남 동래군 북면 남산리에서 출생하였다. 고향에서 한문을 배우고 나서 사립 명정학교를 거쳐, 중앙고등보통학교(1922)를 다니다가 동래고보(1924~28)를 졸업했다. 울산에서 대현보통학교 교사로 있으면서 일인과의 차별대우에 불만을 품고 조선인 교원연맹 조직을 계획하다가 일본경찰에 검거되기도(1928) 했다. 그후 일본동경 제일외국어학원에서 1년간 공부하고 (1929), 다시 와세다대학 부속 제일고등학원 문과(1930~1932)에 적을 두고 공부했다. 그 당시 동경유학생회에서 간행한 『學之光』의 편집 (1931)에 참가하기도 했다.

1931년 여름 귀향했을 때 양산의 농민봉기에 관련되어 피검되고 이로 인하여 학업이 중단되었다. 그후 교원, 동아일보지국장 등을 지냈고, 치안유지법 위반으로 일경에 체포된 일도 있었다. 광복 후에는 건국준비위원회에서 일했고, 민주신보 논설위원(1945)을 지냈다. 그후 부산대학에서 교편을 잡았다.

1936년 작품 「사하촌(寺下村)」이 조선일보 신춘문예에 당선되어 작품활동을 시작하였다. 단편 「옥심이」(朝鮮日報, 1936. 6. 18～1936. 7. 1), 「항진기(抗進記)」(朝鮮日報, 1937. 1. 27～1937. 2. 11), 「기로(岐路)」(朝鮮日報, 1938. 6. 2～23), 「낙일홍(落日紅)」(朝光, 1940. 4), 「추산당(秋山堂)과 곁 사람들」(文章, 1940. 10) 등 작품을 발표했다. 작풍은 농민의 고난상을 현실주의적 관점에서 묘사했으며, 저항적 의지를 지닌 농민들을 형상화하였다.

단편집 『落日紅』(世紀文化社, 1956)이 간행되었으며, 「모래톱 이야기」(文學, 1966. 9)를 발표하여 그의 작가적 역량이 재평가 되기에 이르렀다. 그후 「곰」(現代文學, 1968. 6), 「제3병동」(世代, 1969. 1), 「수라도(修羅道)」(月刊文學, 1969. 8), 「인간단지(人間團地)」(月刊文學, 1970. 4) 등 1970년대의 사실주의 문학의 새 물결을 이루는데 주요한 역할을 한 작품들이 속속 발표되었다.

그 외에도 작품집 『人間團地』(한얼문고, 1971), 『第三病棟』(창작과비평사, 1974), 『修羅道』(三中堂, 1975), 『모래톱 이야기』(汎友社, 1976), 『洛東江의 파수꾼』(한길사, 1978), 『韓國代表短篇選』(金宇堂, 1982), 『황량한 들판에서』(黃土, 1989) 등이 있다.

2. 고난을 이겨내는 의지적 농민상

1936년에 발표된 「사하촌」은 가뭄을 배경으로 한 보광사(普光寺)의 농토를 소작하는 농민들의 현실적인 문제가 극명하게 밝혀지고 있다.

이야기의 첫 시작에는 오랜 가뭄에 의하여 메마른 땅에 지렁이가 개미 떼에 물려 "모질게" 온몸을 뒤틀며 고통을 당하는 묘사적 내용이 장면화되고 있다. 이러한 장면의 설정에서 작가는 농민들이 학대받고 힘들여 지은 농작물을 **빼앗**기는 불합리한 소작제도에 관한 암시적 장치로써 소설적 의미를 지니게 했다. 병들고 늙은 가난한 치삼 노인의 일가족이 가뭄의 상황 속에 소개된다. 그의 어린 손자는 젖을 먹지 못하여 울고 있고, 허기 지고 지친 아들 들개는 불만이 가득 찬 눈으로 남의 일에 품팔이 갔다 지쳐 돌아오는 아내에게 욕을 퍼붓는다. 이러한 가뭄과 가난이 농민들의 물싸움을 조장하고 특히 보광사의 중들은 논에 물을 댈 수 있지만 소작농들은 그 기회가 돌아오지 않는다.

　이러한 사례들이 곳곳에서 벌어지는데, 그중에서도 곰보 고서방은 농민들의 폭동이 두려워 방수하는 저수지 물을 논에 대려다가 보광사의 세력을 업고 있는 이시봉에게 얻어맞고 급기야는 주재소까지 끌려가게 된다. 그리고 지주의 눈에 거슬려 논 떼이고 자살한 허서방의 이야기도 아울러 제시된다. 곰보 고서방도 가장 무서운 것이 소작을 떼이는 것이었다.

　다음에는 농민의 고난과는 무관한 기우제와 기우제 불공을 거창하게 지내는 이야기가 보인다. 더구나 시주 돈이 없는 빈농층으로서는 보광사에서 올리는 불공행사가 아무런 의미도 없는 것이었다. 그리고 아이들도 수업료를 못 내어 퇴학당하고 돌아온다. 또 나무하는 아이들이 보광사 산직이에게 쫓기다 낭떠러지에서 참변을 당하지만, 호소할 곳도 없는 처지가 묘사되고 있다.

　추수기가 되자 소작료를 거둬들이려는 간평원이 나왔지만, 이들은 객관적으로 작황을 보고 간평하지 않고 흐뭇하게 향응을 받고 나서 실정에는 맞지 않게 터무니없이 소작료를 부과하고 만다. 이런 악순환에 소작농민들은 분노하고 드디어 성동리의 농민들은 야학당 마당에 모여 소작료면제를 위한 청원에 나서게 되고, 그들은 열매가 없는 농작물들을 들고 마을을 떠난다는 내용으로 이야기가 마무리되고 있다.

　이 작품은 소작제도의 모순과 토지세의 불합리한 부과 등이 객관적으로 주제화되고 있다. 여기서 소작농 들개의 분노는 그러한 소작농들을 대변

308   김정한

하는 미적 기능을 담당하는 인물로 설정된 전형적 의미를 가지고 있다.

「모래톱 이야기」는 낙동강 하류의 명지면의 토지문제를 다루어, 농민들의 격심한 고통과 그것을 딛고 부당한 세력에 결연히 대항하여 삶을 이끌어가는 의지적 인물이 설정되고 있다. 서술자는 K중학교의 교사로서 건우 소년이 명지면에서 나룻배로 통학하는 관계로 자주 지각함을 알게 되고, 또한 섬 생활에 관하여서도 알게 된다.

건우의 어머니는 6·25에 남편을 잃고 낙동강 하류의 모래땅에 뿌리를 내리고 건우를 교육시키는 다부진 어머니로 나타난다. 그리고 그 할아버지는 두 아들을 잃고도 건우를 보살피며 의지적으로 고된 세파를 헤쳐나가는 어부로 설정되고 있다. 서술자는 옥살이를 하던 때에 억울하게 갇힌 윤춘삼과 별명이 갈밭새 영감인 건우 할아버지와 만나 섬의 내력을 듣게 된다.

조마이 섬은 낙동강의 물이 밀어다 준 모래로 이루어진 것이고 그 땅은 당연히 조상대대로 이어 온 섬 사람들의 것이다. 그럼에도 불구하고 일제의 토지관할권 아래서 동척의 간섭에 의한 약탈당한 사실을 서술자는 상기하고, 광복 후에는 권력자들에 의하여 조마이 섬의 소유자가 자꾸 바뀌어 농민들이 일어나 싸우면서 땅을 지킨 내력이 소개된다. 한때는 문둥이 떼를 투입시켜 농민들을 쫓아내려는 악덕 정치인들의 농간을 이겨낸 적도 있었다. 이러한 이야기의 과정에서 건우 할아버지의 의지적이고 투쟁적인 의기가 밝혀지고, 끝내는 대홍수로 낙동강이 범람하는 위기에서, 역시 강둑을 만들어 땅을 소유하려는 세력과 맞싸워 경찰에 끌려간 사실이 밝혀진다. 홍수는 끝나고 수몰지구 난민들에게 약간의 구호물자가 의례적으로 전달되었지만 건우는 학교에 나타나지 않는다. 그리고 섬 주민들의 애원에도 불구하고 군인들이 정지(整地) 작업을 한다는 소문을 전하는 것으로 이야기는 마무리되고 있다.

이러한 작품에서 건우 할아버지가 뼈대 있는 사대부 집안의 후손으로 정직하고 정열이 있는 의기있는 인물로 묘사되어 있음을 서술자는 말한다.

불빛에 비친 갈밭새 영감의 얼굴은 한층 더 인상적이었다. 우악스
럽게 앞으로 굽어진 두 어깨 가운데 짤막한 목줄기로 박혀 있는 듯
한 텁석부리 얼굴! 얼굴 전체는 키를 닮아 길쭉했으나 무엇에 짓눌
려 억지로 우그러뜨려진 듯이 납작해진 이마에는, 껍질이 안으로 밀
려들기나 한 듯한 주름이 두어 줄 뚜렷하게 그어져 있었다. 게다가
구레나룻에 둘러싸인 얼굴 전면이 검붉은 구리빛이 아닌가! 통틀어
원시인이라도 연상케하는 조금 무서운 면상이었다.

(학원 한국문학전집 8, 342면, 1994)

  이러한 인물묘사에서 작가 김정한의 소설적 기량과 사상의 융합을 발견
하게 된다. 즉 불의에 결연히 항거하며 살아온 작가의 자세와 작중 인물
의 형상화에서, 비록 상상적 창조라는 미적 조작의 거리는 있지만, 이념
적으로는 거의 일치함을 엿볼 수 있다. 서술자의 서술행위를 작가 자신의
체험적 자아의 조종을 받으며 이루어진 것이라 이해된다.

3. 마무리

  김정한은 농어민의 삶을 구체적으로 대상화하여 삶의 역동적인 형성과
정을 냉엄하게 분석하고 그 역동성에 지배세력과 그에 맞서는 항거 세력
의 힘의 맞부딪침을 장면화하고 그런 중심 인물을 주효하게 형상화하는
작가로 보인다. 가령 「사하촌」의 '들개', 「모래톱 이야기」의 '갈밭새
영감'이 그러한 대표적 전형이라고 말할 수 있다. 부당한 세력에 순응하
지 않고 억세게 항거하는 정열과 투지가 깃든 인물을 통해, 삶을 합당하
게 이루어 가려는 역사적 원리에 집착하는 작가의 현실주의 지향을 발견
하게 된다. 그는 일관된 사실주의 작가로서 광복 후부터 오늘에 이르기까
지 시대의 불의에 항거하는 인간상을 묘사하였다.

작가연보

[최서해]

1901   함북 성진에서 태어나다.

1915(15세)   『학지광』에 산문시 세 편 발표.

1917(17세)   간도로 건너가 유랑생활하다.

1920(20세)   결혼하여 딸 하나를 두다.

1923(23세)   귀국, 회령에서 잡역부 생활. 북해일일신문에 시「자신」투고.

1924(24세)   빈곤으로 가족이 흩어지다. 『조선문단』에「고국」으로 문단 데뷔.

1925(25세)   「십삼원」,「탈출기」,「살려는 사람들」,「박돌의 죽음」,「기아와 살육」,「큰물진 뒤」등 발표.

1925(25세)   카프에 가담.

1926(26세)   「토혈」발간.「폭군」,「금붕어」,「팔개월」,「무서운 인상」등 발표. 조분려와 재혼.

1927(27세)   「홍염」,「전아사」,「낙백불우」등 발표.

1929(29세)   중외일보 기자로 근무. 카프 탈퇴.「행복」,「전기」,「누이동생을 따라서」발표.

1931(31세)   「홍염」발간. 매일신보 학예부장. 위병이 악화.

1932(32세)   위문협착증 수술을 받은 후 출혈이 심해 7월에 타계하다.

[이무영]

1908   충북 음성에서 차남으로 태어나다.

1920(13세)   휘문고등보통학교에 입학.

1925(18세)   도일, 일본작가 가토다케오(加藤武雄) 집에 기숙하며 4

년간 작가수업.

1926(19세)   처녀장편 「의지 없는 청춘」 발간.

1931(24세)   희곡 「한낮에 꿈꾸는 사람들」이 동아일보 현상모집에 당
            선. 「약혼 전말」, 「아내」, 「오도령」 등 발표.

1932(25세)   「지축을 돌리는 사람들」, 「꾸부러진 평행선」, 「흙을 그
            리는 마음」 발표.

1934(27세)   동아일보사 입사. 장편 「먼 동이 틀 때」를 동아일보에 연
            재. 「B녀의 소묘」 발표.

1935(28세)   황해도 출신의 고일신과 결혼. 「산가」, 「만보 노인」 발표.

1939(32세)   「궁촌기」, 「흙의 노예」, 「제1과 제1장」, 「어떤 아내」
            등 발표.

1942(35세)   「문서방」 발표.

1946(39세)   「흙의 노예」 발간.

1950(43세)   6·25 때 해군에 입대하다.

1956(49세)   서울시 문화상 수상

1959(52세)   「계절의 풍속도」 발표.

1960(53세)   4월 21일 뇌일혈로 타계하다.

[박영준]

1911   평남 강서에서 태어나다.

1934(24세)   연희전문학교 문과 졸업. 「1년」(신동아), 「모범 경작생」
            (조선일보), 콩트 「새우젖」(신동아)이 동시에 당선되어
            문단 데뷔.

1951(41세)   종군작가단 사무국장 취임.

1962(51세)   연세대학교 문과대학 교수.

1967(57세)   서울시 문화상(문학) 수상. 단편 「외짝 양말들」, 「추정」

등 발표.

1969(59세)　장편「고속도로」, 단편「파풍」, 「어떤 구제」발표.

1976(66세)　7월 14일 당뇨병으로 세상을 떠나다.

[김정한]

1908　경남 동래에서 태어나다.

1930(23세)　도쿄 와세다대학 부속 제1고등학원 문과 입학.

1931(24세)　조선인 유학생회지 『학지광』 편집에 참여.

1932(25세)　귀향, 양산 농민봉기 사건으로 피검, 학업 중단.

1936(29세)　「사하촌」이 조선일보 신춘문예에 당선. 「옥심이」(조선일
　　　　　　　보) 발표.

1937(30세)　「항진기」(조선일보) 발표.

1940(33세)　「낙일홍」(조광) 등 발표. 동아일보 동래지국 인수. 치안
　　　　　　　유지법 위반으로 피검.

1945(38세)　건국준비위원회에 관계하다.

1955(48세)　부산대학교 부교수.

1959(52세)　부산시 문화상(문학) 수상. 칼럼, 수필 다수 발표.

1966(59세)　「모래톱 이야기」(문학) 발표.

1968(61세)　「제3병동」(세대), 「수라도」(월간문학), 「뒷기미 나루」
　　　　　　　(창작과 비평) 등 발표. 「수라도」로 한국문학상 수상.

1970(63세)　「지옥변」(세대), 「인간단지」(월간중앙) 등 발표.

1973(66세)　「회나뭇골 사람들」(창작과 비평) 발표.

1983(76세)　『김정한 소설전집』 발간.

sodampublishingcompany

베스트셀러 한국문학선 12

탈출기(외)

펴낸날 | 1995년 6월 15일 초판 1쇄
          2002년 5월 10일   초판 14쇄
지은이 | 최서해(외)
펴낸이 | 이태권
펴낸곳 | 소담출판사
          서울시 성북구 성북동 178-2 (우)136-020
          전화 | 745-8566~7 팩스 | 747-3238
          e-mail | sodam@dreamsodam.co.kr
          등록번호 | 제2-42호(1979년 11월 14일)

ISBN 89-7381-182-7 03810
● 책 가격은 뒤표지에 있습니다

베스트 셀러 월드북 도서목록

....